Ammianus

Der Autor

Michael Kuhn M.A., Jahrgang 1955, studierte in Aachen Geschichte und Politische Wissenschaften. Im Anschluss war er in unterschiedlichen historischen Projekten involviert und organisierte im eigenen Unternehmen geschichtliche Events. Zurzeit arbeitet er neben seiner Tätigkeit als Autor in der Archäologie.

Das Anliegen, bei seinen Mitmenschen Interesse und Verständnis für die faszinierende Welt der Geschichte zu wecken, durchzieht seine bisherige Vita wie ein roter Faden.

So steht der vorliegende Band am Beginn einer Buchreihe, die den Leser mit Spannung und Information auf eine Zeitreise in die aufregende Epoche des Frühmittelalters mitnimmt.

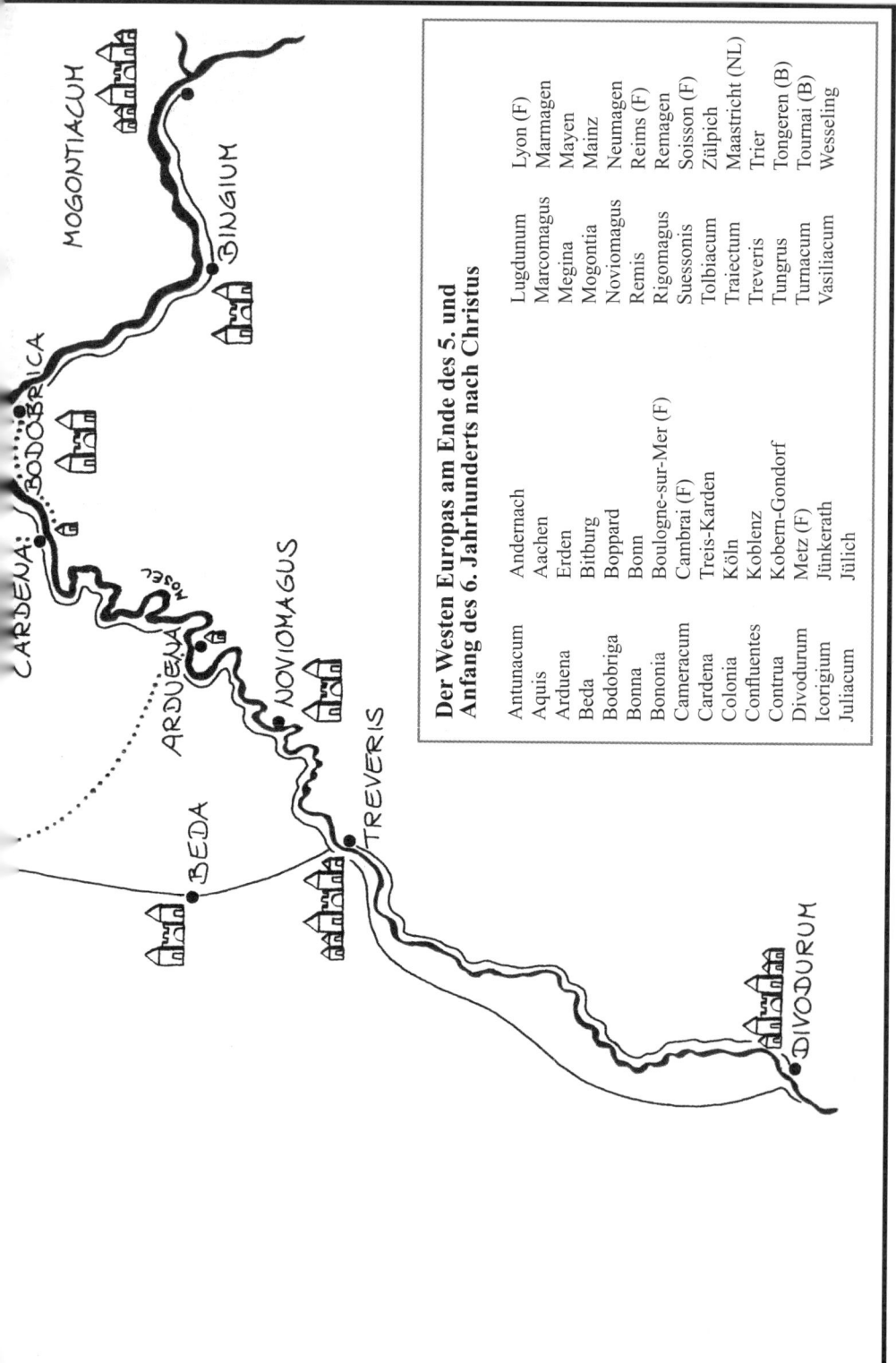

Der Westen Europas am Ende des 5. und Anfang des 6. Jahrhunderts nach Christus

Antunacum	Andernach	Lugdunum	Lyon (F)
Aquis	Aachen	Marcomagus	Marmagen
Arduena	Erden	Megina	Mayen
Beda	Bitburg	Mogontia	Mainz
Bodobriga	Boppard	Noviomagus	Neumagen
Bonna	Bonn	Remis	Reims (F)
Bononia	Boulogne-sur-Mer (F)	Rigomagus	Remagen
Cameracum	Cambrai (F)	Suessonis	Soisson (F)
Cardena	Treis-Karden	Tolbiacum	Zülpich
Colonia	Köln	Traiectum	Maastricht (NL)
Confluentes	Koblenz	Treveris	Trier
Contrua	Kobern-Gondorf	Tungrus	Tongeren (B)
Divodurum	Metz (F)	Turnacum	Tournai (B)
Icorigium	Jünkerath	Vasiliacum	Wesseling
Juliacum	Jülich		

Michael Kuhn

MARCELLUS - Der Merowinger

Band I

Zweite Auflage 2013

Copyright © by Michael Kuhn
Ammianus Verlag Aachen
Alle Rechte der Verbreitung, auch durch Film, Funk und Fernsehen,
Tonträger jeder Art, fotomechanische Wiedergabe
und der auszugsweise Nachdruck sind vorbehalten.
Soweit durch Hinweis oder Verlinkung auf andere Websites zusätzliche
Informationen zugänglich gemacht werden, erfolgt hiermit der Hinweis
darauf,dass keine Inhaltskontrolle stattfindet und jegliche Haftung für den
Inhalt dieser Seiten ausgeschlossen ist.
Die im Roman vorkommenden Figuren sind, bis auf die als historische
Persönlichkeiten gekennzeichneten, fiktiv. Jegliche Ähnlichkeiten
zu lebenden oder verstorbenen Personen sind rein zufällig.
Umschlaggestaltung und Satz: Thomas Kuhn
(Helmabbildung Cover: Bügelhelm aus dem Fürstengrab von Planig.
Abbildung mit freundlicher Genehmigung des
Landesmuseums Mainz, Inv. Nr. 39/9)
Zeichnungen und Kartenmaterial: Tatjana Lehnen
Fotos: wenn nicht anders angegeben, Michael Kuhn und Lars Neger
Lektorat: Helga Seiler, Lars Neger
Druck und Bindung: TZ – Verlag, Roßdorf bei Darmstadt

Printed in Germany
ISBN 978-3-9812285-3-3

www.ammianus.eu

Der Westen Europas am Ende des 5. und Anfang des 6. Jahrhunderts nach Christus

Antunacum	Andernach
Aquis	Aachen
Arduena	Erden
Beda	Bitburg
Bodobriga	Boppard
Bonna	Bonn
Bononia	Boulogne-sur-Mer (F)
Cameracum	Cambrai (F)
Cardena	Treis-Karden
Colonia	Köln
Confluentes	Koblenz
Contrua	Kobern-Gondorf
Divodurum	Metz (F)
Icorigium	Jünkerath
Juliacum	Jülich
Lugdunum	Lyon (F)
Marcomagus	Marmagen
Megina	Mayen
Mogontia	Mainz
Noviomagus	Neumagen
Remis	Reims (F)
Rigomagus	Remagen
Suessonis	Soisson (F)
Tolbiacum	Zülpich
Traiectum	Maastricht (NL)
Treveris	Trier
Tungrus	Tongeren (B)
Turnacum	Tournai (B)
Vasiliacum	Wesseling

Inhalt

MARCELLUS
Der Merowinger

Dramatis Personae

Die Gefährten am Hofe Sigiberts

Marcellus:	Romane aus Arduena an der Mosel
Folmar:	Franke und bester Freund des Marcellus'
Pippin:	fränkischer Jungkrieger
Sebastianus:	Romane aus der Treveris
Quirinus:	Romane aus Bodobriga

Das Königshaus der Merowinger

Chlodwig*:	der Merowinger
Klothilde:	Chlodwigs Gemahlin, Tochter Chilperichs
(Chrotichilde)*	von Burgund
Theuderich*:	ältester Sohn des Merowingers
Remigius*:	Bischof von Reims und Berater am Hofe Chlodwigs
Hortarius:	Chlodwigs erster Militär und Ratgeber
Hilka:	Vertraute Klothildes

Die fränkischen Kleinkönige und ihr Gefolge

Sigibert*:	König der Rheinfranken, Marcellus' Gefolgsherr
Kloderich :	„der Parasit", Sigiberts Sohn und
(Chloderich)*	Thronfolger
Hinkmar:	„die Ratte", Kloderichs rechte Hand
Hatto:	Krieger und Gefolgsmann Hinkmars
Hagen:	Gefolgsmann Sigiberts und älterer Bruder Hinkmars
Bertha:	„Verhältnis" wider Willen
Ragnachar*:	König von Cameracum

Chararich*:   König von Bononia

Die Gesandtschaft der burgundischen Prinzessin

Silinga: Nichte König Gundobads von Burgund
Rotrudis: Silingas Begleiterin
Wulfram: Beschützer Silingas

Die Alamannen

Vadomar: alamanischer König
Chnodomar: Führer einer alamannischen Streifschar
Griso: alter Krieger im Dienste Chnodomars

* Historische Persönlichkeiten

Zum besseren Verständnis der handelnden Personen ist eine Genealogie der fränkischen und burgundischen Königshäuser beigefügt (siehe Seite 316 - 317).

Prolog

Es geschah wenige Tage nach den Kalenden des März. Die Sonne hatte den ganzen Morgen vergeblich versucht, die tief hängende Wolkendecke aufzulösen, aus der es in kurzen Abständen kalt herabrieselte. Ein einziges Mal hatte sich eine Lücke aufgetan, aus der die wärmenden Strahlen eine Ahnung von Frühling über die erdbraune Ebene warfen.

In ihre Wollmäntel oder Filzüberzüge gehüllt warteten einige hundert Krieger auf das Erscheinen ihres Königs, der zur alljährlichen Versammlung des Heeres aufgerufen hatte.

Viele hatten gemurrt, sich aber schließlich kopfschüttelnd gefügt, dass die Wahl Chlodwigs auf Tungrus und nicht auf die neue Residenz Suessonis oder die alte Hauptstadt Turnacum gefallen war. Eine mit Bedacht getroffene Entscheidung des jungen Königs, die den östlichsten Verwaltungsbezirk seines Reiches hervorheben sollte. Was wiederum Sigibert, den König der Rheinfranken in der Colonia, in Unruhe versetzt hatte. Dieser Truppenaufmarsch seines Vetters, dem man Gelüste an einer Machterweiterung auf Kosten der anderen fränkischen Teilreiche nachsagte, musste seinen Argwohn erregen. Weshalb er auch nicht gezögert hatte, eine Delegation mit kostbaren Geschenken an den Ort der Heeresversammlung zu entsenden.

Eilfertige Knechte hatten die schlammigsten Stellen des Ackers mit Fuhren voller Stroh bedeckt, um ein halbwegs trockenes Verweilen zu ermöglichen. Aber es waren zu viele Füße in derben Stiefeln oder Schuhen, die herbeigeeilt waren, einen guten Platz zu ergattern. Bei jedem Schritt quoll braunes Wasser blasig durch die Schüttung und spritzte hoch bis zu den mit Lederstreifen umwickelten Unterschenkeln.

Ein knappes Jahr war vergangen, seit der Merowinger einen seiner größten Widersacher, den Rex Romanorum Syagrius, den König der Römer, und seine Scharen bei Suessonis geschlagen hatte. Die meisten der hier auf dem Feld vor der Stadt Tungrus versammelten Männer waren dabei gewesen, als der Widerstand der verzweifelt kämpfenden Bucellarier des letzten römischen Generals auf gallischem Boden gebrochen wurde.

Sie hatten sich erst dann ergeben, als Syagrius verstört das Schlachtfeld verlassen hatte, um sich zu Alarich II., den König der Westgoten zu flüchten. Ein sinnloses Unterfangen, denn der Arm des Franken war stark genug, ihn aus seinem Asyl hervorzuzerren. Alarich lieferte den Schutzbefohlenen aus, dem die Häscher darauf in einem moderigen Verlies den Kopf von den Schultern hieben.

Viele ehemalige Söldner des Syagrius, zumeist Franken wie ihre Bezwinger, hatten sich ebenfalls hier eingefunden. Nach der Niederlage hatte sie der Merowinger in sein Heer eingereiht und als wäre es nie anders gewesen, scherzten und schwatzten sie mit ihren neuen Waffenbrüdern.

„Pass doch auf, Marcellus", herrschte ein untersetzter, zur Dicklichkeit neigender Halbwüchsiger seinen um einen halben Kopf größeren Kameraden an. Der hatte, seiner klammen Füße wegen, begonnen unwillkürlich auf der Stelle zu treten, was erdige Spritzer auf den Mänteln der Umstehenden hinterließ.

„Jetzt hab dich nicht so, Kloderich", gab der Gescholtene unbeeindruckt zurück, und wischte sich eine Strähne seines aschblonden Haares von der nassen Stirn.

Wegen seiner blauen Augen und der blassen Haut sah man dem elfjährigen Jungen seine romanische Herkunft nicht an. Er war auch größer gewachsen und kräftiger gebaut, als man es von einem typischen Mosellaner erwarten konnte. Auffällig waren seine sich andeutenden energischen Gesichtszüge und eine leichte Schrägstellung des Nasenrückens, die von einem kräftigen Schlag ins Gesicht herrührte, den er bei einer Rauferei eingesteckt hatte.

Ein Jahr hielt er sich nun am Hofe König Sigiberts auf, wohin sein Vater ihn auf Anraten des Familienrates gegeben hatte. Als ältester Sohn und zukünftiger Stammhalter sollte er sich zum Wohle seines Geschlechtes frühzeitig die Gunst der neuen Herren sichern, die seit zehn Jahren die Geschicke an Rhein und Mosel bestimmten. König Sigibert hatte Gefallen an dem aufgeweckten

Jungen gefunden und ihn bald in sein Herz geschlossen.

Ein Umstand, der seinem Sohn Kloderich nicht entgangen war. Eifersüchtig beäugte der untersetzte Rotschopf die Fortschritte, die der junge Mosellaner machte, dessen vordringliche Aufgabe darin bestand, ihm Sprache und Kultur der Romanen nahezubringen. Trotz aller Bemühungen war es dem Thronfolger bisher nur unzureichend gelungen, sich das Lesen und Schreiben des ihm ungewohnten Idioms anzueignen.

Eines Tages hatte er sich dann dazu hinreißen lassen seinem Kumpan Hinkmar einen Solidus zu versprechen, falls dieser dem Marcellus eine Tracht Prügel verabreichte. Hinkmar, von vielen die Ratte genannt, nahm die Goldmünze und führte seinen Auftrag so gewissenhaft aus, dass dem Gesicht des Mosellaners ein bleibendes Andenken verblieb. Trotz aller Bemühungen des Medicus hatte die Nase ihre ursprüngliche Gestalt nicht zurückerhalten.

„Willst du deine Freundschaft zu Hinkmar auffrischen?", warnte Kloderich mit tückischem Grinsen. „Wenn er noch einmal zuschlägt, wächst deine Nase vielleicht wieder gerade zusammen."

„Er hat dir nichts getan", fiel der kleine Theuderich seinem Vetter zweiten Grades ins Wort. „Wenn du das tust, sage ich es deinem Vater."

Der siebenjährige Sohn Chlodwigs, ein zierliches, hübsches Kind mit hellblonden Locken hatte sich zu den beiden Jungen gesellt, die er anlässlich eines Besuches in der Colonia im letzten Herbst kennen gelernt hatte. Seine Mutter, die aktuelle Geliebte Chlodwigs hatte ihn mitgenommen, als sie Verwandte in ihrer Heimatstadt besucht hatte. Dass die Königshäuser der Merowinger und Rheinfranken miteinander verwandt waren, hatte dem Besuch einen offiziellen Charakter verliehen, weshalb sie von Sigibert mit allen Ehren empfangen wurden.

„Das wagst du nicht, du hässliche Kröte", hob Kloderich die Hand und ließ sie augenblicklich wieder sinken. Theuderich war zwar ein Bastard, aber der älteste Sohn Chlodwigs, den dieser abgöttisch liebte.

„Ich habe nur gescherzt", beschwichtigte er den Kleinen und

gab ihm einen holzigen Apfel, den er im Zelt seines Vaters hatte mitgehen lassen.

„Mit so was werden bei uns nicht einmal die Pferde gefüttert", empörte sich Theuderich und schlug nach der Hand des Vetters, so dass die kümmerliche Frucht zu Boden fiel. Der wütende Kloderich trat nach dem Apfel, der in weitem Bogen davonflog und an den Schild eines Kriegers krachte, der sich irritiert zu den Jungen umdrehte. Dann bückte sich der bärtige Soldat kopfschüttelnd, wischte den Apfel an seiner Hose sauber und biss herzhaft hinein.

Das schrille Wiehern eines Pferdes lenkte die Aufmerksamkeit der Jungen auf eine Gruppe gepanzerter Männer, die sich zwanzig Schritte entfernt angeregt unterhielten.

„Das sind die Könige Ragnachar und Chararich und mein Vater Sigibert, der mächtigste von allen", plusterte sich Kloderich beim Anblick der Gewappneten auf.

„Aber keiner ist so mächtig wie mein Vater", trotzte Theuderich ungehalten. „Er wird sie alle davonjagen, wenn sie es wagen sich gegen ihn zu stellen."

„So, so", spottete Kloderich. „Hat er das gesagt, dein Vater?" Argwöhnisch blinzelte er das Kind Chlodwigs an, das ängstlich einen Schritt zurückwich, sich umdrehte und zurück zu seiner Mutter stürmte, die auf der Suche nach ihm, den Rand des wüsten Ackers abschritt.

Ohne sich um den ihm aufgezwungenen Gefährten zu kümmern, schaute Marcellus zur Seite, wo die grauen Mauern in den verregneten Morgen ragten. Er seufzte leise bei dem Gedanken an ihr Quartier, das sie am frühen Morgen verlassen hatten.

Man hatte König Sigibert und seinem engsten Gefolge ein leer stehendes, geräumiges Steinhaus überlassen, dessen schadhaftes Ziegeldach mit Strohbündeln ausgebessert worden war. Es roch muffig in den Hallen und Zimmern des einstigen Palastes, von dessen Wänden die Stuckbemalung herabbröckelte. Der Geruch kam aus den Hohlräumen der stillgelegten Boden- und Wandheizung, deren Hohlziegel an einigen Stellen aufgeplatzt waren. Trotzdem war es warm, sauber und vor allem trocken. Marcellus taten die nicht so hochgestellten Teilnehmer der Heeresversamm-lung leid, die entweder in zugigen Schuppen oder noch schlimmer in klammen Zelten vor den Mauern der Stadt hausen mussten.

„Gibt es einen Grund, warum uns der Merowinger so lange warten lässt?"

„Vielleicht ist es gestern Abend spät geworden und er schläft noch seinen Rausch aus, Chararich", mutmaßte der hochgewach-sene Mann mit dem dunklen Schnauzbart, der buschig bis auf das Kinn herabhing.

Ragnachar, König von Cameracum, trug einen dunklen Pelz-mantel, der über dem sorgfältig geputzten Schuppenpanzer von ei-ner protzigen Zwiebelkopffibel zusammen gehalten wurde. Seinen aufwändig gearbeiteten Spangenhelm, an dessen Spitze ein rost-roter Pferdeschweif befestigt war, trug er wie seine Begleiter läs-sig unter dem Arm. Den Aufzug des als Schlemmer und Weiber-helden berüchtigten Hünen vervollständigte eine wollene Hose und Halbstiefel, deren Schäfte unter den Wadenwickeln endeten. Die typische Ausrüstung eines fränkischen Edlen. Auffällig war der Sax, der in einer almadinbesetzten Scheide steckte und die Goldgriffspatha, vermutlich die Arbeit eines alamannischen Waf-fenschmiedes.

Der neben ihm stehende Sigibert, König der Rheinfranken, war ähnlich gekleidet und gewappnet, trug aber an Stelle eines wärmenden Pelzes einen elegant geschnittenen Mantel aus dun-kelblauer Wolle. Mehr als fünf Jahre älter als seine königlichen Kollegen, durchsetzten graue Strähnen das volle Bart- und Haupt-haar. Ein gut aussehender Mann mit feinen Gesichtszügen, die anders als bei seinem Sohn Kloderich, keine Spuren von Hinter-list und Verschlagenheit trugen.

Der letzte im Bunde, Chararich von Bononia, der Hafenstadt gegenüber von Britannien, wirkte eher klein und untersetzt. Auf den ersten Blick ein eher gemütlicher Zeitgenosse mit Bauch und Doppelkinn. Auf den zweiten Blick aber ein Mann von rastloser Energie und wilder Entschlossenheit.

„Dass du dich heute hierher getraut hast, wundert mich", wandte sich Sigibert an Chararich. „Deine Weigerung vom letzten Sommer, Chlodwigs Zug gegen Syagrius zu unterstützen, hat den Merowinger rasend gemacht. Er hat dich nicht vergessen. Mein Gefolgsmann Hagen hat mir berichtet, dass er ein Auge auf deine Ländereien geworfen hat."

„Auf eure etwa nicht?" Mit hochrotem Kopf und vorgeschobenem Kinn hatte der Angesprochene die Frage ausgestoßen. „Wenn wir gegen diesen Ehrgeizling zusammenstehen, kann er uns nichts anhaben."

„Nicht so hastig", entgegnete Sigibert und ließ seinen gedankenschweren Blick über das Feld schweifen. „Selbst Alarich, König der Westgoten, fürchtet den Zorn des Merowingers. Warum glaubt ihr, hat er den Syagrius ausgeliefert?"

„Diese Goten", entrüstete sich Chararich. „Allesamt Zauderer und Feiglinge."

„Was man von Theoderich und seinen Ostgoten nicht behaupten kann", ergriff erstmalig Ragnachar das Wort. „Dieser überall gepriesene Held, der im Auftrag des Imperators mit Odoaker um den Besitz Italiens streitet, soll ein Auge auf die kleine Audofleda, Chlodwigs Schwester, geworfen haben. Und nicht nur wegen ihrer schönen Augen. Er scheint den Merowinger an sich binden zu wollen, weil er in ihm die neue Großmacht im Norden seines Reiches sieht."

„Was wir verhindern können, wenn wir nur wollen", hetzte Chararich weiter.

„Schluss mit diesen Intrigen", stöhnte Ragnachar auf. „Ich kann es nicht mehr hören. Wir sind nicht hier, um ein Komplott gegen Chlodwig zu schmieden. Ich jedenfalls bin gekommen, weil ich wissen will, was der Merowinger als nächstes vorhat. Geht es jetzt gegen Alarich und die Westgoten, gegen die Burgunder oder hat er ganz andere Pläne?"

„Das glaube ich nicht", schüttelte Sigibert sein Haupt. „Bevor er weitere Ziele ins Auge fasst, wird er zuerst das Erreichte sichern. Ich denke, dass es heute an das Verteilen der Beute geht. Er wird seine Vertrauten reichhaltig mit Besitztümern aus den Fiskalgütern des Syagrius ausstatten und somit ein Sicherungsnetz über das eroberte Gebiet legen. Bis die Verhältnisse geordnet sind und sich neue Strukturen herausgebildet haben, werden Jahre vergehen, in denen wir unsere Ruhe haben werden."

„Bei Thyr und Wodan", entfuhr es Ragnachar. „Mögen die Götter bewirken, dass du Recht hast. Oder hast du gesicherte Informationen?"

„Herr", wurde das Gespräch von einem Krieger unterbrochen, der zu ihnen getreten war.

„Was gibt es, Hagen?", wandte sich Sigibert an den Neuankömmling, einen seiner Gefolgsleute.

„Es wird Ärger geben, Herr", sprach der bärbeißige Mann im dunklen Lederkoller und bis auf die Schultern herabwallendem Schwarzhaar seinen König an.

„Nun rede schon", entfuhr es Sigibert.

„Es betrifft nicht dich, Herr, sondern König Ragnachar", wandte sich Hagen dem Hünen zu. „Dein Gefolgsmann Ebbo hat sich am Morgen im Quartier damit gebrüstet, Chlodwig vor allen Anwesenden eine Lektion zu erteilen."

„Ist dein Mann von allen Göttern verlassen", erstaunte sich Sigibert. „Ebbo kann froh sein, dass er die letzte Auseinandersetzung mit dem Merowinger überlebt hat. Was hat er vor?"

„Er will dem König die Stirn bieten und von ihm Ersatz für den Silberkrug fordern, den Chlodwig im letzten Jahr dem Bischof von Suessonis ausgehändigt hat."

„Das Gefäß, das Ebbo vor aller Augen eigenhändig mit einem Axthieb beschädigt hat, weil es Chlodwig nicht zustand?", ergänzte Chararich, dessen Blick lauernd auf Hagens Gesichtszügen lag.

„Ja", bestätigte der Befragte. „Ebbo glaubt, im Namen Vieler zu sprechen, die der Überzeugung sind, dass Chlodwig damals seine Befugnisse überschritten hat. Er hätte sich mit seinem Anteil an der gemeinsamen Kriegsbeute zufrieden geben müssen und dem Gejammer des Christen auf keinen Fall nachgeben dürfen.

„Was von der Mehrheit der Anwesenden aber gebilligt wurde", widersprach Sigibert.

„Weil die Memmen eingeschüchtert waren und Angst vor dem Jähzorn ihres Königs hatten", polterte Chararich los.

„Eine erneute Konfrontation um die königliche Autorität wird Ebbo mit seinem Blut sühnen", suchte Sigibert nach einer Lösung. „Du musst ihn zurückhalten, Ragnachar."

Bis auf einen Schritt trat der Rheinfranke an den Hünen heran.

„Das wird auf dich zurückfallen, Ebbo ist dein Mann."

Ragnachar zuckte nur mit den Schultern, während Chararich seiner Wut jetzt freien Lauf ließ.

„Soll er den Merowinger doch wie einen tollwütigen Hund totschlagen", hetzte er, dass die in Hörweite postierten Krieger irritiert zur Gruppe der Könige herüberblickten.

„Bist du von Sinnen?", fauchte Sigibert ihn an. „Willst du uns alle in Gefahr bringen? Chlodwig wartet doch nur auf einen Anlass, um bei Zeiten gegen uns vorzugehen."

Bis zur Gruppe der Jungen war das Geschrei gedrungen, die mit weit aufgerissenen Augen herüberstarrten.

In diesem Augenblick ertönte ein hundertstimmiges Brausen von der ihnen abgewandten Seite des Feldes. Chlodwig und sein Gefolge hatten den Ort der Heeresversammlung betreten und wurden mit lautem Zuruf und dem aneinander Schlagen der Waffen begrüßt.

Ganz nahe schritt Chlodwig an der Gruppe der Jungen vorbei und zum ersten Mal trafen sich die Blicke des Merowingers und des jungen Mosellaners. Eine Begegnung, die Marcellus sein ganzes Leben nicht mehr vergessen sollte.

Das ins Grün spielende Grau der Augen, denen Warmherzigkeit und Güte fremd schienen, war das Erste, was er wahrnahm. Darunter die Partie von Kinn und Mund, aus der Entschlusskraft und Rücksichtslosigkeit sprachen. Das nach romanischer Sitte glatt rasierte Antlitz konnte man als gut aussehend bezeichnen. Eingefasst war es von einem sorgfältig gekämmten, dunkelblonden Haarschopf, der nach Sitte der merowingischen Herrscher bis über die Schultern hinabwallte. Ein junger Mann am Beginn der Zwanziger, dessen Gesichtszüge viel gelebte Erfahrung, Strapazen und Klugheit offenbarten.

Angetan in Wollhose und Tunika trug Chlodwig auffällig rote

Halbstiefel. Den kostbaren Mantel, der in dunklem Blau erstrahlte, schmückten angenähte Stierembleme aus purem Gold, die auf den ersten Blick an Bienen erinnerten. Den reich verzierten Gürtel schmückte eine mit Almadine besetzte Tasche, die wohl seine Barschaft enthielt. Chlodwig war dafür bekannt, ihm erwiesene Dienste gerne und sofort in klingender Münze zu entlohnen. Auf Helm und Panzer hatte er verzichtet und seine einzige Wehr bestand aus einer Franziska, die er im Gürtel trug. Eine Waffe, die er meisterlich beherrschte.

Um sein rechtes Handgelenk wand sich ein Reif in Form einer Schlange, was Marcellus eine lange zurückliegende Erzählung des Großvaters ins Bewusstsein zurückrief.

Vor seiner Reise in die ferne Colonia hatte der Alte ihn zur Seite genommen und war mit ihm zum Ufer der Mosel gegangen wo er, auf einer Bank am Anleger sitzend, die Geschichte von Clodius erzählte. Dieser Ziehsohn und Vetter eines Ururgroßvaters war wie er in die Metropole am Rhein gegangen und hatte dort eine Fränkin aus vornehmem Geschlecht geheiratet. Bald siedelte sich das Paar auf der anderen Seite des Flusses an, worauf sich ihre Spur im Dunkel verlor. Man munkelte aber, dass er es als Chlodio zu einem Großen des fränkischen Volkes gebracht und viele Nachkommen gezeugt habe. Als einziges Andenken an seine Familie war ihm ein Armreif in Form einer sich windenden Schlange mitgegeben worden, mit der es eine besondere, längst vergessene Bewandtnis hatte.

Was, durchzuckte es den Mosellaner, wenn es dieser Armreif war und er und der Merowinger einen gemeinsamen Vorfahren hatten? Sofort verwarf er diesen Gedanken, hatte er doch am Hofe Sigiberts vor allem gelernt, mit derlei Dingen vorsichtig zu sein. Er wäre nicht der Erste, der auf Grund einer nebulösen Geschichte an Gift oder dem Stahl eines Dolches zugrunde gegangen wäre. Chlodwig und Sigibert waren, obwohl Vettern, keine Freunde, sondern erbitterte Rivalen um die Vorherrschaft über das Volk der Franken.

Ebbo durchzuckte ein Gefühl der Beklemmung, als er Chlodwig

kommen sah. Als würde sein Erscheinen alleine ihm gelten, ging der Merowinger energischen Schrittes direkt auf ihn zu.

Kurz schloss er die Augen und griff nach dem Heft seiner Spatha. Das Gefühl der Waffe gab ihm das Selbstvertrauen zurück, das ihn zu verlassen gedroht hatte. Tief atmete er durch und schaute dem Herannahenden fest in die Augen.

Im vergangenen Sommer war es, das sich ihre Wege das letzte Mal gekreuzt hatten. Syagrius war geschlagen und Chlodwig hatte seinen Kriegern erlaubt, die sehnlich erwartete Beute einzuholen. An der Spitze eines kleinen Reitertrupps, alles Ragnachars Männer, war auch er durch die Umgebung der Stadt Suessonis gestreift, bis sie auf den kleinen Wagenzug stießen, der den Kirchenschatz des Bischofs in Sicherheit bringen sollte.

Bevor sich die überraschten Knechte und der sie begleitende Wachschutz gefasst hatten, lag die Hälfte tot am Boden, worauf der Rest die Waffen fortwarf und sich ergab. Prunkstück ihres Fangs war ein mit Goldsolidi und Silbermünzen zur Hälfte gefüllter Kessel aus Silber, überreich mit getriebenen Figuren reliefiert. Zur Vorsicht steckte er sich einige Solidi in die Taschen seiner Bundhose, da es nicht sicher war, dass ihm die Beute zuerkannt werden würde. Es gab althergebrachte Regeln, nach denen alle Wertsachen aufgeteilt wurden. Ein Teil für den Hort des Königs, weitere Teile für die verbündeten Heerführer, dann die Krieger, die sich besonders hervorgetan hatten und schließlich die Masse derer, die am Kampf teilgenommen hatten.

Es lief alles zu seiner Zufriedenheit. Die Münzen wurden zwischen dem Merowinger und Ragnachar aufgeteilt, während ihm das wertvolle Gefäß zugesprochen wurde. Schon wollte er sein Eigentum in eine Decke schlagen, als der Bischof von Suessonis in Begleitung eines weiteren Klerikers erschien und ein großes Geschrei wegen des Kruges anstimmte. Es folgte ein hitziger Wortwechsel zwischen Chlodwig und dem anderen Bischof, einem gewissen Remigius, worauf ihm die Beute genommen und er mit wenigen Münzen abgefunden wurde.

Ein klarer Rechtsbruch. Und keiner der Anwesenden, weder Ragnachar noch die anderen Heerführer und Krieger, waren

Manns genug es zu verhindern. Voller Zorn hatte er seine Franziska aus dem Gürtel gerissen und dem auf der Erde liegenden Krug einen derben Hieb verpasst, der eine mächtige Delle und einen klaffenden Spalt hinterließ. Wenn er ihn nicht haben durfte, sollte sich keiner mehr daran erfreuen.

Ein Aufschrei aller versammelten Männer war die Folge und der König konnte nur mit Mühe daran gehindert werden, sich auf ihn zu stürzen.

Seine Kameraden hatten ihn daraufhin gepackt und aus dem direkten Umfeld Chlodwigs zur Seite gezerrt. Verborgen in einem Zelt hatte er die Nacht abgewartet bis die Dunkelheit kam und er ungesehen aus dem Lager heraus, auf seinen Hof zurückkehren konnte.

Und jetzt war er hier, Genugtuung für die erlittene Schmach zu fordern. Und keiner würde ihn daran hindern, Chlodwig die Stirn zu bieten, selbst wenn er seine Waffen gebrauchen müsste.

Es versetzte ihm einen Stich, als er sah, wer zum Gefolge des Merowingers zählte. Direkt hinter Chlodwig gewahrte er Remigius, Bischof von Remis, der mit der Rechten auf ihn wies und dem König etwas einflüsterte.

Was hatte der Merowinger bloß an diesem Christen? Er opferte doch Thyr und Wodan, wie sein Vater Childerich und dessen Vorväter es seit alters getan hatten. Er war nicht nur ein Gesetzesbrecher, der die überlieferten Sitten und Gebräuche mit Füßen trat, sondern auch ein Verräter an den eigenen Göttern.

„Ebbo", schnitt die klare, eigentlich zu hohe Stimme des Merowingers durch den Morgendunst. „Kleidet sich so ein Krieger, der vor einen König tritt? Hose und Kittel fleckig und der Mantel eingerissen."

Ehe der aus seinen Gedanken gerissene Krieger etwas erwidern konnte trat Chlodwig bis auf Ellenlänge an ihn heran und nestelte an der Scheide von Ebbos Spatha.

„Keiner pflegt seine Waffen so schlecht wie du", setzte er nach. „Dein Speer, dein Schwert und dein Beil sind zu nichts nütze." Er zerrte ihm die Franziska aus dem Gürtel und warf sie zu Boden.

Der Zorn wallte in Ebbo auf. Mit der Linken stieß er den König zurück und bückte sich nach seinem Beil, worauf Chlodwig nur gewartet hatte.

Als er im Bücken nach dem Schaft seines Beiles griff, hatte der Merowinger längst seine Franziska hervorgerissen und diese mit aller Kraft auf Ebbo niedersausen lassen. Es krachte dumpf als die Schneide der Streitaxt den Schädel spaltete und der Mann schwer getroffen einknickte. Aus schreckgeweiteten Augen starrend, zerwühlten seine Füße den lehmigen Grund, bis er in der Bewegung erstarrte und röchelnd wie ein Schlachttier verendete.

„So wie du vor einem Jahr den Krug geschlagen, so habe ich dich heute geschlagen", brüllte Chlodwig mit sich überschlagender Stimme.

Ein Aufschrei raste über das Feld, unter den sich Murren und Applaus mischten.

Entsetzt starrten die Jungen auf das blutige Bündel, das einst Ebbo gewesen war, während die Gruppe um Sigibert mit versteinerten Mienen auf den Merowinger schaute.

Chlodwig trat bis auf wenige Schritte an sie heran und ließ seinen Blick von einem zum anderen wandern, bis er bei Ragnachar verweilte.

„Denke daran, dass es dein Mann war, der mich herausgefordert hat."

Wetterleuchten

Mein Name ist Marcellus und ich bin der jüngste Spross eines alten Geschlechts, das seit mehr als dreihundert Jahren an der Mosel ansässig ist. Den vergilbten Pergamenten einer alten Familienchronik zufolge, die mein Ururgroßvater verfasst hatte, stammten meine Ahnen aus der Toskana im fernen Italien.

Dem Bespiel meines Ahnen folgend, habe ich mir Schreibstift und Pergament kommen lassen, um das niederzuschreiben, was nicht in Vergessenheit geraten darf. Beginnen möchte ich dort, wo alles seinen Anfang nahm.

Im Jahre meiner Geburt setzte der Skire Odoaker mit Romulus Augustulus, den letzten Imperator des Westens ab und machte sich zum König von Italien.

Ein Jahr zuvor, einige Gelehrte bezeichnen es als das vierhunderfünfundsiebzigste nach der Geburt unseres Herrn Jesus Christus, hatte Sigismerus, König der Rheinfranken, den in der Treveris residierenden Comes Arbogast entmachtet und hinter die Mauern eines Klosters verbannt. Viele Edle des fränkischen Volkes waren daraufhin mit Kriegsgefolge und ihren Familien aufgebrochen, das Land entlang der Mosel für ihren König in Besitz zu nehmen. Die Palastaula der Treveris machten sie zu ihrem Königssitz, in der fortan ein Comes, von ihnen Graf genannt, residierte. Andere Edle nahmen in den Kastellen von Beda und Noviomagus sowie anderen festen Häusern entlang des Stromes ihren ständigen Wohnsitz. Ereignisse, die meine Familie entzweiten und für jahrelangen Zwist sorgten.

Mein Großvater Lucius hatte noch unter dem großen Feldherrn Aetius gegen die Hunnen gekämpft und an der Schlacht auf den katalaunischen Feldern teilgenommen, die Attilas Siegeszug ein blutiges Ende setzte. Später verschanzte er sich unter dem Vorgänger des Arbogast mit den letzten Milizen in den Ruinen des Amphitheaters und verteidigte diese letzte Bastion der Treveris gegen die anstürmenden Franken. In seinen letzten Jahren hatte er sich verbittert in die zugigen Zimmerfluchten unseres Stadtpalastes zurückgezogen, wo er bis zu seinem Tode von den glorreichen Zeiten der Kaiserstadt träumte.

Mein Vater Sidonius hingegen hielt es schon früh mit den neuen Herren, die er mir immer als das kraftvollste Volk unter den germanischen Stämmen schilderte. Ihm hatte ich zu verdanken, dass ich in jungen Jahren an den Hof Sigiberts geschickt wurde. Nicht als Geisel trat ich diesen Weg an, sondern als hoffnungsvoller Repräsentant einer vornehmen romanischen Familie, die auf die Zusammenarbeit mit den neuen Machthabern setzte.

Zuvor hatte ich glückliche und behütete Kindertage im beschaulichen Arduena, dem Ort meiner Geburt, verlebt. Unweit des Steinhauses, das einst mein Ururgroßvater erworben hatte, ließ mein Vater ein neues Gehöft nach Art der Franken errichten, in dem es so herrlich nach frisch geschlagenem Holz und den jährlich erneuerten Strohbündeln der Dachbedeckung roch. Die muffigen Gemäuer des alten Herrenhauses, in dem wir häufig spielten, schwanden mit der Zeit dahin, da die Steine und Balken zum Bau des Bootsanlegers und neuer Nebengebäude gebraucht wurden.

Vergoss ich nach meiner Ankunft in der Metropole am Rhein noch bittere Tränen des Heimwehs, so fügte ich mich bald in mein Schicksal und begann Gefallen am höfischen Leben zu finden. Ausgelassen tollte ich mit meinen neuen Freunden durch die dunklen Gänge und Zimmerfluchten von Prätorium und Aula Regia. Am Kieselstrand des breiten Stromes schlugen wir in wildem Spiel verwegene Schlachten gegen Alamannen und Burgunden und träumten von Eroberungszügen an die warmen Gestade des Meeres im Süden. Wenn es gegen die Römer ging musste ich allerdings die Seiten wechseln und bezog regelmäßig Prügel.

König Sigibert kam oft aus seinen Gemächern, um unserem Treiben aus sicherer Entfernung beizuwohnen. Trieb ich es zu wild und schlug einem meiner Kontrahenten eine blutige Nase, lachte er laut auf und drohte mir mit dem Zeigefinger der rechten Hand. Er hatte mich schnell lieb gewonnen, obwohl ich seine Erwartungen so ganz und gar nicht erfüllte. Eigentlich war ich unter vielen Bewerbern ausgewählt worden, seinem Sohn Kloderich

Lebensart und Wissen der Romanen zu vermitteln. Stattdessen entwickelte sich der zierliche Mosellaner zu einem verwegenen Raufbold, der es mit den kräftigsten Sprösslingen der Franken aufnahm. Ein herrliches Leben, wie geschaffen für einen Jungen, der körperliche Betätigung und Herausforderung liebte.

Mit mir waren noch zwei weitere Romanen an den Hof geholt worden: Sebastianus aus der Treveris und Quirinus, der in Baudobriga das Licht der Welt erblickt hatte. Zusammen bildeten wir eine verschworene Gemeinschaft, in der jeder für den anderen eintrat.

Mädchen hatten in unserem Leben vorerst keinen Platz. Hin und wieder fingen wir eines dieser blond bezopften Wesen und banden sie am Rheinufer als Futter für Meeresungeheuer an einen Pfahl, bis die heulenden Rotznasen von einer empörten Magd gerettet wurden.

Wenn nur Kloderich nicht gewesen wäre, der uns und besonders mir das Leben schwer machte. Sigiberts Sohn hasste mich, weil ich ihm häufig als Vorbild vorangestellt wurde. Er rächte sich, indem er seine übelsten Kumpane auf mich hetzte. Vor allem diesen widerlichen Hinkmar, der mir sogar die Nase gebrochen hatte. Als Sigibert erfahren hatte, wie ich an meine Verletzung gekommen war, schlug er seinen Sohn vor der versammelten Schar seiner Gefolgsleute. Eine harte Strafe, die mir Kloderich nie verzieh. Also mied ich von diesem Tag an die enge Gemeinschaft zum Thronfolger, was sein Vater mit Bedauern, aber schweigend zur Kenntnis nahm.

„Hüte dich vor dem Bastard", hatte mir Folmar, mein bester Freund unter den Franken, zugeraunt. „Und bring dich in Sicherheit, wenn Sigibert einmal tot und Kloderich König sein wird."

Was Folmar mit ‚Bastard' meinte, sollte ich bald erfahren. Man erzählte sich, dass Brunhilde, eine thüringische Prinzessin und erste Frau des Königs, ihren Gemahl mit einem sächsischen Sklavenhändler betrogen hätte. Der Sachse hütete sich, jemals zurückzukehren und Brunhilde versicherte Zeit ihres Lebens, dass Kloderich Sigiberts leiblicher Sohn sei.

Im Alter von vierzehn Jahren überreichte mir Sigibert meine erste Spatha. Eine schöne und trotz der breiten Klinge handliche Waffe, an deren Griffende im Knauf ein silberner Ring eingelassen war. Alle engen Gefolgsleute und die Palastwache trugen diese Schwerter, die eine besonders enge Verbundenheit zum Herrscherhaus symbolisierten. Am gleichen Tag schwor ich einen heiligen Eid auf Thyr und Wodan, den König und seine Familie mit meinem Blut zu unterstützen. Von diesem Tag an zählte ich zur Gefolgschaft des Königs der Rheinfranken.

Ich war von nun an berechtigt, an den Ratssitzungen und Empfängen Sigiberts teilzunehmen, die im großen Saal der Aula Regia stattfanden. Gelangweilt ließen wir die endlosen Reden von Edlen und Gesandten der anderen Königreiche über uns ergehen, bis endlich Tische und Bänke hereingeschafft und der Boden mit einer neuen Strohschüttung versehen wurde. Es folgten Fässer mit frisch gebrautem Bier und sorgfältig gekeltertem Wein, der aus meiner Heimat stammte. Die Tische bogen sich unter der Last der klobigen, aus Holzdauben gefertigten Humpen und gedrechselten Schüsseln mit dampfendem Fleisch. Bis in die Morgenstunden wurden derbe Zoten zum Besten gegeben, wurde gezecht und von zurückliegenden Heldentaten berichtet.

Am Tage unterrichteten uns die Offiziere der Leibwache im Gebrauch der Waffen. Keiner der Gefährten tat es mir im Gebrauch der Spatha gleich, während ich Speer und Ango nur leidlich beherrschte. Ich brauchte lange, ehe ich die Kraft von Arm und Schulter in eine akzeptable Wurfweite umsetzen konnte. Als ich den Bewegungsablauf endlich verinnerlicht hatte, konnte ich auf kurze und mittlere Entfernungen mit meinen Freunden gleichziehen. Dafür stellte ich mich geschickter mit dem Schlachtbeil, der gefürchteten Franziska, an.

Eine willkommene Abwechslung im Einerlei der Tage stellten die regelmäßigen Jagdausflüge in die Waldberge jenseits des Rheines dar. Bis zu einer Woche waren wir unterwegs, ehe wir Trophäen und Beute beladen zurückkehrten. Das von uns erlegte Wild stellte eine willkommene Abwechslung zur üblichen Kost dar. Einmal geriet ich bei der Verfolgung einer waidwunden Hirschkuh an einen Bären, den ich mir nur unter Mithilfe Folmars vom Leib halten konnte. Eine tiefe Schramme am rechten Schienbein hatte ich einem Keiler zu verdanken, der mich rücklings umgeworfen und mit einem seiner Hauer erwischt hatte.

An einem regelrechten Kriegszug hatte ich bisher noch nicht teilgenommen. Sigibert hatte es lange verstanden, sich aus allen Händeln geschickt herauszuhalten. Einmal nahm ich an einem Vergeltungszug ins alamannische Grenzgebiet teil. Als Antwort auf die unausgesetzten Raubzüge dieses wilden Volkes verbrannten wir einige verlassene Dörfer und zogen uns schließlich unverrichteter Dinge zurück.

Die Liebe hatte mich, bis auf erste Erfahrungen mit den Mägden des königlichen Umfeldes und einer deutlich missglückten Affäre mit der Frau eines Glashändlers, noch nicht ereilt.

Ich hatte das zwanzigste Lebensjahr erreicht und das Leben war schön. Trotzdem stellte ich mir immer öfter die Frage, was ich mit meinen erworbenen Fähigkeiten anstellen könnte. Im Stillen erwog ich eine Rückkehr in die Heimat, während Sigibert mich drängte, eine verantwortungsvolle Aufgabe zu übernehmen.

Die nun folgenden Ereignisse, die niederzuschreiben ich mich entschlossen habe, rissen mich unvermittelt aus meiner gewohnten Welt und stellten alles in Frage, woran ich bisher geglaubt hatte. Ich streifte es ab, das Kleid meiner Jugend, und wurde zum Mann.

Den Blick fest auf das Ziel gerichtet holte ich weit mit dem rechten Arm aus und schnellte ihn hoch über dem Kopf nach vorne. Im richtigen Augenblick ließ ich den Schaft der Franziska fahren, die mit der Schneide voran ihrem Ziel zusauste. Ich hatte den Wurf richtig, das heißt aus einer fließenden Bewegung heraus, ausgeführt. Ein leichtes Rucken beim Loslassen oder ein zu lockerer Griff hätten die Waffe weit vorbeifliegen lassen. Genau in die Mitte der Stirn des Alamannen, dessen Gesicht auf der uns zugewandten, abgeflachten Seite eines Holzpfahles aufgemalt war, krachte die Schneide des Wurfbeiles.

„Der ist hin", jubelte Sebastianus auf und schlug mir mit seiner Rechten auf die Schulter. „Wie machst du das bloß? Jeder

Wurf ein voller Treffer."

„Der Teufel führt seine Hand", stöhnte Quirinus in gespieltem Entsetzen auf, während Folmar ungläubig den Kopf schüttelte.

„Langweile mich nicht mit den Göttern der Christen", erwiderte Pippin, der mit der Franziska in der Hand zu uns getreten war. Er hatte vor mir geworfen und sein Versuch war so gründlich misslungen, dass er sein Beil im hohen Gras der Rheinaue hatte suchen müssen.

„Wir haben keine Götter", verbesserte ihn Sebastianus. „Nur die Arianer unterscheiden zwischen der Person Gottes und der seines Sohnes. Wir Rechtgläubige glauben daran, dass Vater, Sohn und heiliger Geist eins sind."

„Wer soll denn das verstehen?", begehrte Folmar auf. „Hast du zuviel Wein getrunken?"

Ehe Sebastianus antworten konnte, ergriff Pippin wieder das Wort.

„Gib doch zu, dass eure Priester sich während des Gottesdienstes volllaufen lassen und deshalb nur dummes Zeug reden. Ich verstehe nicht", fuhr er mit schneidender Stimme fort, „warum Sigibert diesen Unsinn duldet."

Inzwischen war ich an den Pfahl getreten, hatte das fest sitzende Beil mit einem Ruck herausgerissen und war zu meinen Gefährten zurückgekehrt.

„Hört endlich mit diesem dummen Streit auf. Es ist immer das Gleiche und endet mit blutigen Nasen."

Breit grinsend streckte ich den Gefährten die Innenfläche meiner geöffneten Hand entgegen, um den vereinbarten Wetteinsatz einzufordern. Mich mit verachtenden Blicken strafend griffen die Freunde in ihre Beutel und Taschen und zahlten mir die abgesprochene Summe aus. Vier Siliquen, minderwertige Silbermünzen, wie sie unter dem Comes Arbogast in der Treveris geschlagen worden waren. Kurz rechnete ich im Kopf nach und kam zu dem Ergebnis, dass ich dafür ein Huhn oder zwei Krüge Wein bekommen würde, falls sie überhaupt angenommen würden.

„Habt ihr keine Münzen mit dem Bild des Kaisers Zenon oder des Anastasius?", wog ich die Geldstücke unschlüssig in der Hand.

„Eine Silique von jedem Verlierer für den Sieger", brummte Sebastianus. „Abgemacht ist abgemacht."

„He, ihr da", tönte eine Stimme zu uns herüber, die mir nur allzu bekannt war. Ich wandte den Kopf und sah Hinkmar, die Kreatur Kloderichs, auf uns zukommen. Als er bis auf dreißig Schritte herangekommen war, verhielt er seinen Gang und legte, um besser verstanden zu werden, beide Hände an den Mund.

„Ihr sollt sofort zu Sigibert ins Prätorium kommen. Es gibt Neuigkeiten."

Dann drehte sich die Ratte, wie wir ihn zu nennen pflegten, auf den Absätzen herum und hastete zum Südtor zurück, aus dem er gekommen war.

„Das hat nichts Gutes zu bedeuten", murmelte Sebastianus. Der Reihe nach blickte der Romane mit dem hübschen Gesicht und dem schwarzen Haar seine Kameraden an. Mit seinen siebzehn Jahren war er der jüngste und um mindestens einen halben Kopf kleiner als seine Freunde.

„Da hast du Recht", pflichtete ihm der hoch gewachsene und blond gelockte Folmar bei. „Hat jemand etwas gehört?"

„Es soll Ärger mit den Alamannen geben", mutmaßte Pippin. Bedächtig strich sich der untersetzte Franke aus den Waldbergen jenseits des Flusses durch seinen rotblonden Bart. Er trug einen kurzärmeligen Kittel über seiner rehledernen Hose, was seine muskulösen Oberarme zur vollen Geltung brachte. „Heute Morgen habe ich ein Gespräch zwischen zwei Männern der Leibwache mitbekommen. König Chararich und König Ragnachar sollen in der Nacht angekommen sein. Die nehmen den weiten Weg nicht ohne Grund auf sich."

„Ich weiß von der Magd Prudentia...", setzte der dunkelblonde Quirinus an, wurde aber sofort von Pippin unterbrochen.

„Du meinst Prudentia mit den großen Brüsten? Ist da was zwischen euch? Ihr hängt die ganze Zeit zusammen."

Das Gelächter der Gruppe ließ das Gesicht des Kameraden aus Bodobriga in dunklem Rot erglühen. Verlegen blickte er auf die Spitzen seiner ledernen Bundschuhe und verschränkte die Arme vor der Brust.

„Die ist doch viel zu alt für dich", rief Sebastianus dazwischen. „Mindestens fünfundzwanzig. Und sie hat ein hässliches Muttermal auf dem Rücken."

„Woher weißt du das denn?", stammelte Quirinus verblüfft. „Hast du ihr heimlich beim Baden zugeschaut?"

Jetzt hatte Quirinus die Lacher auf seiner Seite.

„Hört mit dem Unsinn auf", ging ich dazwischen, worauf sich mir alle Köpfe zudrehten.

„Ach", spottete Pippin, „hat unser Meisterwerfer auch etwas zu sagen?"

„Und hört mit euren Vermutungen auf", ignorierte ich den Einwurf. „Je eher wir bei Sigibert sind, desto schneller erfahren wir, warum er nach uns geschickt hat."

„Was du nicht sagst", entgegnete Folmar, der neben mir als Führer der Gruppe angesehen wurde. Es bestand eine wohlwollende Rivalität zwischen uns beiden Zwanzigjährigen. Noch vor Sebastianus war er mein bester Freund, dem ich in allem vertraute, was auch umgekehrt galt. Er wandte sich dem Südtor zu, in dem Hinkmar seit einiger Zeit verschwunden war. Ohne ein weiteres Wort folgten ich und der Rest der Gruppe nach.

Bevor wir den Audienzsaal im Prätorium aufsuchten, eilten wir in unsere Kammern, die sich in einem Anbau des Prätoriums befanden.

In aller Eile wechselte ich die Hose und schlüpfte in meine beste Tunika. Ein der Jahreszeit angemessenes, leichtes Gewebe aus blauem Leinen, das mit aufgestickten Weinranken verziert war. Meine Mutter Faustina hatte sie bei einem Händler in der Treveris besorgt und mir zum Todestag meines Namensheiligen schicken lassen. Dazu trug ich halbhohe Schuhe aus rot eingefärbtem Hirschleder, deren gleichfarbige Bänder ich sorgfältig um die Waden wickelte. Ein Mantel aus dunkelblauem Loden, den eine goldene Zwiebelkopffibel verschloss, vollendete meinen prächtigen Aufzug. Gegürtet war ich mit einem schönen Stück aus braunem Leder, das eine Schnalle verschloss, auf der zwei Schlangen abgebildet waren. Beides, Gürtelschnalle und Fibel, waren alte

Familienerbstücke, die mein Vater mir bei meiner Abreise mitgegeben hatte.

Derart herausgeputzt griff ich nach einem silbernen Spiegel,
dessen polierte Oberfläche mein Konterfei ohne Verzerrungen wie-
dergab. Ich hatte es einem Krieger der Wachmannschaft für einige
Humpen Wein abgeschwatzt, der das Toilettenutensil bei der Aus-
räumung eines alten Frauengrabes an sich genommen hatte.

Ein junger Mann um die Zwanzig, an dem eine leichte Schrägstellung des Nasenrückens ins Auge stach, blickte mich aus dem
Spiegel an. Hatte ich mich als Junge noch dafür geschämt und
jedem erklärt, wie es dazu gekommen war, brachte dieser Makel
viele Vorteile mit sich. Gerade die Mädchen waren hingerissen,
erregte es doch ihre Phantasie, weil sie eine Laune des Schick-
sals dahinter vermuteten. Das Kinn war nicht so ausgeprägt wie
das von Folmar, aber es verriet doch Behauptungswillen und Entschlossenheit. Dafür hatte mich das Schicksal mit vollen Lippen,
strahlend blauen Augen und einer hochgewölbten Stirn über leicht
nach außen geneigten Wangenknochen gesegnet. Alles in allem ein
recht gut und vor allem brauchbar aussehender Kerl, dem man den
Romanen, wegen des bis zu den Schultern herabfallenden dunkelblonden Haupthaares, nicht unbedingt ansah.

Gemeinsam eilten wir zum Eingang des vorgelagerten Torge-
bäudes und verlangsamten unseren Gang, als wir den Innenhof
betraten. Gemessenen Schrittes stiegen wir die Stufen zur Vorhalle empor, deren Säulen die Giebel gekrönte Fassade trugen.
In ihrem Schutz hatten sich die Wachen postiert, die uns passieren ließen, als sie uns erkannt hatten. Bereitwillig wies uns ihr
Anführer, ein gewisser Bauto, den Weg zu Sigibert.

Wie seine Kameraden trug er einen schwarz eingefärbten, bis
auf die Oberschenkel herabreichenden Lederkoller, der mit sil-
bern schimmernden Metallschuppen besetzt war. Ausnahmslos
trugen sie vergoldete Spangenhelme, wie sie in den Waffenfabri-
ken von Byzanz hergestellt wurden. Sigibert wurde nicht müde zu
betonen, dass ihn die Ausstattung seiner persönlichen Leibgarde
ein Vermögen gekostet hatte. Bewaffnet waren sie mit der Spa-

tha, einem mächtigen Speer, und jeder trug eine Franziska in den mit Bronzeplatten verzierten Leibgürteln.

Wir nahmen nicht die Stufen, die nach oben zur Rundhalle des Oktogons führten. Stattdessen hielten wir uns links, bis wir über marmorverkleidete Flure und vorbei an weiteren Wachen zum nördlichen Apsidensaal gelangten. Die weit geöffneten Flügeltüren wurden hinter uns geschlossen, als wir als letzte Erwartete den Raum betreten hatten.

Vor der den Raum abschließenden Apsis waren im Halbkreis Holzbänke platziert worden. Sigiberts hölzerner Sessel thronte dagegen auf einem handbreit hohen Podest. Neben ihm saßen Chararich und Ragnachar, während sich die anwesenden Militärs und Ratgeber auf den Sitzbänken verteilten.

Misstrauisch von Kloderich und Hinkmar beäugt, besetzten wir die letzten noch freien Plätze auf der ihnen gegenüber liegenden Seite des Halbkreises. Neben den beiden erkannte ich Hagen, Hinkmars Bruder, der uns mit einem knappen Augenaufschlag grüßte.

Schon bei meiner Ankunft in der Colonia hatte mich das Respekt einflößende Äußere des Hünen befangen gemacht. Die zehn Jahre, die seitdem vergangen waren, hatten daran nichts geändert. Graue Strähnen durchzogen mittlerweile sein Haar, aber seiner Spannkraft und Körperkraft hatten die Jahre nichts anhaben können, obwohl er die Vierzig bereits überschritten hatte.

Mit seinem intriganten Bruder hatte er nur die kalt blitzenden, grauen Augen und den dreimal verheirateten Vater gemein. Hinkmar war der Nachzügler, achtzehn Jahre jünger als Hagen und von bedrückender Hässlichkeit. Schräg stehende Augen, eine zu lange Nase, dünnes, fransiges Haar und ein fliehendes Kinn gaben dem Gesicht einen verschlagenen Ausdruck. Geradezu Ekel empfand ich vor seinen Händen, mit denen er einst mein Gesicht gezeichnet hatte. Lange, knotige Finger mit kurzen Nagelbetten. Trotz seiner scheinbaren Körperschwäche ein nicht zu unterschätzender, bissiger und zäher Kämpfer, der Freude am Töten hatte. Eher einer Schlange ähnlich als einem Fuchs.

Die übrigen Edlen konnte ich an den Fingern beider Hände

abzählen. Die Zusammenkunft war kurzfristig angesetzt worden, was für die Dringlichkeit des Anlasses sprach.

Ich vermutete einen Zusammenhang mit der Ankunft Chararichs und Ragnachars. Sigibert hatte sich offensichtlich keine Zeit genommen, Boten auszusenden, um alle Edlen des Reiches zu benachrichtigen. Vertreten waren die Würdenträger, die sich gerade in der Colonia aufhielten oder ihren Wohnsitz in unmittelbarer Nähe hatten. Ich erkannte die Comes, auch Grafen genannt, von Antunacum, Tolbiacum und Juliacum sowie Florinus, den Bischof der Colonia, neben seinem fetten Amtsbruder aus der Treveris.

Sigibert hatte bei unserem Eintreffen nur kurz den Kopf gehoben und sich dann wieder dem neben ihm sitzenden Ragnachar zugewandt, mit dem er in ein wichtiges Gespräch vertieft schien.

Da es nicht angebracht war, mit einem meiner Sitznachbarn zu plaudern, ließ ich, um die Wartezeit zu überbrücken, die Augen umherschweifen.

Von den an einigen Stellen beschädigten und durch den Auftrag von Zement geflickten Bodenmosaiken wehte es mir feucht entgegen. Sie waren wohl kurzfristig mit Wasser und Sand gescheuert worden. Die Marmorverkleidung der Wände hatte man ebenfalls bis über Kopfhöhe feucht abgewischt. Der Stuck der Kassettendecke war rissig und an einigen Stellen geplatzt, so dass immer wieder Stücke herausbröckelten, die am nächsten Morgen aufgelesen werden mussten. Da es kaum noch Handwerker gab, die mit der Bearbeitung dieses Werkstoffes vertraut waren, würde man sie eines Tages entfernen und durch eine abgehängte Balkendecke ersetzen müssen. Die schadhaften Scheiben der hoch liegenden Fenster waren mit minderwertigem Glas ausgebessert oder noch einfacher durch Holzbrettchen ersetzt worden. Weil das den Einfall des Lichtes stark minderte, waren Öllampen in die dafür vorgesehenen Wandhalterungen eingehängt und eiserne Becken im Raum verteilt worden, in denen Feuer brannten.

„Seid gegrüßt, Edle des Reiches und Angehörige meines Hofes", wurde ich aus meinen Betrachtungen gerissen, als Sigibert das Wort an die Versammelten richtete.

„Beunruhigende Nachrichten sind aus dem Süden des Reiches

zu uns gedrungen. Nichts Gutes verheißend, überschatten sie wie ein drohendes Unwetter die Wälder und Fluren unserer Heimat."

Die Antwort der Anwesenden äußerte sich in einem unterdrückten Murmeln, unter das sich besorgte Fragen und trotzige Ausrufe mischten.

„Muss Sigibert immer wie ein römischer Rhetor lamentieren, wenn er uns etwas Ernstes mitzuteilen hat?", murmelte Folmar neben mir.

„Komm zur Sache, Vetter", kleidete König Chararich den Unmut vieler Anwesender in Worte.

„Es ist nicht dein Reich, das in seinem Bestand bedroht ist", warf Sigibert ihm einen tadelnden Blick zu.

„Es gibt verlässliche Nachrichten aus Antunacum", fuhr er fort, „dass sich jenseits des Stromes die Alamannen sammeln."

„Ich dachte", fuhr der sichtlich konsternierte Ragnachar von seinem Sessel hoch, „dass du uns wegen der beabsichtigten burgundischen Hochzeit zusammengerufen hast. Und jetzt das."

„Hatte ich auch", antwortete Sigibert in ruhigem Tonfall. „Aber die Dinge haben sich geändert. Ich erhielt die Nachricht erst vor wenigen Stunden."

„Beim allmächtigen Gott", stöhnte Florinus auf. „Ich habe immer gesagt, dass es ein Fehler war, ihnen zu erlauben, sich bei uns niederzulassen. Es sind blutgierige Heiden, die Menschen opfern und dafür in der Hölle brennen werden."

„Es sind auch meine Götter, die sie anbeten", entgegnete Chararich harsch. „Und von Menschenopfern habe ich noch nichts vernommen. Ihr Christen bemüht diese Märchen doch nur, um die Alten und die Kinder zu erschrecken."

„Wieso erlaubst du dem Bischof solche Reden, Sigibert?" Mit hochrotem Kopf war Merobaudes, der Comes von Juliacum aufgesprungen. „Außerdem", fuhr er den Bischof an, „handelt es sich nur um wenige Familien, die keinen Schaden anrichten. Sie haben um Aufnahme bei ihren Verwandten gebeten, die hier seit mehreren Generationen siedeln. Ehemalige Foederaten der römischen Armee."

„Alamanne bleibt Alamanne", verteidigte sich Florinus. „Und

was mein Rederecht betrifft, ich vertrete die große Zahl der Romanen in Sigiberts Reich."

„Hört auf zu streiten", ging Ragnachar dazwischen. „Lasst uns beraten, wie Sigibert der Gefahr trotzen kann."

„Was für eine Hochzeit? Wieso weiß ich nichts davon?" Ansgar, der Graf von Antunacum hatte sich erhoben und blickte sich nach Zustimmung heischend um.

„Setzt euch wieder", donnerte Sigibert seine Gefolgsmänner und den Bischof an. „Was ist das für ein Benehmen? Ich lasse jeden hinauswerfen, der mir und den anderen Königen den Respekt verweigert."

Knurrend, wie ein Rudel junger Wölfe vor ihrem Leittier, duckten sich die Männer und nahmen wieder Platz.

In Augenblicken wie diesen bewunderte ich Sigibert. Bei aller Verbindlichkeit und gesetzter Freundlichkeit verstand es der König meisterhaft, seine Autorität dann einzusetzen, wenn diese gefordert war.

Ein rascher Blick zu beiden Seiten zeigte mir, dass meine Freunde ähnlich empfanden. Einzig Quirinus, der Romane aus Bodobriga, schien sich kräftig zu amüsieren und besonders dem Bischof die Zurechtweisung zu gönnen.

„Wie viele Alamannen hat man gesichtet?", unterbrach Hagen die eingetretene Stille. Er beugte sich vor und blickte Sigibert gespannt an.

„Unser Gewährsmann spricht von mehreren tausend Kriegern", antwortete Sigibert. „Sie sammeln sich nördlich der Lahnmündung und erhalten täglich neuen Zuzug."

„Welcher Stamm ist es und wer führt sie an?", stellte Merobaudes die nächste Frage.

„Es sind Krieger aller Stämme ausgemacht worden." Sigibert hob die rechte Hand und ließ bei jedem Namen einen Finger hochschnellen.

„Lentienser, Bukinobanten und Raetovarier aus dem Süden. Es wurden auch auffallend viele Familien gesichtet, die dem Tross auf Karren und Planwagen folgen. Angeführt werden sie von Vadomar, dem König der Brisigaver, die mehr als tausend Köpfe zählen."

„Wenn Vadomar so viele Krieger nach Norden führt, handelt es sich nicht um einen begrenzten Raubzug." Hagen rieb sich das Kinn und legte die Stirn in Falten. „Das sieht nach einem gezielten Einfall und einer geplanten Landnahme aus."

„Du musst sofort alle verfügbaren Krieger in die alten Römerfestungen an Rhein und Mosel werfen, damit sie nicht bis vor die Tore der Treveris und der Colonia ziehen", entsetzte sich Modestus, der Bischof der Treveris, mit sich überschlagender Stimme.

„Bei Thyr und Wodan, nein", entrüstete sich der Comes von Juliacum. „Wie viele Krieger bleiben uns dann noch, dem Feind in offener Feldschlacht die Stirn zu bieten? Zweitausend, oder weniger?"

„Der Mann hat Recht", entschied Sigibert zum Verdruss von Modestus, der wieder laut zu lamentieren begann und zur Ordnung gerufen werden musste.

„Selbst wenn wir alle Männer von beiden Seiten des Rheines zusammenziehen und die Festungen dem Schutz der ansässigen Milizen überlassen, werden wir zuwenig sein, die Alamannen zu besiegen. Wir brauchen dringend Verstärkungen."

Die letzten Worte Sigiberts drohten beinahe in dem jetzt losbrechenden Tumult unterzugehen, wenn der König nicht aufgesprungen wäre und mit erhobenen Armen um Mäßigung nachgesucht hätte.

„Ragnachar", sprach er nur dieses eine Wort und blickte seinem königlichen Vetter tief in die Augen.

„Du kannst meine hundertfünfzig Krieger haben, die mich zu dir geleitet haben. Das ist leider alles. Ich schicke zwar umgehend nach Verstärkungen, aber bis die hier sind, ist alles vorbei. Keiner hat mit einem Einfall gerechnet und die Männer befinden sich überall im Land auf ihren Höfen. Es dauert Wochen, sie zu sammeln und in Marsch zu setzen."

„Und ich habe nur fünfzig Mann, die ich zu meinem eigenen Schutz brauche, um sicher nach Bononia zurückzukehren", kam Chararich der Aufforderung Sigiberts zuvor. „Mein Königreich liegt noch weiter im Westen als das von Ragnachar. Du musst dir selber helfen.""

Empörung ob der schroffen Zurückweisung Chararichs, aufkeimende Verzweiflung und Trotz lagen auf den Gesichtern aller Anwesenden.

Auch ich hatte jetzt den Ernst der Lage erkannt und begann mir auszumalen, was von meiner Heimat an der Mosel bleiben würde, wenn die Alamannen dort durchgezogen waren. Nur zu gut erinnerte ich mich an die Verwüstungen, die der Feind bei seinem letzten Vorstoß über die Lahn hinweg angerichtet hatte. Und es waren nur ein paar hundert Alamannen gewesen, die vor unserem Vergeltungszug davongelaufen waren.

Ich hatte wieder den Gestank des abgestochenen und verwesenden Viehs in der Nase und schmeckte den rußigen Staub der niedergebrannten Ackerfluren. Was die Mordbrenner nicht mitnehmen konnten, hatten sie in wilder Zerstörungswut vernichtet.

Was auch die Menschen betraf: Alte und Kranke lagen tot in ihren Hütten, während die Jungen und die Kinder den Weg in die Gefangenschaft antreten mussten. Nur wenige hatten das Glück, von uns befreit oder später freigekauft zu werden. Die Spur der übrigen verlor sich auf den Sklavenmärkten der Ostgoten und Byzantiner.

„Du musst Chlodwig um Hilfe bitten", verschaffte sich Modestus Gehör. „Er steht am weitesten im Westen und hat dort einige tausend Mann zu einem möglichen Angriff gegen die Westgoten versammelt."

„Chlodwig, niemals!", keuchte der nach Fassung ringende Chararich. „Der Merowinger hat es auf uns alle abgesehen, wenn er mit den Westgoten fertig ist. Ein Erfolg gegen die Alamannen würde nicht nur seine Machtbasis stärken, sondern ihm auch die Herzen unserer Bauern und Krieger gewinnen." Er schnaufte kurz durch, ehe er fortfuhr.

„Der Merowinger als der Erretter vor Vadomars Scharen, das ist undenkbar."

„Hast du einen besseren Einfall?", zischte Sigibert, dessen Gesicht eine zornige Röte angenommen hatte.

Ich hatte unseren König selten so verärgert und wütend gesehen. Noch ein weiteres falsches Wort von Chararich und die Situation wäre eskaliert. Es war Ragnachar, der die Lage entspannte. „Das gefällt keinem von uns, aber es scheint der letzte Ausweg zu sein."

Chararich vermied es, Sigibert oder Ragnachar anzuschauen, als er sich von seinem Platz erhob. Auf einen Wink hin standen seine Begleiter ebenfalls auf und geleiteten ihn aus dem Saal.

Sigibert, der sich wieder in der Gewalt hatte, übersah den Affront und ließ ihn stillschweigend gewähren. Ich sah noch, wie der Herr von Bononia Kloderich einen vielsagenden Blick zuwarf, ehe sich die Eichenflügel der Türe hinter ihm schlossen.

„Hört meine Entscheidung", erhob der König der Rheinfranken seine Stimme und trat an den Rand des Podestes. „Wir versperren dem Feind bei Rigomagus den Weg über die Limesstraße nach Norden. Es ist die engste Stelle auf dem Weg in die Colonia und er kann dort trotz seiner Überlegenheit nicht durchbrechen. Vadomar wird in die Silva Arduenna ausweichen, um die große Straße zu erreichen, welche die Treveris mit der Colonia verbindet. Die Alamannen werden dann die Waldberge bei Tolbiacum wieder verlassen, wenn die Colonia ihr Ziel ist. Alles andere macht keinen Sinn."

Mehrere Minuten ließ Sigibert seine Worte auf uns wirken. Er verschränkte die Arme vor der Brust und sah einem nach dem anderen ins Antlitz.

„Es kommt darauf an…", fuhr er endlich so leise fort, dass jeder gezwungen war, angestrengt zu lauschen. „Vadomar muss viel Zeit verlieren. Wir müssen ihn bis Tolbiacum so lange hinhalten, dass unsere Verstärkung rechtzeitig eintreffen kann. Dann, und nur dann können wir den Alamannen die Schlacht liefern, die sie wollen.

Hagen", fuhr er fort und wies mit der Rechten auf den mir gegenübersitzenden Bruder Hinkmars. „Du bist einer meiner tapfersten Gefolgsmänner. Du wirst Chararich nach Westen begleiten und Chlodwig suchen. Versprich ihm, falls nötig, die Hälfte meines Schatzes, der wohlverwahrt in den Gewölben des Prätoriums ruht."

Die Blicke aller Anwesenden richteten sich auf den Boden, unter dem seit Jahrzehnten die sagenhaften Reichtümer des Königtums der Rheinfranken lagerten.

„Geht jetzt", schlug er einen rauen Befehlston an, „sammelt eure Männer und kommt so schnell wie möglich zurück. Vadomar wartet nicht, bis wir alle Vorbereitungen in Ruhe abgeschlossen haben. Eine Woche oder vielleicht zwei, dann hat er genügend Krieger beisammen, den Strom zu überqueren."

„Wir werden kämpfen, Marcellus", stammelte Sebastianus, während Pippin trotzig das Kinn vorschob und die Muskeln seiner Oberarme spielen ließ. Mit den Augen suchte ich einen Blick Folmars aufzufangen, der aber auf Kloderich und Hinkmar starrte, die einige Worte mit Ragnachar wechselten. Quirinus brütete dagegen stumm vor sich hin und kaute an den Nägeln seiner rechten Hand.

„Kloderich", schnitt die Stimme Sigiberts durch den Raum, als sich sein Sohn zum Gehen wandte. „Ich habe dir und deinen Freunden nicht gestattet, euch zurückzuziehen. Wir müssen noch über deine Hochzeit mit der burgundischen Prinzessin sprechen."

„Vater", widersprach Kloderich heftig. „Das ist jetzt nicht der Zeitpunkt um…"

„Es ist alles mit Gundobad, dem König der Burgunden, abgesprochen. Du heiratest seine Nichte Silinga, ob es dir gefällt oder nicht."

„Es gefällt mir nicht, Vater", trotzte Kloderich energisch.

„Wir brauchen das Bündnis mit dem Burgunden, wenn wir uns dereinst gegen Chlodwig behaupten wollen." Sigiberts Stimme hatte wieder ihren drohenden Unterton angenommen.

„Es ist gut", wiegelte Kloderich ab. „Aber warum müssen wir jetzt darüber reden?"

„Weil das Mädchen vor zwei Wochen nach der Colonia aufgebrochen ist. Kannst du dir vorstellen, was geschieht, wenn sie und ihr Gefolge Vadomar in die Hände fallen? Er wird sie irgendeinem seiner Teilkönige zur Frau geben und uns Gundobad damit zum Feind machen. Willst du das?"

Bis auf wenige Handbreit war Sigibert an seinen Sohn herangetreten, der einen Schritt zurückwich.

„Du wirst ihr morgen entgegenreiten, das Mädchen suchen und sie hierher in Sicherheit bringen."

„Vater", jammerte Kloderich. „Und was ist, wenn die Alamannen mich kriegen und als Geisel gegen dich verwenden?"

„Feigling", murmelte Folmar so leise, dass nur ich es verstehen konnte.

„Dein Sohn hat recht", mischte sich Ragnachar ein. „Das Wagnis ist zu groß. Schick jemand anderen nach dem Mädchen."

Kloderich streifte seinen Fürsprecher mit einem dankbaren Blick, während Sigibert sich bedachte.

„Marcellus und Folmar", wandte sich der König unvermittelt unserer Gruppe zu. „Ihr brecht morgen mit euren Freunden und einigen Kriegern auf."

„Wo sollen wir nach Kloderichs Braut suchen?" Alle Augen richteten sich auf mich, nachdem ich diese berechtigte Frage gestellt hatte. „Nehmen sie den Wasserweg oder die große Straße durch die Silva Arduenna?"

„Sie werden kein Schiff finden", unterbrach mich Modestus, „das geeignet wäre, eine große Reisegruppe zu befördern. Sie wird sicherlich in Begleitung mehrerer Diener und Krieger unterwegs sein. Es war ein trockenes Frühjahr und die Sommerhitze setzte schon vor Wochen ein. Die Mosel führt zu wenig Wasser und kann an vielen Stellen zu Fuß durchquert werden. Ein geeignetes Boot, das sie den Rhein hinab in die Colonia bringt, werden sie frühestens in Confluentes finden.

Selbst ich musste den beschwerlichen Weg über die Uferstraße nehmen, da die Straße durch die Silva Arduenna zwischen Beda und Icorigium unpassierbar ist. Die Winterstürme und das danach einsetzende Tauwetter haben ganze Teilstücke weggeschwemmt oder unter Erdrutschen begraben.

Wenn überhaupt etwas geschieht", warf der Bischof dem König einen vorwurfsvollen Blick zu, „wird es Wochen dauern, bis sie wieder zu benutzen ist. Außerdem sollen dort immer noch versprengte Söldnertruppen des Arbogast ihr Unwesen treiben."

„Reitet nach Confluentes", ignorierte Sigibert den stummen

Vorwurf des Bischofs. „Verliert dabei den Fluss nicht aus den Augen und erkundigt euch in jedem Hafen nach der Burgundin. Dann reitet die Mosel hinauf, bis ihr die Gesuchten gefunden habt. Und wagt es nicht, mir ohne das Mädchen unter die Augen zu treten."

Es war seit mehreren Stunden dunkel, als sich eine Nebenpforte öffnete und eine dunkle Gestalt auf das Pflaster zwischen Palastfront und Stadtmauer heraustrat. Einen kurzen Augenblick warf eines der auf dem Wall brennenden Wachfeuer seinen Schein auf den dahinhuschenden Schatten, der augenblicklich in den düsteren Schutz einer Quergasse eintauchte. Sorgfältig beobachtete der Hüne den auf dem Wehrgang patrouillierenden Krieger, bis er sicher war, ungesehen an ihm vorbeizukommen. Ein kurzer Blick noch und er querte den Lichtschein, bis er ins jenseitige Dunkel eintauchte.

Es war kühl geworden und ein scharfer Wind fegte vom Rhein herüber, weshalb er den Mantel noch enger um sich schlang. Lediglich ein streunender Hund, der kurz aufheulte und eine vorbei huschende Katze nahmen den Mann wahr, der eiligen Schrittes seinem Ziel, dem kapitolinischen Tempel, zustrebte.

„Wer da?", schlug ihm eine raue Stimme entgegen, als er die Treppen zur Tempelpforte hinaufeilte.

„Ich bin es, Ragnachar", gab sich der Vermummte zu erkennen, als eine Gestalt aus dem Dunkel der Säulenvorhalle hervortrat.

„Es wird Zeit. Kloderich ist schon da."

Chararich begrüßte den Neuankömmling mit einem kurzen Handschlag. Dann ging er voran zur Tempelpforte, griff nach dem bronzenen Türgriff in Form eines Delphins und stemmte sich mit der rechten Schulter gegen einen der Türflügel, der ächzend ein Stück weit aufschwang. Im trüben Licht einer Öllampe war Kloderich zu erkennen, der sich auf einem hölzernen Schemel niedergelassen hatte und erwartungsvoll zur Tür blickte.

Ein Lächeln strich über das Gesicht des Königssohnes, als er den Erwarteten erkannte. Er mochte den verwegenen Hünen, der dafür bekannt war, das Spiel, den Umtrunk unter Männern und vor allem die Frauen zu lieben. Den angenehmen Seiten des Lebens zugewandt war er, ganz im Gegensatz zu seinem Vater, der ständig an ihm herumnörgelte und selten zufrieden zu stellen war, kein Verfechter der alten Sitten und Gebräuche.

Die Verabredung zu diesem Treffen hatten sie schon am Nachmittag getroffen und es war Chararich gewesen, der den Anstoß dazu gegeben hatte. Während der Zusammenkunft mit Sigibert hatten sie sich noch einmal mit Blicken verständigt und waren einer nach dem anderen zum verabredeten Zeitpunkt eingetroffen.

„Sind wir hier wirklich ungestört?" Ragnachar ließ seine Blicke durch die Cella schweifen, bis sie schließlich auf einem Vorhang verweilten.

„Ein ideales Versteck für einen Lauscher", bemerkte er beiläufig. „Und auf dem Altar vor der Freitreppe liegen noch die Opfergaben des letzten Gottesdienstes."

„Jupiters Anhänger treffen sich nur noch einmal in der Woche und das war gestern", bemühte sich Kloderich, die Bedenken des Hünen zu zerstreuen. Dann erhob er sich und tat die wenigen Schritte bis zum Vorhang, den er ein Stück zur Seite zog.

„Hier ist niemand. Wir können beginnen."

„Leider war ich nicht mehr anwesend", begann Chararich, „als Sigibert auf deine Hochzeit zu sprechen kam."

Kloderich verzog das Gesicht zu einer Grimasse, wurde aber von einer Geste Ragnachars an einer Entgegnung gehindert.

„Eigentlich ein brillanter Einfall deines Vaters, seine Unabhängigkeit mit einem Bündnis zu festigen."

„Aber...?", entfuhr es Ragnachar. Ihm war der spöttische Unterton nicht entgangen, den Chararich angeschlagen hatte.

„Wie gesagt", fuhr Chararich fort, „die Idee ist gut, nur hat er sich in der Person deiner Braut vergriffen."

„Wieso?", entfuhr es den beiden Zuhörern wie aus einem Mund.

„Silinga ist eine Nichte Gundobads, der seinen Bruder Chilperich umbringen ließ, um den Thron des Hauptkönigs der Burgunden zu besteigen.

Chilperich hatte zwei Töchter", fuhr er nach einer Pause mit erhobener Stimme fort. „Roswitha, die Ältere, wurde nach der

Tat in ein Kloster und die junge Klothilde ins Exil geschickt.

Es ist die Klothilde", hob er den Finger der Rechten, „die Chlodwig vor zwei Jahren zur Frau nahm. Sie hasst Gundobad auf den Tod und deshalb auch Silinga, die jüngste Schwester seiner Frau. "

„Das verstehe ich nicht", brummte Ragnachar. „Warum dieser Hass auf Silinga? Sie hat doch mit Chlodwig das wesentlich bessere Los gezogen. "

„So ist es aber", antwortete Chararich entschieden. „Wenn sie könnte, würde sie Silinga den Tod anhexen. Und wen die fromme Klothilde mit ihrem Hass verfolgt, hat in Chlodwig keinen Fürsprecher. Ihr Einfluss auf den Merowinger ist offenbar. "

„Weibergeschwätz", stichelte Ragnachar. „Mir ist jedenfalls ein Bündnis mit den Burgunden wichtiger als keines. "

„Wenn du dich da nicht irrst", antwortete Chararich ungerührt. „Sie wird nichts unversucht lassen, Chlodwig gegen Sigiberts neue Schwiegertochter aufzuhetzen. "

„Dann heirate ich sie nicht und alles ist gut", ergriff Kloderich erstmals das Wort.

„Das liegt leider nicht mehr in deiner Hand, Kleiner", lachte Chararich laut auf. „Das würde Sigibert den Burgunden zum Feind machen und alles wäre noch viel aussichtsloser als vorher. Es tut mir leid, aber du musst die Suppe auslöffeln, die dein Vater dir eingebrockt hat. "

„Sie soll sehr schön und klug sein", lockte Ragnachar den verzweifelnden Thronfolger.

„Klug, gerissen, unberechenbar und launisch", entgegnete Kloderich aufsässig. „Meine Bertha ist auch schön, aber nicht klug. Vor allem macht sie keine Probleme und lässt mir meine Ruhe, wenn ich ihrer überdrüssig bin. "

„Wir müssen uns Chlodwig anderweitig vom Hals halten", ignorierte Chararich den Gefühlsausbruch des jungen Mannes.

Es folgte nun eine jener Hasstiraden gegen den Merowinger, die jeder über sich ergehen lassen musste, dem Chararich vertraute.

Beginnend mit der Machtübernahme Chlodwigs, legte er dezidiert dar, in welch skrupelloser Weise der Merowinger seinen Einfluss erweitert und seine Hausmacht vergrößert hatte. Wie er die besten Berater und einflussreichsten Stammesführer zu sich herübergezogen und sogar das besiegte Heer des Syagrius auf sich eingeschworen hatte. Wie üblich ließ er seinen Spott und Hass auf Remigius, den Bischof von Remis, folgen.

„Ein Intrigant, der nur zwei Interessen verpflichtet ist: Den Einfluss der Kirche zu stärken und den König unter die Fuchtel seines Gottes zu zwingen."

Er endete mit der Aufzählung derer, die Chlodwig schon beseitigt hatte und erinnerte daran, wie der Merowinger vor beinahe zehn Jahren den Ebbo, Ragnachars Gefolgsmann, kaltblütig erschlagen hatte. Schließlich stellte er noch heraus, dass er als Einziger gewagt hatte, Chlodwig die Unterstützung im Krieg gegen Syagrius zu verweigern.

„Dieses Bündnis ist jedenfalls ein untaugliches Mittel, Chlodwigs Machtgier zu zügeln", beendete er seinen Monolog. „Es hat die Situation eher verschlechtert als verbessert."

„Woran denkst du?" Ragnachar verschränkte beide Hände im Nacken und fixierte seinen königlichen Amtsbruder voller Interesse.

„So ungelegen der Einfall der Alamannen auch kommt, so bietet er uns doch die Gelegenheit, den Merowinger für immer loszuwerden."

„Ich höre", unterbrach Ragnachar das Schweigen, das nach Chararichs letzten Worten eingetreten war.

Der König von Bononia betrachtete eingehend seine Fingerkuppen, ehe er der Aufforderung nachkam.

„Ein Krieg ist eine gefährliche Sache", zelebrierte Chararich jedes Wort.

„Ein verirrter Pfeil in der Schlacht oder der verunglückte Stoß eines Ango und Chlodwig findet sich bei seinen Ahnen wieder."

„Das ist Königsmord", empörte sich Ragnachar. „Damit will ich nichts zu schaffen haben."

„Er wird dir alles nehmen, was dir lieb und teuer ist", drang Chararich in den Hünen. „Deine Weiber, dein Königreich und

schließlich dein Leben. Und dann trifft es Sigibert und dich, Kloderich."

Der junge Thronfolger zuckte zusammen und richtete sich unwillkürlich auf seinem Schemel auf.

"Mag sein", konterte Ragnachar. "Bring Chlodwig selber um, wenn du glaubst, dass es deine Probleme löst. Du bist es, auf den er es zuerst abgesehen hat. Dein Reich liegt seiner Residenz am nächsten und du warst es, der dem Merowinger die Gefolgschaft verweigert hat."

"Und was ist mit deiner Ehre?", ereiferte sich Chararich. "Chlodwig hat deinen Gefolgsmann erschlagen. Hast du eigentlich Blutgeld von ihm gefordert?"

Ragnachar zuckte mit den Schultern und blieb die Antwort schuldig.

"Du bist der Einzige", folgerte Chararich, "der einen triftigen Grund hat, den Merowinger zu töten".

"Einen König für einen Gefolgsmann?", schnappte der Hüne nach Luft. "Bist du irre?"

"Das bringt uns nicht weiter", mischte sich Kloderich zum ersten Mal ein. "Wenn der Krieg gegen die Alamannen uns die Gelegenheit geben sollte, Chlodwig auszuschalten, müsste der Merowinger daran teilnehmen. Warum sollte er das tun? Ich bin mir nicht sicher, dass er unserer Bitte um Hilfe nachkommt."

"Er muss helfen", widersprach Chararich. "Die Alamannen sind wie wir ein aufstrebendes, nach Expansion ringendes Volk. Keine Goten oder Burgunden, die das Erworbene mühsam zusammenhalten.

Ihr Rheinfranken seid der Schutzwall, der dem Merowinger die Alamannen vom Leib hält. Wenn ihr von Vadomars Scharen hinweggefegt werdet, ist der Damm gebrochen. Chlodwig muss sich dann auf zwei Kriegsschauplätzen behaupten, wenn er seine Ambitionen im Westen nicht aufgeben will."

"Verstärkt durch den Reichtum der Treveris und der Colonia", ergänzte Ragnachar, "werden sie dann ein zumindest ebenbürtiger Gegner sein. Chlodwig muss euch mit einem Heer zu Hilfe eilen."

"Und wir werden ihn und seine Männer vielleicht nicht mehr

los, wenn die Alamannen besiegt sind", ergänzte Chararich.

Kloderich stützte sein Kinn auf die Handfläche der Rechten und schien sich zu bedenken.

„Sollte Chlodwig im Krieg gegen die Alamannen ein Unglück widerfahren, bräuchten wir seine Erben vorerst nicht zu fürchten. Klothilde würde dann das Reich der Merowinger für ihre Söhne und den Erstgeborenen Theuderich verwalten. Wenn überhaupt, würde sie sich nur mit Mühe der Westgoten und Burgunden erwehren. Gar nicht zu reden von irgendwelchen Konkurrenten, die den verwaisten Thron zu gewinnen trachten. Und unsere Königtümer wären in jedem Fall gerettet."

„Dem ist so", bestätigte Chararich.

„Und ich muss dann auch diese Burgundin nicht heiraten?"

Ragnachar blickte auf den Thronfolger als könnte er nicht fassen, was er gerade gehört hatte, während Chararich zur Bestätigung heftig mit dem Kopf nickte.

„Ich habe den Mann, der die Tat ausführen könnte", flüsterte Kloderich mit zu Boden gerichteten Augen.

„An wen denkst du?" Chararich beugte sich vor und fixierte Sigiberts Sohn mit lauernden Blicken.

„Hinkmar wird es tun. Er ist mir treu ergeben und hat bisher alle Aufträge erfüllt, die ich ihm erteilt habe. Ein brutales und gewissenloses Tier, das gerne tötet."

„Wir werden das in Ruhe bedenken", kam es nach einigem Zögern von Ragnachars Lippen. Der Hüne schien schwer mit sich zu ringen.

„Geh jetzt, Kloderich", fuhr er energisch fort. „Dein Vater wird dich vielleicht vermissen und es wäre nicht gut, wenn er dahinter kommt, mit wem du dich heute Nacht getroffen hast."

Sigiberts Sohn huschte aus dem Tempel und es dauerte eine Weile, bis Ragnachar das Wort an den Verschwörer richtete.

„Was setzt du dem Jungen da für Flausen in den Kopf? Zuerst nennst du ihm Gründe, die gegen die Hochzeit mit dieser Silinga sprechen. Dann sprichst du von der Notwendigkeit dieser Verbindung und zeigst ihm gleichzeitig einen Weg auf, diesem Unheil zu entgehen.

Du spielst mit seinen Gefühlen, um deine irrwitzigen Mordpläne gegen den Merowinger voranzutreiben."

„Es ist wie es ist", sinnierte Chararich, wich aber Ragnachars Blick aus.

„Was, wenn es misslingt?", drängte der weiter. „Und wir brauchen das Bündnis mit Gundobad."

„Sachte, mein Freund", griff Chararich nach dem Unterarm seines Gesprächspartners. „Kloderich ist das perfekte Werkzeug. Wenn es misslingt, werden wir alles abstreiten. Und was die Hochzeit betrifft, wird Kloderich sich fügen müssen. Eine Allianz mit Gundobad ist in vielerlei Hinsicht unverzichtbar."

„In diesem Punkt treffen sich unsere Überzeugungen", signalisierte Ragnachar seine Zustimmung.

„Was mir hingegen Sorgen bereitet ist die Gefahr, dass die Alamannen das Mädchen abfangen. Traust du es diesen Jungen zu, Silinga in Sicherheit zu bringen? Man sollte ihnen einen erfahrenen Mann zur Seite stellen."

„An wen denkst du?", fragte Chararich.

„Dieser Hinkmar", fuhr Ragnachar fort, „scheint der richtige Mann für diese Aufgabe zu sein. Kaltblütig, erfahren und seinem Gefolgsherrn treu ergeben. Obwohl ich diese ‚Ratte', wie man ihn nennt, nicht mag."

„Das musst du auch nicht", lachte der König von Bononia laut auf. „Jedenfalls kann er sich mit dieser Aufgabe bewähren und zeigen, dass er der richtige Mann für unsere Pläne ist."

„Für deine Pläne", entgegnete Ragnachar trocken. „Ich kann deine Verschwörung gegen das Leben des Merowingers nach wie vor nicht gutheißen."

„Du hast nichts gehört". Lauernd ruhte Chararichs Blick auf Ragnachar, der schließlich unmerklich nickte.

„Dann erweise mir einen Gefallen", fuhr der untersetzte König fort. „Geh morgen in aller Frühe zu Sigibert und bitte ihn darum, Hinkmar den Jungen zur Seite zu stellen. Der König der Rheinfranken hört auf deinen Rat."

„Diesen Wunsch werde ich dir gerne erfüllen", lächelte der Hüne und erhob sich. „Aber was deine Pläne gegen Chlodwig *betrifft"*, hob er warnend die rechte Hand, *„bitte ich dich, alles noch einmal in Ruhe zu bedenken."*

„Dieser erbärmliche Feigling", schnappte Folmar nach Luft, weil er sich in seiner Erregung an dem Inhalt seines Humpens verschluckt hatte. „Lässt uns direkt vor der Nase des Feindes nach seiner Braut suchen, um sich noch ein paar schöne Tage in der Colonia zu machen."

„…wenn ich dem Feind in die Hände fallen würde…", ahmte Pippin gekonnt den ängstlichen Unterton in der Stimme des Thronfolgers nach.

„Und Sigibert lässt sich darauf ein", entrüstete sich Quirinus. „Warum jagt er diesen Bastard nicht endlich davon, oder noch besser, steckt ihn in eines dieser Klöster, die in Gallien wie Pilze aus dem Boden schießen?"

„Weil er nun mal der Thronfolger ist", gab ich meinen Standpunkt zum Besten. „Er ist Sigiberts einziger legitimer Nachfolger. Und ich glaube nicht, dass er es in seinem Alter noch einmal hinbekommt, eine Frau zu schwängern."

„Und wenn", prustete Folmar in das aufkeimende Gelächter hinein, „würde Kloderich Mittel und Wege finden, den kleinen Nebenbuhler loszuwerden."

„Und sich dabei noch nicht einmal die Hände schmutzig machen", ergänzte Pippin. „Ein Wink von ihm und seine Kreatur würde ihm nicht nur die Nase brechen."

Obwohl ich von meinen Freunden gewohnt war, wegen meines kleinen Schönheitsfehlers aufgezogen zu werden, versetzte es mir dennoch einen Stich.

„Ich schwöre euch", ließ das Bier meinen Gefühlen freien Lauf, „irgendwann werde ich diese Ratte dafür umbringen."

Noch vor der Dämmerung hatten wir unter den halb zerfallenen Kolonnaden des halbrunden Platzes, auf dem sich einst die Ara Ubiorum erhoben hatte, die Taverne des Rufinus aufgesucht.

Wir, das waren: Folmar, Pippin, Quirinus und ich. Sebastianus war noch in seiner Kammer geblieben und wollte nachkommen, wenn er den versprochenen Brief in die Heimat fertiggestellt hatte.

Wir hatten die verräucherte Spelunke während der letzten Saturnalien kennen gelernt, die gegen den Widerstand des Bischofs und seiner Priester immer noch von der den alten Göttern anhängenden Einwohnerschaft der Colonia gefeiert wurden.

Anfangs hatte mich dieses Fest in die größten Gewissensbisse und Widersprüche verwickelt. Dank meines Vaters, der sich gegen den heidnischen Großvater durchgesetzt hatte, war ich christlich getauft und erzogen worden. Unglücklicherweise fielen die tollen Tage in die Zeit unmittelbar vor und während des Geburtstages von Jesus, Gottes Sohn. Da wir es aber nicht über uns brachten, die Freunde dem zügellosen Treiben ohne unseren mäßigenden Einfluss zu überlassen, hatten Sebastianus und ich eine Übereinkunft getroffen. Drei volle Tage tranken und tobten wir uns durch die Tavernen der Colonia, um dann am Weihnachtsabend um Vergebung für unsere Verfehlung zu bitten. Wir nahmen regelmäßig am Gottesdienst in der Kapelle des heiligen Laurentius teil, die nach germanischer Sitte mit funkelnden Lichtern und duftenden Tannenzweigen geschmückt war. Mit Erleichterung hatten wir bei unserer ersten Teilnahme festgestellt, dass viele Besucher des Gottesdienstes, gleich uns, aus dunkel verschatteten Augen der Zeremonie folgten und das Tannengrün die Ausdünstungen nach Bier und Wein nur ungenügend überdeckte.

Da dieses Zusammentreffen liebgewordener Traditionen und Feste für viel Unmut und auch Unruhe sorgte, löste ein weiser Bischof das Problem schließlich auf seine Weise. Man kleidete das bacchanalische Treiben in ein christliches Gewand und gestattete es zu einem späteren Zeitpunkt, während das Geburtsfest unseres Herrn wie üblich vier Tage nach der Wintersonnenwende zelebriert wurde.

Da es ein lauer Sommerabend war, hatten wir uns unter die Säulenvorhalle gesetzt, deren verfallende Pracht unser Wirt mit Stützbalken und sorgfältig eingezogenen Dielenbohlen gesichert hatte.

Es war mittlerweile dämmrig und dann dunkel geworden. Unaufhaltsam schmolz der Inhalt unserer Münzbeutel dahin, obwohl wir heute dem Bier und nicht dem teuren Wein zusprachen. Schließlich verständigten wir uns mit Rufinus darauf, den Fortgang der Zeche mit einer silbernen Fibel zu begleichen, die Pippin einem Krieger der Palastwache beim Würfelspiel abgewonnen hatte. Dem Wirt war es Recht, denn er zog diese Art der Bezahlung dem Münzgeld vor, das minderwertig und häufig gefälscht war. Zufrieden grinsend rief er, das Schmuckstück in der Linken wiegend, mit der Rechten die Magd herbei, unsere aus Dauben und Eisenbändern gefügten Humpen, aufzufüllen.

„Da bist du ja endlich", lärmte Quirinus und schob Sebastianus, der an unseren Tisch getreten war, einen Schemel zu.

„Ihr werdet nicht glauben, was ich eben gesehen habe." Unser Freund nahm einen tiefen Schluck aus dem ihm zugeschobenen Gefäß und wischte sich den dünnen Schaum von den Lippen.

„Mach es nicht so spannend", lallte Quirinus trotz aller Mühen, sauber zu artikulieren.

„Als ich das Prätorium verließ sah ich Kloderich, der sich, in einen dunklen Umhang gehüllt, aus dem Nebeneingang davon stahl."

„Ja und?", fiel ihm Folmar ins Wort. „Den hat bestimmt die Sehnsucht nach der schielenden Bertha hinausgetrieben. Die mit dem dicken Hintern und den flachen Brüsten."

„Was dich nicht daran gehindert hat", krähte Pippin mit belegter Stimme, „ihr im letzten Sommer nachzustellen. Sie ist eigentlich ganz hübsch."

„Aber dumm wie ein Fladenbrot", gab ich unter dem Gejohle der Freunde meine Einschätzung von Berthas Reizen zum Besten.

„Bist du ihm gefolgt?", fragte ich weiter, einen ernsthaften Ton anschlagend.

„Dazu kam ich nicht", lautete die Antwort des Freundes. „Als ich mir gerade diese Frage selber stellte, öffnete sich die Pforte ein zweites Mal. Ragnachar trat auf das Pflaster, schaute sich nach allen Seiten um, verschwand noch einmal für kurze Zeit im Schatten und schlug dann die gleiche Richtung ein, in die Kloderich verschwunden war."

„Welche Richtung?", stellte Folmar seinen Humpen beiseite und wischte sich die Mundwinkel aus.

„Der Rheinmauer entlang zum Kapitol, soweit ich das beurteilen kann", bedauerte Sebastianus. „Ich hielt es für klüger, ihnen nicht zu folgen."

„Ich hätte es genauso gemacht", nickte Folmar. „Was geht es uns an, was dieser eitle Thronfolger und König Ragnachar im Dunkeln treiben. Wir haben selber genug Probleme." Er winkte nach Rufinus, der mit neuem Bier herbeieilte.

„Du sagst es", führte der nun nüchtern wirkende Quirinus den Gedanken unseres Freundes fort. „Anstatt mit Sigibert in den Krieg zu ziehen, müssen wir dieses Mädchen suchen, das irgendwo in der Silva Arduenna herumirrt."

„Ich will doch hoffen, dass sie die Straße nimmt", bemerkte ich trocken. „Jedenfalls ist sie nicht alleine und es dürfte nicht allzu schwer sein, eine größere Reisegruppe aufzuspüren."

„Wenn sie nicht schon irgendeinem alamannischen Vortrupp in die Hände gefallen sind und wir uns ebenfalls blutige Köpfe holen." Pippin blies die Backen auf und ließ hörbar die Luft entweichen, als er geendet hatte.

„Ich glaube nicht, dass die Alamannen so dumm sind, sich an dieser Burgundin zu vergreifen", lenkte Sebastianus die Richtung unserer Betrachtungen auf die Person Silingas.

„Warum nicht?", tat Folmar erstaunt.

„Diese Silinga soll etwas ganz Besonderes sein", scherzte Sebastianus. „Eine Schönheit, die allen den Kopf verdreht und ständig für Streit sorgt. Eitel, herrisch und mit allem und jedem unzufrieden. So was tut sich kein Alamanne an."

„Woher hast du dein Wissen?", fragte Folmar interessiert.

„Von einer burgundischen Magd, die den Hof Gundobads bei Nacht und Nebel verlassen hat. Diese Silinga und ihre ältere Base Rotrudis sollen sie gequält und sogar mit Nadeln gestochen haben, wenn sie sich ungeschickt angestellt hat."

„Alles nur Gerüchte", widersprach Quirinus. „Ich kenne diese Magd, die einem Töpfer aus der Nordstadt vorgemacht hat, dass sie schwanger sei. Der Dummkopf gab ihr viel Geld und wartet noch heute auf die Niederkunft eines Sohnes. Ein durchtriebenes Luder, das es mit der Wahrheit nicht so genau nimmt und wer weiß schon, warum sie aus Lugdunum weggelaufen ist."

„Vielleicht sind sie schon gewarnt und längst auf dem Rückweg nach Hause", sinnierte Quirinus in seinen geleerten Daubenbecher. „Dann suchen wir vergeblich nach ihnen und verpassen den Krieg."

„Was nicht das Schlechteste wäre", gab Sebastianus unter dem Protest unserer fränkischen Freunde zu bedenken.

„Ruhe", herrschte ich in die Runde. „Wir sollten vor unserem Aufbruch mit Sigibert einen Zeitpunkt absprechen, an dem wir zurück sein sollten. Ich möchte jedenfalls nicht fehlen, wenn wir gebraucht werden."

„Was für ein Held", frotzelte Pippin. Die berauschenden Kräfte des Schankbieres schlossen ihn wieder fester in die Arme.

„Marcellus hat Recht", schlug sich Folmar an meine Seite. „Und wir sollten es nach der nächsten Lage genug sein lassen. Wir müssen eine Stunde nach Sonnenaufgang zum Aufbruch bereit sein. Es macht einen schlechten Eindruck, wenn wir uns dann nur mit Mühe in den Sätteln halten können."

Aus der letzten Runde wurden dann doch noch deren drei, bis der Gegenwert der Fibel in frisch angesetztem Schankbier erreicht war. Und dann ließ Rufinus es sich auch nicht nehmen, einen Abschiedstrunk auf seine Kosten zu kredenzen. Der durchtriebene Romane, dessen Familie dieses Gewerbe seit vielen Generationen betrieb, wusste genau, wie man seine Kundschaft bei Laune hält.

Den völlig betrunkenen Pippin stützend, wankten wir weit nach Mitternacht zum Prätorium zurück, vor dessen Portal uns die grinsende Wache ohne Formalitäten passieren ließ.

Es war nicht das erste Mal, dass wir, ein Gebot Sigiberts umgehend, so spät in der Nacht heimkehrten. Einige Münzen und ein Krug Wein, die pünktlich zu den Kalenden eines neuen Monats übergeben wurden, sorgten wie gewohnt für einen reibungslosen Ablauf unserer Rückkehr. Folmar hatte es einst übernommen, diese, den kargen Lohn der Wachsoldaten aufbessernde Gabe, auszuhandeln.

In meiner Kammer angekommen, machte ich mir nicht die

Mühe mich auszukleiden. Mit Schuhen und Kleidern sank ich auf die Felle meiner Bettstatt und fiel sofort in tiefen Schlaf.

„Kann mir jemand dieses verdammte Vieh aus den Haaren nehmen?" Silinga fingerte mit der Rechten an ihrem Hinterkopf, in dessen blonder Haarfülle sich ein Grashüpfer verfangen hatte.

„Mach doch endlich", herrschte sie ihre etwa zehn Jahre ältere Begleiterin an, die sich mühsam vom Grasboden erhob, auf dem sie gelagert hatte. Ungeschickt versuchte diese, nachdem sie mit tapsigen Schritten hinter die schöne Burgundin getreten war, das Tier aus seiner Falle zu befreien.

„Das kann doch nicht so schwer sein, Rotrudis", schrie Silinga auf und gab der älteren Frau einen Stoß, der sie zurücktaumeln ließ.

„Siehst du", stieß Silinga mit zornrotem Antlitz hervor und hielt ihr das zwischen zwei Fingern zappelnde Insekt vor die Augen, das sie mit raschem Griff gepackt und hervorgezerrt hatte. Dann sprang sie auf, warf die Grille zu Boden und zertrat sie mit dem Fuß.

„Es tut mir leid", klagte Rotrudis und versuchte ihrer Gefährtin mit der Rechten über den Kopf zu streichen.

„Fass mich nicht immer an", ruckte Silinga den Kopf zur Seite. „Nimm einen Kamm und bring mein Haar wieder in Ordnung."

„Mach es doch selber", wehrte sich die Zurückgewiesene. Sie warf Silinga einen sorgsam gearbeiteten Knochenkamm zu, der an ihrem braunen Kleid abprallte und zu Boden fiel. „Ich bin keine Dienstmagd und wollte dir nur helfen."

„Hört das denn nie auf", stöhnte der bärtige Krieger im Lederkoller auf, der die Szene mit einem Zucken um die Mundwinkel verfolgt hatte.

„Seit Tagen geht das nun schon so, und ich verliere langsam die Geduld."

„Halt dich da raus, Wulfram", entgegnete Silinga scharf, „und lass uns endlich in Ruhe."

Der Mann schluckte den aufwallenden Ärger hinunter und sah zu den Pferden, die hinter der lagernden Reisegruppe am Wald-

rand grasten. Dann blickte er wieder nach den ihm anbefohlenen Frauen, die in entgegengesetzte Richtungen starrten.

Silinga hatte wegen der Mittagshitze ihren Reisemantel abgelegt und trug nur ein eng geschnittenes, bis zu den Waden herabfallendes Kleid, das ihren schlanken, hoch gewachsenen Körper und die kleinen, wohlgeformten Brüste zur vollen Geltung brachte. Die Hüften gürtete ein Lederband, dessen Schnalle und Riemenzunge in reinstem Gold erstrahlten. An den Füßen trug sie rot gefärbte, bequeme Schuhe aus Rehleder, die bis zu den Knöcheln reichten. Ihrem Status entsprechend, war sie reichlich mit Schmuck versehen, den sie an langgliedrigen Fingern, zierlichen Gelenken und als Kette um den grazilen Hals trug. Kostbare Arbeiten aus Gold, Silber und Almadine, wie sie in den Werkstätten des östlichen Mittelmeeres hergestellt wurden. Am meisten stachen die runden Scheibenfibeln ins Auge, die das leichte Gewebe ihres Kleides an den Schultern zusammenhielten. Die Tracht einer reichen Frau aus vornehmer, romanischer Familie.

Das helle Braun ihres Kleides war perfekt auf die wallende Pracht ihres blonden Haares abgestimmt. Sie sah hinreißend aus, obwohl das Gesicht einige Unvollkommenheiten aufwies: die Nase etwas spitz, der Mund zu schmallippig und die grünblauen Augen eine Idee zu weit auseinander stehend. Vielleicht waren es aber gerade diese kleinen Makel, die dem Antlitz seinen herrisch, leidenschaftlichen Ausdruck gaben.

Ihre Begleiterin Rotrudis schien das genaue Gegenteil dieser elfengleichen Erscheinung.

Von derber Schlichtheit die Züge ihres Gesichtes und die Formen ihres Körpers. Augen und Haare, in die sich erste graue Strähnen mischten, von einem stumpfen, ausdrucksleeren braun. Um die Mundwinkel hatte sich ein bitterer Zug eingegraben, wie es ein in jungen Jahren zugefügtes Leid hinterlässt. Dafür aber mit einem Mundwerk ausgestattet, das unausgesetzt scheinbar Belangloses von sich gab. Wer sie näher kannte, hütete sich jedoch vor ihrem Jähzorn und ihrer nicht zu unterschätzenden geistigen Beweglichkeit. Eine Frau, die man sich nicht zum Feind machen sollte.

Wenn Wulfram eines in den letzten Tagen begriffen hatte, dann die Erkenntnis, sich nach Möglichkeit nicht in einen Streit seiner Schutzbefohlenen einzumischen. Seit ihrem Aufbruch vor zehn Tagen waren diese Scharmützel an der Tagesordnung. Sie hatten sich sogar noch gesteigert nachdem sie die Treveris verlassen hatten und ihrem Ziel näher gerückt waren.

Dabei hatte sich alles so gut angelassen. Er hatte sich gefreut, dem intriganten Hof von Lugdunum für einige Wochen den Rücken kehren zu können und endlich die Colonia zu besuchen, von der man sich die reinsten Wunderdinge erzählte. Wie seine Heimatstadt an einem großen Strom gelegen. Eine Metropole deren Menschen für ihren Frohsinn bekannt waren.

Die Schwierigkeiten hatten begonnen, als sie vor Divodurum die Mosel erreichten. Wegen des Niedrigwassers fanden sie kein Schiff, mit dem sie die Reise bequem hätten fortsetzen können. Auch der gerade Weg von der Treveris nach der Colonia blieb ihnen verschlossen. Es war ihnen nichts anderes übrig geblieben, als den weiten Weg am Ufer des Flusses einzuschlagen.

Sein Gedanke vom Vormittag, die vor ihnen liegende Flussschleife auf einem die Höhe erklimmenden Saumpfad abzuschneiden, hatte nicht zu dem erhofften Ergebnis geführt. Anstatt Zeit einzusparen, hatten sie sich beim Anstieg verausgabt und beinahe den Karren verloren, der nur unter Aufbietung aller Kräfte vor dem Absturz hatte bewahrt werden können.

Den Gedanken, dass Rotrudis auf der Ladefläche gesessen hatte und er sie beinahe losgeworden wäre, schob er von sich.

Was aber machte Silinga so reizbar? Waren es die Strapazen der Reise oder war es die Erkenntnis, ihre Heimat für immer verlassen zu haben? Er war zwar einiges von ihr gewohnt, aber derart unausgeglichen hatte er sie noch nicht erlebt.

Eigentlich tat sie dem kräftigen Mann mit den breiten Schultern leid. Als Heranwachsende hatte sie erleben müssen, wie der eine Onkel, der Vater ihrer verhassten Base Klothilde, hinterhältig getötet wurde, während der andere, Gundobad, nach der Krone der Burgunden griff. Vater und Mutter, die sich aus dem Zwist heraushalten versuchten, ertranken auf mysteriöse Weise in dem See, über dessen Ufer die Stadt Geneva thront.

Früh lernte sie, dass nur der überlebt, der selbstbewusst auf-
tritt, ohne den Zorn der Mächtigen herauszufordern. Sie hatte
Glück, dass ihr Onkel sie schon als Kind in sein Herz geschlossen
hatte und sie bald an seinen Hof holte. Dort übergab er sie der
Obhut der älteren Rotrudis. Eine freudlose Frau, die es verstand,
ihr die Mühsal des Lebens abzunehmen und ihren Launen stand-
zuhalten.

Das um seine Kindheit betrogene Mädchen entwickelte mit den
Jahren einen unbändigen Ehrgeiz, die Frauen des Hofes an Bil-
dung, Wissen und Aussehen zu übertreffen. Deshalb überraschte
es keinen, dass König Gundobad dem Werben Sigiberts um sei-
ne Nichte zustimmte. Zu einem war er sich sicher, dass Silinga
als Gattin des Thronfolgers, die Interessen seines Königreiches
bei den Rheinfranken vertreten würde. Zum anderen hatten zu-
erst seine Frau und dann seine Geliebten damit begonnen, voller
Argwohn und Eifersucht gegen die junge Frau zu sticheln. Eine
einmalige Gelegenheit, den Frieden seines Hauses zu wahren.

Wulfram strich sich mit den Fingern der Rechten durch den
sorgfältig gestutzten Bart und unterdrückte ein Gähnen. Dann
streckte er sich auf dem Rücken aus und schaute in die unermess-
liche Weite des blauen Himmelsgewölbes über ihm.

Drei, höchstens vier Tage, ging er im Kopf die noch vor ih-
nen liegende Wegstrecke durch, würden sie brauchen, um nach
Confluentes zu gelangen. Dort, am Zusammenfluss von Rhein und
Mosel, konnten sie dann, der Limesstraße folgend, in zwei Tagen
die Colonia erreichen.

Es wurde Zeit, das Zeichen zum Aufbruch zu geben. Ein Bauer
hatte ihm von einer verlassenen Straßenstation am Ufer der Mo-
sel erzählt. Von dem Scheitelpunkt der Höhe, auf der sie lagerten,
bis hinunter ins Flusstal waren es etwa zwei Leugen. Im Schutz
der Mauern würden sie ein Feuer entfachen, von ihrem Proviant
essen und eine ruhige Nacht verbringen.

Beinahe wäre er eingenickt, wenn nicht das Brummen einer
Hummel seinem Ohr zu nahe gekommen wäre.

„Gernot", rief er den nächstlagernden Krieger herbei und
streckte die müden Glieder, ehe er sich erhob. „Scheuch' die

Männer hoch und sammelt die Reittiere ein. Wir brechen auf, sobald ihr fertig seid. "

Der aus seiner Nachmittagsruhe aufgeschreckte Krieger trollte sich brummend, beeilte sich aber, den Befehl des Anführers umgehend auszuführen. Es war nicht ratsam, den Anordnungen Wulframs zuwiderzuhandeln. Er galt als harter, aber auch gerechter Anführer. Ein Mann, dem man mit Respekt und Achtung begegnete und in der Gefahr blind vertraute.

„Es ist gut, dich dabei zu haben. " Unbemerkt war Silinga herangetreten und legte ihre Hand auf den sehnigen Unterarm des Truppführers. „Du bist so stark und die Männer gehorchen dir aufs Wort. Was würde ich ohne dich machen? "

‚Sie ist eine unberechenbare Furie', ging es Wulfram durch den Kopf. ‚Sie kann aber auch zuvorkommend und bezaubernd sein, wenn ihr danach ist. '

„Danke", antwortete er kurz. „Sorge bitte dafür, dass Rotrudis das Marschtempo einhält. Die Männer sind müde und sehnen das Ende des Tagesmarsches herbei. Außerdem", ließ er seinen Blick über die nach Westen ansteigenden Höhen schweifen, „kann es am Abend ein Gewitter geben. Siehst du die Wolkenbank dort drüben? "

„Sie wird schon Schritt halten. " Eine kleine Unmutsfalte hatte sich oberhalb ihres Nasenrückens gebildet.

‚Was hat sie bloß an dieser Rotrudis?', blitzte es in ihm auf. ‚Sie muss doch sehen, dass die Frau eine große Belastung ist. '

„Wulfram. " Silingas Stimme hatte wieder zu ihrem freundlichen Unterton zurückgefunden. „Was hältst du von diesem Gerede über die Alamannen. Glaubst du auch, dass sie zum Angriff rüsten. Deine Männer erzählen so einiges. Rotrudis ist ganz krank vor Angst. "

„Wer kann das wissen? ", antwortete er abschlägig. „Wir sollten uns in jedem Fall eilen, die Colonia zu erreichen. Ich möchte in keinem Fall auf diese Wilden mit ihren zotteligen Bärten und goldenen Schwertern treffen. "

Als Silinga ihm den Rücken zuwandte, griff er nach dem goldenen Kreuz, das er an einem Lederband um den Hals trug.

„Möge uns der Allmächtige vor den Alamannen beschützen. "

Minuten später war der Rastplatz geräumt und die Reisegrup-
pe aufgesessen. Fünf Krieger, drei Knechte, ein leichter Karren,
der den Proviant und die Ausrüstung trug und zwei Frauen streb-
ten bergab ihrem Ziel entgegen.

Feuerzeichen

Meinen ledernen Ausrüstungssack auf der Schulter, betrat ich zur angegebenen Zeit das Pflaster des Vorhofes, auf dem der im Morgengrauen niedergegangene Regenguss kreisrunde Wasserlachen hinterlassen hatte.

Ich schleppte schwer an meiner Ausrüstung, die aus einer zweiten Tunika, Hosen, Wollmantel, Essgeschirr, dem eisenbeschlagenen Rundschild, schuppenbesetztem Lederkoller und einem Wurfspeer bestand. Die Spatha hatte ich mir um die Hüften geschnallt, während Messer und Franziska in meinem Gürtel steckten. Den schweren Spangenhelm, wohlverwahrt im sackförmigen Futteral, trug ich an einem um Hals und Schulter geschlungenen Riemen. Um ihn zu Pferde schnell bei der Hand zu haben, hatte ich mir angewöhnt, ihn am Sattelknauf zu befestigen.

Den Pfützen ausweichend, hielt ich auf die Gruppe meiner Kameraden zu, die mit der Sattelung ihrer Reittiere begonnen hatte.

Einer der herumlungernden Reitknechte eilte mir entgegen und nahm mir die Waffen aus den Händen, um sie auf eines der Packpferde zu schnallen.

Wegen meiner Verspätung unterdrückte ich einen leisen Fluch und hielt nach dem mir verbleibenden Gaul Ausschau. Wir besaßen keine eigenen Pferde, weil sie uns bei Bedarf von Sigiberts Stallmeister zur Verfügung gestellt wurden. Wer aber, wie ich heute, zu spät kam, musste sich mit dem Tier zufrieden geben, das übrig geblieben war. In diesem Fall ein struppiger, rehbrauner Wallach, der für seine Eskapaden bekannt war.

Bei unserem letzten gemeinsamen Ausritt hatte sich der Heißsporn aus reinem Übermut in die Flanke des vorangehenden Tieres verbissen, was einen heftigen Tumult und meinen nachfolgenden Sturz in den Straßengraben auslöste. Es hatte Tage gedauert, bis ich wieder schmerzfrei sitzen konnte.

Als hätte der Wallach, den man Loki nannte, meine Gedanken erraten, wendete er mir den Kopf zu und bleckte die Zähne.

Ich missachtete die schadenfrohen Blicke meiner Gefährten

und hatte dem Tier gerade den Sattel mit meinem Kleidersack angeschnallt, als das Hoftor aufflog und Sigibert nebst Kloderich, gefolgt von sechs Reitern, hereintrabten.

„Bei Thyr und dem heiligen Martinus", entfuhr es Folmar, der zum Himmel blickte und in gespieltem Entsetzen die Augen verdrehte. „Das haben wir nicht verdient."

Auch ich hatte Hinkmar erkannt, der uns ein hämisches Grinsen zuwerfend, von seinem Pferd sprang und einem Reitknecht die Zügel in die Hand drückte.

Hatte ich eben noch darauf spekuliert, dass die Ratte zu Sigiberts heutiger Begleitung zählte, schmolz meine Hoffnung in sich zusammen, als ich den aufgeschnallten Reisesack bemerkte. Das war also die Unterstützung, die der König gestern angedeutet hatte.

„Sigibert", begann Folmar, der sich als Erster gefasst hatte. „Wann erwartest du uns zurück?"

„So bald als möglich", antwortete der Angesprochene mit einem Seitenblick auf seine Begleitung. „Ich habe Hinkmar eingehend instruiert. Er wird euch alles Notwendige mitteilen."

„Wer hat die Führung?", fragte ich in der leisen Hoffnung, dass Folmar oder ich damit beauftragt würden.

„Natürlich Hinkmar", kam Kloderich seinem Vater feixend zuvor.

„Er ist älter und besitzt die notwendige Erfahrung", unterbrach Sigibert seinen Sohn. „Ich erwarte von euch", warf er mir und Hinkmar einen strengen Blick zu, „dass ihr eure Streitigkeiten ruhen lasst. Haben wir uns verstanden?"

Ich nickte und gewahrte das Augenzwinkern, mit dem Kloderich seinen Vertrauensmann bedachte.

„Folmar", fuhr Sigibert fort. „Du hast ein Auge auf die beiden. Ich werde jede Zuwiderhandlung unnachsichtig bestrafen. Wir stehen vor einem Krieg und ihr habt einen wichtigen Auftrag zu erfüllen. Es ist nicht die Zeit, persönlichen Hader auszutragen. Ihr seid Krieger und keine halbwüchsigen Raufbolde."

Das war deutlich. Ich schluckte den aufwallenden Ärger herunter und registrierte dankbar die Blicke meiner Kameraden, die mir Unterstützung signalisierten.

„Reitet und findet das Mädchen", beendete Sigibert seine Ansprache. „Meine Segenswünsche werden euch begleiten."

Der König wendete sein Pferd und preschte, gefolgt von Kloderich, aus dem Hof.

Wenige Augenblicke später waren wir zum Aufbruch bereit. Hinkmar und drei seiner Spießgesellen übernahmen die Spitze unseres Zuges, während die übrigen mit den Lasttieren den Schluss bildeten. Dazwischen reihten sich meine Kameraden und ich uns ein.

Bei der Formierung unseres Zuges kam Hinkmar für einen kurzen Augenblick bis auf Armeslänge an mich heran.

„Pass auf dich auf Kleiner", raunte er mir zu. „Gib mir keinen Vorwand, meine guten Vorsätze zu vergessen."

Meine Rechte krallte sich um das Heft meiner Spatha und ich wollte gerade zu einer Entgegnung ansetzen, als Folmar meinen Schwertarm berührte.

„Nimm dich zusammen", beschwor mich der Freund. „Er wird es nicht wagen, Sigiberts Anordnung zu ignorieren. Ein heulender Wolf beißt nicht. Und denke immer daran, dass wir zu dir stehen."

Ich dankte mit einer knappen Geste und nahm meinen Platz inmitten meiner Freunde ein, sorgsam darauf bedacht, einen möglichst großen Abstand zu Hinkmar und seinen Kumpanen einzuhalten. Missmutig wälzte ich im Kopf die voraussichtliche Zahl der Tage, die mich an dieses Scheusal fesselte.

In zwei bis drei Tagen konnten wir Confluentes erreichen und dann waren es noch einmal drei Tage bis in die Treveris. Spätestens dort müssten wir die Gesuchten gefunden oder wenigstens Nachricht über ihren Verbleib erhalten haben. Zählte ich die gleiche Anzahl für den Rückweg, waren es eine oder höchstens zwei Wochen, die unser Unternehmen dauern würde. Eine kurze Zeitspanne aber doch eine Ewigkeit. Ich sah mich am Fuße eines riesigen Berges, dessen Anstieg sich in Dunst und Nebel verlor.

Das Klappern der Pferdehufe auf dem brüchigen Straßenpflaster riss mich aus meinen Gedanken.

Der Frost im Winter und das letzte Rheinhochwasser hatten den Straßenbelag an vielen Stellen aufgebrochen und fortgeschwemmt.

Es war an der Zeit, die schadhaften Stellen mit Mörtel und Kies auszubessern. Steinmetze, die sich darauf verstanden, die fehlenden Platten zu ersetzen, waren kaum noch zu bekommen. Und die wenigen, die sich noch darauf verstanden, hatten genug mit der Herstellung von Grabsteinen und der Ausbesserung der öffentlichen Gebäude zu tun.

Vorbei an den verfallenden Straßenfronten der Südstadt, zwischen deren Ruinen die einfachen Pfostenhäuser der fränkischen Neusiedler wie Pilze aus dem Boden schossen, näherten wir uns dem Südtor. Hühner stolzierten über zerfallende Mauern während fette Schweine sich in ihren Koben wälzten, die oftmals auf den Mosaiken der alten Stadtpaläste angelegt worden waren. Die frischen Dunghaufen verrieten mir, dass man im Morgengrauen das Milchvieh auf die Weiden der Rheinaue getrieben hatte. Es waren in der Mehrzahl Bauern, die Sigiberts Versprechungen auf ein besseres Leben als Neusiedler in die Colonia gelockt hatten.

Dort, wo die alteingesessenen Romanen ihre Werkstätten betrieben, war es aufgeräumter und sauberer. Viele hatten aber auch aus Mangel an Aufträgen ihre Betriebe aufgegeben und waren auf die Höfe und Dörfer vor der Stadt gezogen, um sich dort bei einem der reichen Grundherren oder den adligen Neuankömmlingen als Knechte zu verdingen. Hier bewirtschafteten auch viele fränkische Krieger ihre bescheidenen Hofstätten, während es das Kriegsgesindel, brotlose Söldner und heimatlose Vagabunden in die Stadt trieb. Zügellose und brutale Existenzen, unter denen Kloderich und Hinkmar ihre Helfershelfer rekrutierten. Grobschlächtige Kreaturen und Trinker, die für wenige Kupfermünzen töteten.

Beim Verlassen der Stadt hallten die Hufe unserer Pferde im Halbdunkel der mittleren Durchfahrt des von zwei Türmen flankierten Südtores. Ein kurzes Stück Weges noch und die Platten des Pflasters wurden vom Kiesbelag der römischen Fernstraßen abgelöst.

Ein verwitterter Meilenstein zeigte die Entfernung nach Bonna mit zwanzig Leugen an. Schweigend und jeder seinen Gedanken nachhängend, hatten wir etwa die ersten zwei davon zurückgelegt, als Folmar seinen Gaul zügelte und Hinkmar heranrief.

„Die Christen unter uns sind es gewohnt, zum Beginn einer Unternehmung Einkehr bei ihrem Gott zu halten."

„Ja und?", entgegnete der Angeredete schroff.

„Dort drüben", Hinkmar wies auf einen neben der Straße errichteten Steinbau, „gibt es bis Bonna die letzte Gelegenheit dazu. Es ist die Kirche, in der man des Bischofs Severinus gedenkt."

Mein Blick wanderte zu dem neu errichteten, Ziegel gedeckten Steinbau, dessen Pforte weit offen stand. Wir befanden uns inmitten des großen Gräberfeldes, das sich zu beiden Seiten der Straße erstreckte. Es fiel auf, dass bis auf einige frisch aufgeworfene Gräber, die Grabmäler und Gedenksteine in unmittelbarer Nähe des Gebäudes bis auf wenige Reste entfernt worden waren. Ein Blick auf die unverputzten Außenmauern zeigte mir, dass man sie zum Bau der Kirche verwandt hatte.

„Das ist schön", bemerkte ich den beißenden Spott in Hinkmars Fistelstimme. „Vielleicht gibt es unter den Romanen noch einen, der am nächsten Matronenheiligtum opfern will und die anderen rasten bei jeder hoch gewachsenen Eiche, um Wodan anzurufen."

Folmar, von dem ich damals nicht sagen konnte, welchem Glauben er zugetan war, starrte den uns aufgezwungenen Führer mit unverhohlener Wut an, während Sebastianus nur den Kopf schüttelte und sich aus dem Sattel schwang.

Quirinus und ich taten es ihm gleich, folgten unserem Freund und ließen Hinkmar einfach stehen.

Wir durchschritten die Vorhalle und traten über die Schwelle in das Dunkel des Kirchenraumes.

Die schmalen Bogenfenster von Apsis und Seitenschiffen sowie die höher liegenden des Mittelschiffes leuchteten den Raum nur ungenügend aus, weshalb auch am helllichten Tage einige Öllampen für zusätzliche Beleuchtung sorgten. Den Boden des ungefähr zehn Schritte langen und fünfzehn Schritte breiten Raumes deckte ein sorgfältig geglätteter Estrich aus Mörtel mit rötlichem Ziegelbeischlag. Vom Verputz der Wände konnte ich wenig erkennen, da sie mit ausgeblichenen Leinentüchern behängt waren, die den warmen Goldton der brokatenen Ausschmückung der Apsis betonten. Den von einer hölzernen Schranke abgegrenzten Altartisch schmückte ein mit Silberbeschlägen verziertes Kreuz aus dunklem Eichenholz. Eine verschlossene Truhe enthielt wohl die liturgischen Gegenstände, die zum Gottesdienst benötigt wurden. Irdene Schalen und Pokale aus getriebenem Metall für Wein und Brot.

Nachdem wir uns umgeschaut hatten, ließen wir uns auf einer der roh gezimmerten Bänke nieder. Während Sebastianus und Quirinus sofort im innigen Gebet versunken waren, tat ich mich schwer, meine Gedanken zu ordnen.

‚Was würde uns erwarten, wenn wir den Schutz des geheiligten Raumes verließen? Und was würden die nächsten Tage bringen?'

Der Form halber murmelte ich ein Gebet, in dem ich Gott bat, meinen Feind zu sich zu rufen und ihn in den hintersten Winkel der Hölle zu verbannen. Sebastianus wäre entsetzt gewesen, wenn er meine Gedanken erraten hätte.

„Wenn du es noch einmal wagst…", reckte der erboste Hinkmar seinen Zeigefinger gegen mich, als wir aus dem Halbdunkel der Vorhalle heraustraten. „Dann…"

„Was dann?", drängte sich Folmar zwischen uns, der gesehen hatte, dass meine Rechte an den Schwertgriff gefahren war.

„Noch ein Wort von dir und unsere gemeinsame Reise endet hier. Du kannst Sigibert dann erklären, warum du seinem Willen nicht gefolgt bist."

„Was für ein Wille?", lautete die blöde Antwort des Zurechtgewiesenen.

„Sigibert hat ausdrücklich angeordnet, dass für die Dauer des Unternehmens alle Streitigkeiten zu ruhen haben. Oder hast du unserem König nicht zugehört?"

Während sich die murrenden Krieger hinter Hinkmar sammelten, rückten wir Freunde näher an Folmar heran.

Heute denke ich, dass sich die Dinge anders entwickelt hätten, wenn wir uns zu diesem frühen Zeitpunkt geschlagen hätten. Ob es aber besser oder schlechter gekommen wäre, mag ich nicht zu sagen.

An Hinkmars gerötetem Gesicht und den bleichen Knöcheln

seiner geballten Fäuste war zu erkennen, mit welcher Anstrengung er Wut und Jähzorn niederzwang.

„Wir beide sprechen uns noch", zischte er mich unvermittelt an, machte auf dem Absatz kehrt und schwang sich in den Sattel seines Pferdes.

Ohne ein Wort nahmen wir wieder unsere Plätze in der Marschkolonne ein und trabten der Festung und dem Vicus von Bonna, dem Ziel des heutigen Tages entgegen.

Dort, wo die Straße anstieg, den Höhenzug des Vorgebirges zu erklimmen, zügelten Kloderich und seine Begleiter ihre Pferde. Er hatte Chararich auf dessen Wunsch hin ein Stück Weges das Geleit gegeben, sollte sich aber auf Geheiß seines Vaters noch vor Einbruch der Dämmerung wieder im Prätorium einfinden.

Der König von Bononia wendete daraufhin seinen aufwändig herausgeputzten Rappen, lenkte das Tier einige Schritte zur Seite und winkte Sigiberts Sohn zu sich heran. Hagen, der im Begriff stand, ihm zu folgen, wies er mit einer Handbewegung an, dort zu bleiben, wo er war.

„Hast du mit Hinkmar gesprochen?"

„Weswegen?", antwortete Kloderich.

„Hast du unser Treffen im Tempel vergessen?", entgegnete Chararich gereizt.

„Ach, das meinst du", antwortete Kloderich leichtfertig. „Ich habe es nicht vergessen."

„Und?", bohrte der Ältere weiter.

„Er wird es tun, wenn die Gelegenheit günstig ist und die Bezahlung seinen Wünschen entspricht."

„Wie bitte?", entfuhr es Chararich. „Er will einen festgesetzten Lohn für einen Dienst, den er seinem Herrn schuldet?"

„Ich kann ihn verstehen", erwiderte Kloderich. „Wenn er Chlodwig tötet, muss er damit rechnen, der Rache Klothildes zu verfallen. Sie wird einen hohen Preis auf seinen Kopf aussetzen. Er wird sich lange Zeit in den Bergwäldern jenseits des Rheins verstecken müssen."

„Wir bezahlen das Sühnegeld und er ist aus der Sache heraus.

Hast du ihm das vorgeschlagen?"

„Blutgeld für einen König?", empörte sich der Thronfolger. „Undenkbar. Selbst wenn sich Klothilde und die Edlen darauf einließen, würde es viel höher als die Summe sein, die Hinkmar verlangen wird."

„Hm", brummte Chararich. „Am besten wäre es, ihn als Mitwisser zu beseitigen."

„Halte Hinkmar nicht für einfältig", entgegnete Kloderich. „Er wird seine Vorkehrungen treffen."

„Wie auch immer", schloss der König. „Hauptsache der Merowinger ist endlich tot." Er legte die Stirn in Falten und schaute den Thronfolger versonnen an.

„Es gefällt mir immer weniger, dass Ragnachar deinen Vater beschwatzt hat, den Jungen unseren Mann vor die Nase zu setzen."

„Mir schon", hielt Kloderich dagegen. „Ich habe ihn beauftragt diesen Marcellus nicht zurückkehren zu lassen. Keinen Tag länger ertrage ich diesen Schmeichler um Sigiberts Gunst. Ich bin es leid, ihn bei jeder Gelegenheit als Vorbild hingestellt zu bekommen."

„Du hast was?", fuhr Chararich im Sattel hoch. „Zu der Gefahr, der unser Mann durch die Alamannen ausgesetzt ist, hetzt du ihn auch noch auf den Romanen? Glaubst du, der Günstling deines Vaters lässt sich so einfach umbringen? Er ist nicht alleine und soll die Franziska wie kein Zweiter führen."

„Hinkmar ist auch nicht alleine und hat noch nie versagt", verteidigte sich Kloderich. „Außerdem verfolgt ihn meine Bertha mit ihren Blicken. Wenn ich gewusst hätte, dass es gerade seine verbogene Nase ist, die ihn für die Mädchen so anziehend macht, hätte ich ihm damals schon das Genick brechen lassen."

„Manchmal zweifle ich an deinem Verstand", ächzte Chararich. „Denkst du von Zeit zu Zeit über den Schoß und die Brustspitzen einer Dirne hinaus?"

„Bertha ist keine Hure!

Außerdem kann Hinkmar sich darin üben, einen Mann aus der Mitte seiner Freunde heraus unauffällig umzubringen." Kloderich *wendete sein Pferd, drückte ihm die Sporen in die Seiten, aber drehte sich noch einmal im Sattel um.*

„Ich werde Thyr und Wodan eine Ziege und ein Huhn opfern", rief er über die Schulter zurück. „Es wird gelingen."

„Lass dich dabei nicht von Sigibert erwischen", brüllte Chararich ihm nach. „Er mag aus Rücksicht auf seine Christen keine Blutopfer."

Der davoneilende Thronfolger war schon zu weit entfernt, um die letzten Worte zu verstehen.

Kloderich hatte es nicht eilig zu Sigibert zurückzukehren, da es bis zum Einsetzen der Dämmerung noch einige Stunden waren. Kurz entschlossen schickte er seine Begleiter in ihr Quartier, während er den Weg zu Bertha einschlug, die sich mit ihrem Vater und mehreren Geschwistern in einem alten Streifenhaus eingerichtet hatte.

Einen Fluch murmelnd, erkannte Benno in dem Reiter, der auf seine Behausung zuhielt, den Liebhaber seiner ältesten Tochter.

Er sah es nicht gerne, wenn Kloderich am helllichten Tage seine Aufwartung machte, denn er würde jetzt mit den Kleinen sein Heim räumen und später das Gerede der Nachbarn ertragen müssen.

Erschwerend kam hinzu, dass Bertha in den nächsten Tagen ihren Unmut an ihm auslassen und sich nicht um die Erziehung ihrer Geschwister kümmern würde. Seit die Schicksalsgöttinnen vor wenigen Jahren den Lebensfaden seiner Fastrada zerschnitten hatten, lag die Erziehung der Kinder in den Händen der Ältesten.

Die Hoffnung, dass Kloderich das schwere Los der Familie bessern würde, hatte er längst aufgegeben. Der königliche Bengel suchte lediglich seinen Spaß und würde Bertha von sich weisen wenn er ihrer überdrüssig geworden war. So war es auch damals gewesen, als seine Frau noch lebte.

Bertha wurde vom Führer der Palastwache, einem Edlen von jenseits des Rheins, begehrt, der ihr schließlich ein Kind machte. Er mied fortan seine Tochter, als würde sie an einer ansteckenden Krankheit leiden. Den Säugling gab Benno als das Nachgeborene seiner schon damals schwerkranken Fastrada aus. Keiner seiner

Freunde und Nachbarn ahnte, dass Bertha eigentlich die Mutter ihrer jüngsten Schwester war.

Einmal hatte er es gewagt, zu einer von Sigiberts Audienzen zu gehen, um Gerechtigkeit zu erbitten. Leider war er dem Kindsvater in die Hände gelaufen, der ihn derart eingeschüchtert hatte, dass er sein Vorhaben unterließ.

Was, wenn die Geschichte sich wiederholte und Bertha die Anzahl der hungrigen Mäuler um ein weiteres vergrößern würde? Warum konnte sie nicht, wie jedes andere Mädchen ihres Alters, einem fürsorglichen Handwerker oder gut gestellten Krieger den Kopf verdrehen, bei dem sie ihr Auskommen finden würde?

Grußlos, die Augen zu Boden gerichtet, ritt Kloderich an dem Mann vorbei, der mit seinen Kindern dem Rheintor zustrebte, um etwas Treibholz für die kalten Herbst- und Wintertage zu sammeln.

Er schwang sich vom Pferd und betrat den zur Straße hin offenen Verkaufsraum der ehemaligen Bäckerei. Mit wenigen Schritten durchmaß er, sein Wehrgehänge aufnestelnd, das leer stehende Zimmer. Gürtel und Spatha klirrten auf den Dielenboden, als er mit der Rechten die Türe zur dahinter liegenden Kammer aufstieß.

Kaum hatte Bertha den überstürzten Aufbruch von Vater und Geschwistern wahrgenommen, als sie an dem Hall der herannahenden Schritte ihren Liebhaber erkannte. Bebend vor banger Erwartung und unverhohlener Lust erhob sie sich von ihrem Lager und machte einen Schritt auf Kloderich zu, der polternd herein stürmte.

Ohne Gruß, ihrem nach einem Kuss heischenden Mund ausweichend, riss Kloderich ihr die Tunika von den Schultern. Die das Kleidungsstück zusammen haltenden Fibeln zerrissen das Gewebe und kullerten, den Blick auf Berthas nicht mehr ganz jugendliche, erregte Brüste freigebend, zu Boden.

Er packte sie an den Hüften, warf sie auf das muffige Lager und tat das, was er sich in der letzten halben Stunde in allen Einzelheiten ausgemalt hatte.

Langsam wieder zu Atem gekommen fühlte Bertha den feuchten Luftzug, der durch die geöffnete Tür hereinwehte und ihren ver-

schwitzten Körper kühlte. Endlich ließ auch der dumpfe Schmerz an Leisten und Schultern nach, den die lüsterne Gier des Thronfolgers hinterlassen hatte.

„Was ist an dem Gerücht, dass du diese burgundische Prinzessin heiraten willst?", fragte sie in die Stille hinein.

„Von Wollen ist keine Rede", brummte Kloderich, der nach seinem Kittel fingerte, um damit die feuchten Achseln und die nasse Stirn zu trocknen.

„Im Hof steht ein Holzzuber mit frischem Wasser", wies sie auf die Hintertür, die zum Hof hinausführte.

„Nicht nötig", erwiderte Kloderich gereizt und warf das nach Stall und Körperschweiß müffelnde Hemd auf den ungeordneten Haufen seiner übrigen Kleidungsstücke.

„Schon gut", gab Bertha, erschrocken ob des Untertons seiner Stimme, kleinlaut nach.

„Du hast doch nicht im Ernst daran geglaubt", fuhr er barsch fort, „dass ich dich zu mir holen würde. Was meinst du wird Sigibert sagen, wenn ich ihm eröffne, dass er die Burgundin wegen einer Tavernenhure zurückschicken kann?"

„Ich bin keine Hure", begehrte Berta auf und entwand sich seinen Armen.

„Ganz wie du willst", lachte Kloderich, versetzte ihr mit der flachen Hand einen Hieb auf ihren breiten Hintern und erhob sich vom Lager.

Wie benommen starrte die junge Frau auf den rissigen Verputz der Zimmerwand, während ihr Liebhaber hastig in Hosen und Kittel fuhr.

„Kloderich", sprang sie von der Bettstatt hoch, als er das Zimmer verlassen wollte. Nackt wie sie war schlang sie die Arme um seinen Hals und versuchte mit aller Kraft, ihn zurückzuhalten.

„Lass das", schrie er sie an, schlug ihr mit der Hand ins Gesicht und stieß sie so hart zurück, dass sie auf die zerwühlten Decken des Bettes stürzte.

„Nimm das, kauf dir etwas Schönes und gib endlich Ruhe."
Er warf einige Münzen auf den Boden, die bis an den Rand der Lagerstatt rollten.

„Treibe es nicht so weit, dass ich deiner überdrüssig werde und wage es niemals, mir ein Kind anzudrehen."

Mit dem Fuß stieß er gegen die aufspringende Kammertür, raffte seine Spatha vom Boden hoch und verließ das Haus.

„Bastard", schluchzte Bertha auf, als das Hufgetrappel seines Pferdes zu ihr drang. Dann sank sie zusammen und heulte hemmungslos in die Kissen des Bettes.

Mit jedem Schritt, der uns von der Colonia entfernte zogen wir nicht nur einem Krieg entgegen, der jeden Augenblick über uns hereinzubrechen drohte. Nein, er hatte uns jetzt schon im Griff. Viel hatte nicht gefehlt und ich hätte meine Waffe gegen Hinkmar erhoben. Eine unsichtbare Front teilte unseren Trupp in zwei feindliche Lager und es fehlte nur noch der Anlass, dass wir übereinander herfielen.

War sich Sigibert bewusst, dass er mit der Entsendung von Kloderichs Gefolgsmann das ganze Unternehmen von Beginn an in Frage stellte? War es der Thronfolger, dem wir diese unerträgliche Konstellation zu verdanken hatten? Und wie lange hielt der Frieden zwischen den beiden Lagern, die unterschiedlicher nicht sein konnten?

Auf der einen Seite wir als Angehörige des Hofes, allesamt Abkömmlinge edler fränkischer Sippen und einflussreicher romanischer Familien. Auf der anderen ein skrupelloser Totschläger mit seiner verrohten Meute.

„Lass dich nicht provozieren. Er hat es auf dich abgesehen", raunte Folmar mir zu. Ganz nahe hatte der Freund sein Pferd an das meine herangelenkt.

„Wenn wir fest zusammenstehen kann er nichts machen."

„Ich hätte ihn eben totschlagen sollen", brach es aus mir heraus. „Seine Männer hätten es nicht verhindert und wären sofort geflohen."

„Stell dir das nicht zu einfach vor, Marcellus. Vielleicht wartet Hinkmar nur darauf, von einem von uns angegriffen zu werden."

Ich zuckte mit den Schultern, musste mir aber eingestehen, dass der Freund Recht hatte. Und als ich an die Folgen dachte, wurde es mir flau im Magen.

Ein Augenblick der Unbeherrschtheit und ich würde Sigiberts Gunst auf immer verlieren und müsste zumindest seinen Hof augenblicklich verlassen. Nicht, dass er den Tod Hinkmars betrauern würde, aber ich hätte gegen seine Anordnungen verstoßen, was er nicht dulden durfte.

Und ich wäre Kloderichs Rache verfallen, der Genugtuung verlangen würde. Im Geiste sah ich mich schon in der Heimat von Haus zu Haus irren, um das Wergeld für den Gefolgsmann des Thronfolgers zu erbetteln. Ich hätte Schande über meine Familie gebracht, die mich mit den allergrößten Hoffnungen an den Hof der neuen Herren gesandt hatte.

„Wenn wir ihn loswerden wollen", gab ich nach, „müssen wir es schlauer anstellen. Vielleicht nehmen uns die Alamannen die Arbeit ab, wenn wir auf sie treffen sollten."

„Was die Schicksalsgöttinnen verhindern mögen", schüttelte Folmar den Kopf. „Wir haben einen Auftrag zu erfüllen, der Sigibert sehr am Herzen liegt. Es geht um nichts weniger als um die Zukunft der Rheinfranken."

„Wenn ich es mir vorstelle…", hetzte ich gegen Kloderich. „Dieser Schwachkopf an der Seite einer schönen Prinzessin. Soll dieser Bastard doch seine Bertha heiraten und einen Haufen hässlicher Kröten zeugen."

„Und wer schützt uns dann vor dem Machthunger des Merowingers?", brauste Folmar auf. „Je eher wir auf Silinga treffen, desto besser. Das verändert die Lage und bindet Kloderichs Kreatur die Hände."

Der Blick, mit dem mein Freund mich bedachte, war streng und eindringlich gedacht. Ich sah aber, wie es um seine Mundwinkel zuckte und in seinen Augen aufleuchtete.

„Kloderich und Bertha inmitten einer hüpfenden Schar schleimiger Kröten, die Hinkmars Gesicht haben", brach es aus ihm heraus. „Das will ich sehen."

Mit einem Ruck drehte sich der vor uns reitende Hinkmar im Sattel um. Seinen verzerrten Zügen war anzusehen, dass er unsere Vergnügtheit auf sich bezog. Argwöhnisch wanderte sein Blick von Folmar zu mir, dann schnitt er eine Grimasse und wandte sich dem neben ihm reitenden Mann zu, der mit den Schultern zuckte.

Pippin, der unsere letzen Worte wohl aufgegriffen hatte, tuschelte mit Quirinus und Sebastianus, die in schallendes Gelächter ausbrachen.

Zu gerne hätte ich jetzt in Hinkmars Gesicht geschaut, der verbissen auf die Mähne seines Reittieres starrte. Dann knallte er dem Tier mit voller Wucht die Hacken in die Weichen, so dass es schrill wieherte und ein Stück vorausschoss.

Wesentlich wohlgestimmter als noch vor wenigen Augenblicken setzten wir unseren Ritt fort. Wie eine scharfe Böe hatte unser Lachen die unser Gemüt verdunkelnden Wolken vertrieben. Wir waren jung und stark, und wenn wir als Freunde zusammen hielten, waren wir von keinem Hinkmar dieser Welt zu besiegen.

Als wir das südliche Gräberfeld der Colonia passiert hatten, säumten bestellte Felder und bewohnte Gehöfte unseren Weg. Vor allem Obst und Gemüse wurden hier angebaut, während das Getreide auf den fruchtbaren Lößböden im weiten Vorfeld der Silva Arduenna wuchs.

Beim Vicus Vasiliacum sahen wir, als die Straße wieder auf den Strom traf, das breite Band des Rheins im Mittagslicht aufblitzen. Am Nachmittag legten wir unsere erste Rast auf der Höhe des Weilers Septem ein, der sieben Leugen von der Colonia entfernt lag.

Der Meilenstein, nach dem die Ansiedlung benannt war, stand noch aufrecht und zeigte die Entfernung zu den großen Städten entlang des Rheines an. In früheren Zeiten suchten viele Reisende die in unmittelbarer Nähe liegenden Heiligtümer des Mithras und des Merkur auf, um den Schutz der Götter für eine glückliche Reise zu erflehen.

Ein zufällig des Weges Kommender hätte es nicht für möglich gehalten, dass die beiden Gruppen, die in einer respektablen Entfernung voneinander lagerten, ein und demselben Reitertrupp angehörten.

Ausgestreckt im Gras liegend, verzehrten wir den Teil unseres Proviants, der am ehesten verderben würde. Frisch gebackenes Brot, das aus Öl, Ziegenkäse und Gewürzen bereitete Moretum und die hart gekochten Eier. Den Hartkäse und die geräucherten Würste legten wir für die kommenden Tage zurück. Unseren Durst stillte abgestandenes Brunnenwasser, das wir bald durch frisches Quellwasser zu ersetzen hofften.

Man erzählte wahrhafte Wunderdinge von den einst schmackhaften Wassern der Colonia, die über viele Leugen von den Höhen der Silva Arduenna bis in die Stadt geleitet wurden. Leider waren die Viadukte und bis zu mannshohen Leitungen so verfallen, dass keine Hoffnung bestand, sie jemals wieder in Betrieb nehmen zu können.

Nach dem Essen dösten wir im Sonnenschein vor uns hin, bis Hinkmar uns mit barschen Worten hochscheuchte. Es war nicht mehr weit bis Bonna, hinter dessen wehrhaften Mauern und Rundtürmen wir ein Quartier zu finden hofften.

Als wir in die unter dem Kaiser Julian erneuerte Festung einritten, erkannten wir rasch die Nutzlosigkeit unseres Vorhabens. Im Ort wimmelte es von Landbewohnern und Kriegern, die in der Mehrzahl mit ihren Familien gekommen waren. Hergetrieben hatte sie die Angst vor dem bevorstehenden Angriff der Alamannen.

Selbst das in der südwestlichen Lagerecke gelegene Gebetshaus hatte die Pforte geöffnet, um den Hilfesuchenden ein festes und trockenes Nachtlager zu ermöglichen. Während es Hinkmar mit Drohungen schaffte, sich und seine Männer in der drangvollen Enge einer heruntergekommenen Taverne unterzubringen, zogen wir es vor, außerhalb der Mauern zu kampieren.

Pippin übernahm es, mit Hinkmar, einen Ort und einen Zeitpunkt für unseren morgendlichen Aufbruch zu verabreden, ehe wir die Festung durch das Südtor verließen.

„Hier muss es sein." Quirinus richtete sich im Sattel auf und wies auf eine im Dämmerlicht dunkel scheinende Stelle neben der Straße.

„Seht ihr, da ist das Kreuz, von dem Hinkmar gesprochen hat."

Vor uns lag eine leicht erhabene, von Ziegeln eingefasste, sorgfältig planierte Fläche in deren Mitte ein hölzernes Kreuz aufragte.

„Das Grab von Cassius und Florentius", flüsterte Sebastianus und berührte sein um den Hals getragenes Goldkreuz mit den Lippen. „Offiziere der Thebäischen Legion, die als Märtyrer und Verkünder des einzig wahren Glaubens ins Paradies eingingen."

„So ein Unfug", brummte Pippin. „Die Anzahl von Märtyrern der Thebäischen Legion übersteigt die ihrer Soldaten um ein Vielfaches."

„Warum gibt es hier keinen Gebetsraum, wie beim Grab des Severinus?" Der stets um Ausgleich bemühte Folmar nahm dem sich anbahnenden Streit die Schärfe.

Auch ich war es leid, dass die beiden sich wegen ihrer spirituellen Überzeugungen ständig miteinander anlegten.

„Es gab hier einen Gedenkbau", antwortete Quirinus, ehe die Streithähne wieder das Wort ergriffen. „Mein Vater hat ihn noch gesehen und mir erzählt, dass er während eines schrecklichen Unwetters zerstört wurde."

„Und warum hat man ihn nicht wieder aufgebaut?", beteiligte ich mich am Gespräch.

„Vielleicht scheute man sich", mutmaßte Quirinus. „Es war Gottes Wille, dass sein Haus zerstört wurde."

Es sollte noch Jahrzehnte dauern, bis an dieser Stelle eine neue Kirche erstand. Über dem Grab wurde ein Estrich verlegt, in den man ein aus Marmorplättchen gefügtes Kreuz einließ.

„Wie auch immer", gab Folmar dem Gespräch einen aktuellen Bezug. „Wollen wir hier die Nacht verbringen?"

„Hier, unter all den Toten?" Pippin wies mit der Rechten in die Runde, wo sich die Überreste von Grabmonumenten, Gedenksteinen und frisch aufgeworfenen Erdhügeln aneinander reihten. Eine der wenigen Freistellen bot einigen heruntergekommenen Holzbauten Raum, die einen wenig vertrauenswürdigen Eindruck machten.

Schließlich einigten wir uns darauf, die Straße zu verlassen und unser Nachtlager jenseits der letzten Grabstätten aufzuschlagen. Es war allen wohler zumute, als wir das Reich der Toten verlassen hatten.

Trotzdem drückten die Ereignisse des Tages und die Nähe der Toten auf unsere Stimmung, so dass wir das Feuer nach dem Essen niederbrennen ließen und uns in unsere Decken wickelten.

Es wurde eine unruhige Nacht, die mich nicht zur Ruhe kommen ließ.

Kaum war ich eingenickt, wurde ich auch schon von Sebastianus geweckt, der die erste Wache übernommen hatte.

„Siehst du das, Marcellus?"

Er rüttelte an meiner Schulter bis ich die Augen aufschlug und in die von ihm angezeigte Richtung schaute.

Jetzt sah ich es auch. Mehrere zitternde Lichtpunkte, die auf unsere Richtung zuhielten, bis sie schließlich zu verharren schienen.

„Grabräuber", flüsterte Folmar, der neben mir geruht und von Sebastianus' Stimme aufgeweckt worden war. „Sie haben es vor allem auf die Waffen der frisch bestatteten Krieger abgesehen. Übles Gesindel, das wir nicht auf uns aufmerksam machen sollten."

Wir griffen nach unseren Waffen und beobachteten voller Spannung das frevelhafte Treiben. Gedämpfte Stimmen und unterdrückte Flüche klangen an unser Ohr, als die Grabschänder nicht fündig wurden. Es klirrte, als sie voller Wut die irdenen Beigaben zerschlugen und die wenigen Münzen und Schmuckstücke aus der zerwühlten Grube zusammenklaubten. Sie waren wohl auf das Grab einer wenig begüterten Frau oder eines Romanen gestoßen. Die Sitte, sich im vollen Ornat von Schmuck und Waffen bestatten zu lassen, hatte die nichtfränkische Bevölkerung noch nicht erreicht. Handelte es sich um einen Christen, fehlten die Beigaben häufig völlig.

Wieder tanzten die Lichtpunkte in der dunklen Nacht, als die Fackeln aufgenommen wurden und nach einer ergiebigeren Stelle gesucht wurde.

Es mochten Stunden vergangen sein, als die Lichter erloschen. Entweder hatten sie endlich das Gesuchte gefunden oder sich entschlossen, es in einer anderen Nacht zu versuchen.

„Sie sind weg", wisperte Pippin, der ebenfalls aufgewacht war.

Lediglich Quirinus hatte von alledem nichts mitbekommen und schlief, eingerollt in seine Decke, friedlich wie ein Kind.

„Dann treibt sich dort noch jemand anderes herum", antwortete der gebannt in die Finsternis lauschende Sebastianus. „Hört ihr es?"

Zuerst vernahm ich nur ein leises Schlurfen und ein rollendes Geräusch, als wenn Erdbrocken und kleine Steine eine Böschung herabrutschen. Dann waren da zwei gebückte Schatten im trüben Licht des Mondes, der innerhalb einer sich öffnenden Wolkenlücke sichtbar wurde. Sofort verschwanden die Schemen hinter den dunklen Erhebungen zweier Grabsteine und es herrschte Stille.

„Keine Grabräuber", flüsterte Folmar. „Das gilt uns."

„Die holen wir uns", keuchte Pippin im Jagdfieber und griff nach Pfeil und Bogen, die er in Reichweite abgelegt hatte. Er hatte beides mitgenommen, weil er der einzige von uns war, der damit umgehen konnte.

„Was gibt es?", fuhr Quirinus hoch, der endlich erwacht war. „Wer…?" Sebastianus hatte ihm von hinten die Hand über den Mund gelegt, worauf die Frage erstarb.

„Ich bleibe mit Quirinus hier", ergriff Folmar das Kommando.

„Du", stieß er mich leicht an, „schlagt mit Pippin einen Bogen und geht sie von links an. Sebastianus nimmt sie von rechts in die Zange."

Flach an den Boden gedrückt krochen wir, so schnell es die hinderlichen Waffen zuliessen, in die angegebene Richtung. Meine Spatha hatte ich im letzten Moment abgeschnallt und hielt nur den kurzen Sax und die tödliche Franziska in den Händen.

Ich hatte mir die Stelle genau eingeprägt, an der die beiden Schatten verschwunden waren.

‚Sind sie noch hier, oder haben sie sich zurückgezogen?', ging es mir durch den Kopf, als von rechts ein harter Aufprall, dem ein wütender Aufschrei folgte, an mein Ohr drang. Einer der Schatten musste in eine der Gruben gestolpert sein, welche die Grabräuber zurückgelassen hatten.

Sofort schnellten wir hoch und sprangen mit lautem Geschrei auf die Vertiefung zu, aus der sich eine Gestalt erhob und hinkend davonhastete. Gebückt folgte dem Fliehenden ein zweiter Schatten, der kurz vor Pippin aufgesprungen war. Von der anderen Seite eilte Sebastianus heran. Die ebenfalls heranstürmenden Folmar und Quirinus konnte ich nicht sehen, nur hören.

„Bleibt stehen", rief ich den Fliehenden zu, die weiterhasteten. Der Hinkende verbiss sich wohl den Schmerz, denn er eilte, seiner Verletzung ungeachtet, immer trittsicherer werdend voran, bis er schließlich in einen unruhigen Lauf verfiel.

„Stehen bleiben", schrie Pippin. Im Laufen legte er den Pfeil ein, blieb stehen und riss die Sehne nach hinten, dass der Bogen sich durchbog.

Das Geschoss sirrte gegen den hinteren Mann, als er die Sehne fahren ließ. Dem dumpfen Aufprall folgte ein gellender Schrei, als der Flüchtende auf dem Boden aufschlug.

Sebastianus, der herangekommen war, sprang über den am Boden Liegenden und prallte gegen mich, worauf wir beide zu Boden gingen. Sofort rappelten wir uns auf, um dem Hinkenden nachzusetzen, konnten ihn aber nirgends mehr sehen.

Der Mann musste unser Stocken genutzt, einen Bogen geschlagen und sich in Sicherheit gebracht haben.

Dann waren auch Folmar und Quirinus heran und wir umstanden den wimmernd am Boden liegenden Gegner.

„Es ist Rando, einer von Hinkmars Leuten", rief Folmar angesichts des sich vor Schmerzen krümmenden Mannes aus. „Ich erkenne ihn an der roten Scheide seines Sax."

„Ich habe getroffen", stammelte Pippin, in dessen Stimme Stolz und Anteilnahme für den Getroffenen mitklangen. „Warum bist du nicht stehengeblieben?"

Nicht weit von uns, etwa aus der Richtung des Grabes von Cassius und Florentius, erklang Hufgetrappel, das sich rasch in Richtung der Festung Bonna entfernte. Dem Begleiter des Verletzten war es demnach gelungen, sich endgültig in Sicherheit zu bringen.

„Die Spitze hat die Wade durchschlagen, aber den Knochen nicht verletzt", stellte Folmar nüchtern fest.

Er kniete neben ihm nieder und befühlte Schaft und Wunde,

worauf der Mann zu schreien begann. Der Schock hatte nachgelassen und der Schmerz musste in immer stärkeren Wellen durch sein Bein pulsieren.

„Was wolltest du hier?", schrie ich ihn an. „Wer war der andere?" Voller Wut packte ich seine Schulter und rüttelte ihn durch. Ich weiß nicht warum, aber ich begann, die ganze Aktion als gegen mich gerichtet zu verstehen.

„Lass ihn", drängte Folmar mich zur Seite. „Der Kerl hört dich nicht."

„Wir müssen den Pfeil entfernen", äußerste sich Sebastianus mitleidig. „Die Wunde wird sich sonst entzünden."

„Soll er doch verrecken", hielt Quirinus dagegen. „Wer weiß, was die beiden vorhatten? Vielleicht wollten sie uns töten."

„Aber warum?", zuckte Folmar mit den Achseln. „Wenn wir ihm die Schmerzen nicht nehmen, werden wir es nicht erfahren. Marcellus?"

„Raus damit." Ich kniete nieder und besah mir Pippins Pfeil, dessen Spitze am Ansatz des Schaftes rund ausgebildet war. Ein Geschoß ohne Widerhaken, wie es für die Jagd verwendet wurde.

Zum Glück für den Getroffenen musste es einen glatten Wundkanal verursacht haben, ohne die umliegenden Sehnen und Gefäße zu zerfetzen. Wurde der Pfeil rasch entfernt, hatte Rando alle Möglichkeiten, die Entfernung des Geschosses zu überleben. Ich musste nur darauf achten, dass keine Splitter oder Stofffetzen in der Wunde verblieben, was eine wahrscheinlich tödliche Entzündung nach sich gezogen hätte. Ich hatte Sigiberts Medicus lange genug bei der Arbeit zugesehen, um zu wissen, was jetzt zu tun war.

Auf meinen Wink hin zog Sebastianus sein Messer und zwang dem sich wehrenden Rando den hölzernen Griff zwischen die Kiefer. Dann packte ich den Schaft mit der Linken und brach mit der Rechten die Spitze oberhalb der Austrittsstelle mit einem kräftigen Ruck ab. Der Verletzte gurgelte vor Schmerzen und bäumte sich unter dem Griff meiner Gefährten auf.

Dann entfernte ich alle lockeren Splitter der Bruchstelle, packte den Pfeil oberhalb der Befiederung und riss ihn mit einem kräftigen Ruck heraus. Zum Schluss unterzog ich Beinkleid und Wadenschnürung über der Eintrittsstelle einer genauen Untersuchung. Der Pfeil hatte alles glatt durchschlagen und es waren keine Gewebereste in der Wunde zu vermuten.

Rando stöhnte auf, als Sebastianus sein Messer wieder an sich nahm. Kopfschüttelnd betrachtete er den Abdruck des Gebisses, den der Schmerz des Verwundeten auf dem Heft hinterlassen hatte. Dann wischte er ihm mit einem Fetzen seines Umhangs die schweißnasse Stirn, während Folmar die nur leicht blutende Wunde mit einem sauberen Lappen verband.

Auf Geheiß des Medicus trug jeder von uns einige dieser Stofffetzen bei sich. Der Mann schwor auf eine saubere Wundbehandlung, was schon vielen das Leben gerettet hatte.

„Geh zu einem Medicus und lass dir eine heilende Salbe geben", trug er dem Mann auf, ehe er mit dem Verhör begann.

Wie nicht anders zu erwarten, erbrachte die Befragung nur wenig Aufschlussreiches. Rando beharrte darauf, dass Hinkmar ihn und einen Gefährten ausgeschickt habe, nach uns zu suchen. Sie sollten uns mitteilen, dass wir ganz in der Frühe nach Antunacum aufbrechen würden.

„Und deshalb habt ihr euch wie Diebe angeschlichen?", herrschte Pippin unseren Gefangenen an.

Rando wechselte die Farbe, begann zu zittern und täuschte einen neuerlichen Schmerzanfall vor, bevor er zu reden begann.

„Wir wussten doch nicht", lamentierte er, „dass ihr es wart, deren Feuer so weit ab von der Straße brannte. Wir wollten vorsichtig sein, da wir beim Kommen auf eine Schar zwielichtiger Gestalten gestoßen sind."

„Das waren die Grabräuber" bestätigte ich. „Aber das Feuer war schon seit Stunden niedergebrannt."

„Mein Gefährte hat aber gesagt, dass er eines gesehen hat", log der Mann. „Ich habe es ihm geglaubt, ich sehe im Dunkeln nicht so gut."

„Wer hat dich begleitet?", setzte ich nach.

Es arbeitete in Randos Gesicht, bis er die passende Antwort gefunden hatte.

„Mein Freund Hatto. Das ist der Große mit der Narbe auf der Stirn."

„Der andere war nicht größer als du", argwöhnte Pippin.

„Das führt zu nichts." Folmar winkte ab und erhob sich. „Wo ist dein Pferd?"

„Ich habe es bei dem Kreuz neben der Straße angebunden", antwortete Rando. „Es müsste noch dort sein, wenn es keiner gestohlen hat."

„Quirinus." Den Widerspruch im Gesicht stehend, erhob sich unser Freund und machte sich auf den Weg zum Grab von Cassius und Florentius.

Wir anderen blieben zurück und tauschten mit dem Verletzten noch einige Belanglosigkeiten aus. Rando schien erleichtert, dass wir ihm offenbar gestattet hatten, in sein Quartier zurückzukehren.

Was hätten wir auch anderes tun können. Es würde schwierig genug werden, Hinkmar davon zu überzeugen, dass sein Mann einem Unfall zum Opfer gefallen war. Über das „warum" des Auftrages konnten wir nur spekulieren. Etwas „Gutes" hatte die beiden Männer mit Sicherheit nicht zu uns geführt. Wir würden in Zukunft noch mehr als bisher auf unsere Sicherheit achten müssen.

Nach wenigen Minuten kam Quirinus, das Tier am Zügel führend, zu uns zurück. Wir halfen Rando in den Sattel und schauten ihm dann nach, wie er, sich mit Mühe auf dem Pferd haltend, den Weg zum Lager einschlug.

Ein grauer Streifen kündigte im Osten den Beginn des neuen Tages an und wir hofften, noch einige Stunden schlafen zu können.

Mehr als eine Stunde warteten wir auf Hinkmar, ehe dieser mit seinen Kriegern zu uns stieß. Rando fehlte, was die Schar der uns feindlich gesinnten Begleiter auf fünf reduzierte. Ich suchte nach Hatto, der meinen Blick frech erwiderte. Mir fiel auf, dass er sowohl Randos Pferd ritt, als auch den Sax mit der roten Scheide trug.

Von Folmar auf Rando angesprochen, verfinsterte sich Hinkmars Miene. Ohne auf den Vorfall der letzten Nacht einzugehen, gab er an, ihn zurückgeschickt zu haben.

Sein rechter Fuß trug einen dicken Verband und er verzog schmerzhaft das Gesicht, als seine Ferse den Leib des Pferdes berührte.

Wie am Vortag nahmen wir unsere Plätze in der Mitte der Kolonne ein, als wir gen Süden antrabten.

„Ich verwette den Inhalt meines Geldbeutels, dass es Hinkmar war, der uns in der Nacht entkommen ist."

„Ich glaube", beugte sich Folmar zu mir herüber, „dass keiner von uns dagegen hält."

„Was denkt ihr", ließ Pippin sich vernehmen, „hat er mit Rando gemacht? Wieso reitet Hatto sein Pferd und trägt seinen Sax?"

„Er hat ihn in Bonna zurückgelassen." Sebastianus war zu uns aufgeschlossen, weil Hinkmar und seine Gruppe ein Stück vorausgeeilt waren.

„Ein Krieger trennt sich weder von seinem Pferd noch von seinen Waffen", entgegnete Pippin mit finsterer Miene. „Ich glaube, das Schwein hat ihn umgebracht, um einen lästigen Mitwisser loszuwerden."

„Es würde mich wundern, wenn es anders wäre", gab Folmar ihm Recht. „Die beiden haben in der Nacht etwas vorgehabt, das keiner wissen darf."

„Sie kamen, um zu töten", bemerkte ich tonlos. „Wenn sie es auf uns alle abgesehen hätten, wären sie in voller Stärke ausgerückt. Sie hatten es aber nur auf einen abgesehen, und der war ich."

„Mag sein", stimmte Folmar mir zu. „Jedenfalls sind sie jetzt einer weniger, was Hinkmars Absichten nicht einfacher macht. Wir werden auf der Hut sein."

„Dabei hast du dir solche Mühe gegeben, den armen Kerl zu versorgen", gab Pippin seine Sicht der Dinge zum Besten. „Aber anstatt zu gesunden, treibt Rando jetzt im Rhein. Wir hätten die Wahrheit aus ihm herausprügeln sollen, dann wüssten wir es."

Vorbei an den sieben Bergkegeln, die laut Folmar von Riesen

aufgetürmt und von Drachen bewohnt wurden, näherten wir uns der Festung Rigomagus.

Sebastianus und ich übernahmen es, uns nach Silinga zu erkundigen, während die anderen den Mauerring umrundeten. Sie brauchten nicht lange zu warten, bis wir hinter dem Südtor wieder zu ihnen stießen und den Weg fortsetzten.

Wir hatten Glück, den in den ehemaligen Principia residierenden Dienstmann unseres Königs anzutreffen. Mit Hilfe eines schreibkundigen Romanen erstellte er gerade eine Liste aller Waffen tragenden Einwohner des Ortes, die die Krieger seiner Gefolgschaft ergänzen sollten.

Der uns als Remo vorgestellte Edle, bedauerte, uns nicht weiterhelfen zu können. Von einer burgundischen Reisegruppe hatte er weder etwas gehört noch gesehen. Um vieles ausgiebiger fiel dagegen sein Lagebericht aus.

Auf dem anderen Ufer waren die ersten Alamannen gesichtet worden und die in der Nacht herüberscheinenden Feuerbrände hatten sich am Morgen als niedergebrannte Wohnstellen herausgestellt.

Seine Bitte, die Besatzung der Festung durch unsere Männer zu verstärken, lehnte ich mit Bedauern ab. Zu gerne wäre ich mit meinen Freunden hiergeblieben und hätte es Hinkmar überlassen, nach der Burgundin zu suchen.

Remo gab uns noch etwas Proviant und einige gut gemeinte Ratschläge mit auf den Weg, was wir im Falle eines Übersetzens der Alamannen tun sollten. Er empfahl uns, unserem jeweiligen Aufenthaltsort entsprechend, den Schutz der Festungen von Antunacum oder Bodobriga aufzusuchen. Confluentes hielt er nicht für sicher, weil die dortigen Befestigungsanlagen in einem sehr schlechten Zustand waren. Außerdem meinte er, würde die Zahl der dort stationierten Krieger nicht ausreichen, den umfangreichen Bering zur Genüge zu besetzen.

Hinkmar nahm meinen Bericht mit ausdruckslosem Gesicht entgegen. Sein Fuß musste ihm zu schaffen machen, denn er war an diesem Vormittag noch kein einziges Mal von seinem Pferd gestiegen. Selbst seine Notdurft hatte er hinter einem Gebüsch aus dem Sattel heraus erledigt.

Schweigend ging es auf der alten Limesstraße unserem nächsten Ziel entgegen. Dort wo die Ahr in den Rhein mündet überspannte seit Alters eine Brücke das steinige Flussbett. Vielfach ausgebessert und erneuert, war das marode gewordene Bauwerk vom Frühjahrshochwasser der letzten Jahre weggeschwemmt worden. Nur die Überreste zweier Pfeiler ragten noch aus der Flut, nicht mehr fähig, einem hölzernen Steg Halt und Auflage zu bieten.

Jetzt musste auch Hinkmar von seinem Pferd, was nur unter Mithilfe zweier Krieger zu bewerkstelligen war. Ächzend und mehr am Zügel hängend, als das Tier durch die steinige Furt führend, humpelte er schließlich unter unseren schadenfrohen Blicken ans jenseitige Ufer. Dort ließ er sich nieder, streifte Wadenwickel und Lederschuhe ab und begann, das blau geschwollene Gelenk mit einer Heilpaste einzureiben.

Erleichtert kam ich zu dem Schluss, dass mein Feind nicht nur einen seiner Männer eingebüßt hatte, sondern auch selber kaum in der Lage war, in den nächsten Tagen etwas gegen mich zu unternehmen. Die wütenden Blicke, die er mir zuwarf, bestätigten mich in meiner Einschätzung.

Einige Leugen weiter stießen wir dann auf ein bescheidenes Anwesen. Abseits der Straße und versteckt hinter einer Baum- und Buschgruppe gelegen, wäre es Hinkmars Aufmerksamkeit entgangen, wenn sich kein Rauch gen Himmel gekräuselt hätte.

Er besprach sich kurz mit seinen Leuten und hielt, ohne unsere Zustimmung einzuholen, auf das Gehöft zu. Ich blickte auf Folmar, der kurz nickte, sein Pferd wendete und unseren Begleitern folgte. Wir hatten sie beinahe eingeholt, als das Wohnhaus mit den sich anschließenden Nebengebäuden in all seiner Bescheidenheit vor uns lag:

Ein vielleicht sieben breiter und zwölf Schritte langer Pfostenbau mit Lehm bestrichenen Wänden und einem mit Stroh gedeckten Dach. Die aus Bretterbohlen gefügte Türe stand weit offen und ließ einen Blick auf den im Halbdunkel liegenden, durch eine Pfostenreihe in zwei Schiffe geteilten Wohnraum, zu. Zwei schmale Fenster an den Längsseiten ließen ein wenig Licht einfallen.

Ein Bretterverschlag beherbergte einige Schweine, deren Grunzen aus dem nahen Wald herüberwehte. Ein Grubenhaus für den Webstuhl und ein runder, auf schmalen Stelzen stehender Vorratsspeicher vervollständigten die von einem Flechtzaun umgebene Anlage. Ein Anwesen, das den Bewohnern gerade so gestattete, ihren kargen Lebensunterhalt zu verdienen.

Der verräterische Rauch, der uns hergeführt hatte, rührte von einem Feuer, über dem an einer eisernen Kette ein großer Kessel hing. Vermutlich war ein Schwein geschlachtet worden, dessen Innereien und leicht verderblichen Teile eingekocht wurden, um als Brät zur Herstellung von Räucherwürsten zu dienen.

Die Bewohner, eine aus zwei Erwachsenen und vier Kindern bestehende Familie, waren aus dem Haus getreten und harrten unserer Ankunft mit bangen Blicken.

Und das aus gutem Grund. Wie ich auf den ersten Blick an der gezückten Spatha des Mannes und den das Oberkleid der Frau schließenden Fibeln erkannte, mussten es Alamannen sein. Eine jener Familien, die es schon vor Generationen über den Rhein getrieben hatte.

Die Frau, eine hübsche Endzwanzigerin mit bis auf den Rücken herabwallendem Blondhaar schrie auf, als sich Hinkmars Männer auf dessen Wink hin aus den Sätteln schwangen.

Zwei von ihnen stürmten mit gezückten Waffen ins Haus, während Hatto die sich heftig wehrende Frau bei den Haaren packte und in die Knie zwang. Die sich am Kleid der Mutter festklammernden, heulenden Kinder stieß er achtlos zur Seite. Dann setzte er der Frau sein Messer an die Kehle.

Unterdessen hatte Hinkmar seinen Gaul bis dicht vor den Mann getrieben, der sich unter dem brutalen Griff seines Peinigers wand. Aus Sorge um seine Frau hatte er darauf verzichtet sich zu wehren und sein Schwert fahren lassen.

Alles war in wenigen Augenblicken vor sich gegangen. Ein kurzer Blick zu Folmar und ich zog meine Hand zurück, die an das Heft meiner Spatha gezuckt war.

Gleich mir war der Freund bereit, im äußersten Notfall zu Gunsten des Bauern einzugreifen.

Uns beiden war aber bewusst, was unser Einschreiten auslösen musste. Eine neuerliche, vielleicht sogar blutige Auseinandersetzung mit unseren Begleitern.

Was hätten wir Sigibert bei unserer Rückkehr sagen sollen? Dass wir Hinkmar und seine Männer angegriffen oder sogar erschlagen hätten, weil wir einem Alamannen, vielleicht einem Feind, zur Seite hatten stehen wollen?

Weiter kam ich nicht, unterbrach das jetzt Folgende den Fluss meiner Bedenken.

Ganz langsam setzte Hinkmar dem Alamannen, sich an der Angst des Mannes weidend, die Spitze seiner Spatha an die Kehle.

„Deine Stammesbrüder werden dir nicht helfen", spottete er tückisch. „Hast wohl gedacht, unsere armen Bauern zu massakrieren, wenn sie über den Fluss kommen. Oder?"

„Mit denen habe ich nichts zu schaffen", stöhnte der Alamanne gequält. „Mein Großvater diente unter dem Römer Aegidius, als dieser noch in der Colonia residierte. Danach baute er diesen Hof, den ich Zeit meines Lebens nicht verlassen habe."

„Lüg mich nicht an", schrie Hinkmar hysterisch auf. „Ihr seid alle mit Vadomar im Bunde, dessen Eintreffen ihr sehnsüchtig erwartet."

„Nein", kreischte der Alamanne in Todesfurcht. „Ich schwöre bei allen Göttern, dass ich nichts mit dem König der Brisigavier zu schaffen habe."

„Wo ist dein Gold", herrschte Hinkmar ihn unbeirrt an. „Ihr Alamannen habt immer etwas."

„Wir sind arme Bauern", begann der Mann zu jammern. „Es reicht gerade zum Leben."

„Hilf ihm, sich zu erinnern, Hatto!"

„Mit einem bösartigen Grinsen riss der Angerufene der Frau die Fibeln von den Schultern, worauf das Obergewand zu Boden fiel und der Frau lediglich das ihre Blöße bedeckende Unterkleid blieb.

Mit unverhohlener Lust stierte Hinkmar auf die sich unter dem dünnen Stoff abzeichnenden, vollen Brüste.

„Wo ist das Gold?" Gier und Mordlust brachen aus seinen Augen, als er sich von der Frau ab und dem Mann wieder zuwandte.

„Es reicht", brüllte Folmar und drängte Hinkmars Gaul mit seinem Pferd zur Seite. „Lass die Leute in Frieden, sie haben dir nichts getan."

Nicht mehr Herr seiner Sinne, riss Hinkmar seine Spatha hoch, um die Klinge auf meinen Freund niedersausen zu lassen.

Einer plötzlichen Eingebung folgend, hatte ich meinem Pferd längst die Sporen in die Seite gedrückt, war in wenigen Sprüngen heran und trat mit voller Wucht zu. Ich traf Hinkmar in der Seite, der einen Schmerzensschrei ausstieß und aus dem Sattel fiel. Das war so schnell vor sich gegangen, dass mein Freund seine Spatha gerade zur Hälfte aus der Scheide gerissen hatte.

Unterdessen hatten die übrigen Gefährten sich auf Hatto gestürzt und ihm die Frau entrissen.

„Den Mann loslassen!", schrie ich den konsternierten Krieger an, dessen Anführer sich noch im Gras wälzte.

In diesem Augenblick stürzten die im Haus verschwundenen Männer mit gezogenen Waffen ins Freie, während der, der den Alamannen gehalten hatte, Hinkmar auf die Füße halfen.

„Weg mit den Waffen", keuchte Hinkmar. Geistesgegenwärtig hatte die Ratte erkannt, dass sie sich plötzlich im Nachteil befand.

Wäre es zum Kampf gekommen, hätte es Hatto, Pippins Sax an der Kehle, als ersten erwischt. Er selber zählte nicht, da er sich kaum auf den Beinen halten konnte und der Bauer würde sich sofort auf unsere Seite schlagen. Seine drei Krieger hätten es dann mit sechs Gegnern zu tun gehabt, was er nicht riskieren wollte.

Seine Männer gehorchten, was uns die Hände band. Bis auf Pippin und ich, die am liebsten jetzt die Entscheidung gesucht hätten, schienen alle erleichtert, das drohende Gemetzel abgewendet zu wissen.

„Verzeih mir", log Hinkmar unserem Anführer frech ins Gesicht. „Die Sorge um Sigiberts bedrohte Untertanen hat mich mitgerissen."

„Auch die da", wies Folmar auf die Familie des Alamannen, „sind Sigiberts Untertanen."

„Du hast Recht", senkte Hinkmar den Kopf. „Ich habe mich hinreißen lassen."

Der Bauer und seine Frau dankten uns überschwänglich, als wir abrückten.

Dabei kam mir Hinkmar, scheinbar unabsichtlich, sehr nahe.

„Du bist tot, Römer!", zischte er voller Hass, drückte seinem Pferd die Fersen in die Weichen und preschte an die Spitze des Zuges.

„Hast du gesehen, wie Hinkmar die Frau angestarrt hat?", beendete Quirinus mein Grübeln. „Sie ist totes Fleisch, wenn sie dem Bastard in die Hände fällt."

„Antunacum?" sprach ich den in romanischer Tracht gekleideten Mann an und wies auf die in der Ferne sichtbaren Mauern und Türme.

„Antunnaco", verbesserte mich der Mann. „So heißt es in der Sprache der neuen Herren."

Er hielt mich, meiner Kleidung und Begleitung wegen, für einen Franken.

„Von mir aus", antwortete ich jovial und brachte mein Pferd zum Stehen.

„Kannst du mir sagen", fuhr ich fort, „wo meine Freunde und ich die Nacht verbringen können?"

„Sind alle deine Freunde?" Sein Blick wanderte zu Hinkmar und Hatto, die sich langsam entfernten, uns Fünfen und schließlich zur Nachhut der Krieger, die uns, fluchend, weil sie in den Straßengraben ausweichen mussten, mit den Packpferden überholten.

„Nein, nur diese hier", wies ich auf die Gruppe meiner Freunde.

„Die Stadt ist voller Flüchtlinge. Aber wenn ihr zahlt und euch mit einer bescheidenen Behausung zufrieden gebt, kann ich etwas machen."

Ich öffnete meinen Beutel und hielt ihm einige Münzen hin,

die er eingehend betrachtete.

„Legt eine Siliqua drauf und ihr bekommt auch einen Unterstand für die Pferde."

Ich nickte und zählte ihm die Münzen in die Hand.

„Hast du auch Quartiere für uns?", fragte Hatto, der auf Hinkmars Geheiß sein Pferd gewendet und zu uns zurückgetrabt war.

„Leider nein", hob der Mann, der sich uns als Fabricius vorstellte, bedauernd die Schultern. „Versucht es im Amtshaus eures Königs. Es sind die alten Lagerhallen am Hafen."

„Hinkmar will", wandte sich Hatto an Folmar, „dass ihr euch nach der Burgundin erkundigt. Gebt Bescheid, wenn ihr etwas herausbekommt."

„Ach", spottete Pippin. „Ist es dein Herr, der jetzt wieder die Befehle gibt? Soll er doch selber fragen."

„Soll ich das Hinkmar so übermitteln?", drohte Hatto.

„Lass es gut sein", winkte Folmar ab. „Die wichtigen Aufgaben übernehmen wir."

Es dauerte einen Moment, bis Hatto den Spott hinter den Worten meines Freundes erkannte und missmutig zu seinem Herrn zurückkehrte.

Dieser warf uns, nachdem er Hattos Bericht entgegengenommen hatte, einen bösen Blick zu, bevor er seinen Männern das Zeichen zum Aufbruch gab.

„Wir sehen uns morgen", schnitt seine Stimme durch die Schwüle des Sommerabends.

Als wir in die Stadt hineinritten, grummelte es über den Bergen der Silva Arduenna. Kaum waren wir in der stickigen Enge unseres Quartiers angelangt, als unter Blitzen und Donnern ein schwerer Wolkenbruch niederging. Hagelkörner, groß wie Taubeneier, prasselten auf das Schieferdach des Grubenhauses, und wir hatten genug damit zu tun, das durch den Niedergang herabrinnende Wasser aufzufangen.

Die der Vorratslagerung dienende Behausung befand sich in der Mitte eines ummauerten Areals, das einst als Empfangsraum eines herrschaftlichen Stadthauses gedient hatte. Es musste viel Arbeit und Mühe gekostet haben, den Estrich aufzubrechen und die Baugrube auszuheben. Die an den Hof anschließenden, Ziegel gedeckten Gemächer bewohnte unser Gastgeber mit seiner Familie.

Ließ das Tosen des Unwetters etwas nach, hörten wir das angstvolle Wiehern unserer Pferde, die unter einem hölzernen Vordach des Gemüsegartens angebunden standen.

Endlich ebbte das Prasseln ab und ging in das leise Rauschen eines Landregens über, der bis zum Anbruch der Dunkelheit anhielt. Dann klopfte es an der Türe und ein kühler Windstoß fegte herein, als Pippin im durchnässten Mantel die holzverkleideten Stufen herabplatschte.

Einer von uns hatte sich nach der Burgundin erkundigen und sich um den Proviant und das Futter für die Pferde kümmern müssen, wobei das Los auf ihn gefallen war.

„Ihr glaubt nicht", prustete er los, „wen ich gerade gesehen habe."

„Nun sag schon", entgegnete ich. Ich mochte Pippin, konnte es aber nicht leiden, wenn er sich wegen irgendwelcher Kleinigkeiten aufplusterte. Auch Folmar hob nur kurz den Kopf, um sich sogleich wieder seinem Sax zuzuwenden, den er seit einer viertel Stunde mit einem Schleifstein bearbeitete.

„Wenn es euch nicht interessiert?" Pippin zuckte mit den Schultern, stellte den ledernen Proviantsack ab und löste den Knoten seines Halstuches. Während er mit Hingabe das nasse Gewebe auswrang, dessen Inhalt in Sebastianus' Halbstiefel tropfte, begutachteten wir den Erfolg seines Versorgungsgangs.

Es war nicht viel, was er gegen teures Geld zusammengetragen hatte. Zwei feuchte Fladenbrote, einen zur Hälfte gefüllten Schmalztopf, ein Bund Zwiebeln und einen mit Wachs versiegelten Weinkrug. Zum Schluss zog Sebastianus noch einen doppelseitigen, leider angebrochenen Knochenkamm hervor.

„Gib das her", fauchte Pippin ihn an und riss ihm das Utensil aus den Händen, das dabei zerbrach. Ärgerlich warf er das kleinere Stück von sich und verstaute den noch brauchbaren, größeren Teil in seinen Kleidersack.

„Was ihr Franken bloß mit euren Haaren habt?", amüsierte sich

Quirinus auf Kosten des Gefährten. „Schneide es kürzer und du hast weniger Ärger mit den Läusen."

„Freie Männer tragen lange Haare und die müssen gepflegt werden", antwortete Pippin spitz.

„Und wen hast du gesehen?", fragte Folmar zwischen zwei Bissen. Während unseres Disputes um Pippins neues Pflegeutensil hatte er ein Stück des Fladenbrotes mit Schmalz bestrichen und eine Zwiebel geschält. Abwechselnd in das Brot und die an ihrem Strunk gehaltene Knolle beißend, warf er dem Gefährten einen erwartungsvollen Blick zu.

„Gerade hatte ich bei einem Gemüsehändler das Schmalz und die Zwiebeln erstanden", begann er umständlich, „als…"

Pippin verstand sich meisterlich darauf, die Neugierde seiner Zuhörer zu wecken.

„Nun sag schon", drängelte Sebastianus.

„Ihr glaubt nicht", fuhr Pippin grinsend fort, „wie schwierig es war, mit diesem durchtriebenem Halunken einen akzeptablen Preis auszuhandeln. Der Mann tat so, als würde er mich nicht verstehen. Alle reden hier nur romanisch, als wenn ich in einem fremden Land wäre. Dabei sind wir die Herren."

„Nun komm endlich zur Sache", dräute Folmar voller Ungeduld.

„Hinkmar", gab Pippin unserem Drängen endlich nach. „Hinkmar, Hatto und zwei weitere dieser Strolche. Alle bewaffnet. Wegen des Regens haben sie mich nicht gesehen und beinahe niedergeritten, so eilig waren sie."

„Was soll denn das wieder?", fragte Sebastianus in die Runde.

„Nichts Gutes", brummte Quirinus. „Vielleicht gilt es dem Bauern. Wir sollten ihnen nach."

„Bei dem Wetter?", protestierte Pippin. „Wir holen sie sowieso nicht mehr ein."

„Du hast Recht", bestätigte Folmar. „Wenn der Alamanne klug ist, hat er sich und seine Familie längst in Sicherheit gebracht. Wenn nicht, können wir ihm nicht mehr helfen. Dann mögen seine Götter mit ihm sein.

Und was ist mit der Burgundin? Hast du irgendetwas gehört?"

„Nichts", antwortete Pippin kurz. „Sie sind und waren nicht hier."

„Ich muss hier raus", begehrte ich auf, erhob mich und öffnete die Türe. Die stickige, feuchte Enge der Unterkunft und die Aussicht, ein drohendes Verbrechen nicht verhindern zu können, hatten sich auf mein Gemüt gelegt. Erleichtert sog ich die kühle Abendluft ein und fühlte mich sogleich besser.

„Warte, ich komme mit." Folmar erhob sich und folgte mir ins Freie. Gott sei Dank hatte es aufgehört zu regnen. Der auffrischende Wind hatte die Wolken auseinandergetrieben, durch deren Lücken die ersten Sterne herabfunkelten.

„Wohin?", blickte der Freund mich an.

„Zum Flussufer", antwortete ich bestimmt. Mir war nach einem guten Gespräch und dem fließenden Gurgeln des großen Stromes.

Durch das angelehnte Hoftor und über zwei Stufen gelangten wir auf die am Haus vorbeiführende Gasse, die nach wenigen Schritten in die Hafenstraße einmündete. Den zahlreichen Pfützen ausweichend, die sich in den Schadstellen des Straßenpflasters gebildet hatten, kamen wir zum Hafentor, dessen Wache uns ungehindert passieren ließ. Wir folgten dem Pfad, der über die verfallenden Kais um das verlandete Hafenbecken herum führte, bis wir durch eine Buschreihe den kiesigen Strand betraten.

Das Licht des Mondes zauberte silbrige Reflexe auf die dahinströmenden Fluten. Auf dem gegenüberliegenden Ufer ragte, schwarz gegen den Sternenhimmel abgesetzt, eine steile Felswand in die Höhe, hinter der sich ein weites Plateau erstreckte.

Wir suchten uns einige große vom Wind abgetrocknete Steine und ließen uns darauf nieder. Unseren Gedanken nachhängend saßen wir, den Geräuschen des Flusses lauschend, schweigend nebeneinander, bis Folmar das Wort an mich richtete.

„Wie soll es weitergehen, Marcellus? Sag es mir."

„Ich weiß es nicht", antwortete ich wahrheitsgemäß.

„Hinkmar hat es von Beginn an auf dich abgesehen. Auf Kloderichs Geheiß, glaube ich."

Ich zuckte lediglich mit den Schultern und ließ den Freund das aussprechen, was ich zu sagen scheute.

„Er muss dich jetzt umbringen, wenn er nicht das Gesicht verlieren will. Du hast ihn geschlagen, ihn wie einen tollwütigen Hund getreten."

„Was er auch ist", entgegnete ich ungerührt.

„Dann lass es uns hinter uns bringen, Marcellus. Er oder wir."

„Nein", widersprach ich. „Damit ist nichts gewonnen. Wir bekommen es dann mit Kloderich und diesem unheimlichen Hagen, dem Bruder der Ratte, zu tun. Du bist selber Franke und kennst die Verpflichtungen der Blutrache. Auch wenn ich, oder wir, tausendmal im Recht sind.

Außerdem haben wir Sigibert unser Wort gegeben. Hinkmar muss den nächsten Schritt machen. Wenn er mich angreift, darf ich ihn töten."

„Wir", ergänzte Folmar und legte mir seine Hand auf die Schulter.

„Und wir müssen endlich diese Burgundin finden", wechselte ich das Thema. „Deshalb sind wir hier. Wenn wir sie haben, ist der Auftrag erfüllt und wir können Hinkmar davonjagen."

„Wenn er sich davonjagen lässt", zweifelte mein Freund. „Er wird uns folgen wie ein Wolf. Solange, bis sich ihm eine Gelegenheit bietet, dich zu töten. Er ist ein wildes Tier. Es ist besser, er bleibt, damit wir sehen, was er tut."

„Und das am Vorabend eines Krieges", murmelte ich vor mich hin.

„Wir sind im Krieg", folgerte Folmar nüchtern. „Nicht Franken gegen Alamannen oder Romanen gegen Germanen. Wir kämpfen gegeneinander, Franken gegen Franken. Ihr Römer nennt so etwas Bürgerkrieg."

Ich verkniff mir eine Antwort und schaute zur Steilwand, auf deren Grat ein Licht aufleuchtete.

Jetzt wieder eines und noch eines. Immer weiter flammte es auf, raste den Kamm entlang, bis der ganze Bergrücken in Flammen stand.

Waren es anfangs nur vereinzelte Stimmen, die in mein Bewusstsein drangen, wuchsen sie unwiderstehlich zum Chor, der schaurig wild und bedrohlich über den Fluss hallte.

Tod und Verderben verkündend, ergriff es Besitz von mir, durchflutete meinen Körper bis in die letzte Faser. Nie werde ich ihn vergessen, den wilden Schlachtgesang der Alamannen.

„Da hast du deinen Krieg, Marcellus. Mögen Wodan und dein Gott geben, dass wir den Sieg davontragen."

Der Kies spritzte unter unseren Füßen, als wir den Strand hoch strauchelten, den Freunden die Ankunft der Alamannen zu melden.

Am Tor staute sich die Masse derer, die versuchten, in den Schutz der festen Mauern zu gelangen. Voller Angst und Sorgen starrten die Menschen auf das Schauspiel am jenseitigen Ufer, bis sie endlich an der Reihe waren, von den nervösen Wachen eingelassen zu werden.

Dann, wir hasteten die Hafenstraße hinauf, stockte mir der Atem.

Wie aus dem Nichts waren da die drei Reiter, die ein viertes Pferd am Zügel mit sich führten. Die Augen auf den erleuchteten Steilhang gerichtet, jagten sie über das Pflaster, dass sich das Trommeln der Hufe an den Mauern brach.

Jetzt erkannte ich Hinkmar, die hochgereckte Lanze in der Rechten, von deren Spitze es blond und blutig flatterte. Der Haarschopf der Alamannin. Kein Zweifel, hatte die „Ratte" doch ihre Fibeln an seinen Mantel gesteckt.

Dahinter folgte Hatto, einen Verband um die Stirn geschlungen. Dieses Mal musste er gekämpft haben, der Alamanne. Er hatte sich und seine Familie nicht wehrlos abschlachten lassen.

„Mörder", brüllte ich ihnen nach, obgleich sie es in dem Getöse nicht hören konnten.

„Reiß dich zusammen", fuhr Folmar mich an. „Es ist nicht zu ändern. Wenn Hinkmar an jedem Tag einen Mann verliert, werden sich unsere Probleme bald erledigt haben."

„Wacht auf, Herr", rüttelte es an meiner Schulter. „Wacht auf. Die Alamannen sind da!"

Schlaftrunken langte ich mit der Rechten zur Seite, bekam Fabricius´ Tunika am Halsausschnitt zu fassen und drückte unseren

Gastgeber entschieden weg.

„So hört doch, Herr", gab der Mann nicht auf und hinderte mich daran, in meine Traumwelt zurück zu gleiten. „Die Alamannen."

„Wer, die…?", murmelte ich, ohne zu verstehen.

„Die Alamannen. Die ersten sind im Morgengrauen übergesetzt und sammeln sich im Norden der Stadt. Keine zwei Leugen von hier."

Ich fuhr hoch und sank stöhnend zurück. Ich hatte darauf verzichtet, in der Enge des Grubenhauses meine Decke auszubreiten und es vorgezogen, unter freiem Himmel zu nächtigen. Wegen der lauen Nacht hatte ich nicht gefroren aber mir war, als hätte jeder Stein des Kiesbelages einen schmerzenden Abdruck in meinem Rücken hinterlassen.

Dann kehrten die Bilder der Nacht zu mir zurück und ich war auf einen Schlag munter.

„Weck die anderen", fuhr ich unseren Gastgeber an, wankte unsicheren Schrittes zur gut gefüllten Regentonne und tauchte meinen Kopf in das kühle Nass. Kaum hatte ich das Wasser aus Haaren und Ohren geschüttelt, trat Folmar vor die Türe unserer Behausung und streckte sich kurz in der Morgensonne.

„Wir müssen sofort aufbrechen, Marcellus. Silinga und ihrem Reisezug entgegen, bevor die Alamannen sie zu fassen kriegen."

„Und wo, glaubst du, sind sie?"

„Auf nach Confluentes", trieb er mich zur Eile an. „Und wenn sie nicht dort sind, die Mosel hinauf, bis wir sie haben."

„Warten wir auf Hinkmar?", gab ich zu bedenken.

„Der soll sehen, wo er bleibt", entgegnete mein Freund ungeduldig. „Soll er doch zu Sigibert zurück, wenn er seinen Blutrausch ausgeschlafen hat."

„Besser noch, die Alamannen drehen ihm und seinen Mordbrennern die Hälse um." Pippin war, sein Gepäck unter dem Arm, aus dem Grubenhaus getreten und hatte Folmars letzte Worte mitbekommen.

Alle waren empört gewesen, als wir ihnen nach unserer Rückkehr von der Begegnung mit Hinkmar erzählt hatten.

Innerhalb kürzester Zeit fanden sich auch Sebastianus und Quirinus auf dem Hof ein, während ich mit Fabricius die Pferde herbeischaffte.

Ohne zu frühstücken, ein Schluck Wasser musste genügen, saßen wir in den Sätteln und verließen Antunacum durch die Porta Confluentes.

Vielleicht zwei Leugen hinter der Stadt staubte es plötzlich in unserem Rücken auf. Mich umwendend, sah ich Hinkmar und seine vier Begleiter hinter uns her preschen. Wir taten ihnen nicht den Gefallen, auf sie zu warten, so dass es eine Viertelstunde dauerte, bis sie uns eingeholt hatten.

„Wolltet ihr ohne uns nach Silinga suchen?" Deutlich war der Vorwurf aus der Stimme des Verfolgers herauszuhören.

„Mach das weg", herrschte Folmar ihn ungehalten an und wies auf die blutige Trophäe an der Spitze seines Speeres.

Die „Ratte" lachte hysterisch auf, beugte aber den Speer, so dass einer seiner Mordgesellen, den Schweif lösen und ihm seinen Herrn reichen konnte. Der bedachte zuerst mich und dann meinen Freund mit einem teuflischen Grinsen.

„Eine schöne Frau", fispelte er, vergrub die Nase in das Haarknäuel und sog hörbar die Luft ein.

„Du widerliches Stück Schweinemist", brüllte Pippin seine ganze Wut heraus.

Hinkmar ließ sich nicht beeindrucken, griente und verstaute das Haar in seinem Proviantsack.

„Wo ist dein vierter Mann?", versuchte nun Sebastianus unseren verhassten Begleiter zu provozieren.

Der zuckte nur mit den Schultern, gab seinen Kriegern einen Wink und setzte sich wie gewohnt an die Spitze des Zuges.

Vorbei an den Ruinen mehrerer Töpfereien ging es weiter unserem Ziel entgegen. Vom anderen Ufer, dort wo der Imperator Valentinian einst eine ummauerte Schiffslände hatte errichten lassen, stieg dunkler Rauch in den Himmel.

Je näher wir der Stadt am Zusammenfluss von Rhein und Mosel kamen, desto größer wurde das Treiben auf der Straße. Gleich uns strömten Fußgänger, Karren und Reiter der vermutlichen Sicherheit jenseits der Moselbrücke zu.

Ein Aufschrei brandete auf und lief durch die Reihen der Flüchtenden, als eine Frau auf einen der Hügel der ansteigenden Uferberge wies.

In einer Entfernung von etwa einer Leuge machte ich eine Reitergruppe aus, die sich gut sichtbar vor dem blauen Himmel abhob. Zwanzig, vielleicht dreißig Reiter, die durch ihr bloßes Erscheinen die Menge in Panik versetzten.

Alles schrie, schob und hastete dem Aufgang der Brücke zu. Dann stockte die Menge, weil sich die Fahrbahn im Bereich des Übergangs verengte. Nur schrittweise ging es vorwärts, bis wir schließlich zum Stehen kamen. Wir hatten gerade den Bohlenbelag der Brücke betreten und reckten die Köpfe, um nach der Ursache des Aufenthaltes zu schauen.

Ein Ochsengespann hatte sich quer gestellt und blockierte die Fahrbahn. Weder Schläge noch gute Worte brachten die verstörten Zugtiere dazu, sich auch nur einen Schritt zu bewegen.

„Benno", schrie Hinkmar einen seiner Krieger an, „mach denen da vorne Beine."

Der Genannte zog seine Spatha und wirbelte sie über den Kopf, was die Umstehenden zurückweichen ließ. Dann trieb er sein Pferd ohne Rücksicht nach vorne und begann mit der flachen Klinge auf die Ochsen einzudreschen. Als das nichts half, stach er mehrmals mit der Spitze zu.

Das erste Tier, das er traf, brüllte auf, verdrehte die Augen und versuchte, nach hinten auszuweichen. Die anderen taten es ihm gleich, so dass der Wagen ein Stück zurückruckte. Dadurch geriet Benno zwischen den Karren und das morsche Geländer, das unter dem Druck von Pferd und Reiter zu knacken begann.

Der Mann schrie auf und versuchte im letzten Augenblick aus dem Sattel zu kommen. Da barst das Holz mit lautem Krachen und Ross und Reiter verschwanden in der Tiefe.

Schrill gellte der Todesschrei des Kriegers, der noch einmal den Kopf über Wasser bekam, bevor ihn die Fluten verschlangen. Seinem Gaul hingegen sollte es gelingen, sich ans Ufer zu kämpfen und zu retten.

„Jeden Tag ein Mann", murmelte Folmar und ließ seinen Blick über den Fluss schweifen.

Eingekeilt in der Masse der Flüchtlinge hatten sie sich bis an das Ende der Brücke vorgekämpft. Wulfram konnte das Tor und die Wachen schon sehen, wenn er sich hoch im Sattel aufrichtete.

Bis zum heutigen Morgen war es gut gelaufen und er hatte gehofft, in wenigen Stunden Confluentes zu erreichen und ein Schiff in die Colonia zu bekommen. Dann war da dieser Mann, der ihnen nur eine Stunde nach dem Aufbruch von Contrua, wo sie die Nacht verbracht hatten, entgegenkam.

Angst und Schrecken in den Augen, die Haare in die schweißnasse Stirn gefallen, hatte er sich ihnen mit weit geöffneten Armen entgegengestellt. Er stammelte wirres Zeug von einem Einfall der Alamannen, die zu zehntausenden den Rhein überschritten und das linke Ufer überschwemmt hätten. Er hatte sie beschworen, auf der Stelle kehrt zu machen und dorthin zurückzukehren, woher sie gekommen waren.

Die Knechte hatten zu murren und Rotrudis zu weinen begonnen, während sich die Augen Silingas und der Krieger auf ihn richteten. Trotz des wütenden Protestes von Rotrudis hatte er angeordnet, den Weg fortzusetzen.

Was hätte er auch anderes tun können. Hatte der Mann Recht, würden die Alamannen sie in jedem Fall einholen, da sie mit dem Karren und den Frauen zu langsam waren. Er hätte das Gefährt und Rotrudis zurücklassen müssen, um ihre Geschwindigkeit zu steigern. Andererseits hatten sie alle Möglichkeiten, Confluentes zu erreichen und sich hinter den Mauern der Stadt in Sicherheit zu bringen.

Wahrscheinlich hatte der Mann stark übertrieben. Und wenn die Alamannen schon den Rhein überschritten, warum sollten sie dann die Mosel hochziehen. Wenn, dann war die Colonia ihr Ziel und sie würden Richtung Norden marschieren.

Wulfram sollte Recht behalten, obwohl sich die Straße mit Flüchtlingen füllte, je näher sie Confluentes und dem Rhein kamen. Aber sie sichteten nicht einen Alamannen, der sich ihnen in den Weg stellte.

Ohne Aufenthalt waren sie bis vor die Auffahrt zur Moselbrücke gelangt, von wo es nur noch langsam weiterging. Mehr als eine Stunde lang hatten sie sich schrittweise vorgeschoben, bis das Ende der Brücke und das dahinterliegende Tor in greifbarer Nähe lagen. Es konnte nicht mehr lange dauern, bis sie die Wachen passieren und in die Stadt einreiten würden.

Laute Schreie rissen Wulfram aus seinen Gedanken und ließen ihn nach hinten blicken. In einer Entfernung von vielleicht hundert Schritten sah er den verkeilten Wagen und die zusammengepferchte, tobende Menge, die verzweifelt versuchte, sich an dem Hindernis vorbeizuschieben.

Rotrudis zuckte zusammen und fuhr sich mit der Rechten an den Hals, als sie sahen wie ein Reiter von der Brücke stürzte, dessen Todesschrei bis zu ihnen gellte.

Als hätte der Tod des Mannes den Bann gebrochen, war der Weg plötzlich frei und sie konnten bis zum Tor vorrücken. Nur kurz musterten die Wachen die kleine Reisegruppe mit den zwei Frauen. Dann senkten sie ihre Speere und sie konnten passieren.

Ein Stück weit ritten sie in den Ort hinein, bis sie zu einem Brunnen kamen, der offenbar frisches Wasser führte. Wulfram gab mit der erhobenen Rechten das Zeichen zum Halten und schwang sich aus dem Sattel.

In diesem Augenblick bemerkte Silinga den jungen Mann mit dem dunkelblonden, nach romanischer Sitte geschnittenen Haar. Offenbar schien er zu wissen, wen er vor sich hatte, denn er winkte und preschte an der Spitze einer berittenen Kriegerschar heran.

Grenzgänge

Hinkmars Fluchen und ein rasch gemurmeltes Gebet meiner christlichen Freunde blieben das Einzige, was Benno von dieser Welt verabschiedeten. Als hätte das Ende ihres Peinigers den Starrsinn der Ochsen besänftigt, zogen sie an und der Karren kam frei. Sofort schrie es in unserem Rücken auf und die Menge drängte voran.

Hinkmar erteilte dem letzten seiner Krieger noch den Befehl, das am Ufer herumirrende Pferd zu bergen, ehe wir ohne weitere Unterbrechungen ans Ende der Brücke gelangten. Nur kurz musterte uns die Wache, dann hoben sie die gefällten Spieße und ließen uns passieren.

‚War es ein Gefühl der Unruhe, was mich an die Spitze unseres Zuges trieb?'

Ich preschte voran, hinein in die Stadt, deren Bewohner sich mit eiligen Sprüngen in Sicherheit brachten. Ich achtete nicht der mir nachgeschleuderten Flüche und Verwünschungen, sondern hielt auf die Gruppe zu, die sich mit Pferden und Wagen um einen Brunnen gelagert hatte.

Der mir folgende Folmar schrie auf, als er der beiden Frauen ansichtig wurde. Auch ich brüllte aus Leibeskräften und ruderte wie wild mit beiden Armen in der Luft. Kein Zweifel, wir hatten die Gesuchten gefunden.

Eine junge Frau, groß gewachsen, trat aus der Gruppe hervor, machte einen Schritt auf die Straße und strich sich mit der Rechten eine Strähne ihres blonden Haares aus der Stirn. Große, blaue Augen schauten mich erwartungsvoll an, als ich mein Pferd zügelte und mich mit übertriebenem Wagemut aus dem Sattel schwang.

Kein Zweifel, das musste Silinga sein, die eilig ihren Umhang ordnete und mich dabei mit einem strahlenden Lächeln bedachte. Ich musste um Fassung ringen, als ich vor sie hintrat, um mich und die mir nachfolgenden Kameraden vorzustellen.

„Marcellus", legte ich meinen ganzen Stolz in die drei Silben meines Namens. „Dienstmann von Sigibert, König der Colonia."

„Silinga", erwiderte sie meinen Gruß, „Nichte Gundobads und deine zukünftige Königin. Ich hoffe, du bringst gute Nachrichten."

„Zu deinen Diensten, Königin." Unbemerkt war Hinkmar neben mich getreten, drängte mich mit einem leichten Schulterstoß zur Seite und beugte devot sein Knie vor der Burgundin.

„Ich, Hinkmar, bringe dir die besten Grüße von meinem Herrn. Kloderich wünscht, dass ich dich sicher zu ihm geleite."

„Ich danke dir", antwortete sie huldvoll, um mit einem maliziösen Unterton fortzufahren. „Zeigst du deinem Freund bei Zeiten, wie man eine Königin begrüßt?"

„Das ist nicht mein Freund", platzte ich ungewollt heftig heraus.

„So?" Kurz streifte mich der Blick der Burgundin, ehe sie sich Folmar und den anderen zuwandte.

Schon wollte ich etwas erwidern, mich für meinen vorlauten Einspruch entschuldigen, als ich einen Blick ihrer Gefährtin auffing.

Ich sah in ein paar graue Augen, die mich zuerst mit Misstrauen und schließlich feindselig musterten.

„Rotrudis!" Es war Silinga, die ihre Begleiterin in diesem Augenblick zu sich zitierte. „Begrüße Hinkmar, den treuen Diener meines zukünftigen Gemahls."

„Ist es wahr?", wandte sich in diesem Moment der bärtige Krieger mit dem bis auf die Schultern herabwallenden, braunen Haar an Folmar. „Haben die Alamannen den Rhein überschritten?"

Wulfram, wie der Edle sich später vorstellen sollte, hatte mit sicherem Gespür denjenigen von uns angesprochen, den er für unseren Wortführer hielt.

Mit knappen Worten gab mein Freund einen Bericht zur momentanen Lage, wofür sich der Burgunde mit einem Nicken bedankte.

Er war mir auf den ersten Blick sympathisch, der seine Begleiter überragende Recke im schwarzen Lederkoller.

Der sorgfältig gestutzte Bart, graublaue Augen unter dichten Brauen, die gerade Nase, das energische Kinn und die hohe Stirn ließen auf Mut, Umsicht und Willenskraft schließen.

Unter dem Koller trug er eine helle Tunika, deren sorgsam gestickte Verzierungen an den Säumen der halblangen Ärmeln zum Vorschein kamen. Die lederne Hose steckte in bis zur Mitte der Waden reichenden, genagelten Stiefeln.

Die Spatha war ein Prunkstück mit damaszierter Klinge und granatbesetztem Knauf. Sie steckte in einer mit bronzenen Beschlägen üppig verzierten Scheide, deren Ortband aus purem Gold getrieben war. Befestigt war sie an einem breiten, ähnlich ausgestatteten Gürtel, in dem ein massiger Dolch byzantinischer Herkunft steckte.

Seinen Aufzug vervollständigte eine Gürteltasche, deren Bügel mit Almadinen besetzt war und eine den rostroten Mantel schließende, goldene Zwiebelkopffibel römischer Herkunft. Ein ähnliches Stück, das einst meinem Ahnen Marcus vom Präfekten der Treveris verliehen worden war, befindet sich noch heute im Besitz meiner Familie.

„Was schlägst du vor?", wandte sich Wulfram wieder an Folmar, nachdem er sich eine Weile bedacht hatte.

„Wir kehren auf dem kürzesten Weg in die Colonia zurück", mischte sich Hinkmar in das Gespräch ein.

„Ich habe deinen Freund und nicht dich gefragt", tadelte der Burgunde die Einlassung der Ratte.

„Er ist nicht unser Freund", verwahrte sich nun auch Folmar gegen den unpassenden Vergleich. „Er wurde lediglich zur Verstärkung mitgeschickt."

„Was Kloderich und Sigibert aber anders sehen", konterte Hinkmar ungehalten.

„Was zumindest Sigibert bereuen wird, wenn er von deinen Disziplinlosigkeiten hört", hielt mein Freund dagegen.

Es zuckte amüsiert um die Mundwinkel des Burgunden, der Folmar und mir kurz mit dem Auge zukniff.

„Gundobad hat alleine mich beauftragt, seine Nichte in die Colonia zu geleiten. Wer sich uns anschließt, ist willkommen. Und", fuhr Wulfram in harschen Ton fort, „Disziplinlosigkeiten werde ich nicht dulden."

Ich schaute auf Silinga, die ihren Blick niederschlug.

„Also", setzte der Burgunde erneut an. „Was schlägst du vor, Folmar?"

„Ich weiß nicht", begann dieser, „was die Alamannen als nächstes unternehmen werden. Wir sollten uns in das sichere Bodobriga zurückziehen und die neuesten Nachrichten abwarten. Confluentes scheint mir für einen Aufenthalt nicht geeignet."

Er wies in die Runde und zu der am Ende der Straße aufragenden Rheinpforte, deren Torflügel und Wehrgänge einen wenig vertrauenserweckenden Anblick boten.

„Ich glaube nicht, dass die Festung einem energischen Angriff standhält. Außerdem werden wir hier kein geeignetes Quartier für die Frauen finden. Hier hausen nur noch wenige Einwohner, in der Regel Gesindel und die zwischen den Ruinen bestatteten Toten. Als Hunnen und Verbündete vor mehr als vierzig Jahren zwischen Mogontia und Vormatia über den Rhein gingen, ließen sie eine Seuche zurück, die den Fluss hinauf wanderte und jeden zweiten Einwohner tötete. Wer überlebt hatte, packte seine Sachen und ging nach Contrua oder Cardena.

Wer hier ist, kam in den letzten Tagen als Flüchtling oder hat seine Wohnstatt in den Siedlungsplätzen vor den Mauern."

„Im Haus meines Vaters", ergriff Quirinus das Wort, „ist genug Platz für dich, die Frauen und meine Freunde. Meine Familie zählt zu den bedeutendsten Bodobrigas."

„Habt ihr zu essen?", fragte mich Wulfram, nachdem er zustimmend genickt hatte. „Wir haben unseren letzten Proviant am Morgen aufgebraucht. Und der Brunnen hier führt auch kein Wasser."

Ich schüttelte bedauernd den Kopf.

„Dort hinter dem Rheintor", wies ich voraus, „liegt neben dem alten Tempel der Wehrhof unseres Königs. Als seine Dienstmänner werden wir das bekommen, was sie haben."

Das Einzige, was ich im Moment tun konnte, war Silinga, die sich zu uns gesellt hatte, meine Leder umwickelte Wasserflasche hinzuhalten. Einen verächtlichen Blick auf die fleckige Umhüllung werfend, schüttelte sie abweisend den Kopf.

Nur wenig später waren wir aufgesessen und hielten auf den

vor kurzem erbauten, von einer Palisade umgebenen Pfostenbau zu, in dem Sigiberts Dienstmann, ein kleiner Fürst aus den Waldbergen jenseits des Flusses, residierte. Seine Aufgaben bestanden darin, die Schifffahrt an der Flussmündung zu überwachen und die von den Bauern des Umlandes zu entrichtenden Abgaben in die Colonia zu schicken.

Mein Blick wanderte von den aus den Fluten aufragenden Pfostenstümpfen der ehemaligen Pfeilerbrücke zu den halb verfallenen Resten eines Burgus. Die Kleinfestung war zu Zeiten des Kaisers Valentinian auf der Höhe des jenseitigen Bergrückens errichtet worden. Mittlerweile war auch Hinkmars letzter Krieger bei uns eingetroffen. Das Pferd des ertrunkenen Benno führte er am Zügel mit sich.

Tatsächlich erhielten wir im Königshof etwas Brot und Trockenfleisch. Wir hielten uns nicht auf und verließen bald darauf die inmitten einer ärmlichen Siedlung gelegene Anlage.

Außer einigen Fischern, Handwerkern und den Kriegern der Wachstation schien hier keiner zu leben. Den kleinen Umgangstempel hatte seit Jahren kein Anhänger der alten Götter mehr betreten. Weil die irdenen Ziegel anderweitig gebraucht wurden, hatte man das Dach abgedeckt und ein Teil der Nordwand war eingestürzt.

Zügig ging es auf der Uferstraße gen Süden, dem Ziel des heutigen Tages entgegen.

„Was hast du gegen Hinkmar?" Silinga hatte ihr Pferd an meine Seite gelenkt und bedachte mich mit einem freundlichen Lächeln. „Er macht auf mich einen treuen und brauchbaren Eindruck."

„Du kennst ihn nicht", antwortete ich lapidar und blickte in die andere Richtung.

Sie hatte mich wiederholt verärgert und ich legte keinen Wert auf ihre Gesellschaft.

„Dann eben nicht", gab sie spitz zurück und kehrte zu Rotrudis zurück, die sie mit vorwurfsvollen Blicken empfing.

Am späten Nachmittag langten wir vor der Festung Bodobriga an.

Schon von außen fiel mir auf, dass sich Mauern und Tore in einem hervorragenden Zustand befanden. Ganz anders als in Confluentes. Die hier stationierten Ballistarii waren mit ihrem Befehlshaber in dem fränkischen Kontingent aufgegangen, das Sigiberts Vater vor zwanzig Jahren hierhin entsandt hatte. Auch die Bewohner waren geblieben, so dass es keinen Leerstand gab, an dem der Verfall einen Ansatz gefunden hätte.

Das Innere der Festung unterstrich diesen Eindruck. Sorgfältig mit Bruchsteinen ausgebesserte Häuser und gepflegte Straßen, die ein sicheres und vor allem trockenes Fortbewegen garantierten. Ein Raum des ehemaligen Kastellbades waren noch in römischer Zeit in einen Gebetsraum umgewandelt worden und in den Principia des Kommandanten hatte sich ein Edler mit seinen Dienstmannen eingerichtet.

Diesem Gefolgsmann Sigiberts, einem gewissen Bruno, hatten wir unsere Aufwartung gemacht, ehe wir Quirinus Vaterhaus aufsuchten.

Was den Rheinübergang der Alamannen betraf, hatten wir dem Edlen mehr zu berichten, als er uns. Beunruhigt ordnete er an, die Mauern und Türme sofort in den Verteidigungszustand zu versetzen und schickte einen Spähtrupp los, neue Erkundigungen einzuholen.

Hinkmar und sein Gefolge, das nur noch aus Hatto und dem letzten verbliebenen Reiter bestand, zogen verbittert vor den Westwall. Dort schlugen sie mit ihren Decken und festen Planen, die Bruno ihnen zur Verfügung gestellt hatte, gemeinsam mit den burgundischen Kriegern und Knechten ihr Lager auf.

Herzlich begrüßte uns Silvanus, der Vater unseres Freundes. Zwei Jahre waren vergangen, seitdem er seinen Sohn das letzte Mal gesehen hatte.

Dass er ausgerechnet im Augenblick größter Gefahr nach Hause zurückgefunden hatte, deutete er als einen Fingerzeig Gottes. Sofort schickte er nach dem Priester, der kurz darauf ausrichten ließ, um die achte Stunde des Abends einen Bittgottesdienst ausrichten zu wollen.

Mit Freudentränen in den Augen schloss auch die Mutter ihren

Quirinus in die Arme, dem diese Zurschaustellung mütterlichen Glücks peinlich war. Seine Geschwister, zwei ältere Brüder, waren nicht anwesend, was das Platzangebot vergrößerte. Sie waren vor Wochen mit mehreren Fudern Wein nach Mogontia aufgebrochen, um dort die geschäftlichen Interessen des Vaters zu vertreten.

Die beiden Frauen und Wulfram erhielten eine eigene Kammer, während man uns Freunden das Nachtlager im Lagerschuppen bereitete, der gegen die Rückfront des Gebäudes gesetzt war. Dort richteten wir uns, so gut es ging, zwischen Gerätschaften und Weinfässern ein.

Bevor es Zeit wurde, die Kirche aufzusuchen, versorgte uns Quirinus mit einem schnellen Imbiss aus der Küche.

Zur vereinbarten Stunde trafen wir uns dann vor dem Haus, um gemeinsam zum Gottesdienst zu gehen. Die beiden Frauen und Wulfram begleiteten uns, während Pippin es als überzeugter Heide vorzog, fernzubleiben. Bei Folmar überwog die Neugier, einer Gebetsstunde des ihm fremden Glaubens beizuwohnen.

Der zwanzig auf zehn Schritte messende Gebetsraum war voller Menschen, als wir kurz vor dem Beginn der Bittfeier eintrafen. Trotzdem machte man uns bereitwillig Platz, so dass wir direkt vor der hölzernen Schranke des Altarraums zu stehen kamen.

Der Ausbau in eine Kirche und die Einrichtung eines Säulen umstandenen, von einem Baldachin überwölbten Taufbeckens und einer schlüsselförmig in den Raum hineinragenden Rednerbühne, eines Ambos, sollte erst in dreißig Jahren erfolgen. Auch die steinernen, reliefierten Platten der Chorschranke waren noch nicht angebracht.

Kerzen und Öllämpchen tauchten den mit dunklen Tüchern verhängten Raum und die auf den Putz der Apsis gemalten Fresken in ein mildes Licht. Mit Ehrfurcht betrachtete ich die in bunten Farben dargestellten Szenen aus dem Leben des heiligen Severus, der vor hundertfünfzig Jahren als Bischof von Ravenna wirkte.

Die Marmorplatte des gemauerten Altartisches trug als einzigen Schmuck ein mit Goldblech ausgekleidetes Kreuz und die zur Feier des Abendmahles benötigten Gerätschaften, einen goldgetriebenen Pokal und eine silberne Schale, beides Stiftungen der vermögenden Familie unseres Freundes.

In Begleitung zweier Ministranten betrat der Priester den Raum und begann die Zeremonie mit liturgischen Gesängen.

Dann trat er an die Absperrung des Altarraumes und schwor den Zorn Gottes und seines Sohnes auf die frevelhaften Alamannen herab. Alles kniete nieder, als er mit weit ausgebreiteten Armen den Schutz und den Beistand der Heiligen herbeiflehte. Gemeinsam gemurmelte Gebete und Gesänge, in die alle einstimmten mündeten in die Feier des Abendmahles.

Der mit Wein gefüllte Pokal wanderte von Hand zu Hand, während die in der Schale aufbewahrten, mit Kreuzsymbolen gestempelten Brote, in mundgerechte Bissen gebrochen und an die Gläubigen verteilt wurden.

Zum Abschluss sprach der Priester den Anwesenden Mut und Trost zu und erteilte allen den göttlichen Segen.

Noch lange nach dem Ende der Feier standen die Menschen in Gruppen vor der Kirche und besprachen sich mit sorgenvollen Mienen.

Von neugierigen Blicken begleitet, verließen wir die Kirche und kehrten zurück in das Haus unseres Gastgebers.

Dort erwartete uns, um Quirinus Heimkehr gebührend zu würdigen, eine freudige Überraschung: Silvanus hatte mit allem, was Küche und Vorratshaus hergaben, ein opulentes Mahl zubereiten lassen.

Im größten Raum, der Empfangshalle des Erdgeschosses, war deshalb aus hölzernen Böcken und Platten eine Tafel zusammengestellt worden, an der wir auf Schemeln Platz fanden.

Eingedeckt wurde mit dem, was sich in den Kästen und Schränken eines vornehmen romanischen Haushaltes finden ließ.

Silberne Platten aus den Glanzzeiten des Imperiums dienten der Aufnahme von Fleisch und Gemüse, auf dem Rost gegrillte Hühner, ein aufgeschnitter Schinken sowie gekochte Erbsen und gedünstete Bohnen.

Daneben gab es kleine Schüsseln aus blassrotem Glanzton für die unentbehrlichen Saucen, die alles enthielten, was im Kräutergarten zu finden war. Dill, Koriander, Zwiebeln und Knoblauch. Eine besondere Kostbarkeit war der teuer eingekaufte Pfeffer, der frisch gestoßen am besten schmeckt.

Den hauseigenen Wein aus irdenen Kannen mit kleeblattförmigem Ausguss schüttete Silvanus persönlich in die schwarz gebrannten, konischen Becher. Angebaut wurde der erlesene Tropfen auf den sonnigen Hängen entlang der weit geschwungenen Flussbiegung im Norden der Stadt.

Als Kontrast zur dunklen Farbe der Becher hatte man auf die roten Teller des nahen Megina zurückgegriffen.

Messer zum Schneiden, Gabeln zum Vorlegen und hölzerne Löffel vervollständigten das Essgeschirr.

Dazu wurde selbst gebackenes Brot aus Gerstenmehl gereicht.

Als Nachtisch gab es einen Mus aus eingekochten Waldbeeren und Kirschen, der zusätzlich mit Honig gesüßt war.

Derart gestärkt schleppte sich das Gespräch noch eine geraume Zeit hin, bis sich einer nach dem anderen auf sein Nachtlager zurückzog. Eine weitere Erörterung der Lage und die Abfassung neuer Pläne verschoben wir mangels Informationen auf den nächsten Tag.

Silinga und Rotrudis, die ihre Gefährtin unablässig zum Aufbruch drängte, machten den Anfang. Danach folgten Folmar und Sebastianus, bis auch ich mich von Silvanus und seiner Frau verabschiedete und zur Ruhe begab.

Nach den letzten, sehr unbequem verbrachten Nächten, genoss ich die weichen Strohsäcke meiner Bettstatt. Ich schlief durch, bis mich das durch die geöffnete Türe einfallende Sonnenlicht weckte.

„Gib es doch endlich zu, Silinga, er gefällt dir, der junge Romane mit der schiefen Nase.“

„Hast du zu viel Wein getrunken?“, fauchte Silinga ihre Freundin an. Der Ärger über die ihrer Ansicht nach ungerechtfertigte Unterstellung hatte ihr die Zornesröte ins Gesicht getrieben.

„Keinen Schluck“, wehrte sich Rotrudis. „Ganz im Gegensatz zu dir.“

„Wie kannst du annehmen, dass mir der Römer gefällt?“, lenkte

Silinga von dem ihr unangenehmen Vorwurf ab.

„Weil ich Augen im Kopf habe."

„Wenn du Augen im Kopf hättest", konterte Silinga, „hättest du gesehen, dass ich ihn sehr unfreundlich behandelt habe."

„Was mir zu denken gibt", gab Rotrudis nicht nach. „Ich kenne dich. Wenn du jemanden ins Auge gefasst hast, reizt du ihn so lange, bis er aus der Haut fährt. Je wütender er wird, desto größer ist dein Verlangen."

„Das ist dummes Zeug, Rotrudis. Hör endlich mit deinen Unterstellungen auf."

„Tu ich nicht", entgegnete die Ältere. „So war es vor einem Jahr mit dem Langobarden der Palastwache und davor mit dem Pferdeknecht deines Onkels."

„Und wenn schon", höhnte Silinga. „Ich weiß was ich tue. Du bist nur neidisch."

„Neidisch?", schnappte Rotrudis hörbar nach Luft. „Auf diesen Jungen? Ich hasse und verachte diesen Marcellus. Ich kenne diesen Typ Mann. Gut aussehend, aber mit einem leichten Makel, was das Mitgefühl anspricht. Dazu kräftig und wagemutig. So einer hat mir als Mädchen das Herz gebrochen." Sie hielt kurz inne und rang nach Luft, ehe sie fortfuhr.

„Und wegen so einem setzt du deine Zukunft aufs Spiel? Was glaubst du wird Kloderich machen, wenn er erfährt, dass du einem seiner Dienstmänner den Kopf verdreht hast?"

„Sag es mir", stöhnte Silinga genervt.

„Er schickt dich zurück zu Gundobad und alles war umsonst. Vorbei der Traum, einen mächtigen Thronfolger zu heiraten. Oder glaubst du, dass dich dann jemand anderes zu seiner Königin macht?"

„Gib endlich Ruhe, Rotrudis." Silinga warf sich herum und schloss die Augen. Das einzige Mittel, die Freundin ruhig zu stellen.

Es sollte dem Standpunkt des Betrachters überlassen bleiben, ob es eine gute oder eine schlechte Nachricht war, die der neue Tag brachte.

Im Gegensatz zu uns hatten Hinkmars Männer und die Burgunden eine lebhafte Nacht verbracht.

Der strengen Hand Wulframs für eine Nacht entronnen, hatten sich die burgundischen Krieger und Knechte mit Bier und Wein eingedeckt. Es sollte auch für die Franken Hatto und Gundolf, den einzigen noch verbliebenen Reiter reichen.

Hinkmar hatte sich dagegen früh in sein Zelt zurückgezogen. Trotz der Fürsprache Silingas hatte Quirinus es abgelehnt, ihm einen Platz am väterlichen Tisch einzuräumen. Es vertrug sich nicht mit seinem verletzten Stolz, stattdessen an einem Besäufnis unter Knechten teilzunehmen.

Was als freundliche Geste der Burgunden gedacht war, endete jedoch in Chaos und Streit. Vom Alkohol beflügelt, hatten die beiden Franken begonnen, von ihren Heldentaten zu prahlen. Als Gundolf dann in allen unappetitlichen Einzelheiten den nächtlichen Überfall auf die Familie des alamannischen Bauern zum Besten gab, verlor einer der Knechte die Beherrschung.

Der Sohn einer alamannischen Mutter schüttete dem Franken voller Abscheu den Inhalt seines Bechers ins Gesicht, worauf ihn dieser mit den Fäusten traktierte.

Das wiederum wollten Wulframs Männer nicht dulden und schlugen zuerst Gundolf und dann den ihm beispringenden Hatto nieder.

Aufgeschreckt vom plötzlich ausbrechenden Tumult, alarmierte der auf der Mauer postierte Krieger seinen Scharführer. Der eilte mit allen verfügbaren Männern herbei, das Getöse zu beenden und die Kampfhähne zu trennen.

Gundolf gelang es rechtzeitig, sich aufzurappeln und auf sein Pferd zu schwingen. Während Hatto niedergeworfen wurde, galoppierte er in die Nacht hinaus.

Der aus seinem Zelt stürzende Hinkmar wurde ebenfalls festgenommen und trotz wütenden Protestes abgeführt. Die beiden Männer verbrachten die Nacht im feuchten Gelass eines Turmes, ehe man sie am Morgen wieder laufen ließ.

Gundolf, den Zorn seines Herrn fürchtend, musste die weitere Entwicklung aus der Ferne beobachtet haben. Anders war sein dauerhaftes Verschwinden nicht zu erklären.

„Jeden Tag ein Mann", griente Folmar, als wir von dem Vorfall in Kenntnis gesetzt wurden.

Ich begegnete Silinga auf dem Weg zur Küche, als sie durch die Eingangstüre in die Empfangshalle stürzte. Sie schaute kurz hoch, deutete einen kurzen Gruß an und murmelte unfreundlich, zu Rotrudis in ihre Kammer zu wollen.

„Hast du von Hinkmar gehört?", verstellte ich ihr den Weg.

„Du kannst dir deine Schadenfreude ersparen", antwortete sie schnippisch und bedachte mich mit einem geringschätzigen Aufschlag ihrer Augen.

„Wenn es einer verdient hat, die Nacht in einem Kerker zu verbringen", scherzte ich, „dann Hinkmar."

„Ach", funkelte sie mich an. „Hinkmar ist der treueste Gefolgsmann meines zukünftigen Gatten. Du tätest gut daran, ihm mehr Wertschätzung entgegenzubringen."

„Der Mann ist ein Verbrecher", widersprach ich heftiger, als ich wollte.

„Wie bitte?", fauchte sie mich an.

„Willst du wissen, wozu diese Ratte fähig ist?" Mein Gefühl sagte mir, zu weit gegangen zu sein. Aber ihre Parteinahme für meinen Erzfeind ließ mich ärgerlich werden.

„Du willst deinen Gefährten denunzieren, ihn schlecht machen?", drohte sie unverhohlen.

„Ich...", setzte ich an, wurde aber sofort unterbrochen.

„Es interessiert mich nicht!", fuhr die Burgundin mich an. „Lass mich endlich in Frieden."

Sie eilte an mir vorbei zu ihrer Kammer und knallte die Türe hinter sich zu. Gedämpft, aber immer noch deutlich genug, hörte ich, wie sie Rotrudis über mein Benehmen in Kenntnis setzte.

„Es macht keinen Sinn, mit Silinga zu streiten."

Ich drehte mich um und gewahrte Wulfram, der gerade den Raum betreten hatte.

„Wahrscheinlich hast du Recht. Sie hat etwas an sich, was meinen Widerspruch reizt."

„Da bist du nicht der einzige", lachte der Burgunde und gab mir einen Klaps auf die Schulter. „Außerdem scheinst du ihren Widerspruch zu reizen. Achte einfach nicht darauf. Sie verteilt Gunst und Ungunst nach Gutdünken. Das kann morgen schon ganz anders sein."

„Ich brauche ihre Gunst nicht", kroch der Ärger wieder in mir hoch. „Wer zu Hinkmar steht, braucht auf meine Freundlichkeit nicht zu zählen."

„Ich komme gerade von Folmar." Geflissentlich überging Wulfram mein Sticheln. „Er hat mir alles Wesentliche zu Hinkmar gesagt. Was würdest du an meiner Stelle tun?"

Eigentlich wollte ich ihm empfehlen, Hinkmar in den hintersten Winkel der Hölle zu jagen, besann mich aber rechtzeitig.

„Dir sind die Hände gebunden?"

„Ja und nein", begann der Burgunde mit Bedacht. „Ich führe die größte Gruppe und trage deshalb die Verantwortung. Hinkmar muss sich mir beugen, aber ich kann ihn nicht ohne Grund wegjagen. Mir gegenüber hat er sich noch nichts zuschulden kommen lassen. Er ist zwar ein Mörder und Unruhestifter, aber auch Kloderichs Vertrauensmann. Am Vorfall der letzten Nacht trifft ihn ausnahmsweise keine Schuld." Wulfram legte eine Pause ein, ehe er fortfuhr.

„Aber bei der ersten Disziplinlosigkeit können er und dieser Hatto gehen."

Ich nickte zustimmend.

„Was werden wir tun, Wulfram? Gibt es Neuigkeiten von den Alamannen?"

„Nein", schüttelte der Burgunde den Kopf. „Wir müssen abwarten. Ich habe Folmar gesagt, dass wir uns heute Abend zusammensetzen werden."

„Mit Hinkmar?"

„Ich kann ihn nicht ausschließen", antwortete der Burgunde knapp.

Wieder nickte ich und wandte mich zum Gehen, als Wulfram mich aufhielt.

„Hinkmar wird sich vorerst zurückhalten. Aber du musst dich trotzdem vorsehen. Nach dem, was Folmar mir berichtet hat, halte ich es für möglich, dass er es auf dich abgesehen hat. Ich werde alles versuchen, euch beide auseinanderzuhalten."

„Danke", murmelte ich und verließ das Haus, um nach meinen Freunden zu sehen.

Ich fand sie in einer Taverne, wo wir uns den Rest des Tages die Zeit vertrieben, ohne dabei dem hiesigen Wein nicht allzu sehr zuzusprechen. Silinga und Rotrudis bekam ich den ganzen Tag nicht zu Gesicht.

Es ging schon auf den Abend zu, als einer der burgundischen Krieger erschien und uns in unser Quartier zurück bat.

Bis auf Rotrudis und die burgundischen Knechte hatten sich alle bei Silvanus eingefunden. Auch Silinga hatte auf einem Schemel neben Wulfram Platz genommen und warf mir bei meinem Kommen einen verächtlichen Blick zu.

Wulfram stellte sich den Anwesenden als den neuen Führer der Gruppe vor, was ohne zu murren akzeptiert wurde. Dann gab er in knappen Worten das Gespräch wieder, das er vor einer Stunde mit Bruno, dem Befehlshaber der fränkischen Garnison geführt hatte.

Den neuesten Nachrichten zufolge, hatten sich die Alamannen zuerst im Norden von Antunacum gesammelt, um danach auf Rigomagus zu ziehen. Dort lagerten sie seit einem Tag untätig vor den Mauern der Festung. Sie schienen den Blutzoll zu scheuen, der ihnen ein gewaltsamer Durchbruch an dieser Stelle abverlangen würde. Man rechnete damit, dass sie bald in die Silva Arduenna ausweichen und im Schutz der Wälder nach Norden marschieren würden.

„Was bedeutet das für uns?", fragte Folmar und rieb sich die Stirn. „Sie werden mit ihrem großen Tross nur langsam vorankommen und uns auf Dauer den Weg nach Norden verstellen."

„Vielleicht sollten wir die Straße entlang des Flusses nehmen", schlug Pippin vor.

„Und direkt der Nachhut in die Arme laufen, die sie dort bestimmt zurückgelassen haben", entgegnete Hinkmar spitz.

„Wir sollten den beschwerlichen Weg nach Westen vorziehen und ihnen dadurch ausweichen", schlug Quirinus vor. „Wir würden sie über Aquis in einem weiten Bogen überholen und später von Nordosten in die Colonia gelangen."

„So werden wir es machen", bestätigte Wulfram. „Auf diesem Weg können wir auch bei Chlodwig Schutz suchen, wenn wir nicht an den Alamannen vorbeikommen."

„ Er wird mit Sicherheit auf dem Marsch nach Osten sein, um Sigibert beizustehen", pflichtete ich ihm bei.

„Das ist viel zu anstrengend", protestierte Silinga. „Das wird Rotrudis nicht aushalten."

Ich war überzeugt, dass sie jedem anderen zugestimmt hätte. Ich war es aber, der das letzte Wort gesprochen hatte, und sie nutzte die Gelegenheit, mir über den Mund zu fahren.

„Dann bleibt sie eben hier", äußerte ich kühl.

„Was hast du gesagt?", fauchte sie mich mit hochrotem Kopf an.

„Und du kannst ihr Gesellschaft leisten", ließ ich mich nicht von ihr einschüchtern. „Bleib doch mit Hinkmar in Bodobriga oder geh dahin zurück, woher du gekommen bist."

Aus den Augenwinkeln sah ich wie Hinkmar, die Hand am Heft seines Sax, aufgesprungen war.

„Marcellus", schrien Folmar und Wulfram wie aus einem Mund. „Mäßige dich!"

„Und du", fuhr der Burgunde Hinkmar an. „Sofort die Hand von der Waffe. Wenn du es noch einmal wagst, die Hand gegen einen Gefährten zu erheben, erschlage ich dich wie einen räudigen Hund."

Kloderichs Mann wich erbleichend zurück, während Silinga mich konsterniert anstarrte.

„Ich...", stammelte sie tonlos und wich meinem Blick aus.

„Wir machen es wie besprochen", beendete Wulfram in diesem Augenblick die Zusammenkunft. „Wir brechen morgen in aller Frühe auf, reiten auf dem kürzesten Weg nach Contrua und folgen der Mosel bis nach Cardena. Es ist ein langer Weg, wenn wir dort übernachten wollen. Geht früh schlafen."

„Lass uns reden", raunte mir Silinga beim Verlassen des Raumes zu. Ich wunderte mich über ihren verbindlichen Ton. Spürte sie, dass sie zu weit gegangen war?

„Später", antwortete ich kurz angebunden. „Morgen, wenn wir unterwegs sind."

„Nicht schlecht, Marcellus." Pippin schlug mir seine Hand auf die Schulter, als wir unser Quartier erreicht hatten. „So und nicht anders muss man mit dieser Prinzessin reden. Und diesem Hinkmar hätte ich meine Spatha durch den Leib gerammt, wenn er nur einen Schritt auf dich zu gemacht hätte."

Selbst Folmar warf mir einen anerkennenden Blick zu.

„Ich hätte nicht geglaubt, dass sie sich beeindrucken lässt", lächelte er und schüttelte den Kopf.

„Es tut mir leid", waren Silingas erste Worte, als sie ihr Pferd neben das meine gelenkt hatte.

Wir hatten gerade den schweren Aufstieg aus dem Rheintal bis auf die Höhen der bewaldeten Uferberge geschafft. Tief unter uns sah ich das in der Morgensonne blinkende Band des Flusses, in dem sich das Blau des Himmels spiegelte.

In aller Frühe hatten wir uns von Silvanus und seiner Familie verabschiedet, deren Segenswünsche uns begleiteten. Nur ungern ließ der Vater seinen Quirinus ziehen, der so unverhofft erschienen war.

Der Tag hatte mit einer Überraschung begonnen, die mich einen nicht unerheblichen Wetteinsatz kostete. Einen Triens hatte ich darauf gesetzt, dass sich Hatto in der Nacht davonstehlen würde. Leider erwartete er uns an Hinkmars Seite, als wir die Festung durch das Westtor verließen.

„Hast du deinen Spürhund angebunden, dass er noch da ist?", hatte Pippin gespottet, als wir die Wartenden erreichten. Das dröhnende Gelächter der anwesenden Burgunden ließ Hinkmar die Zornesröte ins Gesicht schießen. Viel hätte nicht gefehlt und er hätte sich auf unseren Freund gestürzt. Wulframs energisches Dazwischentreten unterband jedoch eine Reaktion des Franken.

Längst hatten wir unseren Respekt vor Kloderichs Kreatur verloren, was zum großen Teil in seiner sich ständig verkleinernden Gefolgschaft begründet lag. Zum anderen war es die Dominanz unseres neuen Führers, der sich unser Feind scheinbar widerspruchslos gebeugt hatte. Daran änderte auch die Drohung gegen Pippins Leben nichts, die so leise ausgestoßen worden war, dass Wulfram sie nicht hören konnte.

Trotz allem ermahnte uns Folmar, Hinkmar und seinen Spießgesellen nicht aus den Augen zu lassen. Er hatte Recht, denn die Ratte biss zu, wenn keiner mit ihr rechnete.

Es war heiß geworden und der Schweiß rann aus allen Poren, weshalb ich Silinga meine Wasserflasche reichte. Im Gegensatz zu gestern nahm sie das Gefäß dankbar an und tat einen tiefen Schluck.

„Ich danke dir", reichte sie mir die Flasche wieder herüber, wobei sie wie unabsichtlich meinen Unterarm mit ihrer rechten Hand berührte.

Ein Schauer lief mir über den Rücken, als mich ein Lächeln ihrer grünlich schimmernden Augen streifte.

„Sollen wir jetzt reden?" Sie schenkte mir ihr Lächeln und drängte ihr Pferd gegen das meine, wodurch sich unsere Knie berührten.

„Ich glaube nicht", erwiderte ich. „Es braucht dir auch nicht Leid zu tun. Du hast gesagt, dass du es bedauerst und damit ist die Sache vergessen."

„Freunde?", streckte ich ihr meine Hand entgegen, in die sie bereitwillig einschlug. Mein Unterbewusstsein registrierte wohlig das leichte Spiel ihrer Finger auf der Innenfläche meiner Rechten.

„Silinga", dräute in diesem Moment die Stimme ihrer Gefährtin. „Kannst du nach meinem Pferd sehen. Es ist so unruhig."

Mit einem gelangweilten Zug um die Lippen, verdrehte die Burgundin die Augen, wendete ihren Gaul und kehrte zu Rotrudis zurück.

Um Zeit zu sparen, und auch, um etwaigen alamannischen Suchtrupps nicht zu nahe zu kommen, verzichteten wir darauf, den Weg nach Contrua einzuschlagen. Stattdessen entschieden wir uns für einen wenig begangenen Pfad, der direkt zur Mosel herab führte.

Die Sonne hatte den höchsten Punkt ihrer Laufbahn schon überschritten, als wir am Ufer des Flusses nach einer Furt oder einer Fähre Ausschau hielten.

Dem Vater im Himmel sei Dank, fanden wir bald das gesuchte Gefährt, das uns sicher herüberbringen konnte. Alleine die Aussicht, den Flussübergang mittels einer Furt zu bewerkstelligen, hatte Rotrudis Widerspruch zur Folge.

„Niemals", beteuerte sie, „werde ich den Fluss auf dem Rücken eines Pferdes überqueren".

In mehreren Gruppen, der Kahn fasste nur vier Personen, setzte uns der rotschöpfige Fährmann über. Die Aussicht auf den zu erwartenden Lohn und das schöne Sommerwetter ließen den Abkömmling der seit Generationen im Moseltal siedelnden Bevölkerung ein fröhliches Lied vor sich hin pfeifen.

Nachdem Folmar und Pippin den Anfang gemacht hatten, gehörten Wulfram und ich zur letzten Gruppe, die hinübergerudert wurde. Wie die anderen banden wir unsere Pferde an die dafür am Heck vorgesehenen Ösen und nahmen auf den Sitzbänken Platz.

Bereitwillig antwortete der Rotschopf auf alle Fragen, die Wulfram ihm stellte. Sein Gesicht verfinsterte sich, als er ihn auf eventuell vorbeikommende Alamannen ansprach.

„Ja, Herr", bestätigte er unsere Befürchtungen. „Es müssen vier oder fünf Reiter gewesen sein, die hier gestern Abend ihre Pferde tränkten. Sie sind dann Richtung Contrua und Confluentes weitergezogen. Wilde Gesellen mit langen, zu einem Schopf zusammengebundenen Haaren und ungepflegten Bärten. Es müssen Alamannen gewesen sein, weil, fränkische Krieger kenne ich."

Er legte die Stirn in Falten, nickte und musterte Wulfram vom Kopf bis zu den Stiefeln.

„Ich bin Burgunde", erwiderte unser Anführer kurz.

„Entschuldige, Herr", wand sich der Fährmann vor Verlegenheit. „Aber einer von ihnen trug eines dieser Schwerter mit goldenem Griff. Ich sah es deutlich in der Abendsonne aufblinken."

„Auch das ist kein Beweis", konterte Wulfram. „Ich kenne allein vier Burgunden und Franken, die eine solche Waffe erworben oder erbeutet haben."

„Lass es gut sein", unterbrach ich unseren Anführer. „Ich denke, dass der Mann Recht hat. Wer sonst, außer einer feindlichen

Streifschar, soll sich hier herumtreiben?"

Der Rote lächelte mir dankbar zu, als Wulfram bestätigend nickte.

Wenig später schrammte der Kiel über die Kiesel des Strandes und die Pferde, endlich wieder festen Boden unter den Hufen verspürend, schüttelten sich das Wasser aus Fell und Mähne.

Die Gefährten hatten schon bei unserer Annäherung ihre Reittiere bestiegen, so dass wir umgehend aufbrechen konnten. Ich händigte dem Fährmann noch den vereinbarten Lohn aus, worauf uns dieser mit dem Segen seiner Götter und unseres Gottes bedachte und uns hinterher winkte, bis wir außer Sicht waren.

Silinga hatte mich mit einem Lächeln begrüßt und warf mir auch während des Rittes einige Blicke zu, die ich erwiderte.

„Du scheinst ja mächtig in ihrer Gunst gestiegen zu sein", bemerkte Folmar, als er einen der Blickkontakte aufgefangen hatte.

„Halt dich da raus", entgegnete ich schroff und schaute zur Seite.

„Fang aber nicht an zu jammern", spottete er weiter, „wenn sich ihre Gunst wieder dreht oder einem anderen zuwendet. Wer hoch steigt, kann auch tief fallen."

Statt einer Antwort versetzte ich dem Hinterteil seines Pferdes einen Schlag mit der flachen Hand, worauf es wiehernd ein Stück voran schoss.

Ich genoss es in der Folge, meine Augen über die Landschaft zu beiden Seiten des Flusses schweifen zu lassen.

Weinberge bis zum hoch aufragenden Kamm der Uferberge, dazwischen felsige Hänge mit struppigem Gebüsch, wenn der Hang zu steil war, ihn zu bewirtschaften. Ehemalige Grabtempel, jetzt Unterstände für Schutz suchende Weinbauern und vereinzelte Gehöfte in den Uferlagen. Das war das Land, in dem ich aufgewachsen war und dessen Anblick ich so lange entbehrt hatte.

Meinen fränkischen Gefährten war anzumerken, dass sie sich in einem vollständig fremden Land wähnten. Immer häufiger ritten sie an meine Seite und stillten ihre Neugier in unzähligen Fragen.

Nur die beiden Frauen hatten kein Auge für das im Glanz des Nachmittags aufblühende Flusstal. Unentwegt stritten sie, so dass die nächst ihnen Reitenden für einen sich stetig vergrößernden Abstand sorgten.

Endlich, die Sonne stand schon sehr tief, sahen wir hinter der nächsten Flussschleife den Vicus Cardena vor uns liegen.

Am Eingang des Ortes, kurz hinter dem Bohlensteg, der einen einmündenden Bergbach überbrückte, fiel ein vereinzelt stehendes Gebäude ins Auge. Wohl ein christliches Gebetshaus inmitten eingeebneter Ruinen. Deutlich erkannte ich zwischen den kniehohen Mauern mehrere, frisch aufgeworfene Gräber.

Dahinter erstreckten sich die Häuser der Ansiedlung. In der Mehrheit ein- oder zweigeschossige, mit Ziegeln oder Schiefer gedeckte Fachwerkbauten auf steinernen Sockeln. Wohnstätten und Arbeitsplätze, wie sie seit Jahrhunderten im Nordwesten des ehemaligen Imperiums errichtet worden waren. Dem Fortschritt geschuldet waren die im Hinterhof eingetieften Grubenhäuser, die mehr und mehr die feuchten Vorratskeller ersetzten.

Weiter die Mosel aufwärts lagen die Werkstätten und Brennöfen der Töpfer, die hier ihrem Gewerbe nachgingen. Grobe Gefäße für Vorratshaltung und Küche sowie mit einem roten Überzug versehenes Geschirr, das der Glanztonware aus den Argonnen nachempfunden war.

Ihren Ursprung verdankten die Töpfereien dem auf dem Berg thronenden Heiligtum des Mars Lenus, das langsam verfiel. Generationen von Pilgern waren es gewohnt, ihren Bedarf an Opfergefäßen und Essgeschirr vor Ort abzudecken.

Aber immer seltener stieg jetzt der Rauch der Opferfeuer in den Himmel, die zu Ehren der alten Götter entzündet wurden. Deshalb mussten viele ihren Betrieb aufgeben und waren ins nahe Megina übergesiedelt, wo weiterhin produziert wurde.

Erste fränkische Neusiedler, die hier ihr Glück suchten, hatten sich mit ihren Familien außerhalb der Ortschaft niedergelassen. Ihre in traditionell fränkischer Holzbauweise erbauten Höfe waren leicht von denen der romanischen Bevölkerungsmehrheit zu unterscheiden. Nur im Tode waren ihre Bewohner gleich. Christen und Heiden, Franken und Romanen wurden Seite an Seite auf demselben Friedhof beigesetzt.

Von der einstigen Festung, die man vor vielen Jahren auf der Höhe errichtet hatte, waren nur noch die Grundmauern erhalten. In den Wirren der zurückliegenden Kriege zerstört, dienten ihre Steine heute der Wiedererrichtung der in den Weingärten eingebrochenen Stützmauern.

Der erste Einwohner, der uns begegnete und nicht sofort die Flucht ergriff, war ein Priester. Ich erkannte ihn an dem groben Holzkreuz, das er an einem Lederriemen um den Hals trug.

Von einer alamannischen Streifschar wusste er nichts zu berichten, wies uns aber den Weg zu einer Herberge, in der wenigstens die Frauen ein festes Dach über den Kopf und wir Anderen Platz für unsere Zelte und Futter für die Pferde bekommen würden. Er rühmte auch die gute Küche und den vorzüglichen Wein, den man in der Gaststube, der einzigen Taverne des Ortes, ausschenkte.

Valerius Fortunatus, den der Bischof der Treveris vor einigen Jahren an diesen abgelegenen Ort geschickt hatte, versprach, am Abend vorbeizukommen. Er versicherte uns, neue Informationen über eventuell gesichtete Feinde einzuholen.

Sein Gesicht glänzte vor Freude und Zufriedenheit, als er mit beiden Händen über die mächtige Kugel seines unter der fleckigen Tunika verborgenen Bauches strich. Es kam nur selten eine vornehme Gesellschaft in den Vicus, deren Gastfreundschaft er in Anspruch nehmen konnte.

Kaum waren die letzten Sonnenstrahlen die steilen Hänge der Uferberge emporgeklommen, fand sich Valerius in der Gaststube ein. Zielsicher strebte er auf den Bohlentisch zu, an dem ich mit Wulfram und unseren Freunden Platz genommen hatte.

Hinkmar und Hatto hatten sich in der gegenüberliegenden Ecke des Raumes niedergelassen. Die burgundischen Krieger und die Knechte lagerten hinter dem Haus, wo sie ein Feuer entzündeten, über dem sie Fleisch an eisernen Spießen brieten.

Etwas außer Atem und sichtlich verlegen wartete der Priester bis Wulfram ihn bemerkte und mit einer knappen Handbewegung einlud, sich zu uns zu setzen. Valerius wischte sich kurz mit einem Zipfel seines Umhangs über die verschwitzte Stirn, griff nach einem freien Schemel und nahm zwischen meinen auseinanderrückenden Freunden Platz.

Es war nicht viel, was er zu berichten hatte. Nicht einer der Weinbauern und Dorfbewohner, die er befragt hatte, war einem Alamannen oder gar einer ganzen Streifschar begegnet.

„Wenn die Alamannen", mutmaßte er, „Sigibert mit Krieg überziehen wollen, werden sie von Antunacum aus Richtung Nordwesten marschieren, bis sie auf die Straße treffen, die von der Treveris in die Colonia führt.

Wenn ihr ihnen aus dem Weg gehen wollt", fuhr er nach einigen Überlegungen fort, „dann geht in die sichere Treveris, um die weitere Entwicklung abzuwarten.

Mit Gottes Hilfe könnt ihr aber auch nach Megina und dann später die Ahr hinauf bis nach Marcomagus kommen. Von dort ist es nicht mehr weit nach Aquis und Traiectum, wo Chlodwigs Herrschaft beginnt. Die Alamannen werden sich hüten, sich mit dem Merowinger anzulegen. Sie haben es alleine auf die Rheinfranken und die Colonia abgesehen."

Wulfram kommentierte die Erörterungen des Gottesmannes mit einem Nicken.

„Du wirkst so vergnügt, Priester." Folmar hatte aufmerksam zugehört, ehe er das Wort ergriff. „Hast du keine Angst, dass die Alamannen kommen, den Vicus zerstören und alles niedermachen, was hier lebt?"

„Wir ruhen alle in Gottes Hand", antwortete Valerius. „Außerdem kommen sie dieses Mal nicht zum Plündern. Man hat mir berichtet, dass sie neues Land suchen, in dem sie siedeln wollen." Der Priester lehnte sich zurück und wischte einige Brotkrumen von der Tischplatte.

„Verzeiht mir", fuhr er mit einem Seitenblick auf meine fränkischen Freunde fort. „Macht es für uns Romanen einen Unterschied, ob es fränkische oder alamannische Bauern sind, die sich hier niederlassen?"

Er wies in Richtung der neu errichteten Siedlerhöfe.

„Und ob", stieß Pippin in gespielter Wut hervor. „Es sind schreckliche Heiden, die zuerst alle Christen töten und danach die Priester auffressen."

Valerius, der den krassen Humor meines Freundes nicht kannte, bekam einen Schrecken und verschluckte sich an dem Inhalt seines Weinbechers.

Außer Hinkmar, der uns mit hassverzerrten Blicken bedachte, grölten und lachten wir, bis uns die Tränen kamen.

Es war so dunkel geworden, dass Chnodomar seinen Beobachtungsposten zwischen den Resten der eingefallenen Mauern aufgab und zu seinen Gefährten zurückkehrte.

Seitdem er mit seinen Männern den Rhein überschritten hatte, war die Sonne drei Mal aufgegangen. Vadomar hatte ihn schon am ersten Morgen fortgeschickt, um etwaige fränkische Kriegergruppen aufzuspüren, die sich im Süden des Operationsgebietes aufhielten.

Sie waren von Antunacum aus in die Wälder der Silva Arduenna eingedrungen, bis sie an den brodelnden See gelangten, wo es nach faulenden Eiern roch.

Sorgsam jeder Ansiedlung aus dem Weg gehend, hatten sie alle Straßen und Pfade beobachtet, auf denen sich feindliche Kriegerhaufen bewegen konnten. Dann hatte Chnodomar zwei Männer, die den fränkischen Dialekt leidlich beherrschten, nach Megina geschickt, um sich dort umzusehen. Auch diese waren bald unverrichteter Dinge zurückgekehrt. Nicht einen feindlichen Krieger hatten sie gesehen noch davon gehört, dass welche im Anmarsch seien.

Er hatte sich schließlich entschlossen, sein Beobachtungsgebiet bis zur Mosel auszudehnen, um etwaige Truppen auszumachen, die sich aus der Treveris nach Norden bewegten. Seit gestern Abend hatte er den Fluss und die Uferstraße ohne Ergebnis beobachtet.

Am Nachmittag schickte er einen Teil seiner Männer mit der beruhigenden Nachricht zu Vadomar, dass aus dem Süden keine Gefahr drohte. Um ganz sicher zu gehen, wollte er mit zehn Kriegern einen weiteren Tag bleiben und dann ebenfalls umkehren.

Nicht einmal eine Stunde war vergangen, als ihm eine Gruppe von Kriegern gemeldet wurde, die den Fluss hinaufzog. Den Wankelmut des Kriegsgottes Thyr verfluchend, war er den Hang so weit herabgeklettert, dass er Einzelheiten erkennen konnte.

Ohne Zweifel handelte es sich um vorzüglich bewaffnete Krieger, denen ein hünenhafter Anführer voran ritt. Offenbar das Geleit zweier Frauen, von denen die eine sehr schön und gut gekleidet war. Wer waren sie und warum ritten sie in Richtung der Treveris?

Schon hatte er den Befehl gegeben, das Versteck zu verlassen und dem Reitertrupp in gebührendem Abstand zu folgen, als die Reisegruppe den Vicus betrat, aber nicht mehr hinauskam. Sie mussten sich entschlossen haben, dort die Nacht zu verbringen.

„Was machen wir, Chnodomar?", wurde er von einem seiner Männer angesprochen, der wie er eine Spatha mit goldenem Griff am reich verzierten Gürtel trug.

„Abwarten, Griso", knurrte er ungehalten.

Voller Trotz begegnete der ergraute Krieger dem Blick seines Gefolgsherrn.

Wie einen Sohn hatte er den jungen Chnodomar in die Schar seiner Kinder eingereiht, als dessen Vater im Kampf gegen die Franken gefallen war. Getreu seinem Eide hatte er ihn zum Krieger gemacht und war für seine Rechte eingetreten. Es stand ihm zu, von Chnodomar mit Respekt behandelt zu werden.

„Wir bleiben", schlug dieser einen freundlichen Ton an. Es war ihm nicht entgangen, dass er Grisos Stolz verletzt hatte.

„Ich muss wissen, was für Krieger das sind und was sie vorhaben."

„Warum?", fragte Griso. „Es sind zu wenige, um Vadomar gefährlich zu werden. Aber zu viele, als dass wir uns mit ihnen anlegen sollten. Sie werden die beiden Frauen in Sicherheit bringen."

„Vornehme Frauen", belehrte Chnodomar seinen väterlichen Gefolgsmann, „reiche Frauen, die es sich leisten können, einen Geleitschutz in Anspruch zu nehmen."

„Du denkst an Lösegeld?", leuchteten die Augen des Älteren in plötzlichem Begreifen.

„Deine Erziehung", schmeichelte Chnodomar dem Stolz des Alten. „Suche zwei Männer aus, die heruntergehen, um etwas heraus zu bekommen."

„Ich mache es selber", grinste Griso. „Die Aufgabe eines alten Fuchses. Und ich gehe alleine. Das wird keinen Verdacht erregen."

„Sehr gut", drückte Chnodomar seine Zufriedenheit aus. „Ich erwarte dich mit guten Nachrichten zurück."

Niemand nahm Notiz von dem ärmlich gekleideten, in einen löchrigen Mantel gehüllten Greis, der zu vorgerückter Stunde den Schankraum der Herberge betrat.

Griso schaute sich um und hinkte zu einem freien Platz in der Nähe der Eingangstüre. Von dem Patron der Herberge nach seinen Wünschen befragt, bestellte er einen Becher billigen Wein und ließ verstohlen seinen Blick von Tisch zu Tisch wandern.

Als die junge Frau den Schankraum betrat und sich zu der Gruppe offenbar vornehmer Krieger setzte, hatte er genug gesehen, um Chnodomar eine gute Nachricht zu überbringen. Ein weiteres Verweilen hätte nur zu seiner Entdeckung führen können.

Wodan war mit ihm. Als der fette Mann, dem Anschein nach ein Priester, sich ächzend von seinem Platz erhob und dabei den Becher seines Sitznachbarn umstieß, nutzte Griso die sich ihm bietende Gelegenheit.

Keiner schaute hin, als der Alte sich in dem ausbrechenden Tumult erhob, flink zur Türe huschte und in der Dunkelheit der Nacht verschwand.

Es dauerte etliche Becher Wein, bis Valerius sich von seinem Schrecken erholt hatte. Wir standen ihm in nichts nach und mehrmals musste der Patron mit frisch aufgefüllten Krügen an unseren Tisch eilen.

Wir waren guter Stimmung. Von den Alamannen drohte offenbar keine Gefahr mehr, so dass wir unsere Aufgabe, die Frauen in Sicherheit zu bringen, ohne größere Schwierigkeiten zu Ende bringen würden.

Die Entscheidung Wulframs, sie, wenn nötig, in Chlodwigs Obhut zu geben, ließ mich voller Erwartung in die Zukunft schauen.

Entweder würden wir als gefeierte Helden in die Colonia einreiten, oder an den Hof des Merowingers gelangen. Im Stillen freute ich mich darauf, Theuderich zu sehen, mit dem ich mich immer gut verstanden hatte.

Von Hinkmar schien keine Gefahr mehr auszugehen. Er hatte es sich selber zuzuschreiben, dass die Anzahl seiner Männer bis auf einen letzten Getreuen zusammengeschrumpft war.

Ich schaute zu dem Tisch unserer Feinde, die beide mit verdrossenen Mienen auf ihre Becher starrten. Ihnen schien bewusst zu sein, dass sie sich dem Willen Wulframs beugen mussten, sollten sie weiterhin unter seinem Schutz verweilen wollen. Von uns verstoßen und ohne die Frauen zu Sigibert zurückzukehren, konnte sich die Ratte nicht leisten.

Das Einzige, was er tun konnte, war möglichst unbeschadet aus der Sache herauszukommen.

Ich an seiner Stelle hätte alles getan, mich und meine Freunde nicht weiter gegen ihn aufzubringen und zu einer Verständigung mit Wulfram zu gelangen.

Vom Wein benebelt lauschte ich zum Fenster, durch das der Gesang der burgundischen Krieger und Knechte hereindrang. Es war ein schwermütiges, mich anrührendes Lied vom Untergang eines großen Volkes. Ich kannte die Mär von Treue und Tod, dem Ende eines stolzen Recken und der mörderischen Rache einer gedemütigten Frau. Aber niemals zuvor hatte ich es in derart eindringlich trauriger Weise vernommen. Als wären die Männer dabei gewesen, sangen sie vom Untergang König Gunthars am Hofe des Hunnen Attila.

Kaum waren die letzten Verse verklungen, öffnete sich die Türe, die zu den Schlafräumen führte und Silinga betrat den Raum. Alleine mir schien sie zuzulächeln und trat, einen leeren Krug in der Hand, an unseren Tisch.

„Rotrudis dürstet nach einem Schluck Wasser", sprach sie in die Runde, wobei ihre Augen nach mir suchten.

„Setz dich und trinke einen Becher Wein mit uns." Ich rückte, ihr Platz machend, zur Seite und stieß Valerius an, ihr seinen Schemel zu überlassen. Der dicke Priester hatte genug auf unsere Kosten gezecht und es war für ihn an der Zeit zu gehen.

Er verstand meinen Wink und erhob sich ächzend. Dabei stieß er gegen Pippins Becher, dessen Inhalt sich über den Tisch ergoss.

Alles lachte, als mein Freund aufsprang, dem Gottesmann unter die Achseln griff und zur Türe hinausschob. Gewandt huschte Silinga, den Trubel nutzend, auf den frei gewordenen Schemel und hielt mir ihren frischen Becher hin, den sie vom Nachbartisch aufgelesen hatte.

Bereitwillig kam ich ihrem Begehren nach und es blieb nicht bei einem Schlummertrunk. Die übrigen Anwesenden und die Zeit verlierend, scherzten und tranken wir wie alte Freunde. Ich fühlte mich wohl, prahlte mit meinen Heldentaten und genoss ihre Bewunderung.

„Silinga", dräute plötzlich eine Stimme in unserem Rücken. „Hast du mich vergessen? Seit einer Stunde warte ich auf dich. Komm endlich ins Bett."

„Noch einen Becher", bettelte Silinga und wandte sich wieder mir zu.

„Aber dann kommst du mit?" Rotrudis trat zwischen uns an den Tisch und legte, mir einen kühlen Blick zuwerfend, ihre Hand auf Silingas Schulter.

„Lass das", schüttelte die Burgundin ihre Freundin ungehalten ab. „Ich komme gleich."

Unschlüssig blieb Rotrudis eine Weile hinter uns stehen. Dann verließ sie mit vorwurfsvoller Miene den Schankraum.

Längst hatte ich den Vorfall vergessen und Silinga mehrmals nachgeschenkt, als Rotrudis wieder in der Türe erschien.

„Silinga", drängelte ihre Stimme. „Jetzt komm endlich. Es schickt sich nicht, mit den Männern zu trinken."

„Diese Männer riskieren vielleicht ihr Leben, um mich, ihre zukünftige Königin sicher nach Hause zu geleiten. Ich ehre sie, wenn ich einen Becher Wein mit ihnen leere."

Silinga griff nach dem Krug und goss sich den letzten Rest ein. „Gib meiner Freundin auch einen Becher." Obwohl sie das Trinken offenbar gewohnt war, hatte sie mittlerweile Schwierigkeiten, deutlich zu sprechen.

„Du kommst jetzt mit." Rotrudis eilte an den Tisch, griff unter dem protestierenden Gejohle der Anwesenden nach Silingas Becher und schüttete den Inhalt auf den Boden.

Schwankend erhob sich die Burgundin, wobei sie sich an meiner Schulter abstützte.

„Es ist besser, wenn ich jetzt gehe, Marcellus. Ich wünsche dir eine gute Nacht."

Ehe ich ihren Gruß erwidern konnte, hatte Rotrudis sie einige Schritte weit weggezogen. Trotzig riss Silinga sich los und kam zurück. Ihrer Begleiterin einen triumphierenden Blick zuwerfend, legte sie den Arm um meine Schultern und drückte mir einen Kuss auf die Lippen.

„Es reicht", fauchte Rotrudis und zerrte Silinga von mir weg und hinter sich her aus dem Gastraum.

Mehr als eine halbe Stunde warteten wir am nächsten Morgen auf die beiden Frauen, bis die sich endlich einfanden. Die schöne Burgundin sah noch mitgenommen aus, während Rotrudis, übellaunig wie Hinkmar, meinen Morgengruß ignorierte und ungelenk auf den Karren kletterte.

Anders Silinga, die hoch zu Ross mein Lächeln mit einem Seitenblick auf ihre Begleiterin erwiderte. Das war bis zum Mittag der einzige Kontakt, den wir austauschen sollten. Wulfram hatte mich zusammen mit Sebastianus an die Spitze beordert, während Folmar und Pippin die Nachhut bildeten.

Vorbei am Gebetshaus schlugen wir den Weg nach Megina ein, der einem Bachlauf folgend, in die Silva Arduenna hineinführte.

Wir hatten erst wenige hundert Schritte zurückgelegt, als Wulfram zu uns aufschloss und sein Pferd neben mir zügelte.

„Was war das gestern mit Silinga? Du kommst doch nicht etwa auf dumme Gedanken?" Deutlich war der Tadel aus seiner Stimme herauszuhören.

„Wulfram, nur ein Kuss beim Wein, den ich nicht gefordert habe." Meine Rechtfertigung fiel nicht sehr glaubhaft aus.

„Aus einem Kuss kann mehr werden, Marcellus. Sie ist die Braut deines Herrn."

„Kloderich ist nicht mein Herr", brauste ich auf. „Ich habe nur Sigibert Gefolgschaft geschworen."

„Ich kann dich nur warnen", antwortete der Burgunde unbeeindruckt.

„Wovor?" Wulfram hatte es geschafft, meinen Argwohn zu wecken.

„Ich kenne Silinga, so was wie dich lässt sie nicht einfach so stehen. Aber das geht nicht gut aus. Pass auf dich auf."

Gerade wollte ich zu einer Erwiderung ansetzen, als es linker Hand auf der Höhe der Uferberge golden aufblitzte. Trotz des Disputes war uns die seltsame Erscheinung nicht entgangen.

Da blinkte es ein zweites Mal, als wenn ein Strahl der Sonne auf edles Metall getroffen wäre.

„Was ist das?" Auch Sebastianus hatte das Leuchten gesehen und wir starrten gebannt auf die Stelle am Berg, woher es gekommen war.

„Vielleicht ein metallener Einschluss im Schiefer, der das Sonnenlicht reflektiert", mutmaßte der Burgunde.

Da die Erscheinung sich nicht wiederholte, maßen wir ihr keine weitere Bedeutung bei und setzten unseren Weg fort.

„Wickel den Stoff um den Goldgriff deiner Spatha. Der Widerschein ist weit zu sehen, Chnodomar."

„Du hast Recht. Ich habe nicht daran gedacht, dass die Sonne so tief steht." Der Anführer griff nach dem Fetzen, den Griso ihm reichte und, tat was der Alte ihm geraten hatte.

Gespannt beobachteten sie die drei Reiter der Vorhut, als diese innehielten und zu ihrem Versteck hochschauten. Nach einigen bangen Augenblicken atmeten die Alamannen auf, als die Gruppe ihren Weg fortsetzte.

„Folgen wir ihnen?", wandte sich Griso an seinen Gefolgsherrn, als der Trupp außer Sicht war.

Der Alte hatte seinem Anführer in der Nacht berichtet, dass die Krieger tatsächlich einer reichen Frau das Geleit gaben. Insgesamt zwölf Bewaffnete, drei Knechte, die ebenfalls mit Sax und Spieß ausgerüstet waren und zwei Frauen hatte Griso gezählt.

‚Das waren zu viele für einen Überfall. Wenn man an die Frauen und damit an das Lösegeld heranwollte, musste man es sehr geschickt anstellen.'

Chnodomar hatte sich entschlossen, ihnen zu folgen. Solange, bis sich eine günstige Gelegenheit ergeben würde, überraschend zuzuschlagen. Er hatte sich mit Griso auf vier Tage geeinigt.

‚Sollten sie in dieser Zeit nicht zum Zug kommen, würden sie das Unternehmen abbrechen und zu Vadomar zurückkehren.'

Als es dämmerte hatte er einen seiner Männer losgeschickt, den Heerführer von seiner verspäteten Rückkehr zu unterrichten. Das reduzierte zwar die Anzahl seiner Kämpfer, hielt ihm aber bei Vadomar den Rücken frei.

„Noch nicht", antwortete Chnodomar. „Wir gehen zuerst ins Dorf und verhören diesen Priester, der lange am Tisch des Anführers gesessen hat. Ich will genau wissen, wohin sie gehen."

„Am helllichten Tag in den Vicus?", fragte Griso erstaunt.

„Du hast selber gesagt, dass es außer den Fremden nur sehr wenige Bewaffnete im Vicus gibt. Wir werden sie so einschüchtern, dass sie es nicht wagen werden, den Kriegern einen Boten nachzuschicken. Und wenn, würde er uns sowieso in die Hände fallen."

„Aber wird dann der Vorsprung nicht zu groß?", gab der Alte zu bedenken.

„Die Frauen und der Karren werden sie aufhalten. In zwei, höchstens drei Stunden haben wir sie eingeholt."

Die Augen der Alamannen blitzten vor Tatendrang, als Chnodomar ihnen auftrug, die Pferde zu satteln und ihm nach Cardena zu folgen.

Zuerst dachten die Dorfbewohner, dass die Franken zurückgekehrt wären. Kaum eine Stunde war vergangen, seit sie den Ort verlassen hatten. Als sie ihren Irrtum begriffen, liefen sie schreiend auseinander, verrammelten Fenster und Türen oder verbargen sich hinter Schuppen und Holzstapeln. Einige rafften schnell ihr kostbarstes Gut zusammen und warfen es in den nächsten Brunnen, darauf hoffend, dass die Alamannen dort nicht nachschauen würden.

Zu ihrem Erstaunen fegte die Schar durch den Ort und verhielt erst vor dem Gebetshaus, dessen Pforte sie im weiten Bogen umstellte.

„Holt mir den Priester da raus", rief Chnodomar.

Zwei seiner Männer schwangen sich aus den Sätteln und zerrten wenig später den um Gnade winselnden Valerius vor die Türe.

„Lass den Unfug", fuhr der Alamanne den Gottesmann an, der auf die Knie gesunken war und ihm zitternd sein Holzkreuz entgegenreckte.

„Habt Erbarmen", heulte Valerius auf, als Griso ihm einen Tritt in den Bauch versetzte.

„Was waren das für Männer, mit denen du gestern Abend zusammengesessen hast", begann Chnodomar das Verhör.

„Ich weiß es nicht, Herr. Irgendwelche fränkischen Krieger auf der Durchreise."

„Du lügst", brüllte Griso. „Du weißt genau wer sie sind. Wohin wollen sie?"

„Nach Megina, Herr." Valerius wusste, dass es um sein Leben ging und weiteres Leugnen keinen Sinn machte.

„Und wer sind die Frauen, Fettwanst?" Bis auf einen Schritt war Chnodomar, seine Rechte am Griff des Sax, an den Priester herangetreten.

„Ich weiß es nicht", log Valerius ein letztes Mal und kreischte auf, als der Alamanne sein Kurzschwert aus der Scheide zog.

„Soll ich deinem Gedächtnis nachhelfen?"

Chnodomar setzte dem Gottesmann die scharfe Klinge an den Hals und zog sie mit sanftem Druck zurück. Der Stahl hinterließ eine Schramme, aus der einzelne Bluttropfen hervorquollen.

„Die eine ist eine Prinzessin und soll den Sohn Sigiberts heiraten", weinte Valerius vor Schmerz und Todesangst.

Ein Lächeln zog über die markanten Züge des Alamannen. Dann wandte er sich an die beiden Männer, die den Priester herausgeholt hatten.

„Besorgt Hammer und Nägel."

Die beiden Krieger, die ahnten was ihr Gefolgsherr vorhatte, eilten zum nächsten Haus, dessen Türe sie gewaltsam aufbrachen.

„Was meinst du, Griso. Wollen wir Wodan gnädig stimmen?"

Ein grausames Grinsen im Gesicht, trat der Alte mit gezogenem Messer hinter den Priester.

„Gnade, Herr…", waren die letzten Worte des Valerius, als die Klinge durch seinen Hals fuhr.

Das Blut pulsierte immer noch aus der klaffenden Wunde, als die Krieger mit dem gewünschten Werkzeug zurückkehrten.

Hammerschläge hallten durch den Vicus, als sie den noch zitternden Kadaver mit ausgebreiteten Armen an die Pforte des Gotteshauses nagelten.

Zufrieden betrachtete Chnodomar sein blutiges Werk, ehe er das Zeichen zum Aufbruch gab.

Die verängstigten Bewohner des Vicus ließen eine Stunde verstreichen, ehe die ersten den Mut aufbrachten, ihre Häuser zu verlassen. Unter Tränen und Gebeten lösten sie die Nägel aus den Bohlen der Pforte und bahrten den geschundenen Körper ihres Märtyrers feierlich auf.

Es war ein beschwerlicher Weg, den wir an diesem Tag hinter uns brachten. Zuerst der Anstieg auf die Höhe und dann weiter über Berg und Tal, bis am Nachmittag die Silhouette einer befestigten Höhe vor uns aufragte. Jetzt war es nicht mehr weit bis zum großen Vicus am Ufer der Nette.

Megina empfing uns nicht mit notdürftig in Stand gesetzten Wehranlagen, heruntergekommenen Wohnvierteln oder aufgelassenen Produktionsstätten. Zu beiden Seiten der Straße erstreckte sich ein neu errichtete Töpferviertel, dessen Produkte ihren Weg bis in die Colonia fanden.

Auf Regalen trockneten die seit kurzem begehrten gedrungenen Knickwandtöpfe und hohe Kannen mit kleeblattförmigem Ausguss. Etwas weiter waren Arbeiter damit beschäftigt, einen erkalteten Brennofen auszuräumen. Auf ihrem Karren stapelten sich, durch Strohlagen gesichert, hochwandige Teller mit glänzend rotem Überzug.

Als die Männer uns bemerkten, ließen sie ihre Arbeitsgeräte fahren und packten nach griffbereit liegenden Stangen und langstieligen Hämmern. Auf einen Pfiff des Vorarbeiters hin eilten andere, in der Nähe beschäftigte Arbeiter hinzu.

Eine Mauer aus Ablehnung und Furcht, die erst dann aufbrach, als man die Frauen und die fränkisch gekleideten Krieger erkannte.

„Ihr kommt von der Mosel?", sprach der Vorarbeiter Wulfram an, der bis vor die Arbeiter geritten war.

„Ja", bestätigte der Burgunde. „Aus Cardena, wo wir die Nacht verbracht haben. Wir suchen ein Quartier. Kannst du mir eines empfehlen?"

Der untersetzte Mann, an dem die buschigen Augenbrauen auffielen, die über der Nasenwurzel zusammengewachsen waren, schüttelte bedauernd den Kopf.

„Nein, Herr. Die beiden Herbergen sind voll belegt. Es gibt viele Flüchtlinge in der Stadt. Arme Teufel, die ihren ganzen Besitz auf Karren geladen und sich hierher in Sicherheit gebracht haben."

„Wo finden wir eine sichere Unterkunft für die Frauen?", ließ Wulfram nicht locker und schwang sich aus dem Sattel.

„Hier nicht", wiederholte sich der Mann. „Es sei denn", überlegte er, „ihr nehmt mit der alten Bergfestung vorlieb. Ihr seid dort sicher, da die Zugänge mit wenigen Leuten abzuriegeln sind. Die Frauen könnt ihr in einem der Türme oder der alten Kommandantur auf dem Gipfel unterbringen. Das Schieferdach ist noch in Ordnung. Und im Innern der Festung können eure Pferde grasen und der Karren sicher abgestellt werden."

„Warum bleibt ihr im Ort? Fürchtet ihr euch nicht vor den Alamannen?", ergriff ich das Wort.

„Doch, Herr. Aber was sollen wir tun? Wenn wir unsere Häuser verlassen, kommen sie über den Fluss und zerstören alles, was wir mühsam aufgebaut haben." Er wies mit der Hand auf die Werkstätten, Tongruben und Brennöfen in unserer Nähe.

„Es war die Arbeit von Jahrzehnten, die neuen Tonvorkommen zu erschließen und die Fabrikation von der anderen auf diese Seite des Flusses zu verlegen."

„Habt ihr Alamannen gesehen?", Folmar war vom Pferd gestiegen und zu uns getreten.

„Oh ja, Herr. Bis an das andere Ufer sind sie ausgeschwärmt und haben dort in den Ruinen nach Wertgegenständen gesucht. Bis auf herübergeschriene Flüche und Drohungen haben sie aber nichts unternommen.

Mit den Steinbrechern aus den Mühlsteinbrüchen zählen wir mehr als hundertfünfzig kräftige Männer. Zu viele für eine umherstreifende Raubschar."

Er wies auf den sich stetig vergrößernden Kreis wehrfähiger Männer, die ihrem Vorarbeiter murmelnd zustimmten. „Ein zu hoher Blutzoll für einen armseligen Vicus."

Ich nickte zustimmend, als mein Blick auf die muskulösen Arme und gewölbten Brustmuskeln der Steinbrecher fiel.

„Ein einziges Mal nur", verbesserte sich der Mann, „vor drei Tagen, wagte sich ein Trupp von zwanzig Reitern über den Fluss. Unter ihnen zwei, die Spathen mit Goldgriffen an der Seite trugen. Ein grauhaariger Alter und ein junger Krieger, den ich als ihren Anführer bezeichnen würde."

Wulfram warf Folmar und mir einen bedeutungsschweren Blick zu. Ich musste sofort an das Aufblitzen vom Morgen denken.

„Als Zeichen ihrer friedlichen Absichten hatten sie ihre Hände gut sichtbar vor der Brust verschränkt. Schweigend ritten sie im Schritt die Hauptstraße hinab und gaben ihren Pferden erst dann die Sporen, als sie Megina Richtung Cardena verlassen hatten."

„Der Fährmann hat zehn Alamannen beobachtet", flüsterte ich den Gefährten zu. „Wenn es sich um die gleiche Gruppe handelt, muss sich der Rest noch in der Nähe aufhalten."

„Mag sein", brummte Wulfram, ehe er sich wieder dem Vorarbeiter zuwandte.

„Können wir hier Lebensmittel und Hafer für die Pferde bekommen?"

„Ja, Herr. Seht ihr da drüben das zweistöckige Gebäude? Dort betreibt der Bruder meiner Frau einen Handel, wo ihr alles erstehen könnt, was ihr braucht."

Wir dankten dem Mann und Pippin übernahm es, ihn mit einem Triens für seine Auskunftsfreudigkeit zu entlohnen. Wir eilten uns, den zur Neige gegangenen Proviant aufzufrischen und verließen Megina auf der gleichen Straße, die uns in den Ort hineingeführt hatte.

Eine halbe Stunde später erreichten wir den gewundenen Aufgang zur ehemaligen Bergfeste.

„Hatto", feixte Pippin mit breitem Grinsen. „Immer noch da?"

„Was geht es dich an?", knurrte Hinkmars letzter Gefährte und begab sich auf seinen Posten.

Wulfram hatte angeordnet, dass sowohl der Zugang als auch einer der Türme mit einer Wache versehen wurden. Nach Einbruch der Dunkelheit sollte noch eine zusätzliche Wache vor der ehemaligen Kommandantur auf der Spitze des Festungsberges postiert werden.

Dort waren die Frauen untergebracht, während wir unsere Zeltbahnen auf dem leicht ansteigenden Plateau aufschlugen. Es war mit dichtem, saftigem Gras bewachsen, so dass die Pferde ausreichend Nahrung fanden. Eine Quelle gab es nicht, aber wir hatten genug mitgebracht, um die Nacht über nicht zu dürsten.

Sobald wir das Lager aufgeschlagen hatten, machte ich mich mit Pippin auf den Weg zu Wulfram. Er erwartete uns mit Folmar in einem vor die Mauern gesetzten Wachturm, der einen atemberaubenden Ausblick auf das Tal der Nette und die umliegenden Höhen bot.

Wir betraten den Wehrbau über den unteren Zugang und stiegen vorsichtig die wenig Vertrauen erweckende Holztreppe nach oben.

Zu meinem Verdruss hatte sich auch Hinkmar eingefunden. Ich schluckte meinen Ärger jedoch herunter, weil ich einsah, dass unser Anführer ihn nicht ständig ausschließen konnte.

„Marcellus", wandte sich Wulfram mir ohne Vorrede zu. „Was denkst du über die Alamannen, die hier durchgekommen sind?"

„Ich glaube", sinnierte ich, "dass es die sind, die der Fährmann gesehen hat. Wahrscheinlich haben sie sich aufgeteilt, um die Gegend nach unseren Kriegern abzusuchen. Vadomar kann sich keine Überraschungen in seinem Rücken leisten."

„Das sehe ich auch so", bekräftigte Folmar. „Wenn sie noch

in der Nähe sind, haben wir es mit ungefähr zehn Mann zu tun."

„Macht ihr euch vor einer Handvoll Alamannen in die Hose?",
lachte Hinkmar verächtlich auf. „Was sollen die uns anhaben?"

„Gar nichts", gab ich wütend zurück, „wenn du nicht alle deine Leute verloren und vergrault hättest."

„Nicht ganz", lachte Pippin. „Hatto ist ja noch da."

„Hört mit dem Unsinn auf", ging Wulfram dazwischen. „Wir
haben andere Sorgen. Zehn Krieger, die einen Hinterhalt legen,
sind eine tödliche Gefahr. Den Frauen darf unter keinen Umständen etwas geschehen."

„Kloderich wird euch wie kleine Hühnchen rupfen, wenn seinem Täubchen etwas widerfahren sollte.

Sag mal Marcellus", giftete mich Hinkmar dann unvermittelt
an, „kümmerst du dich nicht etwas zu liebevoll um die Braut des
Thronfolgers?"

Hätte Folmar mich nicht mit beiden Händen niedergehalten, ich
wäre aufgesprungen und hätte die Ratte mit einem Faustschlag nieder gestreckt.

„Hinkmar", fuhr Wulfram unseren Plagegeist an, „du kannst
gehen, wenn du keinen Frieden hältst."

„Ihr macht ja doch, was ihr wollt", schnaubte der Gemaßregelte und erhob sich. „Es wird Sigibert interessieren, wie ihr seine Anweisungen befolgt."

„Ich bin es", brüllte Wulfram ihn an, „der hier die Befehle gibt."

„Wir werden sehen", orakelte Hinkmar und verließ den Turm.

„Jag ihn endlich davon", ereiferte sich Pippin, als der Unruhestifter verschwunden war.

„Wir brauchen jeden Mann, wenn wir an die Alamannen geraten", hielt Folmar dagegen.

„Dein Freund hat Recht", beendete der Burgunde die Unterredung.

„Seid wachsam und habt ein Auge auf die Frauen." Das war an
Pippin und mich gerichtet, weil das Los der ersten Nachtwache
auf uns gefallen war.

„Jeder Tag, der uns weiter nach Westen führt, verringert die
Gefahr eines Zusammenstoßes."

Es war noch hell, als wir den Turm verließen und es verblieb noch eine gute Stunde bis mein Dienst begann.

Also ging ich zu einem der Feuer, über dem in einem eisernen Kessel das Abendessen dampfte. Mit Kräutern und etwas Steinsalz gewürzter Gerstenbrei mit gehackten Hartwürsten. Zusammen mit einem Stück Fladenbrot ein einfaches, aber durchaus schmackhaftes Mahl.

Meinen gedrechselten Napf in den Händen, ließ ich mich abseits der Gefährten nieder und hielt Ausschau nach Silinga, die ich den ganzen Tag kaum zu Gesicht bekommen hatte.

Ein einziges Mal war sie an meiner Seite geritten.

„Na", hatte sie mich angestrahlt und mir leicht über den Unterarm, gestrichen. „Ist spät geworden gestern."

Ehe ich etwas erwidern konnte, hatte Wulfram nach mir gerufen und an das Ende des Zuges beordert.

Ich musste in der falschen Richtung nach ihr gesucht haben, denn ich sah nur Rotrudis, die sich neben dem Karren angeregt mit Hinkmar unterhielt.

In diesem Moment beendete eine leichte Berührung meine Suche.

„Wäre ich ein Alamanne, wärst du jetzt tot, Marcellus." Silinga lachte mich an und nahm neben mir Platz.

„Willst du Rotrudis erzürnen?", neckte ich sie übermütig.

„Halt dich da raus", fuhr sie mir unfreundlich über den Mund, um sogleich ihr verführerisches Lächeln wieder aufzusetzen.

„Ich fühle mich sicher in deiner Nähe. Du hast so starke Arme." Sie streckte ihre Hand nach mir aus, legte diese sachte auf meinen Unterarm und tastete sich behutsam zu meiner Hand vor.

„Silinga", schrillte in diesem Augenblick Rotrudis Stimme. „Komm mit, ich muss mit dir reden."

„Kannst du uns nicht wenigstens für ein paar Augenblicke in Ruhe lassen?" Ich musste an mich halten, nicht ausfallend zu werden.

„Lass es gut sein, Marcellus", erhob sich Silinga. „Wir sehen uns."

„Gib auf Silinga Acht." Hinkmar wies mit dem Kopf auf Marcellus und die Burgundin, die sehr vertraut miteinander taten.

Wie von einer Otter gebissen, fuhr Rotrudis hoch und eilte, das Oberkleid bis über die Knie gerafft, zu ihrer Schutzbefohlenen.

‚Das darf nicht sein' tobte es in ihrem Inneren. ‚Was nimmt sich dieser freche Romane heraus.'

Sie hasste diesen Jungen, der so sehr dem Edlen glich, der sie einst um den Verstand gebracht hatte. Erst hatte er ihr den Himmel versprochen, sie geschwängert und schließlich sitzengelassen. Das Ungeborene musste sie wegmachen lassen, wäre beinahe daran gestorben, und würde nie mehr ein Kind austragen können.

Als Magd hatte sie danach ein freudloses Leben am burgundischen Königshof verbracht, bis Silinga in ihr Leben trat. Sie hatte es sofort geliebt, das blonde Mädchen mit dem Antlitz eines Engels.

Sie nahm das verstörte, vom grausigen Schicksal der Eltern gezeichnete Kind in ihre Obhut und unterwarf es ihren Vorstellungen und Träumen. Silinga sollte an ihrer Seite all das erlangen, was ihr, der Frau aus niederem Stand, verwehrt geblieben war. Schönheit, Bildung, ein stolzer, einflussreicher Mann, Kinder, Reichtum und Macht.

Alle Krisen hatte sie bis heute mit umsichtiger Hand gemeistert. Silinga hatte eine Neigung, sich ihrem Einfluss mittels regelmäßig wiederkehrender Fluchtversuche zu entziehen.

Da war zuerst dieser Verwalter des königlichen Stalles, dem sie einen Diebstahl unterschob und so vom Hofe und aus Silingas Leben entfernte. Vor einem Jahr folgte der Langobarde, den sie mit Geld bestach, die Finger von Silinga zu lassen.

Aufgelöst und verzweifelt war Silinga zu ihr geeilt, weil sie nicht verstand, warum der Geliebte sie plötzlich verlassen hatte. Sie spendete Trost und milderte den Schmerz, was die beiden noch fester aneinander band.

Aber ausgerechnet jetzt, wo all ihre Wünsche sich erfüllen sollten, musste dieser Romane des Weges kommen.

Niemand würde ihr Silinga wegnehmen und niemals würde sie

es zulassen, dass jemand die Heirat mit Kloderich hintertriebe. Dafür würde sie sogar töten.

Wie hatte sie gejubelt, als die Werbung Sigiberts bekannt wurde. Endlich hatte sie auch Silinga überzeugt, sich nicht zu verweigern. Als Freundin und Beraterin einer Königin, als einflussreiche Edle, wollte sie bis ans Ende ihrer Tage auf der Sonnenseite des Lebens stehen.

„Wie kannst du es wagen, mich vor allen Leuten so bloßzustellen?" Silingas Stimme zitterte vor Wut.

„Was hast du mit dem Romanen? Geht es schon wieder los?" Die Empörung stand der Älteren ins Gesicht geschrieben. „Siehst du nicht, dass er was von dir will?"

„Tut mir leid", giftete Silinga. „Das sehe ich nicht."

Die Burgundin an der Hand hinter sich herziehend, war Rotrudis bis zu der Stelle geeilt, wo die Wehrmauer dem steil abfallenden Felshang Platz machte. Keine zwei Armlängen entfernt ging es mehr als hundert Schritte in die Tiefe.

„Willst du alles verderben?", lamentierte Rotrudis. „Wegen einer Liebschaft deine Heirat mit Kloderich aufs Spiel setzen?"

„Und wenn schon", giftete Silinga ihre Gefährtin an. „Hast du mich jemals gefragt, ob ich diesen Kloderich eigentlich will? Es ist deine Heirat, du willst es. Hör endlich auf, über mein Leben zu bestimmen."

„Ist das dein Ernst?" Rotrudis schluckte und ihr Gesicht nahm die Farbe einer frisch gekalkten Wand an.

„Und ob das mein Ernst ist", ereiferte sich Silinga. „Du nimmst mir die Luft zum Atmen. Du bestimmst über mich, als wäre ich noch ein Kind. Lass mich endlich in Ruhe. Ich möchte auch einmal ein wenig Freude haben."

„Du bist undankbar", heulte Rotrudis. „Wer hat sich immer um dich gekümmert und das aus dir gemacht, was du bist? Ohne mich wärst du damals zugrunde gegangen."

„Ich hatte dich nicht darum gebeten", gab Silinga spitz zurück.

„Wenn das so ist." Rotrudis griff zu dem letzten Mittel, mit dem sie sich immer durchgesetzt hatte.

Langsam tat sie einen Schritt auf den Abhang zu, von dem sie nur noch wenige Handbreit trennten. „Sag das noch einmal!"

‚Spring doch', fuhr es Silinga durch den Kopf. Dann brachen Verlorenheit und Verzweiflung wie eine Meereswoge über ihr zusammen. Sie war wieder das Kind, dem man die Eltern genommen hatte.

„Nicht", flehte sie mit ersterbender Stimme. „Es tut mir Leid. Lass mich nicht alleine."

Mit Tränen in den Augen standen sich die Frauen gegenüber und sanken sich in die Arme.

Voller Zufriedenheit lächelte Rotrudis in sich hinein. Sie wusste genau, wie sie es anzustellen hatte, Silinga gefügig zu machen.

„Ich will mich nur kurz von Marcellus verabschieden. Ich habe es ihm versprochen."

„Nein", spielte Rotrudis ihre zurückgewonnene Macht aus. „Gehe schon vor in unser Quartier. Ich besorge dir noch einen Krug Wein. Du hast ihn dir verdient."

„Versuchen wir es heute?" Chnodomar schaute auf den im Mondlicht schimmernden Festungsberg, von dem die Wachtfeuer der Franken herüberleuchteten.

„Ich denke nicht", antwortete Griso nach einer Weile. „Der Späher hat von drei Wachen berichtet, die stündlich abgelöst werden. Wir kommen nicht unbemerkt hinein."

„Du bist dir sicher?" Enttäuschung schwang in der Stimme des Anführers.

„Wir werden eine bessere Gelegenheit bekommen. Glaub es mir. Schon morgen wird ihre Wachsamkeit nachlassen. Wir schlagen zu, wenn sie nicht mehr mit uns rechnen. Wodan ist mit uns."

Blutschuld

„Weiß Sigibert davon?" Kloderich lehnte sich in seinen Sessel zurück und warf seinem Gegenüber einen forschenden Blick zu.

„Noch nicht. Jedenfalls von mir nicht. Ich bin erst vor zwei Stunden hier angelangt und warte darauf, dass er aus Bonna zurückkommt." Hagen löste seinen staubigen Umhang und warf das Kleidungsstück achtlos auf den Boden. „Weißt du, was er dort macht?"

„Das, was ein König in seiner Lage tun muss. Er ist bei seinen Kriegern, um sich einen genauen Überblick zu verschaffen."

„Und?", fragte Hagen gespannt, „gibt es Neuigkeiten? Wo stehen die Alamannen? Haben die Kämpfe begonnen?"

„Dass sie bei Antunacum den Rhein überquert haben, weißt du?", vergewisserte sich Kloderich.

„Ja", antwortete Hagen. „Ich habe in Juliacum davon gehört, wo ich bei Graf Gero die Nacht verbracht habe. Und wo stehen sie jetzt?"

„Das letzte, was ich weiß", begann Kloderich, „ist, dass sie bis nach Rigomagus gezogen sind und dort ihr Lager aufgeschlagen haben. Ihre Streifscharen sind allerdings schon bei Tolbiacum gesichtet worden. Nur wenige Reiter, die nach unserem Heer suchen."

„Und wo ist das?", drängelte Hagen.

„Mein Vater hat seine Krieger aufgeteilt. Etwa tausend Mann sperren das Rheintal hinter Rigomagus. Sie sollen sich aber langsam zurückziehen, wenn die Alamannen vorrücken. Mehr als doppelt so viele lagern in Bonna, während der Rest, noch einmal tausend, in der Colonia verblieben sind. Meine Leute sind auch darunter. In der Divitia sammeln sich zurzeit die Aufgebote aus dem Rechtsrheinischen. Es wird aber dauern, bis es genug sind, ein schlagfähiges Kontingent zu bilden."

„Ist das alles?", entsetzte sich Hagen. „Das sind ja gerade mal viertausend Kämpfer."

„Hinzu kommen noch die Besatzungen von Tolbiacum, Julia-

cum und Rigomagus. Vielleicht ein paar hundert Mann. Die aus Antunacum und Confluentes haben sich nach Bodobriga zurückgezogen. Auf die können wir nicht zählen, weil sie abgeschnitten sind. "

„Und", begann Hagen stockend, „wie viele Alamannen wurden gezählt? "

„Vielleicht achttausend oder mehr", replizierte Kloderich. „Sie sollen aber immer noch Zuzug erhalten. Vadomar scheint aufs Ganze zu gehen und alles aufzubieten, was er hat. "

„Bei Wodan, die werden uns überrennen", platzte Hagen heraus, „diese widerlichen Zottelbärte mit ihren Goldschwertern. "

„Na, na", wiegelte Kloderich ab. „Wenn es hart auf hart geht, verschanzen wir uns hinter den Mauern der Colonia und warten darauf, bis die rechtsrheinischen Aufgebote in voller Stärke eingetroffen sind. "

„Auch das werden nur ein paar tausend Mann sein. " Die Verzweiflung stand Hagen im Gesicht geschrieben.

„Was ist denn mit den Verstärkungen, die du bei Chlodwig erbeten hast? Wie viele Krieger schickt er? "

„Der Merowinger scheint uns im Stich zu lassen", bedauerte Hagen. „Er sagt ‚ja', aber nicht, wie viele. Dieser Bischof Remigius und seine Frau Klothilde stecken bestimmt dahinter. Außerdem will er wissen, wie stark die Alamannen sind. "

„Wundert dich das? ", lachte Kloderich.

„Ganz ohne Verstärkung bin ich nicht gekommen", dräute Hagen, den der Spott des Jüngeren erboste.

„Wie viele? ", tat Kloderich interessiert.

„Vierzig Mann", entgegnete Hagen. „Es sind Chararichs Männer, die der Merowinger mir fürs Erste mitgegeben hat. "

„Vierzig Mann? ", lachte Kloderich erneut. „Sind das nicht zu viele? Die Alamannen werden davonlaufen, wenn ihnen das zu Ohren kommt. Und warum Chararichs Männer? "

„Weil", begann Hagen verhalten, „weil Chlodwig den König von Bononia festgesetzt hat. "

„Er hat was getan? " Trotz der Brisanz der Nachricht und des Ernstes der Situation verbiss sich Kloderich nur mit Mühe das

Lachen.

„Der Merowinger hat Chararich aufgefordert als sein Gast in Traiectum zu bleiben, da jetzt alle Franken zusammenstehen müssten", begann Hagen. „Chararich hat sich für die Einladung bedankt, ihm aber ausrichten lassen, dass er in seinem König-reich unabkömmlich sei.

Ohne Chlodwigs Antwort abzuwarten, ist er in der Nacht mit sei-nen Männern aufgebrochen, aber nicht weit gekommen. Der Me-rowinger hat ihm seine Bucellarier unter dem Tribunen Hortari-us nachgehetzt, die ihn noch vor Tungrus eingeholt und umstellt haben. Schon am Mittag war er wieder in Traiectum.

Daraufhin ließ Chlodwig mich rufen und trug mir auf, mit vier-zig von Chararichs Kriegern nach der Colonia aufzubrechen. Zehn von seinen ursprünglich fünfzig Männern durfte unser Freund als persönliches Gefolge behalten.

Chararich haust jetzt mit seinen Leuten in einem alten Lager-schuppen, der von Chlodwigs Kettenhunden bewacht wird. "

Kaum hatte sich Hagen zurückgezogen, eilte Kloderich zu Rag-nachar, ihm Chararichs Missgeschick zu schildern.

„Wundert dich das?", ergötzte sich der König von Camera-cum. „Ihr seid es doch, die den Merowinger beseitigen wollten. "

„Das war nicht mein Einfall", trotzte der Jüngere. „Außer-dem, warum sollte Chlodwig davon wissen? "

„Glaubst du, dass Chlodwig so töricht ist, unseren Freund nachhause zu lassen?", amüsierte sich Ragnachar. „Der Mero-winger ist stets misstrauisch und spürt, von wo ihm Gefahr droht. Hätte er diese Gabe nicht, wäre er längst tot.

Wenn er auch nur daran denkt, Sigibert zu helfen, will er Cha-rarich nicht im Rücken haben.

Bedenke", fügte er hinzu", dass Chararich ihn vor zehn Jah-ren im Krieg gegen Syagrius im Stich gelassen hat. "

„Das wird einen Sturm der Entrüstung auslösen", prophezeite Kloderich. „Seine Gefolgsleute werden das nicht hinnehmen. "

„Im Gegenteil", widersprach der Ältere. „Das wird sie lehren, vorsichtig zu sein. "

Hufgetrappel auf dem Hof, lautes Rufen, das Schlagen von Türen und Schritte auf den Fluren ließen die beiden Männer zur Türe blicken, deren Flügel knarrend aufschwangen.

Sigibert, den Staub des Rittes in den Kleidern, betrat nebst Gefolge den Raum und hielt auf Ragnachar und seinen Sohn zu.

„Ich habe soeben Hagen getroffen", begann der König der Rheinfranken, ohne sich mit einer Begrüßung aufzuhalten. „Chlodwig schickt vorerst keine Hilfe. Es scheint, als wäre Thyr mit den Alamannen im Bunde."

„Steht es so schlimm?", fiel ihm der König von Cameracum ins Wort.

„Schlimmer", schüttelte Sigibert den Kopf. „Es gibt eine Katastrophe, wenn keine Hilfe kommt."

„Was ist geschehen? Ist dein Heer geschlagen?"

„Nein", offenbarte Sigibert. „Aber wir mussten uns weit zurückziehen. Vadomar hat unsere Vorausabteilung bei Rigomagus umgangen und hätte sie vernichtet, wenn die Krieger nicht geflohen wären. Erst vor den Mauern von Bonna sind sie wieder zum Stehen gekommen."

„Und die Alamannen?" Ragnachar hatte sich erhoben und begonnen unruhig auf und ab zu gehen. „Sind sie euch gefolgt?"

„Nur ein Teil von ihnen, wenige tausend. Vadomar hingegen, ist mit der Masse in den Wäldern der Silva Arduenna verschwunden. Nur Hel weiß, wann und wo sie die Ebene mit ihren Kriegern überfluten werden. Der Alamanne zwingt uns, unsere ohnehin schwächeren Verbände aufzuteilen, wenn wir ihn stellen wollen."

„Dann ziehen wir alles in der Colonia zusammen und lassen sie gegen die Mauern anrennen bis Hilfe kommt", schlug Kloderich vor.

„Und sehen zu wie der Feind unsere Dörfer und Höfe niederbrennt?", erwiderte Sigibert die Einlassung seines Sohnes.

„Und jetzt?" Ratlosigkeit schwang in der verzagten Stimme des Thronfolgers.

„Sobald Hagen sich erholt hat, gehst du mit ihm zu Chlodwig und versuchst, den Merowinger umzustimmen", entschied Sigibert. „Ob es dir gefällt oder nicht."

„Bitten wir doch Gundobad um Hilfe, wenn ich schon seine Nichte heiraten muss. Der Burgunde könnte die Alamannen im Süden angreifen, was uns Luft verschaffen würde."

„Dazu reicht die Zeit nicht", widersprach Sigibert. „Außerdem wird er sich nicht mit den Alamannen anlegen. Hast du von Hinkmar gehört?"

„Warum fragst du?", wunderte sich Kloderich.

„Also nicht", stellte Sigibert nüchtern fest, bevor er fortfuhr. „Man hat zwei von Hinkmars Männern aus dem Rhein gezogen. Der eine erstochen und der andere ertrunken. Nicht auszudenken, wenn Vadomar deine Braut gefangen hat."

„Dann kann er sie ja heiraten", stellte Kloderich sarkastisch fest. „Hinkmar wird nichts geschehen sein. Er hat sieben Leben, wie eine Katze. Es wäre mir jedoch lieber gewesen, wenn man diesen Marcellus und einen seiner Spießgesellen aus dem Rhein gefischt hätte."

Von der heiteren Beschwingtheit der letzten Tage war nichts geblieben, als wir am nächsten Morgen aufbrachen. Dunkle, wasserschwere Wolken, aus denen es immer wieder feucht herabwehte, zogen von Westen über uns hinweg. Nicht ein einziges Mal zeigte sich an diesem Tag die Sonne.

Bis auf einen Schwarm Krähen und eine Kette Rebhühner, die in unserer Nähe aufstiegen, beobachteten wir nichts Ungewöhnliches. Das Verhalten der Tiere ließ aber nicht auf eventuelle Verfolger schließen. Es konnte viele Ursachen haben.

Je weiter wir vorankamen, desto einsamer wurde die Gegend. Bis auf einige verlassene Gehöfte rechts und links des Weges deutete nichts auf die Anwesenheit von Menschen hin.

Silinga benahm sich mir gegenüber mehr als sonderbar. Hatte sie beim Aufbruch meinen Gruß noch kurz erwidert, ging sie mir im Verlauf des Tages aus dem Weg. Sie vermied sogar jeglichen Augenkontakt, so oft ich ihn auch suchte. Nur Rotrudis ertappte ich dabei, wie sie mir einige Male triumphierende Blicke zuwarf.

In meinen Gefühlen verletzt, hing ich bedrückenden Gedanken nach. Den ganzen Ritt fragte ich mich, was ich getan oder was ihren Stimmungsumschwung bewirkt haben könnte?

Unmut stieg in mir hoch, als Hinkmar an ihre Seite ritt und vergnügt zu plaudern begann. Am liebsten hätte ich meine Franziska aus dem Gürtel gerissen und ihm den Schädel gespalten, als sie ihn mehrmals mit ihrem strahlenden Lächeln bedachte.

„Lange hat sie ja nicht gedauert, eure Tändelei?"

„Lass mich in Ruhe", herrschte ich unseren Anführer an, der sich mir unbemerkt genähert hatte.

„Vergiss nicht, warum wir hier sind", fuhr Wulfram mich an. „Halt gefälligst Augen und Ohren auf. Was, wenn wir gerade angegriffen worden wären. Du bist unaufmerksam, nur mit dir selber beschäftigt und wärst unser erster Toter."

Obwohl ich den Burgunden mit einem wütenden Blick bedachte, musste ich ihm im Stillen Recht geben.

„Mach dir nichts draus", klang Wulframs Stimme jetzt beinahe väterlich. „So ist Silinga, launisch und unberechenbar. Wer sein Herz an sie verliert, wird zum Spielball ihrer Gefühle. Sei froh, dass nicht mehr zwischen euch war. Je tiefer ihre Gefühle, desto größer ihre Ablehnung, wenn sie eine ihrer nicht nachvollziehbaren Entscheidungen gefällt hat. Sie hat viel Schlechtes erlebt, was tiefe Wunden hinterlassen hat. Du kannst dich glücklich schätzen, wenn dir eine solche Frau erspart bleibt. Du würdest deines Lebens nicht mehr froh werden."

Zwar halfen mir Wulframs Worte nicht über die Enttäuschung hinweg, stärkten aber meine Widerstandskraft.

,Ich werde Silinga eine passende Antwort erteilen, wenn sie mir einen Anlass dazu gibt.'

Als hätte sie meine Gedanken erraten, unterließ sie einen solchen Versuch.

Es war nicht mehr weit bis zum Oberlauf der Ahr, als wir auf einer baumlosen Kuppe unser Nachtlager aufschlugen. Wulfram hatte diesen Platz mit Bedacht ausgesucht, bot er doch einen weiten Rundblick über die nähere und weitere Umgebung. Zum ersten Mal fand die Abendsonne eine Lücke in der Wolkendecke und beschien das bis zum Horizont wogende Meer der Wälder.

Während Silinga und Rotrudis ihre Decken auf der Ladefläche

des Karrens ausbreiteten, schlugen wir unsere klammen Zeltbahnen in angemessener Entfernung auf.

Hatte ich gehofft, dass sie während des Essens oder wenigstens danach meine Gesellschaft suchen würde, wurde ich abermals enttäuscht. Ohne mich eines Blickes zu würdigen, erhob sie sich vom Feuer und begab sich, begleitet von ihrer Gefährtin zu dem Karren, den die Knechte mit einer Plane überdacht hatten.

„Kommst du mit?", wurde ich von Quirinus angesprochen, als ich durchfroren von der ersten Nachtwache unter meine Plane kriechen wollte.

„Ich habe das da von zu Hause mitgebracht", schwenkte er einen Krug mit Wein. „Wulfram, Pippin und Folmar sind auch dabei."

Da ein Schluck Wein nicht schaden und meine Lebensgeister wieder wecken würde, stimmte ich der Einladung freudig zu.

Als sie den Krähenschwarm aufgescheut hatten und auch die Rebhühner keckernd in die Luft gestiegen waren, legte Chnodomar eine kurze Rast ein. Sie waren der Reisegruppe so nahe gekommen, dass ein weiterer Zwischenfall zu ihrer Entdeckung geführt hätte.

Er ließ seine Krieger so lange warten, dass sie ihrer Beute nun im sicheren Abstand folgen konnten.

Am Mittag schickte er Griso und einen der erfahrenen Krieger vor. Sie sollten die Franken umgehen und sich an einer geeigneten Stelle auf die Lauer legen. Er hatte den beiden eingeschärft, auf keinen Fall einen Zwischenfall zu provozieren und die Vorbereitenden genau zu beobachten.

Zum Greifen nahe passierten Wulframs Männer die unter Tannenreisern verborgenen Alamannen, deren Interesse vor allem der Bewaffnung der Fremden und den beiden Frauen galt.

In allen Einzelheiten teilten sie Chnodomar bei ihrer Rückkehr die Ergebnisse ihres Erkundungsrittes mit.

„Hm", strich sich der Alamannenführer durch den Bart und überlegte eine Weile, ehe er eine Entscheidung traf.

„Du sagst Griso, dass bis auf den jungen Krieger, der gedan-

kenverloren vor sich hinstarrt und die sich streitenden Frauen, alle einen sehr wachsamen Eindruck machen?"

„Jawohl", nickte der Alte. „Unbedingt. Ich schwöre es bei Hel und Wodan."

„Und die Bewaffnung, Griso?"

„Alle führen Schild, Speer oder Ango und Spatha mit sich", begann der Späher seine Aufzählung. „Die Franken tragen zusätzlich eine Franziska im Gürtel. Mit Pfeil und Bogen ist nur einer versehen. Ihr Anführer trägt ein Kettenhemd, während die anderen einen Lederpanzer oder gar keinen Körperschutz tragen. Helme führen die wenigsten mit sich und wenn, stecken sie in einem Lederfutteral."

„Hängen die Schilde am Sattel oder am Schulterriemen?"

„Die meisten sind am Sattel befestigt, Herr. Nur die Vor- und die Nachhut tragen sie am Körper."

„Griso, werden wir in der Nacht über gute Sicht verfügen?"

„Kaum", zuckte der Alte mit den Achseln. „Die Wolkendecke wird bleiben und wir haben neuen Mond."

„Dann werden wir sie Morgen bei Tageslicht angreifen", entschied sich Chnodomar.

„Wenn die Franken ihr Nachtlager errichten, reiten wir ein Stück voraus und suchen nach einer geeigneten Stelle für den Hinterhalt. Thyr und Wodan werden mit uns sein und Hel wird sie erwarten."

„Hel, Hel, Hel", tönte es unterdrückt aus den Reihen der umstehenden Krieger.

„Du gönnst ihnen keinen Platz an Wodans Tafel?", kicherte der Alte.

„Das mögen die Götter entscheiden. Vielleicht, wenn sie tapfer kämpfen", sinnierte der Anführer.

„Besser nicht", grummelte Griso in seinen Bart, so dass es die anderen nicht hören konnten.

„Sieh doch nicht immer so schwarz, Wulfram." Pippin bedeckte die Augen mit beiden Händen und gab ein gekünsteltes Stöhnen von sich. Als er die Arme sinken ließ brachten sie zwei lachende

Augen und ein vom Wein gerötetes Antlitz zum Vorschein.

„Was soll uns noch geschehen? Den ganzen Tag haben wir nicht eine Spur von irgendeinem Alamannen gesehen. Ganz zu Schweigen von einer größeren Raubschar. Mit jedem Schritt Richtung Westen lassen wir sie hinter uns zurück.

Und was sollen sie auch von uns wollen?"

„Die beiden Frauen sind eine lohnende Beute", antwortete unbeeindruckt der Burgunde. „Wir sollten uns davor hüten, leichtsinnig zu werden."

„Den Täubchen wird nichts geschehen", versicherte mein Freund mit erhobenem Zeigefinger. „Nicht wahr, Marcellus?"

Irgendwie fühlte ich mich ertappt, als Pippin mich direkt ansprach. Derart herausgefordert, konnte ich mir eine Anspielung auf Silingas Begleiterin nicht verkneifen.

„Wir sollten ihnen Rotrudis geben. Das würde den Krieg zu Sigiberts Gunsten beenden. Der Giftschlange würde es in kürzester Zeit gelingen, die Feinde zu entzweien."

„Wer ist dafür, ihnen Rotrudis zu übergeben?", griff Pippin meinen Scherz auf.

„Ich", jubelte Quirinus und hob seine Rechte. „Und Sebastianus auch, obwohl der gerade auf Wache ist."

Folmar schüttelte ungläubig seinen Kopf, während Wulfram mit einer abgenagten Käserinde nach meinem Freund warf.

„Lasst den Blödsinn", versuchte er seiner Stimme einen strengen Ausdruck zu geben. „In ein oder zwei Tagen, spätestens wenn wir Marcomagus erreicht haben, können wir aufatmen. Bis dahin erwarte ich absolute Wachsamkeit und Vorsicht. Habt ihr mich verstanden?"

„Müsst ihr Burgunden immer so ernst sein?", feixte Pippin.

„Wir hatten wenig Grund zum Lachen", erwiderte Wulfram ernst. „Wir gehören nicht zum auserwählten Volk der Franken, dem alles in den Schoß fällt."

„Dann macht ihr etwas falsch", konterte mein angeheiterter Freund. „Warum seid ihr nicht jenseits des Rheins geblieben? Stattdessen verderbt ihr den Galliern die Laune."

„Weil wir vor den Hunnen fliehen mussten", holte unser Anführer zu seiner Rechtfertigung aus. „Vor mehr als fünfzig Jahren überquerten wir den Rhein und schufen uns rund um Vormatia ein blühendes Reich.

Es waren glückliche Tage, in denen viel gelacht wurde.

Dann schickte uns Aetius seine hunnischen Verbündeten. Aller Heldenmut blieb vergebens, als uns die schlitzäugigen Steppenkrieger überrannten. Sie verbrannten unsere Dörfer, raubten Frauen und Kinder und ließen nur den am Leben, der sich freikaufen konnte.

Roms letzter Feldherr im Westen gab uns daraufhin neues Land im Vorfeld der westlichen Alpen. Wieder richteten wir uns ein, bauten auf, was zerstört war, und errichteten neue Dörfer und Höfe. Innerhalb einer Generation wurden wir zu Christen und halben Römern, deren Kinder die Sprache der Ahnen nicht mehr verstehen.

Und wofür das alles? Längst hat Chlodwig seine gierigen Hände nach unseren blühenden Fluren ausgestreckt. Wenn der Merowinger mit den Westgoten und euren fränkischen Kleinreichen fertig ist, sind wir an der Reihe. Wieder werden wir uns nur heldenhaft geschlagen geben und eine neue Heimat suchen müssen.

Es ändert nichts, dass Chlodwig unsere Klothilde heiratete und euer Kloderich mit Silinga vermählt wird. Wir sind von Gott verlassen."

„Es lebt sich nicht schlecht unter den Franken", hielt ich dagegen. „Als Romane muss ich das wissen."

„Marcellus hat Recht", bestätigte Folmar. „Wir machen nicht den Fehler der Goten, Vandalen und anderer Völker, die mit wenigen Kriegern über die dreißig- bis vierzigfache Mehrheit von Unterworfenen herrschen. Es dauert nicht mehr lange, bis sich in unseren Ländern alle Franken nennen, egal welche Sprache sie sprechen oder an welchen Gott sie glauben. Jeder, der sich einbringt, ist willkommen. Ob als Krieger, Händler, Handwerker, Gelehrter oder Landmann."

„Das kann ich bezeugen." Quirinus hob seine zum Schwur geformte Rechte. „Seit die Verhältnisse sich beruhigt haben, laufen die Geschäfte meiner Familie so gut wie nie."

„Trotzdem ist es bei euch nicht anders als bei uns", hielt Wulfram dagegen. „Brücken und Straßen werden nur notdürftig ausgebessert, die Bäder verfallen, die Arenen und Theater sind voller Schutt, die großen Landgüter verlassen und die meisten Städte und Vici veröden."

„Dafür atmen wir freie Luft", widersprach ich dem Burgunden. „Keiner wünscht sich die alten Verhältnisse zurück. Weißt du, wie viele der Fiskus in Not und Elend gestürzt hat? Die Amtmänner des Königs, darunter Franken und Romanen, nehmen nur das, was die bescheidene Hofhaltung benötigt. Den Rest dürfen wir behalten. Ich pfeife auf die großen Badepaläste und Theater, wenn sie mit meinem Geld bezahlt werden. Unsere Könige, ob Sigibert oder Chlodwig, sorgen für sichere Verhältnisse und lassen uns das Leben führen, das wir für richtig halten."

„Sichere Verhältnisse?", ereiferte sich Wulfram. „Eure fränkischen Edlen warten doch nur darauf, sich gegenseitig an den Hals zu fahren. Sigibert, Ragnachar, Chararich, alle sind sie gegen Chlodwig, der jeden mit Krieg überzieht, der seinen Begehrlichkeiten und Plänen im Weg steht."

„Nicht so hitzig", ergriff Pippin das Wort. „Unsere Edlen regeln das unter sich. Keiner wäre so töricht, Franken gegen Franken antreten zu lassen."

„Hast du Sigibert Treue und Gefolgschaft geschworen?", gab Wulfram nicht nach.

„Das haben wir alle", wies Pippin in die Runde. „Was glaubst du, machen wir hier? Wir kämpfen gegen jeden, der unsere Sicherheit und Freiheit bedroht. Aber bei Familienangelegenheiten halte ich mich heraus. Wenn der eine Vetter irgendwann den Platz des anderen einnimmt, geht der Schwur, den ich geleistet habe, auf den Stärkeren über. Ich kämpfe gegen Alamannen, Goten und Oströmer, aber nicht gegen mein eigenes Volk."

Pippin hatte seine eigene Art, komplizierte Zusammenhänge vereinfacht darzustellen. Dafür achtete ich ihn. Für seinen mitunter skurrilen Humor und seine unbändige Lebensfreude liebte ich ihn. Zu jedem Spaß war er aufgelegt, jungenhaft leichtsinnig, dabei analytisch, stets hilfsbereit und das Wort Freundschaft nicht nur im Mund führend. Wäre es meinen Eltern vergönnt gewesen, mir einen Bruder an die Seite zu stellen, er hätte wie Pippin sein müssen.

„Pippin und Folmar, ihr seid jetzt dran. Meine Wache ist beendet." Sebastianus trat an das Feuer, hielt kurz die Hände über die Flammen und griff nach dem Weinkrug, den Pippin vor sich abgestellt hatte.

„Da siehst du es, Wulfram", grummelte Pippin. „Die Romanen brachten uns den Wein, saufen aber alles weg."

Am Morgen lockten mich die wärmenden Strahlen der Sommersonne unter meiner Zeltplane hervor. Ich reckte die Glieder und freute mich an dem Blau des Himmels, aus dem jede Wolke verschwunden war. Im hellen Tageslicht schweifte mein Blick ungehindert über die Anhöhen und Täler der Silva Arduenna.

Bei aller Schönheit der mich umgebenden Natur überraschte mich dieser Morgen jedoch mit einem unerfreulichen Vorfall.

Als wollte das Schicksal sein Spiel mit mir treiben, trat Silinga, ein Leinentuch über dem Arm, in mein Blickfeld. Den knappen Gruß freundlich erwidernd, fing ich einen Blick auf, der mich mit einer Mischung aus Abneigung und stummem Vorwurf bedachte.

Wie angewurzelt verhielt ich auf der Stelle, bis sich mein Innerstes gegen die ungerechtfertigte Behandlung auflehnte.

Was bildet diese Frau sich ein?', durchfuhr es mich voller Empörung. ‚Es reicht, so lässt du dich nicht abspeisen. Stell sie zur Rede.'

Ich folgte ihr den Hang hinab in den Wald, bis ich sie vor mir sah. Silinga hatte an einem Bach ihren Umhang fahren lassen, der hingebreitet zu ihren Füßen lag. Eine Fibel ihres Gewandes hatte sie schon gelöst, so dass mein Blick auf ihr Unterkleid fiel, unter dessen dünnem Gewebe sich die Konturen ihrer rechten Brust deutlich abzeichneten. An ihrer Fibel nestelnd, wandte sie mir den Kopf zu, als ein dürrer Zweig unter dem Gewicht meines Stiefels knackte.

„Was fällt dir ein?", fuhr sie mich mit hochrotem Kopf an und raffte ihr Kleid wieder hoch. „Wolltest du mir bei der Morgenwäsche zusehen?"

„Ich bin dir gefolgt, um dich zur Rede zu stellen", versuchte ich ihren Vorwurf zu entkräften.

„Lass mich endlich in Frieden", schrie sie mich an. „Ich will nichts mehr mit dir zu tun haben. Geh!"

Das ließ ich mir nicht zweimal sagen. Wütend fuhr ich auf dem Absatz herum und stapfte zurück zum Lager.

Nur wenige Schritte hatte ich zurückgelegt, als mir Rotrudis entgegeneilte. Ungezügelter Hass brach aus ihren Augen, als sie zur Seite auswich und an mir vorbeihuschte.

„Pack dir endlich diese Prinzessin und versohle ihr kräftig den Hintern", lautete Pippins Rat, als ich ihm von dem Vorfall erzählte.

„Was soll das ändern?", lehnte ich seinen Vorschlag entrüstet ab.

„Nichts, Marcellus. Aber du und auch wir werden unseren Spaß haben. Schlag dir dieses Weib endlich aus dem Kopf, bevor du dich lächerlich machst."

Als Silinga und Rotrudis zurückkehrten, hatten wir längst den Lagerplatz geräumt und warteten darauf, endlich aufbrechen zu können.

Wir kamen anfangs nur langsam voran. Faustgroße Steine und hervorbrechendes Wurzelwerk machten vor allem den Zugtieren des Karrens zu schaffen. Zum Verdruss der Knechte weigerte sich Rotrudis beharrlich, das rumpelnde Gefährt zu verlassen und ein Pferd zu besteigen. Selbst wir Krieger mussten mehrere Male mit anpacken, um die beiden klobigen Scheibenräder des Wagens über besonders hartnäckige Hindernisse zu wuchten.

Es verwunderte mich nicht, dass die Zahl derer, denen der Groll gegen Silingas Gefährtin in den Gesichtern stand, mit jeder unfreiwilligen Verzögerung anstieg. Einzig Hinkmar schien sich nichts daraus zu machen. Immer wieder lenkte er seinen Gaul an die Seite des Karrens, um das Gespräch mit Rotrudis zu suchen.

,Bildete ich es mir nur ein oder schienen Pippin und ich tatsächlich der Hauptgegenstand ihrer Unterredungen zu sein?'

Es wurde Nachmittag, als sich die Beschaffenheit des Weges endlich besserte. Wir hatten das Tal der Ahr erreicht, die an ihrem

Oberlauf als reißender Bachlauf dem Rhein zustrebte.

Wir folgten dem leicht ansteigenden Weg, eigentlich war es eher ein Pfad, bis Wulfram das Zeichen zum Halten gab.

„Das gefällt mir nicht", wies er mit der Rechten voraus.

Etwa hundert Schritte vor uns versperrten einige, über mannshohe Felsbrocken die Sicht. Der Pfad wand sich um das Hindernis herum und verlor sich dann im Grün des Gebüschs. Nach rechts fiel das Gelände steil zum Fluss hin ab, während der zur linken Hand ansteigende Hang in einen dichten Wald überging. Ob der Pfad sich hinter der Felsformation wieder verbreiterte und sich die Sicht besserte, konnten wir nicht sehen.

„Hört ihr was?", fragte Wulfram.

„Was denn?", antwortete Quirinus. „Bis auf das Murmeln des Flusses herrscht absolute Stille."

„Das ist es eben", bestätigte der Burgunde. „Kein Rascheln im Unterholz und kein Vogelgezwitscher. Als ob die Bewohner des Waldes vor irgendetwas ausgerissen wären."

„Und was soll das deiner Meinung nach sein?", spottete Hinkmar. Er tauschte einen Blick mit Hatto und blickte mit gleichgültiger Miene in die Runde. „Vielleicht ein Waldgeist, der es auf kleine Romanen abgesehen hat?"

„Dann macht es dir ja nichts aus, nachzusehen, oder?"

Ich gönnte unserem Feind die Abfuhr, die Wulfram ihm gerade erteilt hatte.

Um sein Gesicht nicht zu verlieren, verzichtete Hinkmar auf jeglichen Widerspruch und trieb sein Pferd bis zu der Stelle voran, wo sich die Felsbarriere auftürmte. Unschlüssig verhielt er eine Weile, folgte dann aber dem Pfad, bis ihn das Grün des Unterholzes verschluckte. Nach einer Weile kam er wieder hervor und machte mit der Hand ein Zeichen, dass der Weg frei sei.

„Nichts, gar nichts", platzte er heraus, als er zurück war.

„Wie sieht es hinter den Felsen aus?", drängte Wulfram.

„Wie hier. Rechts der Fluss und Wald zur Linken. Weiter vorne gibt es dann eine Lichtung."

„Hast du das Unterholz abgesucht?", gab sich Wulfram nicht

zufrieden.

„Nichts", erwiderte Hinkmar gereizt. „Kein Ungeheuer und auch keine Alamannen, wenn du das meinst."

„Wie geschaffen für einen Hinterhalt", sinnierte unser Führer und ließ das Hindernis nicht aus den Augen.

„Nehmt die Schilde hoch", befahl er in plötzlichem Entschluß. „Folmar, du bildest mit Hinkmar und Hatto die Vorhut. Marcellus, du reitest mit deinen Freunden am Schluss. Den Schutz des Wagens übernehme ich mit den Übrigen.

Silinga", wandte er sich an seine Schutzbefohlene. „Rauf auf den Karren und flach hinlegen."

„Was soll das?", widersprach sie heftig. „Siehst du nicht, dass du Rotrudis zu Tode ängstigst?"

„Mach einmal das, was man dir sagt", fuhr unser Führer sie barsch an. „Ich will nicht, dass ihr eine weithin sichtbare Zielscheibe abgebt."

Silinga glitt eingeschüchtert vom Pferd und tat, was Wulfram geheißen hatte.

Wir anderen, bis auf Hatto, banden inzwischen unsere Schilde vom Sattel und griffen mit der Rechten nach Spatha oder Franziska. Pippin warf sich seine Schutzwaffe am Tragriemen über die Schulter, sodass er seinen Bogen benutzen konnte. Er zog einen Pfeil aus dem am Gürtel befestigten Futteral und legte ihn auf die halb gespannte Sehne.

„Los", befahl Wulfram der Vorhut, als alles zu seiner Zufriedenheit ausgeführt war.

„Sie kommen", raunte Griso seinem Gefolgsherrn zu, der das Zittern seiner Hände kaum beruhigen konnte. Jagdfieber und Mordlust hatten von Chnodomar Besitz ergriffen, während er mit den Fingern die scharfe Spitze seines Ango entlangfuhr.

‚Es hatte nicht viel gefehlt', dachte er grimmig, ‚und der Hinterhalt wäre entdeckt worden.'

An den Boden gepresst, hatten sie sich in das Unterholz gedrückt, als der einzelne Reiter um die Felsen herumkam. Keine drei Schritte vor ihm, hatte der Franke einen flüchtigen Blick zu beiden Seiten getan, ehe er sein Pferd wendete und zu seinen Leuten zurückkehrte. Thyr musste ihn mit Blindheit geschlagen haben, dass er keinen der im Gebüsch verborgenen Männer bemerkt hatte.

„Griso", flüsterte er dem neben ihm liegenden Alten zu. „Nimm dir zwei Krieger und legt euch ein Stück weiter voraus auf die Lauer. Wir lassen die Vorhut passieren und greifen die Bedeckung des Wagens an, wenn ihr losschlagt. Ihr müsst sie auf jeden Fall erledigen, damit sie ihren Leuten nicht zur Hilfe eilen können. Mit dem Rest werde ich fertig. Sie werden Hel sehen, ehe sie begriffen haben, was geschehen ist. Bis auf die Frauen töten wir alle und nageln ihre Köpfe an die Bäume. Wodan ist mit uns."

Während der Alte mit den beiden Kriegern davon huschte, führten die übrigen Männer ihre Amulette an die Lippen und beschworen Thyr, ihnen den Sieg zu schenken. Sollten sie aber im Kampf fallen, waren sie überzeugt, einen Platz an Wodans Tafel zu finden.

Dann suchten ihre Augen nach Chnodomar, dessen Waffenheil sie vertrauten. Schon oft hatte er sie in den Kampf geführt und sie waren niemals unterlegen. Bewundert von den Mädchen und beneidet von den Alten, die Schwert und Schild nicht mehr führen konnten, würden sie dieses Mal Beute beladen zurückkehren. Sie zu ehren würde man Lieder anstimmen und tafeln und trinken, bis der Morgen graute.

Wieder drückten sich Chnodomar und seine Männer tief ins Unterholz, als die drei Krieger der Vorhut ihren Standort passierten. Eines der Tiere scheute und brach aus, wurde aber von seinem Reiter auf den Weg zurück gezwungen. Dann waren sie vorbei und die Fäuste spannten sich um die Schäfte der Speere und die Griffe der Spathen.

Deutlich hörte Chnodomar das dumpfe Rumpeln, das die mit Eisen beschlagenen Räder des Karrens auf dem weichen Waldboden erzeugten.

Wir hatten die Felsen noch nicht erreicht und Folmar und die Vorhut aus den Augen verloren, als es von allen Seiten über uns hereinbrach.

Zuerst dieses laute Gebrüll jenseits der Felsen, als Folmars Gruppe angegriffen wurde.

Im selben Moment knallte etwas gegen meinen Schild, den ich instinktiv nach oben gerissen hatte, als ich eine Bewegung in den Büschen wahrnahm.

‚Alamannen', schoss es mir durch den Kopf, als der erste Angreifer durch die Büsche brach. Er schaffte es nicht einmal bis auf den Weg, da ihm Pippins Pfeil aus kürzester Distanz durch die Brust fuhr.

Einen Speer in den Händen, sprang der nächste Angreifer über seinen gefallenen Kameraden auf mich zu. Wie ich es gelernt hatte, trieb ich mein Pferd auf ihn zu, sodass ihm keine Zeit blieb, seine Waffe in Position zu bringen. Ehe er den Schaft hochreißen konnte, war ich heran und jagte ihm von oben die Klinge meines Schwertes durch den Leib. Fast riss es mich aus dem Sattel, weil die Waffe fest im Fleisch steckte. Ich ließ das Heft fahren, duckte mich auf den Hals meines Tieres und riss die Franziska aus dem Gürtel.

Der nächste Blick galt dem Karren und Silinga. Einer unsrer Knechte lag zuckend mit zerschlagenem Schädel neben dem Wagen und Wulfram wehrte einen Angreifer ab, in dessen Hand es golden aufblitzte. Die burgundischen Krieger deckten die andere Seite des Wagens gegen zwei weitere Angreifer, die mit erhobenen Schilden und Speeren angriffen.

Quirinus und Sebastianus hatten uns überholt und ritten einen Mann nieder, der gellend aufschrie, als ihn die Lanze des Romanen aus Bodobriga am Boden festnagelte.

Pippin hatte längst seinen Bogen wieder gespannt und schoss einen Alamannen nieder, der mit einem Schlachtbeil nach unserem Anführer ausholte.

Das verschaffte Wulfram etwas Luft, der mit dem Schwert in Richtung der Felsen wies.

„Helft Folmar! Mit denen hier werden wir fertig!"

Vor Pippin jagte ich um die Felsen, als ich beinahe mit Hatto und Hinkmar zusammenstieß, die mir entgegenkamen. Tief über den Hals ihrer Pferde gebeugt, jagten sie vorbei, als wäre der Teufel hinter ihnen her.

Dann sah ich Folmar, der sich, den Stamm einer großen Eiche als Rückendeckung nutzend, gegen drei Feinde wehrte. Sein Gaul lag, einen Lanzenschaft in der Brust, tot auf dem Weg.

„Her! Zu mir!", brüllte er, als er uns erblickte.

Zwei der Angreifer ließen von ihm ab, als wir heranpreschten. Der dritte, ein weißhaariger Kämpfer, dem der Bart bis auf die Brust herabwallte, hieb weiter wie besessen auf unseren Freund ein.

‚Der Alte aus der Herberge', schoss es mir durch den Kopf, als Pippins Pfeil an mir vorbeizischte. Durch den Hals des Alamannen fuhr das Geschoss, der sich an die zerfetzte Schlagader griff, aus der das Blut herausspritzte.

In diesem Moment schleuderte der andere Mann seinen Ango nach mir, dessen stählerne Spitze mich getroffen hätte, wenn ich nicht den Schild hochgerissen hätte.

Mit Absicht hielt ich die lederbespannte Schutzwaffe so schräg, dass der einer Harpune ähnliche Schaft von meinem eisernen Schildbuckel zur Seite gelenkt wurde und vorbeirauschte.

Meine Sinne waren ausschließlich auf den um sein Leben kämpfenden Folmar gerichtet. Den dumpfen Aufprall und den erstickten Schrei hinter mir nahm ich nicht wahr.

Verzweifelt zerrte der nun waffenlose Schütze an seiner Spatha, dessen Klinge sich im Mundblech verkantet hatte. Schneller als er sie herausbekam, war ich heran und schmetterte ihm aus einer Entfernung von wenigen Schritten die Franziska ins Gesicht. Ich hatte mit solcher Wucht geworfen, dass die Schneide seine Stirn spaltete und der Feind auf der Stelle tot zusammenbrach.

Wie im Rausch sprang ich aus dem Sattel, stolperte, riss im Hochkommen den Sax aus dem Gürtel und hieb sie dem Alten von hinten in den Nacken. Schwer getroffen ließ der Mann seinen Schild sinken, was Folmar dazu nutzte, ihm die Spitze seines Schwertes in den Bauch zu rammen.

Ohne einen Laut von sich zu geben, sank der Alte auf die Knie und fiel vornüber aufs Gesicht.

„Folmar", schrie ich auf und fing meinen wankenden Freund

auf. Erst jetzt sah ich die klaffende Wunde in seiner Schulter und den blutüberströmten Kettenpanzer.

„Pippin", keuchte mein Freund. „Um Gottes Willen, kümmere dich um Pippin."

Ich lehnte Folmar mit dem Rücken an die Eiche, sprang hoch und legte die Strecke bis zu Pippin in wenigen Sätzen zurück.

Er war tot, als ich heran war. Der an meinem Schild abgeprallte Ango war ihm mit solcher Gewalt durch die Brust gefahren, dass der eiserne Schaft und die klobige Spitze am Rücken ausgetreten waren.

Tränen verschleierten meinen Blick, als ich neben dem toten Freund in die Knie sank.

„Pippin", schrie ich ihn an, rüttelte an seinen Armen und wusste, dass es keinen Sinn mehr machte. Seine Stimme, sein Lachen waren auf ewig verstummt. Nie wieder würde ich seine sichere Ruhe, seine Treue und sein Mitgefühl spüren.

Wie besessen sprang ich auf und schleuderte meinen Schild, an dem das todbringende Geschoss abgeprallt war, in die Büsche.

Kraftlos, mit nachgebenden Knien, wankte ich zurück zu Folmar, der mit blassem Gesicht, sein Halstuch auf die Wunde gepresst, an der Eiche lehnte.

Er fragte nicht nach Pippin. Mein Anblick sagte ihm, dass der Freund tot war.

„Marcellus", hörte ich es in diesem Moment von den Felsen her rufen.

Ich schaute hoch und sah Quirinus und Sebastianus herbeieilen. Sie verhielten kurz bei Pippins Leiche und kamen mit bedrückten Mienen heran.

„Folmar, du lebst?", brach es aus Quirinus heraus, als er vor uns stand. „Hinkmar hat gesagt, du seiest tot. Er ist mit Hatto zurückgekehrt, um uns beizustehen."

„Dieser erbärmliche Feigling", keuchte der Verletzte und verbiss sich den Schmerz. „Als mein Pferd zu Boden ging und die Alamannen aus den Büschen brachen, sind die beiden abgehauen. Einer gegen drei. Ohne Marcellus und Pippin wäre ich tot. Was ist mit den anderen?"

„Es hat einen der Knechte erwischt und ein Burgunde trug eine Fleischwunde am Arm davon", begann Sebastianus seinen kurzen Bericht. „Als Pippin und Marcellus weg waren, hat Wulfram ihren Anführer niedergestochen. Daraufhin haben die anderen versucht, sich in die Büsche zu schlagen. Zwei haben wir noch niedergemacht und zwei sind entkommen."

„Was ist mit deiner Schulter?" Ich kniete neben Folmar nieder und besah das zerrissene Panzerhemd.

„Es war der Alte", deutete mein Freund auf den Toten. „Mit der Spatha schlug er mir den Schild herunter und stach dann mit dem Sax zu."

„Ist der Knochen verletzt, kannst du den Arm bewegen?" Sebastianus betastete vorsichtig das Schultergelenk, worauf Folmar schmerzhaft das Gesicht verzog.

„Ich glaube nicht", ächzte mein Freund. „Aber eine große Hilfe werde ich in den nächsten Tagen nicht sein."

„Kommst du auf ein Pferd oder kannst du gehen?", fragte Quirinus.

„Reiten, nein. Gehen, vielleicht."

„Du musst verbunden werden und so schnell wie möglich zu einem Medicus. Komm hoch, wir gehen zurück."

Ich reichte ihm die Hand und half ihm, unterstützt von Quirinus, auf die Beine. Folmar schwankte und das Blut begann wieder zu fließen.

„Nein, so nicht", stellte ich erschrocken fest und ließ ihn erneut zu Boden gleiten. „Nehmt Spieße, Gürtel und Mäntel der toten Alamannen. Wir brauchen eine Trage."

Schnell hatten die beiden aus den benötigten Utensilien eine brauchbare Unterlage gefertigt, auf die wir unseren verwundeten Freund betteten.

Dann gingen wir zu Pippin, zogen den Ango aus seiner Brust und legten ihn über sein Pferd, das neben ihm ausgeharrt hatte. Das Tier schnaubte, als es mit dem Geruch seines Herrn auch den des Todes aufnahm.

„Brav", strich ich ihm über die Nüstern und zog es am Zügel hinter mir her, während Sebastianus und Quirinus den verletzten

Folmar trugen. Die übrigen Reittiere hatten wir angebunden, um sie später zu holen.

Als unser trauriger Zug um die Felsen bog, kam uns Wulfram mit versteinertem Gesicht entgegen. Ohne ein Wort übernahm er Quirinus' Platz an der Trage, der umkehrte, um die Pferde und herumliegenden Waffen zu holen.

„Du feiges Schwein", schrie ich Hinkmar an, als wir am Karren anlangten.

Sichtlich erschrocken, Folmar verletzt, aber lebend vor sich zu sehen, setzte dieser zu einer fadenscheinigen Rechtfertigung an.

„Wir konnten nicht wissen, wie viele Angreifer es waren. Und ich habe geglaubt, dass Folmar den Sturz vom Pferd nicht überlebt hat, so schwer ist er auf dem Boden aufgeschlagen. Es war unsere Pflicht, zu den Frauen zurückzukehren, um ihnen beizustehen."

„Das ist Unsinn", keuchte Folmar. Trotz seiner Schmerzen hatte er sich auf den rechten Ellenbogen aufgestützt. „Ich hatte Glück, dass mein linkes Bein nicht unter den Pferdeleib kam und ich sofort aufspringen konnte. Das musst du gesehen haben!"

„Man lässt einen Kameraden nicht im Stich", beurteilte Wulfram die Situation. „Ihr hättet versuchen müssen, ihn da rauszuhauen."

„Hinkmar", mischte Silinga sich resolut ein, „hat getreulich seinen Schwur befolgt, den er Kloderich geleistet hat. Er musste zuallererst an meine Sicherheit denken. Der Vorwurf der Feigheit ist absurd."

„Pippin könnte noch leben und Folmar wäre nicht verwundet worden, wenn er nicht ausgerissen wäre." Meine Stimme überschlug sich und ich war nahe daran, die Fassung zu verlieren.

„Das werden wir bei unserer Rückkehr vor Sigibert klären", drohte Sebastianus dem Franken. Mit aller Kraft umklammerte er dabei meinen Arm, um eine Dummheit zu verhindern. In der Absicht, mich auf Hinkmar zu stürzen, hatte ich nach einem herumliegenden Sax gegriffen.

„Das macht Pippin nicht wieder lebendig", fuhr Wulfram mich an. „Kümmert euch um Folmar. Hinkmar und Hatto werden später für ihre Feigheit büßen."

„Keiner wird ihn anrühren", warnte Silinga unseren Führer. „Kloderichs Mann steht unter meinem Schutz."

„Dein Schwert, Herr". Einer der überlebenden Knechte reichte mir die Spatha, die er dem getöteten Alamannen aus der Brust gezogen hatte. Kurz darauf kehrte auch Quirinus zurück und übergab mir die Franziska.

Nachdem ich das Blut am Kittel eines Alamannen abgewischt hatte, begab ich mich zu Folmar, dem Quirinus bereits das Panzerhemd ausgezogen hatte.

Sorgfältig reinigten wir die immer noch blutende Wunde und legten einen Verband an, der die Blutung zum Stillstand brachte.

Mehr konnten wir für den Augenblick nicht tun. Es musste sich zeigen, ob unser Freund stark genug war, die schwere Verletzung zu überstehen.

Dem Herrn im Himmel sei Dank, hatte das Kettenhemd Schlimmeres verhütet. Der Sax des Alten hatte zwar eine klaffende Wunde hinterlassen, war aber nicht bis zum Knochen durchgedrungen. Wenn Folmar die Nacht überstand und in wenigen Tagen in die Hände eines Medicus kam, hatte er gute Aussichten, zu überleben.

Wulfram hatte entschieden, das Nachtlager auf einer nahen Anhöhe aufzuschlagen, die eine gute Aussicht in alle Richtungen bot.

Dort war es auch, wo wir Pippin im Angesicht seiner geliebten Wälder zur ewigen Ruhe betteten.

Da wir keine Bretter mit uns führten, aus denen wir einen Sarg hätten zimmern können und die Kürze der Zeit auch das Fällen und Aushöhlen eines Baumes nicht zuließ, mussten wir uns anders behelfen. Wie ich es kannte, hoben wir eine nach Osten gerichtete Grube aus, die wir mit Schieferplatten auskleideten.

Als die mühselige Arbeit beendet war, stand die Sonne bereits tief im Westen. Wir suchten noch einige größere Platten, die wir zur Abdeckung neben der Grube ablegten.

Dann betteten wir unseren Freund auf eine Decke und gaben ihm, wie es einem Krieger zustand, Schwert, Schild, Fibeln, die

Spatha sowie Pfeil und Bogen mit ins Grab. Auch seinen Kamm, der für viel Heiterkeit gesorgt hatte, vergaßen wir nicht. Zu seinen Füßen deponierten wir einen Teller und einen gedrechselten Becher. Folmar bestand darauf, dass ihm noch eine Münze unter die Zunge gelegt wurde.

Als Romane hatte ich die Sitte, einen Verstorbenen mit Beigaben zu versehen, stets als barbarisch bezeichnet. Im Falle meines Freundes erschien es mir angemessen, ihm auf diese Art unseren Respekt zu beweisen. Er hatte immer treu zu seinen Göttern gestanden und hätte es so gewollt. Ich legte sogar noch die Goldgriffspatha des Alten hinzu, die mir eigentlich als Beute zugestanden hätte.

Einen letzten Blick noch warfen wir auf die friedlichen Gesichtszüge des Freundes, ehe wir sein Antlitz verhüllten und die Grube mit den Platten abdeckten. Darüber häuften wir die Erde des Aushubs und rollten einen schweren Felsbrocken darauf. Kein Tier und kein frevelnder Grabräuber sollte jemals Pippins Ruhe stören.

Den Knecht hatten seine Kameraden in einer kleineren Grube beerdigt.

Vorher hatten sie die Waffen und Wertsachen der getöteten Angreifer zusammengetragen. Deren Leichen warfen sie in eine Mulde, die sie mit Ästen und Steinen bedeckten.

An Schlaf war in der folgenden Nacht kaum zu denken.

Wir saßen lange beisammen, gedachten unseres gefallenen Freundes und jeder hatte seine Geschichte über Pippin zu erzählen.

Es war weiß Gott nicht das erste Mal, dass uns in jenen unruhigen Tagen der Tod begegnet war. Niemals zuvor hatte es aber einen geliebten Menschen aus unserer Mitte getroffen. Als Krieger musste man immer mit dem Schlimmsten rechnen. Dass es aber ausgerechnet Pippin so plötzlich und wohl auch sinnlos aus dem Leben gerissen hatte, ging über das Maß dessen hinaus, was wir zu ertragen gelernt hatten.

Wut und Verzweiflung konzentrierten sich alleine auf die Person Hinkmars, dessen schändliches Versagen wir als die Ursache der Katastrophe ausmachten.

Ich schwöre es bei Gott, wären Wulfram und Silinga nicht gewesen, noch in dieser Nacht hätten wir Kloderichs Kreatur zu seiner schrecklichen Hel geschickt.

Es musste nach Mitternacht gewesen sein, als das Fieber nach Folmar griff. Bis zum Morgengrauen waren wir damit beschäftigt, die Temperatur seines geschwächten Körpers mit feuchten Wickeln zu mindern.

Hinkmar und Hatto taten gut daran, uns aus dem Weg zu gehen. Sie drückten sich die ganze Nacht um Silingas Karren herum, wo sie in Rotrudis eine dankbare Gesprächspartnerin fanden.

Silinga musste sich allerdings eines Besseren Bedacht haben. Mich ignorierend kam sie mehrmals an Folmars Krankenlager und beteiligte sich an der Pflege.

Es dämmerte, als ich endlich für einige Stunden Schlaf fand.

„Marcellus, wach auf", wurde ich von Wulfram geweckt, der kräftig meine Schulter rüttelte. „Wir müssen aufbrechen, wenn wir noch heute nach Marcomagus kommen wollen. Folmar muss dringend in heilkundige Hände. Sonst überlebt er die nächsten Tage nicht.

Außerdem sind da noch die entkommenen Alamannen. Sie haben wohl die Pferde mitgenommen, da wir sie nicht gefunden haben. Wenn sie auf ihre Leute treffen, werden sie mit Verstärkung zurückkehren."

„Ist Folmar denn transportfähig?", fragte ich und richtete mich sofort auf.

„Er muss es sein", antwortete unser Anführer mit einem Achselzucken. „Wir legen ihn und den anderen Verwundeten in den Karren. Übernimmst du es, die Ladefläche herzurichten?"

Ich nickte und machte mich, begleitet von Sebastianus, auf den Weg.

Wie nicht anders zu erwarten, leistete Rotrudis heftige Gegenwehr. Sie lamentierte, dass sie das Reiten nicht gewohnt sei, und dass wenigstens der Knecht ein Pferd besteigen sollte.

Schließlich packte ich sie am Arm und zog die Widerstrebende mit einem Ruck von der Ladefläche. Sie kam dabei so unglücklich auf, dass sie mit einem Schrei hinschlug und in hysterisches Heulen ausbrach. Auf der Stelle eilte Silinga hinzu und nahm ihre Gefährtin in den Arm.

„Lass uns endlich in Ruhe", fuhr sie mich an. „Wir wollen nichts mehr mit dir zu schaffen haben."

Es lag ein beschwerlicher Weg vor uns, bis wir die Straße erreichten, die von der Treveris in die Colonia führte. Mehrmals mussten wir anhalten, die Verbände der Verwundeten erneuern und sie mit Wasser und kühlenden Lappen versorgen. Folmar ging es immer schlechter und wir waren froh, als das Ziel unserer Reise im Abendlicht vor uns lag:

Die Reste eines Burgus, bescheidene Häuser und wuchtige Mauern eines Kastells im Talgrund der Urft, die von einem Tempelbezirk auf der Höhe überragt wurden. Mittelpunkt der Ansiedlung war eine Kleinfestung, deren Mauern und Türme man vor zweihundert Jahren auf die Straße gesetzt hatte.

Je näher wir dem Südtor mit den beiden flankierenden Ecktürmen kamen, desto besser konnte ich Einzelheiten unterscheiden. Wuchtige Gemäuer aus Bruchsteinen, die Zinnen zum Teil eingestürzt. Die Ziegel der Spitzdächer wiesen Lücken auf, durch die das morsche Dachgestühl hindurch schien.

Außerhalb des Festungsgeviers, das von einem halb verschütteten Wall umgeben war, duckten sich wenige Bauten, von denen einige direkt an die Wallmauer gesetzt worden waren. Kleine Werkstätten mit Schmelzöfen zur Metallgewinnung, die man im Innern der Anlage nicht dulden wollte. Die zu beiden Seiten der Straße auf alten Steinfundamenten ruhenden Gebäude machten einen gepflegten, wenn auch ärmlichen Eindruck.

Das vielfach ausgebesserte und etwas windschief in den Angeln hängende Tor des ehemaligen Straßenburgus wurde von einem älteren Mann bewacht, der sich müde auf seinen Speer stützte. Er zuckte zusammen, als das Rollen der Räder und das Klappern der Hufe sein Ohr erreichten.

Mit bangen Blicken erwartete er unsere Ankunft und schien erleichtert, in uns einen offenbar fränkischen Reitertrupp zu erkennen. Als er schließlich die Frauen sah, entspannten sich seine Gesichtszüge und er hieß uns freundlich willkommen.

Valerius, so hieß der Mann, wies uns bereitwillig den Weg zu einem größeren Haus, das sich wegen seiner steinernen Wände von den in die Jahre gekommenen Fachwerkbauten der Innenbebauung abhob. Es waren die ehemaligen Lagerthermen, die seit einiger Zeit als Herberge dienten.

Der Patron, ein rothaariger, kräftiger Hüne in den Vierzigern, war schon vor die Türe geeilt und hieß uns herzlich willkommen.

Er stellte sich uns als Martinus Rufus vor, Nachfahre eines sagenhaften Sidonius Rufus, der einst von seiner Villa im Talgrund aus, die umliegende Gegend beherrscht hatte.

Wir hatten Glück, dass wir seit Tagen die einzigen Gäste waren, sodass Folmar und die beiden Frauen die besten Zimmer beziehen konnten.

Mein Freund sah schlecht aus, da ihm die Reise sehr zugesetzt hatte. Auch gewann ich den Eindruck, dass das Fieber zurückgekehrt war.

„Martinus", sprach Wulfram den Patron mit einem Seitenblick auf Folmar an, der gestützt von Sebastianus und Quirinus ins Haus geführt wurde. „Unser Freund ist bei einem Zusammenstoß mit einer alamannischen Streifschar schwer verwundet worden. Wir brauchen jemanden, der mit der Wundheilung vertraut ist."

„Alamannen", zuckte der Angesprochene zusammen. „Sind sie euch gefolgt?"

„Nein", erwiderte ich an Wulframs Stelle. „Bis auf zwei, die fliehen konnten, haben wir alle getötet. Gibt es hier einen Medicus?"

„Nein", schüttelte der Patron den Kopf, der sich wieder gefangen hatte. „Aber oben, beim Heiligtum der Matronen, lebt Ursula, die sich auf Heilkräuter und ihre Anwendung versteht. Sie betreut unsere Kranken, wenn wir sie rufen."

„Es steht nicht gut um unseren Freund", drang Wulfram in den Mann.

„Ich würde sie gerne holen", bedauerte Martinus. „Aber meine Knechte sind noch nicht von den Feldern zurück. Und die Frauen scheuen sich, zu Ursula zu gehen. Bittet Valerius, dass er euch begleitet."

„Marcellus", entschied Wulfram. „Übernimm du das. Und komm schnell mit der Frau zurück. Ich fürchte, es geht um Stunden."

Ich war schon zur Türe hinaus, als das letzte Wort unseres Anführers noch nicht verklungen war. Im Laufschritt eilte ich zu Valerius, der wieder auf seinen Spieß gestützt, die Straße beobachtete.

Nachdem ich mich mit knappen Worten erklärt hatte, lehnte er seine Waffe an die Turmwand und verschloss das Tor mit einem Querholz. Dann eilten wir die vielleicht sechzig Schritte zum Nordtor.

Auch dort stand ein Wachmann, der uns bereitwillig hinausließ, als er Valerius erkannte.

Vorbei an wenigen Hütten folgten wir der Straße bis zum Steg, der über die Urft führte. Auf dem jenseitigen Ufer stieg das geschotterte Band der Fahrbahn bis zur Höhe, wo es am Tempelbezirk vorbeiführte.

Etwas außer Atem standen wir bald vor der steinernen Behausung, in der Ursula inmitten der verfallenden Anlage lebte.

Ich war darauf vorbereitet, eine alte verhärmte Frau anzutreffen, die bei Mondlicht mit einer Sichel in die Wälder zog, um ihren Vorrat an Heil- und Verderben bringenden Kräutern aufzufrischen. Es gab die wunderlichsten Geschichten über diese Götzenanbeterinnen, die mit dem Teufel im Bunde waren. Aber wenn sie Folmar helfen konnte, sollte es mir recht sein.

Ich war überrascht, als eine groß gewachsene Frau von höchstens dreißig Jahren vor die Türe trat und nach unserem Begehr fragte. Eine Schönheit, wie ich sie hier, in der Abgeschiedenheit der Silva Arduenna, nicht erwartet hatte.

Dunkle Haare umrahmten das stolze Gesicht einer Romanin, aus dem lebhafte, blaue Augen und eine grazil geformte Nase hervorstachen.

Ursula entnahm meinen wenigen Worten sofort die Gefahr, in der sich Folmar befand. Behände eilte sie ins Haus, packte einige Utensilien in eine lederne Tasche und folgte uns hinab in den Vicus.

„Keine Stunde zu früh", stellte Ursula besorgt fest, als sie den durchgebluteten und übel riechenden Verband entfernt hatte.

Folmar hatte mit schweißnassem Gesicht und zitternden Gliedern zu phantasieren begonnen. Er stöhnte gequält auf, als Ursulas langgliedrige Finger über die rot verfärbten Ränder der Wunde fuhren, aus der Eitertropfen hervorquollen.

Sie stimmte einen mir fremdartigen Gesang an und strich meinem Freund über die Stirn, worauf dieser sich beruhigte und einschlief.

Dann öffnete sie ihre Tasche, der sie ein Messer, eine kleine Reibschale, einen hölzernen Stößel, eine Pinzette und verschiedene Kräuter entnahm.

Zuerst zerschnitt sie diese auf einem Holzbrettchen. Zusammen mit einer öligen Flüssigkeit gab sie dann alles in die Schale und verarbeitete den Inhalt zu einer dunkel glänzenden Paste. Sie nahm etwas davon und bestrich damit das Messer und die Pinzette.

„Saft des Schlafmohns", erläuterte sie mir, als sie ein Fläschchen hervorkramte und vorsichtig den wächsernen Verschluss entfernte. Sie ließ einige Tropfen in die geöffneten Lippen ihres Patienten gleiten, dessen Gesichtszüge sich entspannten. Sie wartete noch einen Moment, bevor sie die Pinzette nahm und Sebastianus und mir auftrug, Folmar in die Seitenlage zu bringen.

Im trüben Licht der flackernden Öllämpchen nahm sie das Messer und öffnete die Wunde, aus der zuerst Eiter und dann Blut hervorschossen. Sie fing die Ausscheidungen mit einer hölzernen Schale auf, was mir wegen des aufsteigenden Gestanks beinahe den Atem nahm.

„Die Klinge, die diese Wunde verursacht hat, war sie rostig?"

Quirinus zog das Schlachtmesser, das er als Siegesbeute eingesteckt hatte, aus dem Gürtel

„Nein", begutachtete ich den glänzenden Stahl der Waffe. „Der Alte wird sie vor dem Kampf sorgfältig geschliffen haben.

„Sehr gut", nickte Ursula und begann mit der Pinzette in der Wunde zu stochern, aus der sie einige Stofffetzen zutage förderte. „Das hat die Entzündung verursacht", stellte sie zufrieden fest und legte die Fasern in das Schüsselchen.

Dann strich sie einen Teil der Paste auf die Wunde und verteilte den Rest auf saubere Leinenstreifen, mit denen sie Folmar sorgfältig verband.

„Er hat eine kräftige Natur." Sie beugte sich über den Verletzten und fühlte seinen Puls. „Wenn er den Morgen erlebt, hat er es überstanden."

Sie erhob sich und öffnete den Fensterladen, um frische Luft hereinzulassen.

„Haltet Wache bei eurem Freund und kommt sofort zu mir, wenn sich sein Zustand verschlechtert. Ich werde die Nacht hier unten verbringen. Und besorgt mir zu Essen und zu Trinken. Ich bin nicht dazu gekommen, ein Abendmahl einzunehmen."

Quirinus übernahm die erste Wache, sodass ich Ursula in die Gaststube begleitete, wo Martinus ihr ein einfaches Mahl aus frischem Dinkelbrot, geräucherten Bachforellen und aufgeschnittenen Zwiebeln bereitete.

Gerade hatten wir uns am Tisch niedergelassen, als sich die Türe öffnete und Silinga den Raum betrat.

„Wie geht es Folmar?", fragte sie beiläufig und wich meinem Blick aus.

„Besser", antwortete ich im gleichen Tonfall und wies auf die Türe des Krankenzimmers.

Unschlüssig verharrte Silinga auf der Schwelle, bis sie sich entschloss, hineinzugehen.

„Hast du seine Wunde versorgt?", wandte sie sich an Ursula, als sie wieder heraus gekommen war.

„Ja", nickte diese zwischen zwei Bissen.

„Mach ihn wieder gesund. Er ist ein guter Mann." Silinga schaute kurz in meine Richtung, drehte sich um und eilte hastig hinaus.

„Was war denn das? Ich glaube, ihr habt euch einiges zu sagen, du und diese Frau." Ursula erhob sich und machte einen Schritt auf die Türe zu. „Begleitest du mich? Ich möchte die klare Abendluft genießen."

Wir verließen die Ansiedlung durch das Nordtor und hielten uns dann nach rechts, bis wir an den Waldrand gelangten. Dort ließen wir uns auf dem Stamm einer vom Blitz gefällten Eiche nieder

„Was ist mit dir und der Frau?", begann Ursula das Gespräch.

„Eigentlich nichts. Sie heißt Silinga." Ich schaute über die im Mondlicht glitzernden Wiesen der Aue und berichtete der mir fremden Frau von meinen widersprüchlichen Gefühlen.

„Ihr werdet eure Zeit bekommen", begann Ursula, nachdem sie sich kurz bedacht hatte. „Aber ich sehe kein gutes Ende. Du wirst gut daran tun, dich nicht zu verlieren. Du bist zu ungestüm, willst zu viel. Und sie steht sich und anderen im Weg, verwechselt Verstand mit Gefühl. Ich kann dich nur warnen."

„Woher willst du das wissen?", fragte ich konsterniert.

„Aus mir spricht das alte Wissen", antwortete sie mit einem Lächeln um die Lippen.

Ursula sah hinreißend aus, wie sie dort im Mondlicht neben mir saß.

„Mein Großvater war der letzte Priester, der den Matronen von Marcomagus diente. Was ich weiß, habe ich von ihm."

‚Eine Heidin, eine Anhängerin und Zauberin der paganen Kulte', schoss es mir durch den Kopf, ehe Ursula fortfuhr.

„Hundert Jahre Drangsal und Verbote haben die Menschen nicht abhalten können, zum Heiligtum emporzusteigen, um Feldblumen und Opfergaben auf den umgestürzten Altarsteinen abzulegen. Obwohl ich keine Priesterin bin, spreche ich mit ihnen und helfe, wenn es Not tut."

„Wo hast du die Heilkunst gelernt?"

„Die Matronen führen mich. Sie geleiten mich an die Orte, wo ihre heilbringenden Kräuter gedeihen.

Und sie sprechen zu mir", fuhr sie nach einer Pause fort, „sagen mir, was gut und was falsch ist."

„Hast du keine Angst vor den Priestern der Christen?"

„Nicht mehr, seitdem einer zu mir kam und sich heilen ließ", lächelte sie mich an.

„Und die Zukunft", drang ich in sie. „Was wird sie dir bringen?"

„Ich bin unbedeutend", zuckte sie mit den Achseln. „Bald schon werden die Menschen den Ort verlassen und hinter der nächsten Anhöhe ein neues Dorf bauen. Ich werde bleiben und meinen Dienst versehen, solange ich gebraucht werde."

„Warum sollten sie das tun?", fragte ich erstaunt. „Es ist ein guter Ort, mit festen Häusern und wehrhaften Mauern."

„Es ist der Fluss", erklärte sie geduldig. „Mit den Hochwassern im Frühjahr und Herbst kommt auch das Fieber. Man müsste eine neue Brücke bauen und die Uferbefestigungen erneuern. Dazu fehlt es aber an Geld und Menschen.

Selbst die neuen Siedler, Franken aus dem Norden, meiden diesen Ort. Sie bauten ihre Häuser eine Leuge flussabwärts auf einem Hügel. Und die Menschen hier wollen nicht mit ihnen leben."

„Warum nicht?", begehrte ich auf. „Überall wo ich hinkomme tun sie das."

Ursula sah mir in die Augen und zuckte mit den Schultern.

„Lass uns zurückkehren und nach deinem Freund sehen. Ich glaube, er braucht meine Hilfe."

Auf dem Rückweg, jenseits des Tores, begegneten uns Hinkmar und Rotrudis.

Die beiden waren so in ihr Gespräch vertieft, dass sie uns zu spät bemerkten. Wie ertappt fuhren sie auseinander und wechselten die Straßenseite, um sich in den Mondschatten der gegenüberliegenden Häuserzeile zurückzuziehen. In dem Blick, mit dem Rotrudis mich bedachte, loderte im Licht einer Fackel unverhohlener Hass.

„Nimm dich in Acht, vor beiden", mahnte Ursula. „Diese Frau und vor allem der Franke sind dir nicht wohlgesinnt.

Hast du die Gefühle der Frau verletzt? Sie will Rache und in den Augen des Kriegers habe ich den Tod gesehen."

Kurz spielte ich mit dem Gedanken, den beiden nachzugehen und sie zur Rede zu stellen.

„Komm", griff Ursula nach meinem Arm. „Das führt zu nichts."

Als wir die Herberge betraten, hörten wir Folmar laut im Fieber sprechen. Ursula kühlte seine brennende Stirn und die Gelenke mit feuchten Tüchern. Dann gab sie ihm von einer Flüssigkeit zu trinken, die sie mit Wasser vermischt hatte.

Folmars Atemzüge wurden ruhiger und er schlief durch bis zum nächsten Morgen.

„Du musst handeln", beschwor Rotrudis den Franken, als Ursula und Marcellus in der Herberge verschwunden waren.

„Vielleicht hast du Recht", sinnierte Hinkmar und stierte auf das Fenster, hinter dem Folmar um sein Leben rang. „Was würdest du mir raten?"

„Du musst Marcellus ausschalten", hetzte die Burgundin. „Er ist der Zeuge deines Versagens. Diesen unverschämten Pippin hat es ja glücklicher Weise erwischt."

„Und was ist mit Folmar?"

„Der hat sich nur auf die Alamannen konzentriert. Seine Aussage ist nichts wert. Nur der Romane kann dir vor Sigibert großen Schaden zufügen."

„Kloderich wird mich schützen", entgegnete Hinkmar heftig. „Er hat mir immer geholfen."

„Bist du dir da sicher?", zweifelte Rotrudis. „Feigheit vor dem Feind ist ein schwerer Vorwurf. Ein Makel, ein Fleck, den du niemals tilgen wirst. Deine Tage am Königshof werden gezählt sein."

„Und was soll ich deiner Meinung nach tun?"

„Töte ihn und deine Schande wird nicht offenbar werden. Die Gelegenheit wird kommen. Wir sind noch viele Tage unterwegs."

„Und wie erkläre ich einen Mord an einem Günstling des Königs?", gab Hinkmar zu bedenken.

„Gar nicht", zerstreute Rotrudis den Zweifel. „Schiebe die Tat den Alamannen unter. Eine Fibel oder eine Waffe am Tatort, das dürfte genügen."

Als die Sonne ihre frühen Strahlen in das Tal der Urft sandte, war es entschieden. Ursulas Behandlung hatte angeschlagen, denn das Fieber war gesunken. Folmar würde leben.

Blass, mit dunklen Rändern unter den Augen, lächelte er mir zu, als er die Augen aufschlug.

Ursula eilte sofort an sein Lager, befühlte seinen Puls und erneuerte den Verband.

„Er hat es überstanden", teilte sie uns mit, die wir das Bett des Freundes umstanden. „Er braucht aber Ruhe, um wieder zu

Kräften zu kommen."

„Reichen zwei Tage? Wir haben den Auftrag, die Frauen in Sicherheit bringen." Gespannt auf Ursulas Antwort, blickte unser Anführer die Heilerin an.

„Nein", schüttelte Ursula den Kopf. „Es würde ihn töten."

„Was schlägst du vor? Kann Folmar hier bleiben, bis er gesundet ist?"

„Nicht im Dorf", schüttelte die Heilerin den Kopf. „Wenn die Alamannen kommen werden sie ihn als Krieger erkennen. Denke daran, dass zwei ihrer Männer entkommen sind. Es wäre sein Tod und der ganze Vicus müsste ebenfalls büßen."

„Also?", drängte Wulfram die Frau zu einer Entscheidung.

„Ich nehme ihn zu mir", antwortete Ursula mit fester Stimme. „Die Alamannen achten die Matronen und werden den heiligen Bezirk nicht mit einer Bluttat schänden. Ich verbürge mich dafür."

Wir besprachen uns kurz, worauf Wulfram seine Einwilligung gab.

„Wenn wir morgen aufbrechen, bringen wir ihn zu dir."

„Wasser. Ich habe Durst", erklang es in diesem Augenblick vom Krankenlager.

Quirinus eilte zu einem Bottich in die Zimmerecke und füllte einen Becher mit Wasser.

„Nein", hinderte ihn die Heilerin. „Folmar braucht frisches, gutes Wasser. Nicht das aus der Flussniederung. Es wird seinem geschwächten Körper schaden.

Nicht weit von hier, ungefähr eine Leuge, begann die Wasserleitung in die Colonia. Die Quellfassung führt immer noch gutes Wasser."

„Ich reite", entschied ich spontan. Ich war froh, etwas tun zu können.

Während die Gefährten mein Pferd sattelten, raffte ich an Wasserflaschen zusammen, was ich im Haus bekommen konnte.

„Warte, ich komme mit", rief Quirinus, als ich mich in den Sattel schwang. „Vielleicht sind Alamannen in der Nähe."

„Nicht nötig", wehrte ich ab. „Es ist seit Tagen kein Zottelbart gesichtet worden. Ich bin zurück, ehe du deine Mähre aufgezäumt hast."

Ich war erleichtert, die stickige, nach Krankheit riechende Luft der Herberge hinter mir zu lassen. Voller Übermut drückte ich meinem Pferd die Hacken in die Seite und galoppierte der Urft entgegen.

Dort folgte ich dem am Ufer entlangführenden Pfad, den Ursula mir beschrieben hatte. Auf halber Strecke passierte ich die Gehöfte und Hütten der Neusiedler, die sie auf einer Anhöhe des anderen Ufers errichtet hatten.

„Wach auf, Hinkmar. Schnell." Rotrudis war, so schnell es ihre hinderliche Kleidung zuließ, bis vor die Türe der Hütte geeilt, in der Kloderichs Vertrauter mit Hatto genächtigt hatte.

„Was willst du?" Der Gerufene hatte sich einen Kittel übergeworfen, bevor er über die Schwelle trat.

„Die Gelegenheit, von der ich gestern gesprochen habe. Ich ...", verhaspelte sich Rotrudis in ihrer Aufregung. „Marcellus ist alleine ausgeritten. Er hat viele Trinkflaschen dabei und..."

„Welche Richtung hat er genommen?" Hinkmar hatte sich inzwischen gegürtet und nach Spatha und Sax gegriffen.

„Den kleinen Pfad, die Urft herab."

„Hatto!", zitierte der Franke seinen Gefährten herbei. „Es gilt. Nimm die Waffen. Wir reiten."

Rotrudis wich einen Schritt zurück, als die beiden Gewappneten, Speer und Ango in den Händen, an ihr vorbei zur Rückseite der Hütte hasteten. In Windeseile zäumten sie die Gäule und der Kiesbelag spritzte unter den Hufen, als sie davongaloppierten.

Erschrocken sprang Valerius, der an diesem Morgen das Nordtor bewachte, zur Seite.

Rotrudis war inzwischen auf die Straße getreten, um ihren Handlangern nachzuschauen. Im Vorgefühl des sicheren Triumphes ballte sie die Fäuste und ein Lächeln umspielte die Falten ihrer Mundwinkel.

,Endlich', durchfuhr es sie. ,Das ist dein Ende, Romane'.

„Wulfram", schrie Ursula auf, als sie den überstürzten Aufbruch

der Krieger bemerkte. Sie hatte am Fenster gestanden, als die Gäule durch den Vicus preschten.

„Was...?", entfuhr es dem Burgunden, der sich ihre Aufregung nicht erklären konnte.

„Hinkmar und Hatto", stöhnte die Heilerin auf. „Sie sind hinter Marcellus her."

„Quirinus, Sebastianus!", brüllte Wulfram und schwang sich auf den Rücken seines vor der Herberge angebundenen Pferdes. „Folgt mir!"

Ohne den Sattel, nur die Zügel hatte er dem Gaul hastig übergeworfen, setzte er den Franken nach.

Die Freunde zerrten gerade ihre Reittiere aus dem Stall, als er schon auf das Tor zuhielt.

Valerius hatte sich kaum von seinem Schrecken erholt, als der nächste Reiter heranjagte. Der Spieß des Wachhabenden klapperte auf die Straße, als er sich wieder mit einem Satz in Sicherheit brachte. Er machte sich nicht die Mühe, die Waffe vom Boden aufzuheben, weil die nächsten Reiter auf ihn zuhielten.

„Barmherzige Matronen", rief Ursula ihre Göttinnen an. „Lasst es nicht zu spät sein. Habt Erbarmen und beschützt den Romanen."

„Was geht hier vor Rotrudis?" Der Aufruhr hatte Silinga aufgeschreckt. Nur einen Umhang hatte sie über das Unterkleid geworfen, bevor sie herausgeeilt war.

„Es ist nichts, mein Täubchen. Leg dich wieder hin. Die Krieger sind übermütig geworden."

Genau an der Stelle, die Ursula mir beschrieben hatte, stieß ich keine fünfzig Schritte oberhalb der Urft auf die Quellfassung. Gebüsch umstand das gemauerte Geviert, dessen Vorderwand herausgebrochen war, um bequemer an das begehrte Nass zu kommen.

Als wollten sie mich warnen, starrten mir die Häupter zweier Gorgonen ins Gesicht, die man an den Mauerecken angebracht hatte.

Ich drückte die Leder umwickelten Gefäße unter Wasser, das

zwei Handbreit über dem kiesigen Grund stand. Glucksend und Luftblasen an die Oberfläche schickend, füllten sich langsam die Flaschen.

Mir fiel noch auf, dass mit einem Schlag das Gezwitscher der Vögel verstummt war, als ich im Spiegel der Wasserfläche einen Schatten wahrnahm. Ich erkannte eine Gestalt die einen langen Gegenstand in den Händen hielt, der auf meinen Rücken zielte.

Mit dem Instinkt des Kämpfers schnellte ich zur Seite und riss beim Hochkommen Spatha und Sax aus dem Gürtel.

Kein Augenblick zu früh. Um Haaresbreite nur verfehlte mich der tödliche Ango, der wirkungslos in die Kiesel rauschte und mit dem Schaft gegen das Gemäuer der Einfassung schlug.

Noch ein Sprung und ein Abrollen zur anderen Seite. Ohne mich auch nur zu ritzen, fuhr Hattos Speer in den Wiesengrund.

Auge in Auge standen wir uns gegenüber. Ich auf der einen und zwei Todfeinde auf der anderen Seite. Es dauerte eine Weile, bis die beiden sich gefasst und ihre Fehlwürfe verwunden hatten.

Dann schnellte Hinkmar einen Schritt nach vorne und schlug mit der Spatha zu. Ich parierte den Hieb und wich in Richtung der Quellfassung zurück, weil Hatto die Position änderte, um mich von der Seite zu attackieren.

Trotz der verzweifelten Lage, in der ich mich befand, fühlte ich keine Angst. Unbändige Kampfeslust erfüllte mein Innerstes. Endlich hatte Kloderichs Kreatur seine Maske fahren gelassen. Und ich wollte nur noch eines, ihn töten.

Wieder parierte ich Hinkmars Angriff mit dem Schwert und wechselte Sax und Spatha von der Rechten in die Linke. Das verwirrte Hatto, der ängstlich zurückwich.

Ich nutzte den sich bietenden Vorteil und trieb Hinkmar mit wuchtigen Schlägen zurück. Dann drehte ich mich plötzlich um und drosch auf Hatto ein, der über eine Wurzel stolperte und nach hinten fiel. Ich erwischte seinen Oberschenkel mit der Spitze der Spatha und sah sein Blut spritzen.

Wie ich es gelernt hatte, setzte ich nicht nach, sondern wandte mich wieder Hinkmar zu, der blindwütig auf mich einstürmte. Unsere Klingen kreuzten sich, und er glitt mit einem Aufschrei der Enttäuschung an mir vorüber.

Nach Atem ringend standen wir uns gegenüber und sammelten Kräfte für den nächsten und wohl entscheidenden Waffengang.

Meine Situation hatte sich drastisch verbessert, weil Hatto wegen der Beinwunde immer noch am Boden kauerte. Wenn ich es geschickt anstellte und das Kampfgeschehen einige Schritte zur Seite verlagerte, würde ich es nur noch mit einem Gegner zu tun haben.

Hinkmar schien mein Vorhaben jedoch zu ahnen und griff wieder an.

„Marcellus!", gellte in diesem Moment Wulframs Ruf durch die Aue. Ich sah nicht nach dem Burgunden, hörte aber sein Pferd herandonnern.

Für den Bruchteil eines Augenblicks war Hinkmar abgelenkt. Mit der Spatha schlug ich seine Klinge zur Seite und stieß ihm mit der Linken den Sax durch den Bauch. Sofort ließ ich das Heft fahren und wich zurück.

‚Die Ratte' starrte mich irre an, beide Hände um den Griff meines Sax gekrallt. Er wankte zwei Schritt nach vorne und brach mit einem erstickten Gurgeln zusammen.

Dann war Wulfram heran, hetzte hinter Hatto her, der sich hinkend ins Unterholz flüchten wollte. Weit holte der Burgunde aus und schmetterte ihm die Lanze durch den Rücken. Der Mann war tot, ehe er auf dem Boden aufschlug.

Auch Hinkmar hatte den Weg zu seinen Ahnen angetreten. Glasig starrten seine verdrehten Augen ins Leere, während die Füße noch leise zuckten, bis sie endgültig in der Bewegung erstarrten.

„Beim heiligen Martinus", stammelte Wulfram. „Du hättest sie beide alleine besiegt."

„Mag sein", stimmte ich ihm zu. „Aber dein Schrei hat mir den entscheidenden Vorteil gebracht."

Kaum fühlte ich meine Beine, nur eine unendliche Schwäche und Leere. Mir wurde übel.

Als Wulfram vom Pferd gestiegen war, lag ich ausgestreckt im Gras und es dauerte, bis ich mich gesammelt hatte.

Inzwischen waren auch Sebastianus und Quirinus eingetroffen, die mir erleichtert gratulierten. ·

Ohne ein Wort nahmen wir den Toten die Wertgegenstände und die Waffen, schleiften die Kadaver in den nahen Wald und ließen sie dort liegen. Sollten doch die Füchse und die anderen Tiere des Waldes ihre Freude an ihnen haben.

„Es wird Ärger geben", brach Wulfram auf dem Rückweg das Schweigen. „Du hast Kloderichs Mann und Hagens Bruder getötet. Sie werden Rache schwören, Blutschuld!"

Blutgeld

Rotrudis musste unser Kommen erwartet haben. Sie war vor das Tor geeilt und musterte jeden Einzelnen, bis ihr Blick auf mich fiel. Sogleich verfinsterte sich ihre Miene und als sie dann auch noch erkannte, dass wir die Pferde der beiden Franken am Zügel mit uns führten, machte sie kehrt und hastete zurück.

Valerius indes presste seinen Spieß an die Brust und eilte sich, den Zugang zu räumen.

„Wo sind Hinkmar und Hatto?" Mit hoch rotem Kopf, die Fäuste in die Hüften gestemmt, hatte Silinga sich vor Wulfram aufgebaut, als dieser aus dem Sattel stieg.

„Es hat einen Kampf gegeben", antwortete der Burgunde gelassen. „Sie sind gefallen."

„Meine Männer sind was?", dräute ihre Stimme. „Wer hat sie getötet?"

„Wir", erwiderte unser Anführer und deutete zuerst auf sich und dann auf mich. „Sie haben versucht, Marcellus umzubringen. Ich kam hinzu und kann es bezeugen."

„Das ist nicht wahr", kreischte die Burgundin. „Rotrudis hat mir gesagt, dass sie die beiden dem Romanen nachgeschickt hat, um ihn zu beschützen. Es sollen Alamannen in der Nähe sein."

„Das ist Unsinn", widersprach ich heftig. „Hinkmar hat mich von hinten angegriffen. Ich sah sein Spiegelbild im Wasser. Nur deshalb hat sein Ango mich verfehlt. Danach war es ein ehrlicher Kampf, zwei gegen einen, bis Wulfram zu Hilfe kam."

„Du lügst", zischte sie mich an. „Rotrudis spricht die Wahrheit. Ihr habt sie umgebracht, obwohl sie dir helfen wollten. Du hast beide gehasst und die Gelegenheit genutzt, sie aus dem Weg zu räumen."

„Frag doch Rotrudis, was sie gestern Abend mit Hinkmar zu bereden hatte. Ich glaube ihr kein Wort." Zuerst war ich ungehalten, dann wütend geworden.

„Das ist unverschämt! Was willst du meiner Gefährtin da unterstellen?"

„Das wird mir jetzt zu dumm", fuhr ich sie an. „Rede doch mit Wulfram. Er war dabei!"

„Das wirst du bezahlen", zischte sie. „Kloderich wird dich für den Mord an seinem Gefolgsmann zur Rechenschaft ziehen."

„Das kann er nicht", keilte ich zurück. „Weil es kein Mord war."

„Und du", wandte sie sich unvermittelt an Wulfram. „Wie kannst du diese Schandtat decken? Du hast mir Treue geschworen."

„Und nicht gebrochen", entgegnete der Burgunde verärgert. „Es ist so, wie Marcellus sagt. Daran wird auch Kloderich nichts ändern."

„Habt ihr sie wenigstens begraben? Mit ihren Waffen, wie es tapferen Kriegern geziemt? Oder habt ihr sie wie Strauchdiebe ausgeraubt?"

„Es waren Strauchdiebe", konterte unser Anführer den Vorwurf.

Silinga drehte uns den Rücken zu, eilte in die Herberge und kam mit einer Schaufel in den Händen zurück, die sie mir zuwarf. Beinahe hätte mich das eisenbeschlagene Blatt getroffen, als sie mit dem Arbeitsgerät nach mir warf. Geistesgegenwärtig bekam ich die Schaufel am Stiel zu fassen.

„Du reitest sofort zurück und begräbst die beiden", tobte sie selbst vergessen.

Zuerst wollte ich ihr lediglich ins Gesicht lachen, dann schleuderte ich ihr jedoch die Schaufel vor die Füße.

„Vergrab sie doch selber, wenn du es für nötig hältst."

Silinga zuckte zusammen und erblasste. Dann machte sie kehrt, rauschte ins Haus und schlug die Türe mit lautem Krachen hinter sich zu.

„Sie geht jetzt zu Rotrudis und heult sich aus", bemerkte Sebastianus spitz.

„So habe ich mir das vorgestellt", murrte der Burgunde. „Aber mach dir keine Gedanken, Marcellus. Wir stehen zu dir. Selbst Kloderich kann sich der Wahrheit nicht verschließen."

„Und was ist mit Hagen, Hinkmars Bruder?", gab Quirinus zu bedenken. „Er wird euer Blut fordern."

„Das würde ich ihm nicht raten", polterte ich ungehalten. „Das kann und wird Sigibert nicht dulden!"

„Sehr gut", flüsterte Folmar, obwohl ihn das Sprechen noch anstrengte. „Wir sind die ‚Ratte' endlich los."

Nach Silingas Auftritt war ich zu meinem Freund geeilt, um nach seinem Befinden zu sehen. Zu meiner Überraschung war er ansprechbar, so dass ich ihm alle Einzelheiten schildern konnte.

„Aber", fuhr er leise fort, „deine Probleme möchte ich nicht haben. Kaum hat sich eines gelöst, hast du ein neues."

„Mit dir möchte ich aber auch nicht tauschen", parierte ich seinen Scherz.

Folmars Lachen endete in einem flachen Husten. Ursula richte ihn auf und klopfte ihm leicht auf den Rücken, was ihm Luft verschaffte und die Atmung wieder beruhigte.

„Er braucht noch Ruhe", schalt sie mich vorwurfsvoll. „Komm heute Abend wieder, wenn es ihm besser geht."

Ich war schon fast zur Türe hinaus, als sie mich noch einmal zurückrief.

„Es war der Willen der Matronen, dass dir nichts geschehen ist. Die Franken haben ihren gerechten Lohn erhalten."

Um einen weiteren Zusammenstoß zwischen Silinga und mir zu vermeiden, hatte mich Wulfram dazu ausersehen, noch am gleichen Vormittag mit Sebastianus aufzubrechen. Zu zweit sollten wir der Straße bis zum Einbruch der Dunkelheit in Richtung Belgica folgen.

Falls wir keine Alamannen sichteten, bestand die Hoffnung, vielleicht doch noch auf dem direkten Wege in die Colonia zu gelangen. Zwei scharfe Tagesritte würden dann ausreichen, die Frauen an ihren Bestimmungsort zu bringen.

Mehrere Stunden waren wir unterwegs, ohne einen Menschen zu Gesicht zu bekommen.

Gelangten wir an eine Anhöhe, die einen guten Ausblick auf das graue Band der Straße erlaubte, erstiegen wir diese und beobachteten die Umgebung nach Anzeichen menschlicher Anwesenheit. Bis zum späten Nachmittag hatten wir schon mehr als fünfzehn Leugen zurückgelegt, ohne etwas Auffälliges zu beobachten. Nicht eine Rauch- oder Staubsäule stieg in das Blau des Sommerhimmels und kein Laut störte die Ruhe des Tages.

Schon hofften wir auf ein erfolgreiches Gelingen unseres Erkundungsrittes, als eine letzte, mächtige Anhöhe zu unserer Linken aufstieg, hinter der das Gelände bis zur weiten Ebene abfiel. Dieser letzte Anstieg war noch zu bewältigen, ehe wir mit der frohen Botschaft einer freien Straße zu Wulfram zurückkehren wollten.

Über Saumpfade und Wildwechsel gelangten wir bis auf die Höhe, wo wir die Pferde zurückließen und uns zu Fuß durch das Dickicht des Unterholzes bis zu einer steil abfallenden Geländekante vorarbeiteten.

Was wir dort sahen, ließ uns den Atem stocken.

Tief unter uns, höchstens zwei Leugen entfernt, wogte und strömte es Richtung Norden. Eine riesige Marschkolonne, es mussten Tausende sein, wälzte sich, flankiert von sichernden Reiterpulks, der Ebene entgegen. Dazwischen hunderte Trosswagen und Herden von Schlachtvieh, deren Gebrüll als dumpfes Grollen zu uns heraufstieg. Hin und wieder blitzte es auf, wenn ein Sonnenstrahl von einem goldenen Helm oder einem silbernen Schildbuckel reflektiert wurde.

Stumm betrachteten wir das schaurig schöne Schauspiel zu unseren Füßen, bis ich schließlich das Zeichen zur Rückkehr gab.

„Sollten wir nicht näher heran?", schlug Sebastianus vor.

„Nein", schüttelte ich den Kopf, „man könnte uns entdecken. Es sind mindestens zehntausend Krieger, die uns den Weg in die Colonia versperren. Das ist das, was Wulfram wissen wollte."

Es ging auf Mitternacht zu, als wir wieder zurück waren.

„Schade", lautete der enttäuschte Kommentar unseres Anführers. „Ich hätte es mir anders gewünscht. Es bleibt beim ursprünglichen Plan, nach Westen auszuweichen und uns bis zu Chlodwig durchzuschlagen."

Am nächsten Morgen, es war der neunte seit unserem Aufbruch aus der Colonia, übernahm ich den Freundschaftsdienst, Folmar zu Ursula zu bringen.

Mein Freund hatte sich so weit erholt, dass wir ihn auf die Ladefläche des Karren betten und die Anhöhe hinauf bis zum Tempelbezirk schaffen konnten. Dort, in einer Kammer ihrer Behausung, hatte ihm unsere heilkundige Freundin ein Lager bereitet.

„Macht euch keine Sorgen", sagte sie zum Abschied. „In zwei, höchstens drei Wochen ist Folmar wieder der Alte. Er wird dann, vorausgesetzt die Alamannen lassen das zu, wohlbehalten zu euch zurückkehren. Ansonsten bleibt er hier, bis die Gefahr sich verzogen hat."

Ich überreichte Ursula noch einige Münzen, die wir unter uns Freunden gesammelt hatten. Es sollte Folmar an nichts fehlen.

Zurück im Vicus, begegnete ich den Frauen wieder, die mich, wie nicht anders zu erwarten, mit Verachtung straften.

Den Gesichtern meiner Gefährten sah ich indes an, dass wieder etwas vorgefallen sein musste.

Rotrudis hatte ungehalten reagiert, als Wulfram ihr mitgeteilt hatte, dass sie wieder reiten müsse. Valerius, der sich erboten hatte, uns nach Aquis zu führen, hatte ihm vorher nahegelegt, den Karren wegen der Beschaffenheit der Wege zurückzulassen. Vor die Wahl gestellt, entweder zu reiten oder in der Herberge zurückgelassen zu werden, hatte sie sich maulend für das Pferd entschieden.

Es war ein trauriger Zug, der sich bei leichtem Nieselregen in Bewegung setzte. Ohne Begleitkarren, das Gepäck auf die ungesattelten Tiere verteilt, begannen zwei Frauen und nur noch acht Männer eine weitere Etappe des ungewissen Weges. Den verletzten burgundischen Krieger mussten wir ebenfalls zurücklassen, da auch seine Wunde sich entzündet hatte. Eine weitere Gelegenheit für Ursula, ihre Heilkünste unter Beweis zu stellen.

Zu zehnt waren wir von der Colonia aufgebrochen und hatten uns später der neunköpfigen Reisegruppe des Burgunden angeschlossen. Zwei Verwundete, drei Vermisste, von denen zwei wohl nicht mehr am Leben waren, und vier Tote hatte das Unternehmen schon gekostet. Ein hoher Preis für ein Volk, das jeden Mann zur Abwehr der alamannischen Gefahr brauchte. Und das für einen Bräutigam, der die Braut nicht wollte und mich alleine schon die Vorstellung schreckte, Kloderich und Silinga dereinst meinen Treueschwur leisten zu müssen.

Quirinus war es schließlich, der mir die Stimmung vollends verdarb.

Durchnässt und verfroren hatten wir am Mittag den Schutz einer leicht überhängenden Felswand aufgesucht, um Mensch und Tier eine Rast zu gönnen. Seinen Napf mit kaltem Gerstenbrei in der Hand, hatte er sich zu mir gesetzt, um mir eine Botschaft der Burgundin zu überbringen.

„Ich soll dir von Silinga ausrichten", begann er, „dass sie nichts mehr mit dir zu schaffen haben möchte."

„Hat sie einen Grund genannt?", antwortete ich eher gleichgültig.

„Sie meint", fuhr er fort, „dass du nur auf dich selbst bezogen, unbeherrscht und gewalttätig bist und dich nicht unter Kontrolle hast."

„Und was denkst du?", antwortete ich mit einer Gegenfrage. Wenn es Silingas Ziel war, mich zu kränken, hatte sie es nicht erreicht.

„Das ist Unsinn, Marcellus. Außer Folmar, gibt und gab es unter uns Freunden keinen, der weniger an sich und mehr an andere denkt als du. Und dass sie dir vorwirft, dich gegen einen Mörder zu verteidigen, ist lächerlich."

„Vielleicht hätte ich nicht mit der Schaufel nach ihr werfen sollen?"

„Du hättest sie ihr an den Kopf werfen sollen. Möglicherweise hätte ihr das gut getan." Wir lachten so laut, dass die anderen sich umwandten.

„Im Ernst, Marcellus", setzte Quirinus das Gespräch in besorgtem Tonfall fort. „Wie wird unsere Zukunft am Hofe Sigiberts aussehen, nach allem, was geschehen ist?"

Ich zuckte mit den Schultern und schaute versonnen in den dichter fallenden Regen. „Wer kann schon wissen, was die Zukunft bringt. Lass uns die Alamannen besiegen, dann sehen wir weiter."

„Glaubst du", fuhr Quirinus unbeirrt fort, „dass Silinga und Rotrudis uns im Bunde mit Kloderich schaden werden?"

„Wenn dem so sein sollte", lautete meine Entgegnung, „gehe ich zu Sigibert und bitte ihn um unsere Lossprechung. Er wird es verstehen und uns ziehen lassen."

„Und dann?"

„Dann kommt ihr mit mir an die Mosel. Wir können dort Wein anbauen und haben für unser Leben genug zu trinken. Und hübsche Mädchen gibt es dort auch."

„Das kann ich auch in Bodobriga haben", schmunzelte mein Freund.

„Wir können auch zu Chlodwig", fuhr ich ernster werdend fort. „Der Merowinger hat immer Bedarf an guten Männern. Er ist die Zukunft!"

„Mag sein, dass du Recht hast", nickte Quirinus und erhob sich. Wulfram hatte soeben das Zeichen zum Aufbruch gegeben.

Es regnete den ganzen Tag ohne Unterlass. Feucht und modrig stand die Luft über den nassen Wiesen und zwischen den bemoosten Stämmen des Hochwaldes. Sollte am morgigen Tag die Sonne die Oberhand gewinnen, konnten wir unseren Proviant mit frisch gesprossenen Waldpilzen bereichern. Sebastianus verstand sich darauf, die giftigen von den genießbaren Exemplaren zu unterscheiden.

Stattdessen schüttete es die ganze Nacht und auch den morgigen Vormittag wie aus Kübeln. Alles war nass und klamm und selbst das Brot in unseren Beuteln begann Schimmel anzusetzen, so dass wir es wegwerfen mussten. Sogar unsere festen, im Fischgrätmuster gewebten Wollmäntel, verloren ihren Wasser abweisenden Schutz und nässten durch. Das Schlimmste war aber die Kühle, die sich, bei den durchfeuchteten Stiefeln beginnend, im Körper einnistete.

Es war einer jener Sommer, dem, nach einem furiosen Beginn im Juni, in den darauf folgenden Monaten die Luft ausging. Schöne Tage wechselten mit andauernden Regenperioden, wie wir sie gerade erlebten. Die Bauern würden bald zu fluchen beginnen, weil ihnen die Getreideernte auf den Feldern zu verrotten drohte. Der Natur sollte es Recht sein, spross und grünte es doch in ungeahnter Fülle.

Wir kamen nur langsam vorwärts, weil die Pfade grundlos wurden und wir in dem Matsch die Orientierung verloren. Wurde es abschüssig, mussten wir häufig von den Pferden steigen, weil ihre Hufe auf dem rutschigen Boden keinen Halt fanden.

Endlich riss am dritten Tag die tief hängende Wolkendecke auf und ermöglichte es der Sonne, ihre wärmenden Strahlen herabzuschicken. In Kürze waren wir in weißen Dunst gehüllt, der aus Wäldern und Wiesen gen Himmel stieg.

Am Nachmittag bekamen wir freie Sicht. Wir hatten den Rand der Bergwälder erreicht und schauten auf die Hügel des Vorgebirges und die sich daran anschließende, bis zum Horizont reichende Ebene herab.

Wir schafften es nicht nach Aquis und schlugen unser Nachtlager fünf Meilen vor dem Ort in den Ruinen der verlassenen Tempelanlage von Varnenum auf.

Wir breiteten alles, was wir nicht am Leib trugen, auf den Mauerstümpfen zum Trocknen aus. Seit zwei Tagen gelang es uns zum ersten Mal, wieder ein Feuer zu entfachen, über dem wir unser Nachtmahl zubereiten konnten. Auch die Tiere fanden genug saftiges Gras zum Weiden.

Mehrmals schien es mir, als wenn Silinga mich an diesem Abend mit ihren Augen suchen würde. Doch jedes Mal, wenn ich mich ihr zuwandte, schaute sie demonstrativ in die andere Richtung.

Waren wir in den letzten Tagen nur einsilbig miteinander umgegangen, saßen wir nun schwatzend am Feuer, aßen uns satt und vertranken unseren Wein bis zum letzten Tropfen.

Morgen würden wir seit langer Zeit wieder eine größere Ansiedlung erreichen, in der wir unsere Vorräte auffrischen konnten.

Zu später Stunde sprach Wulfram aus, was viele von uns insgeheim hofften. ‚Vielleicht war Chlodwig auf seinem Marsch nach Osten bereits bis Aquis vorgedrungen, was unserer Reise ein vorzeitiges Ende bereiten würde.'

Leider sollte sich diese Hoffnung nicht erfüllen.

Als wir den Außenposten merowingischer Präsenz betraten, fiel uns die große Zahl von Kriegern auf, die inmitten der verfallenden Pracht römischer Tage oder außerhalb des Ortes kampierte. Nach einem Repräsentanten des königlichen Hofes oder einem höher gestellten Edlen der königlichen Militäraristokratie suchten wir jedoch vergebens. Was sich bisher in Aquis eingefunden hatte, waren lockere Kriegerverbände, die auf die Ankunft ihrer Gefolgsherren warteten.

Auf Nachfragen erfuhren wir schließlich, dass Chlodwig im zwanzig Leugen entfernten Traiectum eingetroffen war.

In aller Kürze besprachen wir uns mit Wulfram.

Sollte der Burgunde mit den Frauen das Kommen des Merowingers in der Sicherheit von Aquis abwarten und wir übrigen uns auf dem schnellsten Weg in die Colonia begeben? Oder sollten wir unsere Reise bis Traiectum fortsetzen und uns Chlodwig auf seinem Zug nach Westen anschließen?

Den Ausschlag gab schließlich Silinga, die als zukünftige Königin der Rheinfranken auf ein möglichst großes Gefolge bestand. Auch missfiel ihr die Aussicht, den weiteren Verlauf der Ereignisse inmitten einer Horde ungezügelter Krieger abzuwarten.

Rotrudis Hoffnung, den Rücken eines Pferdes nicht mehr besteigen zu müssen, hatte sich zerschlagen.

Ehe wir aufbrachen verabschiedeten wir noch Valerius, der sich sehr über das Präsent freute, dass Wulfram ihm überreichte. Voller Stolz steckte er die almadinbesetzte Fibel eines gefallenen Alamannen an seinen Umhang. Quirinus ermahnte ihn jedoch, sie nicht zu tragen, falls die Feinde sich doch in Marcomagus blicken ließen.

Keine zwei Stunden hatte unser erster Aufenthalt in Aquis gedauert, als wir unseren Weg nach Westen fortsetzten.

Bis auf einen langgestreckten Anstieg verlief die Straße zur Maas über abschüssiges Gelände, so dass wir schnell vorankamen. Im Gegensatz zur Einsamkeit der Silva Arduenna säumte eine große Zahl von Wohnstätten und Ansiedlungen unseren Weg. Aufgegebene und verfallende Villen aus römischen Tagen wechselten sich mit solchen ab, die in Teilen wieder hergestellt waren. Dazwischen lagen verstreut die Gehöfte der Neusiedler, deren Zahl anstieg, je näher wir dem Fluss kamen.

Bei einem solchen Hof schlugen wir am späten Nachmittag unser Nachtlager auf. Als es dunkelte leuchteten aus der Ferne die Wach- und Lagerfeuer der um die Stadt lagernden Kriegergruppen zu uns herüber.

Silinga hatte darauf bestanden, nicht schon an diesem Tag in Traiectum einzureiten. Soweit es die Verhältnisse zuließen, wollte sie sich und ihre mitgenommene Kleidung herausputzen. Uns hielt sie dazu an, es ihr gleich zu tun. Nicht als abgerissene Reisegruppe sondern als eine hochgestellte Frau und zukünftige Königin wollte sie mit glänzendem Gefolge vor Chlodwig und Klothilde erscheinen.

Die halbe Nacht und den nächsten Vormittag verbrachten wir damit, die Pferde, die Ausrüstung und uns selber in einen vorzeigbaren Zustand zu bringen.

Wir wuschen uns sorgfältig und bändigten Haupthaar und Bärte mit Kamm und Schere. Schließlich wollten wir nicht wie zottelbärtige Alamannen vor den Merowinger treten.

Mit Bürsten und feuchten Lappen entfernten wir den verkrusteten Schmutz und den Staub der Reise von unseren Kleidern. Mehr recht als schlecht flickten wir dann die schadhaften Stellen mit Nadel und Faden. Obwohl in der Nähe ein Bach vorüberfloss, verzichteten wir darauf, die Kleidung zu waschen. Sie wäre nicht mehr getrocknet, weil die Sonne sich hinter einer dichten Wolkendecke verzogen hatte.

Den Flugrost auf Waffen und Helmen bearbeiteten wir so lange mit Scheuersand und Fett bis sie blinkten. Lederzeug und der Schmuck folgten, bis wir aus der Ferne einen durchaus vorzeigbaren Eindruck hergaben. Was uns blieb war der Geruch nach Pferd, Schweiß und kaltem Rauch.

Zum Schluss striegelten und kämmten wir noch die Felle und Mähnen unserer Tiere, bis sie glänzten.

Derart herausgeputzt passierten wir die Zeltstadt auf dem diesseitigen Flussufer. Herumlungernde Krieger, Frauen und Kinder liefen bei unserer Annäherung zusammen und begafften unseren Einzug. Zwischen einigen verstreut liegenden Hütten hielten wir auf die Brücke zu, die auf sieben steinernen Pfeilern die Maas überspannte. Links von uns stieg Rauch hinter den schwarzen Öffnungen einiger frisch ausgehobener Gruben auf. Das Töpferviertel der Ansiedlung, das seit meiner letzten Durchreise vor fast zehn Jahren an Umfang gewonnen hatte.

Auf dem jenseitigen Ufer erhoben sich trutzig und gedrungen die Mauern und Türme der Festung, deren Torflügel weit geöffnet standen. Zehn Türme und zwei Toranlagen zählte ich, während die Hufe unserer Tiere dumpf über die ausgebesserten Bohlen der Fahrbahn klapperten.

Die vor dem Tor postierte Wachmannschaft verwehrte uns den Zutritt und schickte einen Mann zu Chlodwig, nachdem Wulfram um Einlass gebeten hatte.

Es vergingen nur wenige Minuten, bis der Krieger mit einer Abordnung der königlichen Leibwache zurückkehrte.

Angeführt wurden die kräftigen, mich um einen halben Kopf überragenden Gardisten von einem Edlen, der einen blauen Umhang und einen vergoldeten Spangenhelm trug. An seiner Seite baumelte eine prachtvolle Spatha mit kunstvoll verziertem Griff und Scheide.

Er strahlte über das ganze Gesicht als er den Helm abnahm und seine bis auf die Schultern herabwallenden, blonden Locken schüttelte. Er achtete nicht auf die Frauen und übersah auch Wulfram und die Gefährten. Der junge Krieger hielt direkt auf mich zu, bis ich ihn endlich erkannte.

Vor mir stand Theuderich, den ich zuletzt vor zehn Jahren auf dem Märzfeld zu Tungrus gesehen hatte. Damals noch ein schmächtiges Kind, war er in der Zwischenzeit zu einem stattlichen Jungkrieger von fünfzehn Jahren herangereift. Seinem Vater Chlodwig nicht unähnlich, schien sich jedoch das offene und freundliche Wesen der verstorbenen Mutter durchgesetzt zu haben.

„Marcellus", strahlte er mich zum Ärger der beiden Frauen an. „Wie schön, dich zu sehen! Was führt dich zu uns?"

„Das ist eine lange Geschichte", schmunzelte ich.

„Möchtest du uns nicht gebührend vorstellen?", unterbrach mich Silinga und ließ ihr Pferd einige Schritte nach vorne tänzeln.

Ich dachte nicht daran Silingas Aufforderung nachzukommen, stieg vom Pferd und umarmte den Freund aus Kindertagen.

„Theuderich, der älteste Sohn Chlodwigs", präsentierte ich den jungen Merowinger. Dann erst wies ich auf Silinga. „Das ist Silinga, Nichte Gundobads von Burgund und zukünftige Frau deines Vetters Kloderich."

„Ach, Silinga", nickte Theuderich ihr zu. „Deine Base Klothilde wird sich freuen, dich zu sehen."

Die Burgundin grüßte höflich zurück, stieg aber nicht aus dem Sattel, um ihm die Hand zu reichen.

„Also", wandte sich Theuderich wieder mir zu, „was führt euch nach Traiectum? Habt ihr euch verirrt? Zur Colonia geht es da lang." Er wies mit der Hand in Richtung Osten.

„Nein, nein", wehrte ich grinsend ab. „Die Alamannen haben uns zu dem Umweg gezwungen. Wir haben Silinga und ihr Gefolge in Confluentes abgepasst, um sie sicher zu Sigibert und deinem Vetter zu geleiten. Die Umstände haben uns dann hierhin geführt."

„Kümmert euch um unsere Gäste", wies Theuderich die Wachen an. „Und bringt sie gut unter. Vor allem die Frauen.

Du", wandte er sich dann mir zu, „kommst mit zu mir. Wir haben uns viel zu erzählen."

Bevor ich Theuderich folgte, stellte ich ihm noch meine Gefährten und Wulfram vor, die er alle herzlich willkommen hieß.

Dann übergab ich Quirinus mein Pferd, bedachte Silinga mit einem schadenfrohen Blick und zog mit meinem Jugendfreund von dannen.

In einem hölzernen Anbau des ehemaligen Kastellbades, das Chlodwig während seiner Durchreisen als Königshof diente, bezog ich eine kleine Kammer. Theuderich, der den Nebenraum bewohnte, wollte nicht warten, bis ich meine Sachen verstaut hatte. Ungeduldig stand er in der Türe und trieb mich zur Eile an.

Kaum war ich fertig, führte er mich durch die Ansiedlung,

deren Gebäude längs der Durchgangsstraße und gegen die Festungsmauern gesetzt waren. Auf dem Weg zum Osttor passierten wir einen größeren Steinbau, vor dem einige Wachen postiert waren.

„Hier ist ein besonderer Gast untergebracht", feixte Theuderich in jungenhaftem Übermut. „König Chararich kam vor einigen Tagen hier durch und hat den Unmut meines Vaters herausgefordert. Seitdem weilt er als besonderer Gast im ehemaligen Getreidespeicher, dem Horreum. Er darf es nur mit Chlodwigs Einwilligung verlassen.

Du wirst ihn heute Abend kennen lernen. Mein Vater hat alle anwesenden Edlen an seine Tafel geladen.

„Ich kenne den dicken König von Bononia", schmunzelte ich. „Es sind keine zwei Wochen her, dass er sich auch bei Sigibert ungebührlich benommen hat und den Saal verlassen musste. Ich hatte das Vergnügen, zugegen zu sein."

„Das musst du mir erzählen", jauchzte Theuderich auf und beschleunigte seine Schritte.

Wir verließen den Mauerring des Festungsbereiches, durchquerten die aus Holz und Fachwerk errichteten Häuser der Vorstadt und suchten uns einen ruhigen Platz am Ufer des Flusses, wo wir uns in Ruhe aussprechen konnten.

Voller Spannung und Anteilnahme lauschte Theuderich meinen Erlebnissen an Rhein und Mosel und in den Bergen der Silva Arduenna.

„Eine schöne Frau, viel zu schade für diese Kreatur", entfuhr es ihm, als ich auf Silinga und Rotrudis zu sprechen kam.

„Aber mit Vorsicht zu genießen", gab ich zu bedenken. „Man weiß nicht, woran man bei ihr und ihren Launen ist. Vor allem diese Rotrudis hat unsere Geduld mehr als strapaziert."

„Kann ich mir denken", lachte Theuderich. „Klothilde, Chlodwigs Frau kennt die beiden seit ihrer Kindheit. Erst heute Morgen hat sie gejammert, dass ihr nur noch Silinga zu ihrem Glück fehlen würde. Ich glaube nicht, dass die beiden sich mögen."

Mehr als zwei Stunden schwatzten und scherzten wir in der Nachmittagssonne, bis Theuderich zur Rückkehr drängte.

„Es wird Zeit, uns fertig zu machen. Vater mag es nicht, wenn man sich verspätet. Und du musst dich noch waschen, Marcellus. Du stinkst wie ein Frettchen."

„Komm hoch, Herr, es ist schon nach Mittag!"

Weil der Mann keine Antwort gab, stieß sie ihn leicht mit dem Fuß an, worauf dieser sich weiter unter den Tisch zurückzog und zu schnarchen begann.

„Bitte, Herr", flehte das Mädchen und stellte den hölzernen Eimer ab. Alleine hatte sie das gefüllte Gefäß mit den bronzenen Henkeln vom Brunnen bis in die Halle geschleppt.

Im Stillen verfluchte sie den Küchenvorsteher, der aus welchem Grund auch immer, stets sie mit der Reinigung der Halle beauftragte. Wie immer hatte sie auch heute gehofft, keinen zurückgebliebenen, in seinem Erbrochenen liegenden Zecher anzutreffen. Dass es heute ausgerechnet der Thronfolger der Colonia war, erfüllte sie mit Bitternis.

Aber es war nicht zu ändern. Wahrscheinlich würde Kloderich sie schlagen, oder ihr noch schlimmeres antun, wenn er aus seinem Delirium erwachte. Aber sich einem hohen Herrn zu verweigern war nicht ratsam. Der Graf Merobaudes würde sie auf der Stelle hinauswerfen lassen. Und in Schimpf und Schande an ihren elterlichen Hof zurückkehren, das getraute sie sich nicht. Zu sehr waren ihre Kinder und der alte Vater auf das karge Einkommen angewiesen, dass sie für ihren Dienst am Grafenhof erhielt.

Entschlossen griff das Mädchen nach dem Reisigbesen und stieß dem Zecher den Stiel in die Seite.

Erschrocken fuhr Kloderich hoch und krachte mit dem Kopf gegen die Unterkante des Bohlentisches. Er stöhnte gequält auf, kroch, den Kopf mit den Händen haltend, unter der Tafel hervor und starrte die Magd aus blutunterlaufenen Augen an.

Er schwankte, als er sich erhob und die wenigen Schritte zum Eimer zurücklegte. Dann kniete er nieder und tauchte das schmerzende Haupt in das kühle Nass. Prustend kam er hoch und schüttelte das Wasser aus Haar und Ohren und zog sich an der Tischkante in die Höhe.

Suchend glitt Kloderichs Blick über den Tisch, bis er das gesuchte gefunden hatte. Er griff nach einem noch halb gefüllten Daubenbecher und ließ das abgestandene Bier durch seine brennende Kehle rinnen. Der Thronfolger rülpste und griff nach dem Kamm, mit dem sich Merobaudes, über eine bronzene Schale gebeugt, die Essensreste aus dem Bart zu harken pflegte.

Nachdem Sigiberts Sohn sein fettiges Haar geordnet hatte, fiel ihm die Magd wieder ein, die er beim Erwachen gesehen hatte.

Mit Schreck geweiteten Augen stand sie da und erbleichte, als Kloderich seine Hose öffnete.

Willenlos ließ sie geschehen, dass er sie in die Streu des Bodens drückte, ihr das Kleid bis über den Bauch hochzog und grunzend vor Lust in sie eindrang.

Eine Weile blieb sie mit noch tränennassem Gesicht liegen. Kloderich hatte sich längst die Hose übergestreift und war zur Latrine hinausgewankt.

„Nertus", flehte sie zur Göttin, „mach bitte, dass er mich nicht geschwängert hat."

Dann erhob sie sich, richtete ihr Kleid und begann mit tauben Gliedern die Streu zusammenzufegen.

Vor der Latrine traf Hagen schließlich auf Kloderich. Seit einer Stunde war er auf der Suche nach dem Thronfolger durch die Festung und den Vicus von Juliacum gestrichen.

„Da bist du endlich", gab er sich keine Mühe, seinen Unmut zu verbergen. „Werden wir heute nach Traiectum aufbrechen?"

„Nein, Hagen, morgen", brummte der Angesprochene in einem Tonfall, als wollte er sich eines lästigen Bittstellers entledigen. „Heute Abend soll es neue Nachrichten aus Tolbiacum geben. Wir werden morgen reiten."

„Kloderich", drängte Hagen ungeduldig. „Wir müssen zu Chlodwig. Sigibert braucht die Hilfe des Merowingers."

„Ja", gab Kloderich kleinlaut nach. „Aber erst Morgen."

Missmutig stapfte Hagen in sein Quartier. Man hatte ihm eine zugige Kammer in einem Verschlag am Westtor zugeteilt. Kloderich hatte es dagegen besser angetroffen. Er war, wie es einem Thronfolger geziemte, in dem einzigen Steingebäude vor der Ostmauer untergebracht worden. Hier hauste auch Merobaudes mit seiner Familie. Es war nur ein Katzensprung zur großen, hölzernen Halle, in der die allabendlichen Trinkgelage abgehalten wurden.

‚Zwei Tage haben wir schon in Juliacum vertan', ging es Hagen durch den Kopf. ‚Wenn Kloderich Morgen nicht mit will, muss ich alleine zu Chlodwig. Soll er doch weiter huren und saufen. Er hatte jetzt genug. Jeden Tag konnte Vadomars Vormarsch in die Ebene beginnen.'

Ich sah Wulfram, meine Freunde und die Frauen erst wieder, als ich neben Theuderich im Audienzsaal Platz genommen hatte.

Man hatte die Trennwand zwischen dem Warmbad und der Vorhalle abgebrochen und so einen Raum geschaffen, der mehr als zwanzig Personen fasste.

Die beiden Plätze in der Mitte der Tafel, alleine Chlodwig und Klothilde vorbehalten, waren noch leer, als man Chararich zu seinem Schemel eskortierte.

Missmutig erwiderte der König von Bononia meinen Gruß und widmete sich dem Inhalt seines Bechers, den ein eilfertiger Knecht mit Wein gefüllt hatte.

Silinga und Rotrudis, die mir gegenüber saßen, tuschelten aufgeregt miteinander, während Wulfram mir freundlich zuwinkte. Um meine Freunde zu sehen, die man zu meiner Rechten platziert hatte, musste ich den Kopf drehen und an meinem Sitznachbarn vorbei schauen.

Im Vergleich zu dem, was Sigibert seinen Gästen aufzudecken pflegte, fiel das von Klothilde verwendete Geschirr bescheiden aus.

Eiserne Messer mit Horngriffen, bronzene Löffel und schmucklose Glanztonteller aus den Argonnen. Getrunken wurde aus konisch zulaufenden, gläsernen Spitzbechern, die man in der Hand halten oder in einem Gestell abstellen musste.

Pippin hatte mir vor Jahren die Vorliebe der Merowinger für diese unhandlichen Gefäße in der ihm eigenen Logik erklärt.

‚In einen Becher, der nicht steht, kannst du kein Gift schütten, ohne dass es auffällt.' Hatte ich damals verwundert den Kopf geschüttelt, sollte ich mich später des Öfteren an seine Worte erinnern.

Fleisch, Gemüse und Fisch wurden von den Bediensteten in gedrechselten Holzschüsseln und auf silbernen Platten hereingetragen. Kleine Schüsselchen dienten der Aufnahme von Saucen.

Eine der Wachen bedeutete uns, mit dem Essen zu beginnen, weil der König sich verspäten würde. Wir ließen uns nicht ein zweites Mal bitten und langten kräftig zu.

Endlich öffnete sich die Türe und vier Personen betraten den Raum, von denen ich nur den Merowinger an seiner untersetzten Gestalt erkannte.

Die grauen Strähnen des schulterlangen Haares und Falten um Mund und Augenwinkel waren den zehn Jahren geschuldet, die ich ihn nicht gesehen hatte.

Interessiert betrachtete er uns aus seinen lebhaften, graugrünen Augen. Dann strich er sich mit der Rechten über das energisch vorladende Kinn und nickte uns zu.

Im Gegensatz zu seiner Begleitung, schien er eine eher unauffällige Kleidung zu bevorzugen. Nur seine roten Halbstiefel, die er zur knielangen, sandfarbenen Tunika und ebensolchen Hosen trug, erinnerten, wie der prachtvolle, edelsteinverzierte Gürtel, an den stutzerhaften Jungkönig vergangener Tage. Erst als er den rechten Arm hob, erkannte ich einen goldenen Schlangenreif den er am Handgelenk trug. Seinen dunkelblauen Mantel mit der protzigen Goldfibel, ehemaliges Rang- und Dienstabzeichen seines Vaters, als der noch in römischen Diensten stand, hatte er in seiner Kammer zurückgelassen.

Die hagere Frau mit dem liebevollen Gesicht, die ihre blonden Haare zu Zöpfen geflochten und hochgesteckt hatte, musste Klothilde sein. Sie trug ein am Hals geschlossenes, rotes Kleid über der elfenbeinfarbenen, seidenen Tunika. Das um die Schulter geschlungene Tuch aus blauem Leinen wurde von einer prachtvollen, goldenen Scheibenfibel mit rot leuchtenden Einlagen aus Granaten gehalten.

Ihr feines Gesicht war nicht unbedingt hübsch aber klug zu nennen. Aus dem Blick, den sie mir aus ihren wasserblauen Augen schenkte, sprachen Güte und Verständnis.

Ich konnte keinerlei Ähnlichkeit zu ihrer Base erkennen, die im vollen Ornat ihres Schmuckes und mit einem sündhaft teuren Gespinst aus weißer Seide angetan, neben der unscheinbaren Rotrudis thronte.

Der kleine, etwas dickliche und untersetzte Mann im roten Mantel musste Remigius sein. Dem Bischof und obersten Ratgeber Chlodwigs hing ein aus massivem Gold getriebenes Kreuz an einer ebensolchen Kette bis auf die Brust herab.

Der vierte Neuankömmling, ein Hüne im silbernen Schuppenpanzer und gelbem Umhang wurde mir von Theuderich als Hortarius vorgestellt. Der oberste militärische Befehlshaber des Syagrius hatte damals rechtzeitig die Fronten gewechselt und es zum Anführer von Chlodwigs Leibgarde gebracht. Größtenteils Bucellarier in ehemals römischen Diensten, die ihrem neuen Herrn noch auf dem Schlachtfeld von Suessonis Treue und Gehorsam gelobt hatten.

In übertriebener Freude sprang Silinga auf, eilte zu ihrer Base und umarmte sie stürmisch. Bevor sie Chlodwig das gleiche Schicksal bereiten konnte, wandte sich dieser demonstrativ dem Bischof von Remis zu, worauf die Burgundin an ihren Platz zurück eilte.

Der Zärtlichkeit seiner Anverwandten entronnen, lächelte ihr der Merowinger jetzt zu und grüßte sie mit einem Heben der Augenbrauen.

Theuderich übernahm es, meine Freunde, Wulfram und endlich auch mich vorzustellen, was Silinga mit einem bissigen Seitenblick quittierte.

„Welche Freude, euch bei mir zu wissen", hieß uns der Merowinger willkommen. Wie vor zehn Jahren irritierte mich die um eine Tonlage zu hell ausfallende Stimme des Königs.

Dann war es Rotrudis, die für den ersten Misston des Abends sorgte.

„Ich bin es nicht gewohnt, mit Mördern an einem königlichen Tisch zu sitzen."

Ich sah, wie Silinga erschrak und der Gefährtin, in dem Bestreben sie zurückzuhalten, eine Hand auf den Unterarm legte.

Chlodwig schien irritiert, schaute zuerst auf Chararich, ehe sein Blick von Hortarius zu Remigius wanderte.

Klothilde, die Rotrudis aus ihrer Zeit am burgundischen Hof kennen musste, verdrehte die Augen zur Decke.

„Nein, nein", eilte sich Rotrudis, ihren Fehler wieder gut zu machen. „Keiner von deinen Leuten.

Die da", wies sie auf Wulfram und mich, „haben vor vier Tagen einen Kameraden erschlagen."

„Das ist eine Lüge", unterbrach Theuderich die Burgundin. „Marcellus selber hat mir erzählt, dass…"

„War es einer unserer Männer, der erschlagen wurde?", grollte der Merowinger und warf seinem Sohn einen tadelnden Blick zu.

„Nein", ergriff Silinga die Partei ihrer Freundin. „Es war Kloderichs und damit auch mein Mann."

„Hast du schon geheiratet?", fragte Chlodwig spitz.

„Nein", bekannte Silinga, „aber…"

„Dann interessiert es mich nicht", winkte Chlodwig ab. „Halte dich an Sigibert und Kloderich. Ich habe damit nichts zu schaffen."

„Verzeih mir, Herr", ergriff nun Wulfram mutig das Wort. „Es geht um unsere Ehre. Selten habe ich einen übleren Kerl als diesen Hinkmar getroffen. Er und ein Kumpan griffen Marcellus von hinten an. Ich kann es bezeugen. Ich bin den beiden nachgeeilt, um einen feigen Mord zu verhindern. Sie haben ihre gerechte Strafe erhalten."

Mir entging nicht, dass Chararich bei der Nennung von Hinkmars Namen zusammenzuckte.

„Erzähl mehr von diesem Hinkmar." Die Einlassung unseres Freundes hatte Hortarius' Interesse geweckt.

„Schluss damit!" Chlodwig knallte seine Faust auf den Tisch, dass alle zusammenfuhren. „Ich will nichts mehr davon hören!"

In diesem Augenblick öffnete sich die Türe und die Wache ließ eine junge Frau eintreten, der sich sofort alle Köpfe zuwandten.

Suchend schaute sie umher, wobei sich unsere Blicke für einen kurzen Moment trafen. Ich sah in ein Paar leicht schrägstehender Augen, deren Blau dem Widerschein eines Bergbaches glich. Hohe Wangenknochen, die zierliche Nase und volle, leicht gewölbte Lippen, verliehen dem Antlitz einen Liebreiz, wie ich ihn noch nicht gesehen hatte. Das gewellte, bis über die Schultern fallende, braune Haar trug sie offen. Angetan war sie in eine, ihren schlanken Körper betonende hellblaue Tunika und einen um eine Farbnuance dunkleren Umhang.

Dann waren ihre Augen schon weiter gewandert, bis sie bei Klothilde innehielten.

„Schläft der kleine Chlodomer?", fragte die Königin besorgt.

Seit Chlodwigs und ihr erstgeborener Sohn Ingomer vor einem Jahr in seinem Bettchen gestorben war, hatte sie die Angst um das zweite Kind nicht mehr losgelassen. Nur Hilka vertraute sie den Zweijährigen an, wenn sie sich nicht um ihn kümmern konnte.

„Nein, Klothilde. Er will nicht und ruft nach dir. Lass ihn nicht zu lange warten."

Ihre wohlklingende Stimme erfüllte den Raum von einem Ende zum anderen. Ich schwöre bei allen Heiligen, dass es an diesem Abend keinen Mann an der Tafel gab, der dieses Mädchen nicht gerne besessen hätte.

„Singe ihm etwas vor, Hilka. Das hat er gerne", antwortete die Königin sanft. „Ich komme, sobald meine Anwesenheit nicht mehr vonnöten ist."

Beim Gehen streifte mich Hilkas Blick und mir schien, als hätte sie mir flüchtig zugelächelt.

„Silinga", richtete Klothilde das Wort an ihre Base. „Erzähle, was dich zu uns führt."

Mit bewegenden Worten schilderte die Burgundin die Umstände, die sie davon abgehalten hatten, direkt in die Colonia zu reisen.

Chlodwig schien unaufmerksam und tuschelte mehrmals mit Remigius.

„Wir hörten von der geplanten Heirat", ignorierte der Merowinger die Ausführungen der Burgundin. „Ich beglückwünsche dich zu deinem Aufstieg."

Dem Merowinger war sein Missbehagen, was die burgundisch,

rheinfränkische Verbindung betraf, deutlich anzumerken.

„Ein Gott gefälliges Werk", ergriff Remigius mit einem Seitenblick auf Chlodwig das Wort. „Erwärme Sigiberts Seele für die Worte unseres Herrn Jesus Christus. Du hast meinen Segen in diesen schweren Tagen, an denen die Heiden mit gierigen Händen nach den Rheinlanden greifen."

„Was du verhindern kannst", ergriff Chararich zum ersten Mal das Wort. „Wann schickst du endlich Hilfe?"

„Eine Hilfe, der du dich verweigerst hast", fuhr Chlodwig ihn an.

„Mir fehlen die Männer, verehrter Vetter. Im Gegensatz zu dir kann ich nichts tun, zumal mich deine Gastfreundschaft an diesen Ort fesselt", trotzte der König von Bononia dem Merowinger.

„Schicke nach Gold und Silber", entgegnete ihm Remigius.

Mich erstaunte die plötzliche Verwandlung des gütigen Gottesmannes, aus dem jetzt der erste Berater des Königs sprach.

„Zwölftausend Siliquae oder fünfhundert Solidi und du wirst mich als freier Mann auf dem Zug gegen die Alamannen begleiten", formulierte Chlodwig seine Forderung.

„Wie soll ich soviel Gold oder Silber beschaffen", wand sich Chararich. „Eine solche Summe trage ich nicht mit mir herum."

„Setze deinen Namen darunter und du wirst das Horreum verlassen." Remigius zog ein Pergament, einen Stilus und ein Gefäß mit Tinte hervor. Er ordnete alles zu einem Stapel den er Chararich über den Tisch zuschob.

„Dreihundert Solidi", stöhnte Chararich gequält auf und legte den Stilus wieder aus der Hand.

„Vierhundert und keinen Triens weniger", ließ sich Chlodwig gegen seine Gewohnheit auf einen Handel ein.

„Dreihundert und fünfzig", ächzte der König von Bononia.

„Vierhundert", entgegnete der Merowinger ungerührt.

„In Gottes Namen", fügte sich der Bedrängte und machte sein Zeichen.

Kaum hatte er abgesetzt, entriss Remigius ihm das Pergament und übergab es der hinter Chlodwig postierten Wache.

Schicke einen deiner Männer nach dem Geld und du kannst

dich frei bewegen", beendete Chlodwig das Geschacher.

Es konnte Chararich nicht gefallen haben, dass seine Sache vor uns und den Frauen verhandelt wurde. Ein bewusster Akt der Mißachtung und Geringschätzung des Merowingers, was einzig und alleine dem Zweck gedient hatte, ihn gefügig zu machen.

„Seid ihr den Alamannen begegnet?", brach Hortarius nach geraumer Zeit das Schweigen, das sich über die Tafelrunde gelegt hatte.

„Marcellus und Quirinus haben sie gesehen." Wulfram deutete mit der Hand auf mich. „Er wird berichten."

Genauso, wie wir es beobachtet hatten, beschrieb ich den Vormarsch der Feinde in allen Einzelheiten.

Als ich geendet hatte, tauschte sich der König kurz mit seinen Beratern aus und hob die Tafel auf. Was sie noch zu besprechen hatten, war nicht für unsere Ohren bestimmt.

Während Chararich in sein Quartier eskortiert wurde, suchten wir unsere Schlafstätten auf, um uns in Ruhe auszuschlafen.

„Marcellus." Wulfram war mir unbemerkt gefolgt, um noch ein paar Worte mit mir zu wechseln.

„Rotrudis und Silinga?"

Ein Nicken des Burgunden bestätigte meine Vermutung. „Die Frauen werden ihre Anschuldigungen vor Kloderich und Hagen wiederholen."

„Das denke ich auch, Wulfram. Was können wir tun?"

„Wir müssen uns Gedanken machen, Marcellus."

„Ja, das müssen wir", antwortete ich kurz und öffnete die Türe, die zu meiner Kammer führte.

Am nächsten Morgen weckte mich Theuderich, der wie wild gegen meine Türe klopfte.

Schlaftrunken rieb ich mir die Augen und musste mich zuerst orientieren, wo ich war. Mein junger Freund wollte nicht so lange warten. Ungeduldig stieß er gegen die Türe und polterte herein.

„Stell dir vor, Marcellus. Wir brechen auf. Heute noch geht es nach Aquis", sprudelte es aus ihm heraus.

„Nach Aquis", antwortete ich wenig geistreich. „Was sollen

wir in…"

Ich kam nicht weiter, weil Theuderich mich aufgeregt unterbrach.

„Gerade eben habe ich es gehört. Wir marschieren gegen die Alamannen. Und ich darf mit, in meinen ersten Krieg."

„Der Krieg ist kein Spiel", versuchte ich seine Begeisterung zu dämpfen. Die Ereignisse der letzten Wochen hatten ihre Spuren hinterlassen.

„Vielleicht hast du Recht, bei dem was du in der letzten Zeit erlebt hast. Aber stell dir vor, wir jagen die Zottelbärte dahin zurück, woher sie gekommen sind."

„Stell dir das nicht so leicht vor", gab ich zu bedenken. „Es sind mehr als zehntausend Krieger."

„Ach was", widersprach Theuderich. „Sie werden ausreißen, wenn sie uns nur von weitem sehen."

„Wie viele Krieger nimmt Chlodwig denn mit?", gab ich dem Gespräch eine sinnvolle Wendung.

„Ungefähr zweitausend und in Aquis kommen noch einmal tausend dazu."

„So wenig", entfuhr es mir. „Alleine auf dem anderen Ufer der Maas lagert die doppelte Anzahl an Kriegern."

„Darunter sind viele Neusiedler aus dem Norden, die mit Frauen und Kindern gekommen sind", belehrte mich mein Freund. „Sie warten darauf, Siedlungsplätze auf den von den Westgoten verlassenen Ackerfluren zu erhalten."

„Marcellus", rief es von der Türe her, durch die Sebastianus und Quirinus hereinstürmten. „Chlodwig marschiert und wir sollen mit."

„Auch die Frauen?", fragte ich erstaunt.

„Zumindest bis Aquis", bejahte Quirinus.

Silinga und vor allem Rotrudis waren wenig erfreut, so schnell wieder aufzubrechen. Ihre Mienen hellten sich aber auf, als Klothilde ihnen einen bequemen Wagen in Aussicht stellte. Chlodwig hatte darüber hinaus angeordnet, dass wir an der Spitze des Heereszuges reiten durften. Das ersparte uns das harte Los, den Staub der vorausmarschierenden Kolonnen zu schlucken.

Nur wenige Pferdelängen hinter mir entdeckte ich Hilka auf dem Kutschbock des Wagens, der mit den persönlichen Gegenständen der Königin beladen war.

Als ich ihren Blick erhaschte, lächelte ich ihr zu, worauf sie mich mit beiden Händen heranwinkte.

„Du bist doch der junge Romane, den unser Theuderich in sein Herz geschlossen hat?", eröffnete sie das Gespräch. „Wo bist du geboren?"

„In Arduena, auf dem halben Weg von der Treveris nach Confluentes."

„Ich stamme aus der Treveris", fuhr sie fort. „Wir können in romanischer Sprache reden."

Wir führten ein langes Gespräch, in dem ich ihr alles erzählte, was Theuderich noch nicht ausgeplaudert hatte. Es gefiel und schmeichelte mir, dass sie meinen jugendlichen Freund ausgehorcht hatte.

„Was haben die beiden Frauen gegen dich? Ich habe ihre ungeheuerlichen Anschuldigungen durch die Türe mit angehört." In Hilkas Stimme schwang keine Neugier sondern Anteilnahme.

„Es gab einige Momente", gestand ich ihr ein, „in denen Silinga und ich aneinandergeraten sind."

„Was mich nicht wundert", lachte sie. „Bei allem, was man sich über sie erzählt. Ist sie eigentlich eifersüchtig?"

„Eifersüchtig? Wegen mir?" Ich hatte Mühe, an mich zu halten. „Wie kommst du auf diesen Gedanken?"

„Weil sie die ganze Zeit giftig herüberstarrt." Sie wies unauffällig auf den hinter uns fahrenden Wagen.

„Frag sie doch", neckte ich meine neue Bekannte. „Wenn du dir den Tag verderben möchtest."

Leider fand unser Gespräch ein jähes Ende, weil Wulfram nach mir rief.

Bevor ich zu ihm aufgeschlossen war, gewahrte ich Chlodwig an seiner Seite. Schon wollte ich mich in respektvoller Entfernung halten, als sich der Merowinger im Sattel umdrehte und mich herbei zitierte.

Heute, im Glanz seiner Waffen, entsprach er eher der Vorstellung eines kriegsgewaltigen Herrschers. Die versilberten Lamellen seines Schuppenpanzers glänzten in der Sonne und gemahnten mich an meinen Panzer, der in seinem Ledersack vor sich hinrostete.

Den mit einem roten Rossschweif verzierten Spangenhelm hatte Chlodwig am Kinnriemen über den Knauf seines lederbespannten Sattels gehängt. Der purpurne Mantel und die ihn schließende Goldfibel unterstrichen seinen Anspruch auf die imperiale Macht eines römischen Kaisers. Eine Geste, die in Ravenna und auch in Konstantinopel mit Missbilligung aufgenommen wurde.

Spatha, Sax und Franziska, üppig mit Gold und Almadine besetzt, mussten ein Vermögen wert sein.

Mein Blick fing sich jedoch an dem eher unscheinbaren Reif, den er am Handgelenk trug. Eine goldene Schlange, deren Augen aus Smaragden gefertigt waren.

„Ein Kleinod, das von einem Merowinger auf den nächsten übertragen wird", befriedigte er meine Neugier. Ihm war der Blick nicht entgangen, den ich auf seinen Armschmuck geworfen hatte.

„Er soll vor Gefahren warnen, was ich noch nicht festgestellt habe", lachte er jovial. „Klothilde verabscheut den Reif. Heidnisches Blendwerk, das den Blick auf ihren Gott verstellt."

In meinem Innern stieg das Bild eines Schlangenreifs empor, den ein ferner Vorfahre getragen hatte. Sein Ziehsohn nahm ihn an sich, als er zu den Franken übersiedelte. So oder ähnlich hatte es mir mein Großvater erzählt. Auch erinnerte ich mich an die Pergamente jenes Marcus Maximus, die ich als Junge durchblättert hatte. An einer Stelle war mir neben dem verblichenen Text die Zeichnung eines Armreifs aufgefallen.

„Ein Christ darf so etwas nicht tragen", rissen mich Chlodwigs Worte in die Wirklichkeit zurück. „Ich muss es mir gut überlegen, ob ich dem Werben meines Weibes und des Bischofs um ihren Gott nachgebe."

„Wir haben über die Anschuldigung gesprochen, die Rotrudis gestern vorgebracht hat", begründete Wulfram meine Anwesenheit. „Sobald ich Silinga in Sicherheit weiß, werde ich in Klothildes Dienst treten."

„Du hast einen Treueid auf Gundobad abgelegt", widersprach ich heftig.

„Ich habe seiner Familie Treue und Gefolgschaft geschworen", entgegnete der Burgunde. „Das schließt Klothilde mit ein. Ich will mit Kloderich nichts zu schaffen haben."

„Das löst deine Probleme, aber nicht meine", warf ich entmutigt ein.

„Komm zu mir", übernahm Chlodwig das Wort. „Ich habe Verwendung für kluge Romanen, die es mit zwei Kriegern aufnehmen und überleben."

„Ich habe Sigibert Treue geschworen", setzte ich mich dem Werben des Merowingers entgegen.

„Das ehrt dich", ließ Chlodwig nicht locker. „Kloderich wird deinen Kopf oder eine hohes Wergeld für seinen getöteten Mann fordern. Kannst du eine solche Summe aufbringen?"

„Das wird Sigibert nicht zulassen", entgegnete ich heftig.

„Sei dir nicht zu sicher, Romane. Er stellt sich nicht gegen seinen Sohn. Denke über mein Angebot nach."

Ich dankte dem König und lenkte mein Pferd zur Seite, wo ich es zügelte und eine Weile grasen ließ.

‚Was hält dich bei Sigibert?', schoss es mir durch den Kopf. ‚Du bist Romane und keinem Wüstling und Verbrecher verpflichtet, der seinem Vater auf den Thron folgen wird. Bitte Sigibert um deinen Abschied und er wird ihn dir gewähren.'

Ich beschloss, meine Entscheidung auf später zu vertagen und lenkte mein Pferd auf die Straße zurück, als Sebastianus und Quirinus auf mich zuhielten.

Obwohl die Freunde mich fragten, was ich mit Chlodwig und Wulfram besprochen hatte, ließ ich sie über das Angebot des Merowingers im Unklaren.

Es wurde Abend, als die Spitze unserer weit auseinandergerissenen Marschkolonne das einst bedeutende Aquis erreichte.

Weit vor den ersten Häusern gab Chlodwig den Befehl zum Lagern und erlaubte es nur wenigen, ihn in den Ort zu begleiten.

Wir gehörten zu denen, die mit durften. Zeitgleich schwärmten die ersten Reitertrupps aus. Es war ihre Aufgabe, das Umland auf der Suche nach Lebensmitteln, Schlachtvieh und Trosswagen zu durchkämmen. Wir hatten nur Proviant für zwei Tage mitgenommen, weil Aquis als der eigentliche Versammlungsort des gesamten Aufgebots vorgesehen war.

Mit minderwertigen Münzen abgespeist, würden die Menschen auf ihren Gehöften zusehen müssen, wie sie über den Winter kamen. Aber ein jeder hatte seine Last zu tragen. Die einen riskierten Leib und Leben in der Schlacht, während die anderen mit ihrem Eigentum für die gemeinsame Sache einstehen mussten. Wir hatten die Alamannen nicht ins Land gerufen, zu dessen Schutz wir ausrückten.

Alles was in Aquis auf den Beinen war strömte zusammen, um einen Blick auf Chlodwig und sein Gefolge zu werfen. Mehrmals mussten die Bucellarier vorrücken, um mit ihren Lanzenschäften den Durchgang frei zu machen.

Vorbei an einigen dem Verfall preisgegebenen Töpferwerkstätten querten wir ein Viertel, das einst den Gästen und Betreibern der Thermen Wohnraum und Unterkunft gewährt hatte. Lang gestreckte Fachwerkbauten auf steinernen Sockeln und bescheidene Häusern.

Einen imposanten Eindruck erweckten immer noch die beiden Thermenanlagen, von denen die eine in Trümmern lag. Nur ein Badebecken hatte dem Wandel der Zeiten getrotzt. Vom Schutt des zusammengebrochenen Thermendaches befreit, wurde es von einer intakt gehaltenen Leitung mit lauem, nach Schwefel riechendem Wasser gespeist. Aufgesucht wurde es von Anwohnern oder Durchreisenden, die Linderung gegen das Reißen in den Gliedern suchten.

Der Gebäudekomplex der zweiten Therme war größtenteils erhalten. Man hatte die Becken verfüllt und die so gewonnenen Raumfluchten und Hallen anderen Zwecken gewidmet. Sie dienten dem König und seinem Gefolge als Unterkunft, wenn dieser in der Stadt weilte. Oft war er nicht hier, denn Aquis lag am östlichen Ende seines Herrschaftsbereiches.

Der Tempel des Säulen umstandenen heiligen Bezirks war unter Theodosius dem Großen entfernt worden. Die entstandene Freifläche wurde seitdem von den Händlern der regelmäßig stattfindenden Märkte genutzt, die hier ihre Stände errichteten. Die meisten Sitzstufen des nahen Kulttheaters hatte man, wie große Teile der Verwaltungsbauten auf dem Stadthügel, abgetragen, um Straßen, Wege und Bachläufe zu sichern.

Zu den Glanzzeiten hatten mehr als zweitausend Menschen im Ort gesiedelt. Zuerst war die Zahl der Erholung suchenden Legionäre und Beamten weniger geworden, bis sie ganz wegblieben. Wer früher sein Auskommen dem Unterhalt der Bäder oder dem Vergnügen der Gäste verdankte, musste umdenken oder gehen. Die Zahl der Bewohner war mittlerweile auf wenige hundert zurückgegangen, die ihr tägliches Brot im Handwerk, mit der Aufzucht von Kleinvieh oder der Feldarbeit verdienten.

Zu viert, Wulfram, die beiden Freunde und ich, bezogen wir in den Thermen einen Raum, der vor kurzem einen hölzernen Dielenboden erhalten hatte. Er war so geräumig, dass für jeden von uns eine bequeme Bettstatt bereitgestellt werden konnte. Chlodwig und seine Familie, zu der auch Hilka als Behüterin des kleinen Chlodomer zählte, wohnten im ehemaligen Warmbad, dessen Bodenheizung bei Bedarf in Gang gesetzt werden konnte. Wohlweislich hatte Klothilde ihrer Base und Rotrudis eine Kammer an der entgegengesetzten Seite des Gebäudekomplexes zugewiesen. Die burgundischen Krieger, die Knechte und Chararichs Männer hatten ihre Zeltplanen neben einem der zahlreichen Kriegslager aufgeschlagen.

Der den ganzen Tag vor sich hin brütende Chararich hatte mit dem Hinterzimmer einer Taverne vorlieb nehmen müssen.

Später, es dämmerte bereits, zogen wir los, um in einer der wenigen Tavernen etwas Essbares aufzutreiben. In einer Gasse am jenseitigen Abhang des Stadthügels fanden wir, wonach wir gesucht hatten.

Sobald wir unsere Bestellung erhalten hatten, eine Suppe aus Graupen und Zwiebeln, in der wenige Fleischfetzen schwammen, verließen wir den stickigen Gastraum. Mit unseren hölzernen Schüsseln und Löffeln ließen wir uns unweit eines Bachlaufes nieder, der die Grenze des bewohnten Gebietes markierte. Jenseits der sumpfigen Niederung stieg das Gelände zwar wieder an, war aber wegen der schwierigen Bodenbeschaffenheit niemals bebaut worden.

Im Bachbett ruhten, halb verdeckt vom Schlamm, ein halbes Dutzend fußhoher Steinquader. Die Überreste eines Anlegers, an dem einst flache Prahme ihre Ladung löschten oder Neue aufnahmen. In den feuchten Jahreszeiten führte der Bach genügend Wasser, um als Transportweg zu dienen.

Nachdem die Näpfe geleert waren, streckten wir uns im Gras aus und besprachen die Ereignisse des Tages.

„Wollt ihr euch das Fieber holen? Mit den Mücken ist nicht zu spaßen. Wen sie stechen, verbringt die nächsten Tage im Bett."

Es war Theuderich, der unserer Muße ein Ende setzte.

Wir erhoben uns, schickten Quirinus, das Geschirr zurückzubringen und suchten uns einen Platz, wo wir vor den Plagegeistern sicher waren.

Da es leicht zu nieseln begonnen hatte, verließ uns einer der Freunde nach dem anderen, bis Theuderich und ich alleine zurückblieben.

„Marcellus, wieso zögerst du, das Angebot Vaters anzunehmen. Wir könnten viel Zeit miteinander verbringen, wenn du bei uns bleibst."

„Vielleicht deshalb", neckte ich den jungen Merowinger, der mir eine Grimasse schnitt.

„Was denkst du, wie lange bleiben wir in Aquis?", wandte ich mich den einfacheren Dingen des Lebens zu.

„Einige Tage, vielleicht eine Woche. Auf jeden Fall so lange, bis die Kundschafter zurück sind, und wir sichere Nachrichten über den Feind erhalten", beantwortete Theuderich meine Frage. „Der Ort, an dem wir uns mit Sigibert vereinigen um den Alamannen die Stirn zu bieten, will gut überlegt sein."

Die Wahl seiner Worte sagte mir, dass Chlodwig aus meinem jungen Freund sprach.

„Vielleicht schickt Sigibert selbst einen Boten", gab ich zu bedenken. „Unsere Ankunft in Aquis dürfte sich schnell herumgesprochen haben."

Ich ahnte an diesem Abend noch nicht, wie schnell sich meine Vermutung bewahrheiten sollte.

Wir waren während unseres Gespräches in die Nähe unseres Quartiers gelangt.

„Theuderich", sprach uns eine Stimme an, die mir bekannt vorkam.

Ich sah in leicht schräg gestellte, leuchtende Augen und wusste im gleichen Augenblick dass es Hilka war, die sich einen weiten Kapuzenmantel übergeworfen hatte. „Ich glaube", führte sie ihren Satz zu Ende, „dass dein Vater nach dir sucht."

„Du wolltest ihn loswerden", mutmaßte ich übermütig, als Theuderich davongeeilt war.

„Soll ich ihn zurückrufen?", parierte sie keck.

„Nein, nein", antwortete ich in gespieltem Entsetzen. „Was machst du hier draußen?"

„Ich habe mich den ganzen Abend um den Kleinen gekümmert und wollte noch an die frische Luft. Dort drin ist es so stickig."

„Gehen wir ein paar Schritte?" Ich wies in die Richtung einiger wie zufällig abgelegter Kalksteinblöcke unter einem schützenden Vordach. Eher zufällig berührte ich dabei mit der Hand ihren Arm.

„Gerne", lächelte sie mir aufmunternd zu. „Lass uns sitzen und reden."

„Theuderich hat mir erzählt", begann ich, „dass wir noch einige Tage in Aquis bleiben werden und ..."

„Silinga war am Abend bei mir", unterbrach sie mich.

„Und?", fragte ich zögerlich. Es konnte nichts Gutes bedeuten, wenn sie mich so unvermittelt auf die Burgundin ansprach.

„Sie hat mich gewarnt. Ich soll von dir lassen, weil du ein gewalttätiger, nur auf dich bezogener und zur Selbstüberschätzung neigender Mensch bist."

„Und das glaubst du?"

„Was ist da zwischen euch?", fuhr sie unbeirrt fort.

„Nichts, gar nichts", wehrte ich ab. „Sie soll mich endlich in Frieden lassen. Ihre Launen, Anfeindungen und falschen Beschuldigungen", brach es aus mir heraus. „Ich bin es leid. Soll sie ihren

Unmut doch an ihrer Gefährtin auslassen. Die hat es verdient."

"Marcellus!", gebot sie mir Einhalt.

Dann legte sie begütigend ihre Hand auf meinen Unterarm. „Liebe und Hass sind Geschwister, wie Zwillinge. Silingas Ablehnung ist in Zuneigung begründet. Sie verlangt nach dir und dafür hasst sie dich und sich."

„Das ist doch krank", schnaubte ich.

„Du musst noch viel über die Menschen lernen." In Hilkas Worten schwangen Verständnis und Mitgefühl.

„Willst du mir sagen, dass sie Unheil anrichtet, um sich ihren Gefühlen nicht stellen zu müssen?"

„Ja, Marcellus, das glaube ich. Denke gut über Chlodwigs Angebot nach. Du wirst in der Colonia keine Zukunft mehr haben. Renn nicht in dein Verderben. Das ist die Burgundin nicht wert."

„Zum letzten Mal", grollte ich verärgert. „Ich will nichts von Silinga."

„Komm wieder, wenn du deine Gefühle geordnet hast", ignorierte sie meine Beteuerung.

„Wir beide", sinnierte sie versonnen, „es wäre zu schade ...""

Sie sprang auf, eilte davon und verschwand durch die offen stehende Eingangspforte der Thermen.

Ich blieb noch eine Weile und versuchte, meine Gedanken zu entwirren.

‚Silinga', schoss es mir durch den Kopf. ‚Warum musste ich ihr begegnen? Und warum wollen alle, dass ich meinen vor Sigibert geleisteten Eid breche?'

Als ich mich auf meinen Strohsack warf, schliefen meine Freunde bereits. Bis kurz vor dem Morgengrauen lag ich wach, als mir endlich die Augen zufielen.

Hagen und der Begleittrupp warteten geduldig an der Stelle über dem Abhang, die jedem Ankommenden eine beeindruckende Aussicht auf den Talkessel und das in seiner Mitte eingebettete Aquis bot.

Endlich hatte Kloderich aufgeschlossen und ebenfalls einen Blick auf die in der Ferne sichtbare Ansiedlung geworfen.

Zwei Tage hatte Hagen ihn bedrängt, bis er sich endlich zum Aufbruch entschlossen hatte. Ganz in der Frühe waren sie losgeritten und hatten die zehn Leugen ohne Aufenthalt zurückgelegt.

„Siehst du die vielen Zelte", richtete Hagen das Wort an den Thronfolger. „Vielleicht ist Chlodwig schon hier und hat dort sein Lager aufgeschlagen?"

„Schon möglich", unterdrückte Kloderich ein Gähnen. „Wer sollte es sonst sein. Das erspart uns den Weg nach Tungrus."

„Reiß dich zusammen und wasch dich im nächsten Bach, bevor du dem Merowinger gegenübertrittst."

„Was glaubst du?", überging der Thronfolger den Rat des Älteren. „Hältst du es für möglich, dass wir dort unten auf Hinkmar und Silinga treffen? Wenn dein Bruder sie gefunden hat, wird er bald festgestellt haben, dass der Weg nach Norden versperrt ist. Er muss dann nach Westen ausgewichen sein."

„Wenn sie durchgekommen sind, werden sie dort sein", bekräftigte Hagen. „Und ich denke auch, dass wir Chararich sehen werden. Der Merowinger wird ihn nicht alleine zurückgelassen haben."

Silinga war die erste, die den auf Aquis zuhaltenden Reitertrupp bemerkte.

Am späten Vormittag hatte sie Rotrudis Drängen nachgegeben, ihre Gefährtin auf einen Gang ins Grüne zu begleiten. Sie waren einem Weg in Richtung Osten gefolgt, bis sie eine sumpfige Niederung umgangen und trockenes, ansteigendes Gelände erreicht hatten. Dort hatten sie sich unweit der ausgefahrenen Karrenspuren auf einigen Steinen niedergelassen. Nach der feuchten Kühle ihres Quartiers tat es gut, sich von den Strahlen der Sommersonne bescheinen zu lassen.

Zuerst hatten sie, wie so häufig in den vergangenen Wochen, heftig miteinander gestritten.

Grund des Zwistes war wieder einmal der junge Romane. Silinga hatte ihrer Gefährtin nahegelegt, den ihrer Meinung nach nicht mehr haltbaren Vorwurf des Mordes fallen zu lassen. Sie hatte erkannt, dass, vor allem nachdem Wulfram sich für Marcellus

214

eingesetzt hatte, ihre Base und auch Chlodwig den Anschuldigungen keinen Glauben schenkten. Rotrudis' Auftritt hatte ihr geschadet, was sie der Freundin schonungslos vorgehalten hatte. Schließlich warf sie ihr vor, in ihrem Hass gegen den Romanen zu weit zu gehen.

Rotrudis dagegen hatte immer wieder Silingas Undankbarkeit betont. Sie beklagte die fehlende Unterstützung der Freundin. Und das, obwohl sie doch zu ihrem Besten gehandelt hätte.

Der Disput war schließlich an dem Punkte angelangt, dass jede verdrossen vor sich hinbrütete.

In diesem Augenblick vernahm Silinga das Geräusch sich nähender Hufe und gewahrte, gegen die Sonne blinzelnd, acht Krieger auf ihren Pferden.

Rotrudis auf die Gefahr hinzuweisen und sich hinter das nächste Gebüsch zurückzuziehen, war in wenigen Augenblicken geschehen. Keinen Moment zu früh, denn die Reiter verhielten an den Steinen, auf denen die beiden soeben noch gesessen hatten.

Einer von ihnen, der seiner etwas fülligen Statur wegen dem guten Leben zugetan sein musste, erhob sich im Sattel. Die Frauen duckten sich als etwas über sie hinwegflog und am nächsten Baum zerschellte. Dem Geruch nach zu urteilen, der zu ihnen herüberwehte, musste der Mann einen geleerten Weinkrug von sich geschleudert haben.

Aber anstatt sein Pferd jetzt voranzutreiben, ließ er sich, beide Hände in die Mähne gekrallt, vom Rücken des Tieres zu Boden gleiten.

Rotrudis begann zu zittern und Silinga verschlug es den Atem, als die Gestalt auf sie zu wankte. Am Verschluss der Hose nestelnd, trat er vor den Busch. Tiefer drückten die Frauen sich in ihre Deckung, als sie ein Plätschern vernahmen.

Der Mann seufzte erleichtert und begann eine Weise zu grölen, die von den vollen Brüsten und der feuchten Scham einer drallen Magd kündete.

„Kloderich", rief der finster dreinblickende Hüne aus dem Sattel seines Tieres, als sein Gefolgsherr gerade den Hosenbund schloss. „Bist du endlich fertig?"

„Ja, ja", *brummte Kloderich und wankte mehr als er ging zu seinem Gaul zurück. Der feuchte Fleck, der sich dabei in seinem Schritt ausbreitete, war deutlich zu sehen.*

Ein Krieger musste das Pferd des Thronfolgers am Zügel nehmen und beruhigen, damit dieser sich wieder in den Sattel schwingen konnte. Als es unter Fluchen endlich gelungen war, setzte die Gruppe ihren Weg gen Aquis fort.

„Mit diesem stinkenden Tier soll ich das Bett teilen, mich von seinen schmierigen Fingern berühren lassen?", *stöhnte Silinga entsetzt.*

„Ich bin doch bei dir", *versuchte Rotrudis ihre Freundin zu beruhigen. „Wir werden ihm schon den nötigen Anstand beibringen. Vergiss nicht, dass er dich zur Königin macht."*

„Niemals", *kreischte Silinga außer sich. „Niemals werde ich dieses Tier heiraten!"*

„Silinga", *lamentierte Rotrudis und versetzte der Burgundin einen Stoß vor die Brust. „Du musst, du hast es mir versprochen."*

„Dann heirate du ihn doch!" Silinga holte aus und schlug ihrer Gefährtin mit der Hand ins Gesicht. „Eher gehe ich mit Marcellus dorthin, wo uns keiner kennt."

Es war am frühen Nachmittag, als mich ein aufgeregter Quirinus, Theuderich im Schlepptau, in der Stellmacherei aufsuchte. Ich hatte mit Sebastianus bei dem Handwerker neue Zügel und Gurte in Auftrag gegeben, weil unser Zaumzeug durch die feuchte Witterung gelitten hatte. Für einen Reiter gibt es kein größeres Unheil als ein zur Unzeit reißender Zügel oder ein haltloser Sattel.

Die Nachricht, die sie brachten, war nicht angetan, unsere Stimmung zu verbessern.

Theuderich hatte als erster erfahren, dass Kloderich in Aquis angelangt und um einen Empfang bei Chlodwig nachgesucht hatte. Sigiberts Sohn war um die Mittagszeit, begleitet von Hagen und mehreren Kriegern in den Ort geritten und hatte sofort einen Boten geschickt. Remigius hatte ihn für den frühen Abend zu Chlodwig bestellt.

Wir ließen die Pferde bei dem Stellmacher und eilten zu Wulfram der unter dem hölzernen Vordach einer nahen Taverne unsere Rückkehr erwartete.

„Dann werden wir die Sache um Hinkmars Ende hier austragen", ergab sich der Burgunde in das Unvermeidliche. „Haben die Frauen schon Kontakt mit Kloderich aufgenommen?"

Die beiden waren sich nicht sicher, aber Theuderich hatte gesehen, dass Rotrudis kurz nach dem Boten die Thermen verlassen und in Richtung des Gebäudes geeilt war, in dem die Ankömmlinge abgestiegen waren. Jemand oder etwas musste die Frau von der Ankunft in Kenntnis gesetzt haben.

Wir beschlossen, vorerst in der Taverne zu bleiben und uns abzusprechen, wie wir der drohenden Auseinandersetzung mit Kloderich und Hagen begegnen sollten.

Kloderich hatte zuerst ungehalten reagiert, als ihm ein Besucher gemeldet wurde, der nicht von Chlodwig geschickt worden war. Als man ihm sagte, dass es sich um eine Frau handeln würde, hatte sich seine Miene sofort aufgehellt. Die Enttäuschung stand ihm jedoch im Gesicht geschrieben, als er Rotrudis' ansichtig wurde.

„Was willst du?", herrschte er sie in dem Glauben, eine lästige Bittstellerin vor sich zu haben, unwirsch an.

„Ich komme von der schönen Silinga, deiner Braut, um dir Grüße zu bringen."

Augenblicklich war sein Interesse geweckt und er bot ihr einen hölzernen Sessel und einen Becher mit Wein an. Sie setzte sich gerne, lehnte aber den Rebensaft ab und verlangte nach frischem Wasser.

Auf Kloderichs Frage mit wem und wann die Frauen in Aquis angekommen waren, gab sie einen ausführlichen Bericht aller Vorkommnisse, die sich seit dem Zusammentreffen der beiden Gruppen zugetragen hatten.

Interessiert lauschte er ihrem Bericht und wurde immer ungehaltener je mehr sie auf Hinkmar zu sprechen kam. Als sie ihm ihre Version vom Tode des Gefolgsmanns hinterbrachte, brüllte er wütend nach Hagen.

*Der finstere Krieger sah wenig später stumm aus dem Fenster,
beide Hände um die hölzerne Brüstung gekrallt.*

*„Das Blut der Mörder für das meines Bruders." Alle Farbe
war aus Hagens Antlitz gewichen, der eher einem Geist als einem
Menschen glich. „Ich fordere Rache und Gerechtigkeit!"*

„Was gedenkst du zu tun, Herr?", fragte Rotrudis in die Stille.

*„Geh", beschied ihr Kloderich schroff. „Sag deiner Herrin,
dass ich begierig bin, sie zu sehen, nachdem ich mit Chlodwig
gesprochen habe."*

„Kloderich...", begann Rotrudis von neuem.

*„Geh", herrschte der Thronfolger sie an. „Wir haben uns zu
bereden."*

In der Erwartung, zur angegebenen Zeit zu Chlodwig gerufen zu
werden, fanden wir uns um die sechste Stunde im Thermengebäude ein.

Vor dem Apsidenraum, in dem der Merowinger, wenn er in
Aquis weilte, seine Geschäfte zu führen pflegte, stießen wir auf
die beiden Frauen. Man hatte ihnen zwei Holzschemel vor die
Türe gestellt, hinter der gedämpfte Stimmen zu uns herausdrangen.

Mir fiel auf, dass die beiden einen Abstand von mehreren Schritten zwischen sich gelassen hatten und in die entgegengesetzte Richtung starrten.

„Marcellus", sprang Silinga auf und kam auf mich zu, als sie
uns bemerkt hatte.

„Was hast du mir zu sagen?", antwortete ich beherrscht, darauf
gefasst, von ihr attackiert zu werden.

„Wir müssen reden." Ihre Stimme klang gehetzt, als wäre sie
aufgeregt.

Mir fiel auf, dass ihre Bauchdecke sich unter Kleid und Tunika
krampfhaft hob und senkte und ihre Hände zitterten.

„Warum sollten wir das?", entgegnete ich ruhig. „Willst du
mir sagen, dass du die Anschuldigungen vor Kloderich wiederholt hast?"

„Rotrudis war bei ihm", raunte sie mir zu. „Ich werde aber für dich sprechen."

Statt einer Antwort blickte ich sie nur erstaunt an.

„Bitte, Marcellus", drang sie in mich. „Heute Abend. Ich komme zu dir."

Ehe ich ihr eine Antwort geben konnte, trat Hilka zu meinen Gefährten und schaute besorgt herüber.

Ich ließ meinen Blick von Silinga zu ihr wandern und schüttelte leicht den Kopf. Hilka zuckte mit den Achseln und sprach auf Wulfram ein, der ihr aufmerksam lauschte.

In diesem Augenblick öffnete sich die Türe und ein Leibwächter trat heraus. Er winkte die beiden Frauen, Wulfram und mich heran und wies auf die geöffnete Pforte. Zuerst betraten die Frauen den Raum. Wulfram und mir gebot er zu warten und wies auf unsere Spathen die wir im Gürtel trugen. Eilfertig lieferten wir dem Mann unsere Schwerter aus. Es war bei hohen Strafen untersagt, sich dem König in geschlossenen Räumen mit einer Waffe zu nähern

Kurz vor dem Überschreiten der Schwelle drehte sich der Burgunde unvermittelt zu mir um.

„Hilka hat mir eben versichert", flüsterte er mir zu, „dass Klothilde sich für uns einsetzen wird."

Ehe ich etwas erwidern konnte standen wir vor der Versammlung, die seit mehr als einer Stunde die Lage erörtert hatte.

Auf den im Kreis aufgestellten Schemeln erkannte ich zur rechten Hand das Königspaar, das als einzige auf bequemen Sesseln Platz genommen hatten. Eingerahmt wurde es von Hortarius und dem Bischof von Remis. Zur Linken hatte man einige der in Aquis anwesenden Edlen, Kloderich, Hagen und Chararich platziert. Der König von Bononia war erst kurz vor unserer Ankunft aus einer Taverne geholt worden.

Auf einen Wink Chlodwigs eilten einige Knechte mit weiteren Schemeln herbei, auf denen wir Platz nahmen. Ich kam mit Wulfram neben Remigius zu sitzen, der mir kurz zunickte.

Chlodwig begrüßte uns freundlich und Klothilde schenkte mir sogar ein Lächeln.

Im Gegensatz zu Hagen, der sich am liebsten mit der gezogenen Spatha auf mich gestürzt hätte. Ein Glück, dass alle Anwesenden ihre Waffen abgeliefert hatten.

Kloderich starrte mich herausfordernd an, ehe sein Auge auf die schöne Burgundin fiel. Wolllust und Gier lagen in dem Blick, mit dem er sie gleichsam verschlang. Silingas Nasenflügel bebten vor Ärger und Unmut, als sie sich abwendete.

„Kloderich hat nach seiner Braut verlangt", eröffnete der Merowinger den erweiterten Empfang. „Er möchte, dass ihr in sein Quartier übersiedelt." Er wies dabei auf die beiden Frauen.

„Vor der Hochzeit schickt sich das nicht", erwiderte Silinga kalt. „Außerdem verlange ich, dass mein zukünftiger Gemahl vorher seinen Göttern abschwört und sein Haupt zur Taufe neigt."

Rotrudis schaute, als hätte man ihr gerade ins Gesicht geschlagen. Die rechte, gerötete Wange und das darüber liegende, leicht geschwollene Augenlid verstärkten diesen Eindruck.

Chlodwig, dem der Groll im Gesicht stand, schien es die Sprache verschlagen zu haben. Klothilde und Remigius hingegen nickten der Burgundin anerkennend zu.

„Davon war nicht die Rede", ereiferte sich Kloderich. „Wir werden das mit meinem Vater bereden."

„Ich bin mir nicht sicher, ob ich es unter diesen Umständen nicht vorziehe, vorerst bei meiner Base zu bleiben." Silinga vermied es bei diesen Worten, den wütenden Thronfolger anzusehen.

„Überlege dir gut, was du tust", antwortete Chlodwig beherrscht. „Du unterstehst meinem Gastrecht und ich kann dich nicht fortschicken."

Jeder der Anwesenden musste sehen, wie Kloderich mit sich kämpfte, eine unwirsche Antwort zu unterlassen.

„Gilt das auch für diese Mörder?" Hagen wies dabei mit dem ausgestreckten Zeigefinder auf Wulfram und mich.

„Mäßige dich", fuhr der Merowinger ihn an und machte mit der Rechten eine Geste als wollte er einen bösen Blick bannen. „In meiner Gegenwart zeigt man nicht mit dem Finger auf einen anderen. Das bringt Unglück und fordert meinen Zorn heraus."

Jetzt war es der gemaßregelte Hagen, der sich eine Antwort

verbiss.

„Die beiden sind Mörder", ereiferte sich in diesem Moment Rotrudis. „Sie haben zwei Gefolgsleute Kloderichs umgebracht. Ich weiß es!"

„Woher willst du das wissen?", verteidigte ich mich. „Hat Hinkmar es dir prophezeit, bevor er und Hatto versucht haben, mich umzubringen. Ich habe gesehen, wie ihr euch am Vorabend heimlich getroffen habt."

„Du hast was?", fuhr Silinga die Gefährtin an.

„Ich", stammelte die Angegriffene, „ich habe ihn lediglich vor Marcellus gewarnt. Ich habe geahnt, dass er ihn töten wollte."

„Das ist Unsinn", wehrte ich mich. „Wulfram hat außerdem nichts damit zu tun. Ich war es, der Hinkmar im ehrlichen Kampf den Todesstoß versetzt hat."

„Das ist edel von dir", mischte sich Wulfram ein. „Aber wäre ich nicht hinzugekommen, dann hätte mein Erscheinen Hinkmar nicht abgelenkt. Wer weiß, ob du noch leben würdest. Und den Tod Hattos nehme ich auf mich. Ich habe ihn erschlagen, als er zu fliehen versuchte."

Wäre Hortarius, der nüchterne Militär, nicht gewesen, es wäre noch eine Zeit lang hin und her gegangen, bis Chlodwig einen seiner berüchtigten Wutanfälle erlitten hätte.

„Es ist weder der Ort, noch die Zeit, wegen einer unbewiesenen Tat zu streiten. Es steht Aussage gegen Aussage. Wulfram war nicht von Beginn an dabei und Rotrudis war gar nicht vor Ort. Handelt eine Entschädigung aus oder lasst ein Gottesurteil entscheiden."

„Ein Gottesurteil?", amüsierte sich Remigius. „Mit welchen Waffen sollen Marcellus und Rotrudis gegeneinander antreten, sie mit der spitzen Zunge und er mit dem Sax?"

Die Mehrheit der Anwesenden brach in dröhnendes Gelächter aus.

„Ich werde an Stelle der Frau gegen den Mörder meines Bruders antreten." Hagen war aufgestanden und hob die Rechte zum Schwur.

„Und wer kämpft danach gegen Wulfram?", höhnte Hortarius

in Vorfreude auf ein Gemetzel.

„In Anbetracht der angreifenden Alamannen verbiete ich ein solches Gerede." Die Zornesröte im Gesicht hatte sich Klothilde erhoben, worauf die Männer verstummt waren.

„Von diesem unseligen Streit profitiert nur der Feind." Die Königin hielt kurz inne und blickte auf ihren Gemahl der zustimmend nickte.

„Chlodwig wird mit seinen Kriegern abziehen, wenn man sein Gastrecht weiterhin missachtet."

Betroffene Mienen und einsetzendes Getuschel waren die Folge des königlichen Machtwortes. Sie ließ noch einige Augenblicke verstreichen, ehe sie bestimmt fortfuhr.

„Ich stelle es Wulfram und Marcellus frei, zu bleiben und in unsere Dienste zu treten. Wulfram hat einst meiner Familie und damit auch mir den Treueid geleistet. Er steht unter meinem Schutz.

Was den Romanen betrifft, werde ich Sigibert bitten, seinen Treueid zu lösen, wenn er es wünscht.

Als Gegenleistung", erhob sie ihre Stimme, „erklärt sich Chlodwig bereit, Wergeld für die getöteten Gefolgsmänner zu zahlen. Es wird auf ihre zukünftigen Dienste angerechnet."

Sie legte eine Pause ein und ließ die Worte auf die Versammelten wirken. Dann wandte sie sich Kloderich zu.

„Sohn Sigiberts, nenn uns jetzt deine Forderung!"

Kloderich besann sich und unterließ die scharfe Entgegnung, die er sich während Klothildes Ansprache zurechtgelegt hatte. Ehe er jedoch zu einer Antwort ansetzte, beugte sich Chararich herüber und flüsterte ihm etwas zu.

„Ich möchte mich zuerst mit Hagen beraten", zögerte Kloderich seine Entscheidung heraus. „Es ist sein Bruder, der getötet wurde. Auch Chararich möchte ich hinzuziehen, da er mir immer ein guter Ratgeber war."

„Dann zieht euch in Wo …", setzte Chlodwig an, ehe er sich auf einen Blick des Bischofs verbesserte. „Zieht euch im Namen des Gottes zurück, den ihr anbetet.

Ich gebe euch die Zeit, die ein Mann braucht, die Latrine aufzusuchen und zurückzukehren. Trefft eine weise Entscheidung."

Der Thronfolger, Chararich und Hagen erhoben sich und verließen den Saal, um ungestört zu beratschlagen.

Währenddessen sprangen Hortarius und einige Edle in dem dringenden Bedürfnis auf, Chlodwigs Anregung zu folgen.

‚Sie hätten dich vorher fragen sollen', ging es mir durch den Kopf, als ich mir Klothildes Angebot ins Bewusstsein zurückrief.

Trotzdem war ich erleichtert, dass die Angelegenheit auf diese Art ihr Ende gefunden hatte. Sigibert würde über meinen Wechsel zu Chlodwig nicht erbaut sein, aber Verständnis zeigen. Hinkmar hatte es verschuldet und ich durfte mich Klothildes Angebot nicht widersetzen.

Das gebot der Respekt vor dieser Frau, der alle, ob Freund oder Feind des Merowingers, uneingeschränkt zugeneigt waren. Sie war die einzige moralische Größe in einem Sumpf aus Mord, Neid, Verrat und Korruption.

Parasiten

Vor dem Ablauf der eingeräumten Frist kehrte Kloderich in den Apsidensaal zurück. Ihm folgten ein verbittert dreinschauender Hagen und ein vor Selbstzufriedenheit strotzender Chararich.

Während der Thronfolger und der König von Bononia sich gelassen gaben, fieberten die übrigen Versammelten der Rückkehr des letzten Nachzüglers entgegen. Einige Edle und Grafen schlossen sogar Wetten auf die Höhe der Forderung ab.

Endlich schloss sich die Türe, so dass Chlodwig die Verhandlung fortsetzen konnte.

„Sohn meines verehrten Vetters", begann er in gesetzten Worten, „was hat eure Beratung erbracht?"

Kloderichs Bewegungen wirkten linkisch, als er sich erhob und seine Forderung vortrug.

„Unter der Bedingung, dass Chararich uns begleitet, gebe ich mich mit dem üblichen Wehrgeld zufrieden. Zweihundert Solidi für Hatto und sechshundert für Hinkmar."

Die Mehrheit der Anwesenden quittierte die Höhe der Forderung mit empörten Zwischenrufen.

„Ich bestehe nur auf der halben Summe", fuhr Kloderich unbeirrt fort. Chararich hat sich bereit erklärt, die andere Hälfte, die er dir schuldet, mir auszuzahlen."

„Du hast keine Bedingungen zu stellen!", fuhr Hortarius empört von seinem Schemel hoch.

Remigius hatte sich ebenfalls erhoben und beriet sich kurz mit dem Königspaar, während sich der Ärger der Anwesenden in einem Sturm der Entrüstung äußerte.

Klothilde bewahrte als Einzige die Fassung. Sie setzte ihr gewinnendes Lächeln auf, als sie sich Kloderich zuwandte.

„Hinkmar war kein Edler und Hatto nur ein halbfreier Kriegsknecht", belehrte sie den Thronfolger mit aller Freundlichkeit. „Begnüge dich mit der Hälfte, wenn wir es Chararich gestatten sollen, mit dir zu gehen."

„Und solltest du es wagen", fauchte Chlodwig den König an,

„nach Bononia zurückzukehren, werde ich meinen Kriegern auf der Stelle den Befehl zum Rückzug geben."

Chararich zog ein Gesicht, als wäre er auf eine Schlange getreten.

„Dann gehe ich ja mit leeren Händen", protestierte Kloderich gegen das wieder einsetzende Geschrei.

„Hast du unsere Zeit gestohlen, um ein Geschäft zu machen oder wolltest du um Hilfe gegen Vadomars Scharen nachsuchen?" Als wollte er den Zorn Gottes auf Sigiberts Sohn herabbeschwören, hielt Remigius beide Arme zur Decke gereckt.

„Ich nehme das Angebot an", überwand sich der Thronfolger schließlich. Mit einem bösartigen Seitenblick auf Chararich erhob er sich und bot dem König seine Rechte.

„Eine Bitte habe ich noch", ließ er die dem König dargereichte Hand wieder sinken. „Bestehe nicht auf dem Gastrecht für die Burgundin. Sie wird mich begleiten, wenn ich aufbreche."

„Das entscheidet allein meine Base", wies Klothilde das Ansinnen zurück. „Das ist mein letztes Wort."

Kloderich schluckte und schaute auf seine Hand, als wäre sie ein ihm fremdes Wesen. Dann riss er sich zusammen und streckte sie dem König zögernd entgegen.

Chlodwig besann sich nicht lange und schlug unter dem Beifall der Anwesenden ein, wobei ein zufriedenes Lächeln um seine Mundwinkel spielte.

Der Merowinger hatte ein gutes Geschäft gemacht. Er war Chararich losgeworden, um den sich Kloderich jetzt kümmern musste. Und er hatte in Wulfram und mir zwei neue Gefolgsleute gewonnen, die ihm zu großem Dank verpflichtet waren.

Mein Treueschwur, den ich Sigibert geleistet hatte, brauchte ihn nicht zu interessieren. Es war meine Sache, mich mit dem König der Rheinfranken zu vergleichen.

Silinga war dem Auftritt ihres zukünftigen Gemahls mit steinernem Gesicht gefolgt. Mir schien es als würde sie es bitterlich bereuen, den Weg zu den Rheinfranken angetreten zu haben.

Wie geprügelte Hunde verließen Kloderich, Chararich und Hagen wenig später den Saal. Das einzig Positive, was der Thronfolger in den Händen hielt, war Chlodwigs Zusage, seinem Vater gegen die Alamannen beizustehen.

Wulfram und ich bezeugten dem König und der Königin noch unsere Dankbarkeit, bevor wir den Saal verließen.

„Du wirst es nicht bereuen und Hilka wird es freuen", raunte Klothilde mir zu und beschenkte mich mit ihrem huldvollsten Lächeln.

Die Aufforderung meiner Freunde, sie in die nächstgelegene Taverne zu begleiten, schlug ich mit Bedauern aus. Ich musste damit rechnen, dass Silinga ihre Ankündigung wahr machen und mich aufsuchen würde.

Zwei Stunden verbrachte ich untätig in unserer Kammer und begann mich zu fragen, ob sie überhaupt noch kommen würde. Nach einer weiteren halben Stunde beschloss ich, meinen Freunden zu folgen, um dem Abend noch einen Sinn zu geben.

Offenbar war das Interesse der Burgundin an einer Aussprache erloschen, oder sie hatte keine Möglichkeit gefunden, sich ihrer Gefährtin zu entziehen.

Ich hatte bereits meinen Umhang umgeworfen als es an der Tür klopfte und die Wache einen halbwüchsigen Jungen zu mir hereinschob.

Er hielt ein gefaltetes Pergament in den Händen, das er mir umständlich aushändigte. Auf meine Frage, wer ihn mit der Überbringung beauftragt hatte, gab er eine schöne Frau mit blonden Haaren an.

Ich reichte ihm einem Triens, den er sorgfältig in seinem Bundschuh verstaute, ehe er glückselig davonrannte.

Neugierig entfaltete ich den kleinen Bogen, der auf der Innenseite eng beschrieben war. Gut lesbar, hatte die Verfasserin die geschwungenen Kursive aneinandergereiht. Eine schöne Schrift; aus der das Bedürfnis sprach, den Gedanken einen geordneten Rahmen zu geben.

Es war unzweifelhaft Silinga, wie ich nach den ersten Worten erkannte.

Sie teilte mir mit, mich an der nach Juliacum führenden Straße treffen zu wollen. Ich sollte den Ort hinter mir lassen und der Fahrbahn folgen, bis ich rechter Hand einige große Steinblöcke sähe. Dort würde sie mich erwarten.

Umgehend verließ ich die Therme und folgte der nach Osten führenden Straße. Hinter den letzten Häusern passierte ich das zu beiden Seiten ausgebreitete Feldlager der Krieger. Als ich auch das hinter mir gelassen hatte, schritt ich schneller aus, bis ich im Licht des aufgehenden Mondes einige dunkle Schatten bemerkte. Beim Näherkommen erkannte ich, dass es der von der Burgundin bezeichnete Treffpunkt sein musste.

„Marcellus", wurde ich leise angerufen, als ich den ersten Stein erreichte.

„Ja, ich bin es", antwortete ich verhalten. Obwohl ich Silinga an ihrer Stimme erkannt hatte, griff ich trotzdem nach dem Griff meiner Spatha. Ich wollte vorsichtig sein und mich nicht überrumpeln lassen.

‚Vielleicht war alles ein gut geplanter Hinterhalt, den mir Kloderich und Hagen im Verbund mit der Burgundin gelegt hatten? Warum war ich nur so töricht gewesen, alleine zu kommen.'

„Du brauchst keine Angst zu haben." Silinga trat aus dem Schatten eines Baumes und ließ sich auf einem der Steine nieder. „Komm, setz dich zu mir."

Es war ein hinreißender Anblick, wie sie, übergossen vom silbrigen Schein des Nachtgestirns, liebevoll zu mir aufsah.

Ich stieß die Spatha in die Scheide, murmelte eine Entschuldigung und nahm neben ihr Platz.

„Was hast du mir zu sagen?", eröffnete ich das Gespräch.

„Ich möchte, dass du mir glaubst, Marcellus. Ich war ungerecht und herzlos zu dir. Ich bitte dich aufrichtig um Verzeihung."

„Gewährt." Es rührte mich an, wie sie in banger Zutraulichkeit nach meiner Hand griff und sie fest umschloss.

„Glaubst du, dass ich mit Kloderich eine gute Wahl getroffen habe?"

„Nein", antwortete ich in tiefster Überzeugung. „Er ist ein Tier, dem ich nicht einmal einen Hund anvertrauen würde."

„Es zerreißt mich", stöhnte sie auf. „Ich habe immer von einem schönen und edlen Prinzen geträumt. Aber Kloderich ekelt mich an, ich will ihn nicht. Aber ich will auch meinen Traum leben, als Königin zu herrschen."

„Du kannst nicht beides haben, du musst dich entscheiden. Vergiss deinen Traum, Königin der Rheinfranken zu werden und bleibe bei deiner Base", beschwor ich Silinga. „Du bist jung, schön und klug. Die Welt steht dir offen. Mach etwas Gutes aus deinem Leben."

„Das kann ich Rotrudis nicht antun", begehrte sie auf. „Sie hat immer alles für mich getan und würde die Enttäuschung nicht verkraften. Es ist ihr Traum, an meiner Seite zu herrschen. Wenn ich das zerstöre, würde sie gehen und niemals zurückkommen."

„Das würde sie nicht tun, das weißt du", entgegnete ich heftig. „Ohne dich ist Rotrudis nichts. Nur eine alternde, verbitterte Frau, die dich für ihre Ziele missbraucht. Schick sie endlich weg. Lebe dein Leben und nicht das einer anderen."

„Ich will mich nicht von ihr trennen. Selbst wenn ich es wollte, wüsste ich nicht, wie ich es anstellen sollte."

Sie dauerte mich in ihrer Hilflosigkeit und Verzweiflung. Und es erregte mich, wie sie ihre Arme um mich schlang und ihren Kopf an meiner Schulter barg.

„Bleib bei mir", hauchte sie. „Ich brauche dich, deine Ruhe, deine Überlegenheit, um das alles durchzustehen."

Ein wohliger Schauer durchrieselte mich, als Silingas Fingerspitzen mich berührten und zärtlich die Konturen meiner Muskeln entlangfuhren.

„Du bist so stark", schwärmte sie verzückt. „Mit dir als Beschützer an meiner Seite wird alles gut werden. Komm mit in die Colonia. Ich werde alles tun, was du von mir verlangst. Alles!"

„Es wäre mein Tod", widersprach ich heftig. „Hagen und Kloderich würden alles daran setzen, mich aus dem Weg zu schaffen."

„Das können sie nicht, Marcellus. Ich bin die Königin."

„Nein", schüttelte ich den Kopf. „Wenn du Kloderich nicht willst, kannst du nicht Königin sein."

„Bitte", flehte sie mich an und erhob sich. „Ich muss! Nimm

dir alles, was du willst, aber lass mich nicht alleine."

Sie ließ ihren Umhang zu Boden gleiten und nestelte an der Verschnürung ihres Kleides.

„Lass das", wehrte ich ihr Ansinnen ab. „Du zerstörst alles." Ich bückte mich, nahm den Umhang und legte ihn um ihre Schultern.

„Es ist wegen Hilka", fauchte sie mich an. „Hat sie dich herumgekriegt, das kleine Biest."

„Nein, hat sie nicht", verbat ich mir ihre Unterstellung. „Ich kann und ich will das nicht. Es hat nichts mit Hilka zu tun."

„Was sagst du da?", schrie sie mich an. Ungezügelter Hass stand in ihren Augen, als sie ihrem verletzten Stolz freien Lauf ließ.

„Du kannst und willst nicht? Und dafür habe ich meine Zukunft als Königin gefährdet? Es gibt nur einen Menschen, der zu mir steht. Und das ist meine Freundin. Ich will dich nie mehr sehen!"

„Du kannst nicht alleine zurückgehen!", rief ich ihr nach, als sie davoneilte.

Ich rannte ihr nach und holte sie nach wenigen Sätzen ein. „Glaubst du, die Krieger lassen dich ungeschoren durch die Nacht spazieren? Ein Wunder, dass du unbeschadet hinausgekommen bist."

Stumm und ohne mich eines Blickes zu würdigen, ließ sie es geschehen, dass ich sie begleitete.

Als wollten sie mich bestätigen, pfiffen die Männer ihr nach und bedachten Silinga mit schmutzigen Zoten. Sie trauten sich aber nicht heran, da sich keiner mit mir anlegen wollte.

Kaum hatten wir die Stadt betreten, liefen wir Rotrudis in die Arme.

„Wo seid ihr gewesen? Was habt ihr gemacht?", ging sie mich wutentbrannt an.

„Treib es nicht zu weit", fuhr ich sie an. „Wir haben uns zufällig getroffen und ich begleite Silinga nur zur Unterkunft." Ich machte kehrt, ließ die Frauen einfach stehen.

Die vor dem Eingang postierte Wache schaute mir ins Gesicht

und ließ mich ungehindert passieren. Mein Anblick musste den mir bekannten Mann so eingeschüchtert haben, dass er es unterließ, nach der Parole zu fragen. Ich stapfte durch die Flure, stieß die Tür zu unserem Quartier auf und schlug sie krachend hinter mir zu. Erschrocken fuhren die Freunde, die längst zurückgekehrt waren, aus dem Schlaf.

Ihren wütenden Protest ignorierend, ließ ich das Wehrgehänge mit der Spatha zu Boden klirren und warf mich auf die Bettstatt.

Der nächste Morgen brachte eine böse Überraschung.

Ich wurde von dem Lärm geweckt, den Sebastianus und Quirinus beim Zusammenpacken ihrer Sachen verursachten.

Angesprochen auf den Grund ihres Tuns, schüttelten sie nur verständnislos den Kopf.

Voller Bestürzung teilten sie mir mit, dass Silinga nach ihnen geschickt hatte. Als sie sich bei ihr eingefunden hatten, waren die Burgundin und Rotrudis bereits reisefertig gewesen. Sie gemahnte die beiden an ihren Gefolgschaftsschwur und trug ihnen auf, sie in die Colonia zu begleiten. Sobald Kloderich und seine Männer aufbrächen, würden sie sich ihnen anschließen.

Ich war wie vor den Kopf geschlagen. Schließlich musste es meine Verweigerung gewesen sein, die die Burgundin zu diesem Verzweiflungsakt getrieben hatte.

Es fiel mir nicht leicht, ihnen meine Beteiligung an dem Unglück einzugestehen.

„Mach dir um uns keine Gedanken", versuchte Sebastianus mich zu trösten. „Ich hätte mich an deiner Stelle nicht anders verhalten."

„Wir kommen damit zurecht", unterstützte ihn Quirinus. „Kloderich und Hagen können uns nichts anhaben. Wir waren an Hinkmars Tod nicht beteiligt. Wir werden uns eher wieder sehen, als uns vielleicht lieb ist."

Wie richtig er mit seiner Vermutung lag, sollte sich schon in wenigen Tagen herausstellen.

In diesem Moment betrat Wulfram die Kammer. Er war ausgegangen und auf Theuderich getroffen, der ihm die schlechte Nachricht umgehend mitgeteilt hatte.

Chlodwigs Sohn war Zeuge von Silingas Besuch geworden, als diese am frühen Morgen ihre Base aufgesucht und ihre Abreise angekündigt hatte. Alle Bemühungen Klothildes, die Burgundin umzustimmen, hatten nicht gefruchtet. Schweren Herzens hatte sie Silinga gehen lassen.

Chlodwig hatte nur mit den Schultern gezuckt und den Geisteszustand seiner entfernten Anverwandten in Frage gestellt.

Obwohl ich zuerst nicht wollte, stimmte Wulfram mich um, die Freunde und die beiden Frauen zu verabschieden. Wir kamen überein, vor der Therme auf sie zu warten. Auf eine Begegnung mit dem Thronfolger legten wir beide keinen Wert.

Der Wagen stand gepackt vor der Türe und unsere Freunde saßen bereits in den Sätteln, als die beiden Frauen erschienen.

Sie hatten wohl beschlossen, mich zu ignorieren, denn sie hielten alleine auf Wulfram zu. Silinga betonte ihr Bedauern, ihn an den Merowinger verloren zu haben, dankte ihm aber für seine Dienste und wünschte ihm Glück.

Damit wäre die Situation für alle Beteiligten überstanden gewesen, wenn mein Stolz das zugelassen hätte.

„Das hast du gut hinbekommen", sprach ich die Burgundin an und wies auf meine beiden Freunde. „Du musstest nicht auf ihrer Abreise bestehen."

„Geh zur Hölle", fauchte sie mich an und schwang sich auf den Wagen.

Geleitet von einem Knecht, rumpelte das Gefährt vom Hof. Bevor die Reisegruppe hinter der nächsten Ecke verschwand, drehten sich Sebastianus und Quirinus noch einmal im Sattel um und winkten mir zu.

Da wir für den Rest des Tages nichts zu tun hatten, trieben wir uns zuerst im Ort und später im Kriegslager um. Gegen Mittag ließen wir uns im Schatten der Portikus nieder. Ich erklärte nun auch Wulfram und Theuderich den Grund für Silingas überstürzte Abreise.

Theuderich, in den Dingen des Lebens noch sehr unerfahren,

wäre der Burgundin am liebsten nachgeritten, um ihr die Meinung zu sagen. Wir konnten ihn aber überzeugen, es zu lassen.

Stattdessen berichtete er vom Beginn der gestrigen Zusammenkunft, an dem wir nicht teilgenommen hatten.

Nach einer unergiebigen Debatte, hatte Chlodwig dem Thronfolger schließlich zugesichert, seinem Vater mit dreitausend Kriegern zu Hilfe zu eilen. Da die Alamannen sich in den Bergwäldern im Süden der Festung sammelten, hielt es der Merowinger für das Beste, zuerst bis Juliacum vorzugehen und dort weitere Informationen abzuwarten. Eine grundlegende Entscheidung darüber, wie und wo man Vadomar entgegentreten wollte, musste noch warten.

Kloderich versprach schließlich, am nächsten Morgen nach der Colonia aufzubrechen und ihm umgehend einen detaillierten Lagebericht zukommen zu lassen.

Wulfram, der dem Bischof Remigius zum ersten Mal gegenübergestanden hatte, zeigte großes Interesse am Wirken und Handeln des nach Chlodwig wichtigsten Mannes des Reiches. Theuderich skizzierte ausführlich den Werdegang des Kirchenmannes, der einer einflussreichen romanischen Familie mit großem Landbesitz entstammte. Seinem Einfluss war es zu danken, dass Franken und Romanen mehr oder weniger gleichberechtigt nebeneinander lebten.

Ein für beide Volksgruppen gleichermaßen vorteilhafter Zustand, den er durch einen Übertritt des Merowingers zum katholischen Glauben weiter auszubauen gedachte. Vor allem Klothilde unterstützte den Bischof in seinen Bemühungen, dem König die christliche Glaubenslehre nahezubringen. Ein erster Rückschlag war der frühe Tod des gemeinsamen, erstgeborenen Kindes. Obwohl das Kind getauft war, lag es eines Morgens tot in seinem Bettchen. Das plötzliche Ableben des Jungen hatte Chlodwig tief getroffen und er wollte von einer Taufe vorerst nichts mehr wissen.

Theuderich glaubte jedoch, dass sein Vater sich bald eines Besseren besinnen würde. Seit frühster Kindheit hatte er Chlodwig als einen Mann erlebt, der sein eigenes Schicksal immer den Erforder-

232

nissen der Politik unterordnete.

„Wenn der Vater einen Sinn oder einen Vorteil darin sieht, zum Christentum überzutreten, wird er es eines Tages tun", kam Theuderich zum Ende des Gesprächs. „Was noch fehlt, ist nur der Anlass. Er wartet auf einen Zeitpunkt, an dem er auf möglichst wenig Widerstand trifft und einer großen Zustimmung sicher sein kann."

„Dann wäre ein Sieg über die heidnischen Alamannen sicherlich ein geeigneter Zeitpunkt", folgerte der Burgunde.

„Was glaubst du denn, warum sich Remigius so vehement für eine Unterstützung der Rheinfranken einsetzt?", antwortete mein junger Freund. Trotz seiner Jugend offenbarte er bereits jetzt ein großes politisches Verständnis.

„Kriege werden nicht nur aus einem Grund geführt", pflichtete ich Theuderich bei. „Es geht zum einen um die Vormacht im Westen, zum anderen aber auch um ein weiteres Zusammenwachsen des Reiches und um die Sicherung der bisher erzielten Erfolge."

Wir hätten noch stundenlang weiter diskutieren können, wenn Theuderich nicht zu seinem Vater gerufen worden wäre. Ich begleitete ihn auf dem Weg zur Therme, weil ich nach meinen Waffen sehen wollte. Schließlich sollten wir am nächsten Morgen in den Krieg ziehen.

Als würde sich der vorgestrige Abend wiederholen, trafen wir auf Hilka, die wie wir der Therme zustrebte. Wieder war es Theuderich, der sich schnell verabschiedete, so dass wir unsere gewohnten Plätze unter dem Vordach wieder einnehmen konnten.

„Vielleicht hat jemand ein Interesse daran", deutete ich zum Himmel, „dass unsere Wege sich regelmäßig kreuzen?"

„Hattest du einen schönen Abend mit Silinga?" Offenbar war ihr nicht danach, belanglose Nettigkeiten auszutauschen. Stattdessen legte sie es darauf an, mich mit den Vorkommnissen der letzten Nacht zu konfrontieren.

„Du weißt, dass es kein guter Abend war. Was glaubst du, warum Silinga mit Kloderich gegangen ist?"

„Ich habe den ganzen Tag gehofft, dass du es mir erzählst", entgegnete sie ernst.

„Wenn dein Bedarf an schlechten Geschichten nicht erschöpft ist?", blieb ich ihr die Antwort nicht schuldig.

„Ist er nicht, Marcellus. Ich glaube auch nicht, dass du schlechte Geschichten erzählst. Selbst dann nicht, wenn sie nicht gut enden."

„Mit einem guten Ende kann ich wirklich nicht aufwarten", begann ich zu erzählen.

So wie es gewesen war, ohne etwas zu beschönigen oder wegzulassen, schilderte ich Hilka von meiner Unterredung mit Silinga.

Sie war sehr nachdenklich und in sich gekehrt, als ich geendet hatte.

„Das arme Mädchen", seufzte sie betroffen. „Eine Frau, die nach Liebe schreit, aber alles daran setzt, ihre wahren Gefühle nicht zuzulassen. Sie glaubt, alles über den Kopf entscheiden zu müssen und vergisst darüber, dass sie ein Herz hat. Es wird der Tag kommen, an dem sie vieles bereuen wird. Ich hoffe für sie, dass es dann nicht zu spät ist. Sie ist eine Sklavin ihrer einmal beschlossenen Vorsätze."

„War es richtig, ihren Bitten zu widerstehen?"

„Ja, Marcellus, das war es", sagte sie mit Überzeugung. „Sie hätte dich ausgesaugt wie ein Verdurstender einen Schwamm und dich dann fallen lassen wie ein glühendes Stück Eisen."

„Und trotzdem empfindest du Mitleid mit ihr?"

„Alles hat zwei Seiten", bemühte sie sich, den Widerspruch zu erklären. „Sie hätte dich, solange es ihr genutzt hätte, für ihre Ziele eingespannt. Dabei verkennt sie, dass sie von ihrer Gefährtin benutzt wird. Rotrudis heuchelt Fürsorge, will aber herrschen. Sie ist Silinga in allen Belangen unterlegen, trotzdem hat sie eine unerklärliche Macht über sie.

Du hättest sie aber nicht angreifen dürfen."

„Warum nicht?", verwahrte ich mich gegen Hilkas Vorwurf. „Einer musste es ihr doch in aller Deutlichkeit sagen."

„Weil es keinen Sinn macht, Marcellus. Du hast sie damit nur in die Arme ihrer Gefährtin zurückgetrieben. Sie muss es selber erkennen."

„Mag sein, dass du Recht hast", lenkte ich ein. „Es ist gut, dass alles vorbei ist."

„Ist es nicht, Marcellus. Sie hat dich mehr in ihren Bann gezogen, als du dir eingestehst. Du hast ihr nur widerstanden, weil du klug genug warst, ihre wahren Beweggründe zu erkennen.

Ihr habt euch angezogen und abgestoßen, was sehr viel Kraft gekostet hat. Die Zeit wird es heilen."

Ich hielt Hilka nicht zurück als sie aufstand und mir zum Abschied mit der Hand über die Wange strich.

‚Was für eine Frau', durchfuhr es mich in plötzlichem Erkennen. Versonnen sah ich ihr nach, bis sie durch die Pforte verschwunden war.

‚Warum hatte Silinga nicht etwas von dem, was Hilka auszeichnete. Es hätte vieles möglich gemacht.'

Eigentlich hatte Kloderichs Tag gut begonnen.

Ganz in der Frühe war Rotrudis mit der Nachricht zu ihm gekommen, dass Silinga doch mit ihm in die Colonia reisen wollte. Das hatte vieles von dem wieder gut gemacht, was der gestrige Abend verdorben hatte.

Niemals in seinem Leben war er vor so vielen Menschen in dieser Weise gedemütigt worden. Alleine dafür hatten der Merowinger und seine Hexe den Tod verdient. Er hatte auf seine und Hagens Rache verzichten müssen und viel Geld verloren. Dass er von Chararich auch nur einen Triens bekommen würde, hielt er für ausgeschlossen.

Am Anfang der Reise hatte er sich oft in der Nähe des Wagens aufgehalten, der die beiden Frauen beförderte. Er hatte sich am Anblick der Burgundin erfreut und mehrmals versucht, sie in ein Gespräch zu verwickeln. Leider hatte sie kein Interesse gezeigt und ihn das letzte Mal bösartig auflaufen lassen.

‚Was sollte ihm eine Frau nützen, die zwar schön und klug war, ihm aber zeitlebens Probleme bereiten würde?'

„Du ziehst ein Gesicht, als hättest du vergorenen Wein oder schales Bier getrunken."

Unbemerkt war Chararich an seine Seite geritten und hatte ihn aus seinen Gedanken gerissen.

„Eine schwierige Frau, die Burgundin", fuhr der König von

Bononia fort.

Der verblüffte Kloderich dachte einen Moment darüber nach, ob Chararich seine Gedanken lesen könnte.

„Heirate sie, Kloderich, mach ihr ein paar Kinder und geh weiterhin zu deiner Bertha, wenn du Spaß haben willst. Du musst nur darauf achten, dass sie nicht zuviel Einfluss nimmt. Und wenn Sigibert eines Tages die Augen für immer schließt, steckst du sie am besten in ein Kloster, ehe sie dir gefährlich wird. Sie will nicht dich, sie will herrschen. Sie ist viel zu klug und gerissen, als dass sie sich mit der Rolle einer treu sorgenden Ehefrau zufrieden gibt."

„Es gibt in der Colonia kein Kloster", antwortete Kloderich mürrisch.

„In einigen Jahren schon", belehrte ihn Chararich. „Das ist der Lauf der Dinge. Die Zeit lässt sich nicht aufhalten. Dem werdet ihr Heiden euch beugen müssen."

„So wie du dich dem Merowinger beugen musstest", grinste Kloderich voller Schadenfreude.

„Erinnere mich nicht daran", grollte Chararich voller Verdruss. „Aber du hast dich auch nicht wie ein Held verhalten."

„Was hätte ich deiner Meinung nach tun können?", wehrte sich der Thronfolger.

„Nichts", antwortete der König von Bononia. „Gestern nichts, aber morgen alles."

„Was willst du damit sagen, Chararich?"

„Dass der Zeitpunkt gekommen ist", flüsterte Chararich.

Bevor er fortfuhr, vergewisserte er sich erst nach allen Seiten, ob ihnen jemand zuhören konnte. Um ganz sicher zu gehen, zügelte er sein Pferd und wies Kloderich an, ebenfalls zu warten. Dann winkte er die neugierig aufschauenden Reiter, den Karren und auch Hagen vorüber. Die von den übrigen Kriegern isolierten Sebastianus und Quirinus hatten die Vorhut übernommen und waren längst außer Sichtweite.

Erst als die Lücke auf eine ausreichende Länge angewachsen war, setzten sie ihre Tiere wieder in Bewegung.

„Wir müssen jetzt handeln, wenn wir Chlodwig beseitigen wollen", beschwor Chararich den Thronfolger. „Eine bessere Gelegenheit wird es nicht geben. Wenn wir es klug anstellen, wird das der letzte Kriegszug des Merowingers werden."

„Wie stellst du dir das vor?", fragte Kloderich neugierig. „Du hast doch sicher einen Plan."

„Den habe ich allerdings", dräute der König von Bononia. „Als besonderer Gast des Merowingers hatte ich ja Zeit genug, mir etwas auszudenken."

„Nun sag schon", drängelte der Thronfolger. „Wie willst du es machen?"

„Nicht ich, sondern wir", bezog Chararich den anderen in die Verantwortung mit ein.

„Wir locken Chlodwig in einen Hinterhalt und machen ihn nieder. Den Überfall schieben wir den Alamannen unter, so dass keiner auf den Gedanken kommen kann, dass wir den Merowinger beseitigt haben."

„Und du glaubst", zweifelte Kloderich, „dass sich Chlodwig ohne Grund so weit von seinen Männern entfernt, dass es gelingen kann?"

„Unbedingt, Kloderich. Es ist nur eine Frage des Zeitpunktes und des Ortes. Es muss dann geschehen, wenn wir den Alamannen so nahegekommen sind, dass ein Überfall glaubhaft erscheint. Und es muss vor einer möglichen Schlacht geschehen."

„Das wird niemals gelingen", protestierte der Thronfolger. „Chlodwig wird nicht daran denken, sich kurz vor einer Schlacht in Gefahr zu bringen. Er wird seine Leibwache immer um sich scharen."

„Mit einigen Bucellariern werden wir es allerdings zu tun bekommen", präzisierte Chararich sein Vorhaben. „Wir müssen ihn und eine möglichst kleine Bedeckung unter einem glaubhaften Vorwand aus dem Feldlager locken."

„Und der wäre?" Kloderich war nahe daran, die Vorstellungen des anderen als Hirngespinste abzutun.

„Wir schicken einen Mann mit einer geheimen Botschaft. Der Übermittler wird um ein Treffen mit dem Alamannenkönig bitten, der Sigibert und Chlodwig ein Angebot unterbreiten möchte."

„Das ist gut", entfuhr es Kloderich. „Der Merowinger wird da-

rauf hoffen, den Krieg ohne Verluste zu beenden. Er würde trotzdem als Sieger gelten, dessen alleiniges Erscheinen die Alamannen zum Nachgeben veranlasst hat."

"Er wird zumindest interessiert sein und sich Vadomars Vorschlag anhören wollen. Als Treffpunkt wird ein Ort vorgeschlagen, der genau in der Mitte zwischen den Heeren liegt, und jeder Teilnehmer darf nur eine begrenzte Anzahl an Männern mit sich führen."

"Und welche Nachricht soll den Merowinger aus der Sicherheit seines Lagers locken?"

"Eine gute", grinste der König von Bononia. "Ein Angebot, das der aktuellen Lage entspringt. Ich werde mit Ragnachar sprechen, dem etwas einfallen wird. Er war die ganze Zeit über vor Ort."

"Das kann gelingen", murmelte Kloderich. "Aber was geschieht, wenn der Merowinger tot ist? Ohne ihren König werden sich Chlodwigs Krieger sofort zurückziehen und wir stehen alleine gegen die Alamannen."

"Das zu verhindern", folgerte Chararich, "wird Ragnachars Aufgabe sein.

Es werden am Ort des Überfalls genug Beweise gefunden werden, die Vadomar die Schuld zuschieben. Unser Freund ist redegewaltig genug, die Krieger gegen die Mörder ihres Königs aufzupeitschen. Sie werden in ihrem Rachedurst jeden Alamannen erschlagen wollen, der ihnen vor die Klingen kommt."

"Wie viele Männer brauchen wir und wer soll der Übermittler sein?"

Chararich hatte den Thronfolger überzeugt, dessen Gedanken nicht mehr um ein 'ob' sondern eher um das 'wie' des Anschlags kreisten.

"Wir brauchen mindestens hundert, besser zweihundert ausgesuchte Kämpfer. Ich denke dabei an meine und Ragnachars Leute. Sigibert darf keinen Verdacht schöpfen. Er würde das Vorhaben hintertreiben."

Chararich ließ einige Augenblicke verstreichen, ehe er fortfuhr.

"Als Unterhändler hatte ich Hinkmar vorgesehen, den du schon

vor Wochen mit einbeziehen wolltest. Leider kann er es nicht mehr machen."

„Dieser verfluchte Marcellus", haderte Kloderich. „Es ist nicht das erste Mal, dass er mir Steine in den Weg legt. Ihn werde ich als ersten erledigen, wenn wir den Merowinger zu seinen Vätern geschickt haben."

„Ich habe an Hagen gedacht", fuhr Chararich fort. „Chlodwig hat ihm seine Rache verdorben, auf die er in keinem Fall verzichten will. Versprich ihm das Leben des Romanen und er wird an unserer Seite sein."

„Das sind viele Einzelheiten, die gut vorbereitet sein müssen", scheute Kloderich ein letztes Mal zurück.

„Deshalb beginnen wir auch sofort", fachte Chararich den Tatendrang des Thronfolgers an. „Wir eilen uns, so bald wie möglich in die Colonia zu kommen, um Ragnachar einzuweihen. Ohne ihn und seine Männer wird es nicht zu machen sein. Mit Hagen reden wir sofort."

Um seinen Gefolgsmann herbeizuschaffen, hatte Kloderich sein Pferd schon angetrieben, als Chararich ihn zurückrief. Mühsam brachte er das sich aufbäumende Tier zu stehen und kehrte um.

„Kein Wort zu anderen, Kloderich. Eine unbedachte Äußerung kann alles verderben. Und was Chlodwig dann mit uns macht, kannst du dir sicherlich vorstellen."

„Kein Wort." Der Thronfolger formte die Finger zur Schwurhand und preschte davon.

Silinga war verwundert, dass Kloderich ein zweites Mal an ihrem Wagen vorbeigeprescht war, ohne einen Blick nach ihr zu werfen. Zuerst war er mit verhängten Zügeln, tief über den Knauf seines Sattels gebeugt, alleine nach vorne galoppiert. Dann, es waren nur wenige Minuten vergangen, kam er ihr, diesmal mit Hagen an seiner Seite, aus der anderen Richtung entgegen.

Nicht, dass sie besonderen Wert auf seine Gesellschaft gelegt hätte, aber es machte sie stutzig, dass er sie offensichtlich ignorierte.

War der Thronfolger verärgert, weil sie seine Annäherungs-

versuche mehrere Male kühl zurückgewiesen hatte, oder war etwas vorgefallen, was sein Verhalten rechtfertigte?

Da auch Hagen nicht wieder zurückkehrte, nahm sie schließlich an, dass die Männer etwas Wichtiges zu bereden hatten.

Sie zuckte mit den Achseln und wandte sich wieder ihren Gedanken zu, mit denen sie bei Marcellus war.

Niemals in ihrem Leben hatte sie eine solche Zurückweisung erfahren. Sie bereute es bitterlich und schämte sich dafür, ihm einen tiefen Einblick in ihre empfindsame Seele gewährt zu haben. Er hatte sie so schwer verletzt, dass sie ihm den Tod wünschte.

‚Warum nur', fragte sie sich, ,lassen mich die Menschen immer dann im Stich, wenn ich sie am nötigsten brauche?'

Zuerst dachte Hagen an einen besonders derben Scherz seines Gefolgsherrn. Je länger Kloderich aber auf ihn einredete und auch Chararich keine Anzeichen von Heiterkeit zeigte, wurde ihm die Brisanz des Angebotes bewusst: Das Leben des Romanen gegen das des Merowingers.

Zuerst hatte er das Ansinnen brüsk von sich gewiesen.

Warum sollte er sich an einem Attentat an Chlodwig beteiligen? Der Merowinger hatte ihm nichts getan.

Dann hatte ihn Kloderich vehement an seinen Schwur erinnert, den er Sigibert und seinen Nachkommen geleistet hatte und ihn gemahnt, das Werk seines Bruders zu vollenden.

Als er drohte, trotzdem standhaft zu bleiben, hatte ihn Chararich schließlich der Feigheit bezichtigt. Ein Schimpf und eine Befleckung seiner Ehre, die nur mit Blut zu tilgen waren. Hagen entschied sich für das Blut des Merowingers.

Wenn er schon einen König töten musste, dann lieber Chlodwig, der den Mörder seines Bruders gedeckt hatte. Das Versprechen der Verschwörer, das Leben des Marcellus in seine Hände zu geben, hatte ihm als notwendige Berechtigung gedient, seine endgültige Zusage zu geben.

Darauf verpflichteten sich die Männer zur Schweigsamkeit und kamen überein, alle weiteren Einzelheiten mit Ragnachar in der Colonia zu besprechen.

Als der Übergang über die Rur und das dahinterliegende Kastell und die Häuser und Hütten von Juliacum vor ihnen lagen, zügelten Sebastianus und Quirinus ihre Pferde.

Vom Morgen bis zum Nachmittag waren sie dem Trupp als Vorhut vorangeeilt. Es hatte ihnen gefallen, Silinga und Kloderich dadurch aus dem Weg zu gehen. Jetzt mussten sie die anderen aber aufschließen lassen, um weitere Instruktionen zu empfangen.

Obwohl es beschlossen war, die Nacht bei Merobaudes zu verbringen, erteilte Chararich den überraschenden Befehl, die Reise bis zum Anbruch der Dunkelheit fortzusetzen und auf dem freien Feld zu kampieren.

Der protestierenden Rotrudis machte Kloderich weis, dass die Gefahr, auf eine alamannische Streifschar zu stoßen, mit jeder Stunde größer würde. Je weiter sie heute kämen, desto sicherer würden sie morgen in die Colonia gelangen. Von nun an war es Rotrudis, die die Männer zu immer größerer Eile antrieb.

Die beiden Freunde übernahmen wieder die Spitze des Zuges, bis sie die Dunkelheit dazu zwang, etliche Leugen hinter Juliacum das Nachtlager aufzuschlagen.

Den Rest des Nachmittags und den frühen Abend verbrachte ich damit, mein ledernes Wams aus dem Kleidersack zu ziehen und die darauf genähten Schuppen vom Rost zu befreien. Dann bearbeitete ich die Klingen von Sax und Spatha mit dem Schleifstein, bis man sich damit den Bart hätte herunterschaben können. Zum Abschluss schliff und polierte ich noch das Blatt der Franziska, bis ich mich darin spiegelte.

Wulfram, der sich meinem Beispiel folgend, ebenfalls der Pflege seiner Wehr gewidmet hatte, überredete mich schließlich, ihn auf einen Nachtgang zu begleiten.

Es war eine merkwürdige Stimmung, die uns in den Strassen des Vicus und in den Gassen des Zeltlagers entgegenschlug.

Es wurde nur wenig gescherzt und gelacht. Bier und Wein, die sonst in Strömen flossen, wurde nur in Maßen zugesprochen. Wer Weib und Kind bis Aquis mit sich geführt hatte, saß jetzt mit ihnen zusammen, weil es die letzte gemeinsame Nacht sein konnte. Diejenigen, die ohne ihren Anhang gekommen waren, hockten alleine oder mit ihren Freunden am Feuer und dachten an die Lieben auf den heimischen Höfen.

Alle Gedanken kreisten um den Krieg, dem sie Morgen entgegenziehen würden. Ob sie mit Ruhm und Beute zurückkehren oder ein einsames Grab in der Fremde finden würden, dass wussten alleine Wodan, Hel oder Jesus Christus im Himmel.

Beschienen vom Licht eines großen Feuers erkannte ich den Bischof Remigius, der sich unter die Kämpfer gemischt hatte.

Angetan mit einer weißen Dalmatika, auf deren Rückseite ein rotes Kreuz gestickt war, teilte er Brot und Wein mit denen, die sich um ihn gelagert hatten.

Aus der dem Vicus zugewandten Seite des Lagers ertönten plötzlich laute Stimmen. Dann machte sich Unruhe breit, die sich bis zu uns fortpflanzte.

Der Merowinger hatte die Thermen verlassen, um seine Krieger aufzusuchen. Von einem Feuer zum nächsten lenkte der Merowinger seine Schritte. Hier grüßte er einen Krieger, dort sprach er zu einer Gruppe, bis er angerufen wurde und dem nächsten Feuer zustrebte. Glühende Blicke folgten ihm, dem Abgott seiner Krieger und Heilsbringer des fränkischen Volkes.

Theuderich der seinem Vater mit Stolz geschwellter Brust folgte, winkte begeistert, als er uns erkannte. Das machte Chlodwig auf uns aufmerksam, der herüberkam und zuerst mich und dann Wulfram herzlich begrüßte.

„Ihr reitet Morgen mit mir und den Bucellariern", zeichnete er uns vor allen Anwesenden aus.

Es war das größte Heer, mit dem ich bisher geritten war.

Beinahe zweitausendachthundert Krieger waren am Morgen gezählt worden, als die Kolonnen sich zum Abmarsch sammelten.

Der größte Teil, den Chlodwig schon in Traiectum um sich gesammelt hatte, waren kampferprobte Kerntruppen, die sich in den Kriegen gegen die Westgoten bewährt hatten. Ihre Heimat war die Region um die alte Hauptstadt Turnacum, der Keimzelle des Merowingerreiches. Einige von ihnen hatten ihren Gefolgschaftseid noch auf Childerich, dem Vater Chlodwigs, abgelegt.

Zu ihnen zählten auch die berittenen Bucellarier des Syagrius, die nach dessen Niederlage geschlossen zum Merowinger übergegangen waren. In ihren Reihen, die jährlich erneuert wurden, dienten Goten, Alamannen, Langobarden, Burgunden, Heruler und wenige Romanen. Eine verschworene Gemeinschaft schlachterprobter Krieger die dort eingesetzt wurde, wo der Kampf am heftigsten tobte. Ausgerüstet waren sie mit dem, was immer noch in den alten Waffenmanufakturen Nordgalliens hergestellt wurde: Kettenhemden, Rundschilde, Langspieße, Schlachtäxte, Spathen und rostrote Mäntel.

Hortarius, ihr Anführer, hatte sich einen goldenen, mit Edelsteinen verzierten Bügelhelm über die schwarzen Locken gestülpt, von dem ein purpurn eingefärbter Rossschweif herabwehte.

Ihre fränkischen Waffenbrüder, größtenteils Fußkämpfer, vertrauten auf ihre althergebrachten Waffen wie Spatha, Sax, Ango und die schreckliche Franziska. An Schutzwaffen sah ich Rundschilde, wenige Schuppenpanzer und vereinzelte Spangenhelme.

Sie zogen in hellen Haufen dem Etappenziel des ersten Tages, der Festung Juliacum, entgegen. Die Bucellarier hingegen umgaben als eherner Block die königliche Familie und Chlodwigs engstes Gefolge.

Ich erkannte den Wagen, auf dem Klothilde und Hilka reisten. Auch Remigius hatte darauf verzichtet, in der Sicherheit von Aquis zurückzubleiben.

Der lange Heereszug, von dessen Mitte aus man weder den Anfang noch das Ende sehen konnte, wälzte sich lärmend über die staubige Straße nach Osten. Lange Staubfahnen behinderten die Sicht und machten das Atmen derer zur Qual, die nicht das Glück hatten, der Vorhut zugeteilt zu sein.

Über allem hingen das grollende Schlurfen der Stiefel, das Mahlen der eisenbeschlagenen Karrenräder und das Gebrüll des mitgeführten Schlachtviehs.

Mehr als dreihundert Wagen, ebenso viele Fuhrknechte und hunderte Rinder und Schafe zählte der gewaltige Tross. Die hohe

Zahl der Karren erklärte sich daraus, dass Chlodwig befohlen hatte, Proviant für einen Monat mitzunehmen. Rechnete man die persönliche Habe der Krieger, die Zeltbahnen und das Kochgeschirr hinzu, ergab sich die Zahl von einem Karren auf zehn Soldaten.

Wulfram und ich waren von den Bucellariern begeistert aufgenommen worden.

Unser Abenteuer in der Silva Arduenna und die ungerechtfertigte Anschuldigung des Rheinfranken hatten sich, dank Theuderich, herumgesprochen. Mehrmals musste ich erzählen, wie es mir gelungen war, den berüchtigten Hinkmar und seinen Kumpanen Hatto alleine zu besiegen. Ebenso wollten sie alles über die Alamannen wissen, mit denen wir bereits die Klingen gekreuzt hatten. Wir waren Helden und gefielen uns darin.

Vor dem Übergang über die Rur, einer steinernen Pfeilerbrücke aus römischer Zeit, erwartete uns Graf Merobaudes. Er hatte mit seinem Gefolge bewusst das linke Ufer des Flusses gewählt, der das Interessengebiet Sigiberts von dem des Merowingers trennte.

Chlodwig willigte in die Übereinkunft ein, seine Männer vor dem Übergang das Kriegslager errichten zu lassen. Er bestand aber darauf, dass seine Familie, der Bischof und die wichtigsten Befehlshaber im Kastell Unterkunft fanden.

Merobaudes stimmte mit Freuden zu, war doch die Festhalle bereits üppig hergerichtet worden.

Er hatte aber die Disziplin unterschätzt, die Chlodwig sich und seinem engsten Kreis abverlangte, wenn man sich auf einem Kriegszug befand. Zur Enttäuschung des Grafen wurde es nichts mit einem bis zum Morgengrauen andauernden Gelage. Dieses Mal musste er darauf verzichten, den Gästen den gesellschaftlichen Höhepunkt seiner Hofhaltung zu präsentieren.

Das Aufheben der Tafel und der Beginn des anschließenden Besäufnisses unterlag einem peinlich einzuhaltenden Ritual. Unter dem Jubel der angetrunkenen Geladenen betrat die hübscheste Magd von Juliacum, eine bronzene Schale und einen aufwändig verzierten Kamm in den Händen, den Raum. Feierlich überreichte sie dem Grafen die Utensilien, der darauf den Kopf über das Becken beugte und sich mit dem Kamm durch den Bart fuhr, bis auch der letzte Brotkrümel entfernt war.

Unverzüglich ließ er die geliebte Schale und den berüchtigten Kamm in seine Kammer zurückbringen. Diese beiden Utensilien seiner Hofhaltung waren ihm so wichtig, dass er dereinst angeordnet hatte, dass sie ihn eines Tages auf die Reise zu Wodans Tafel begleiten sollten.

Wulfram und ich gehörten nicht zu den zehn ausgesuchten Bucellariern, die ihren Herrn in die Festung begleiteten. Chlodwig hatte angeordnet, dass wir unsere Zeltbahnen bei unseren neuen Kameraden aufschlagen sollten. Er übertrug uns aber die Aufsicht über seinen ältesten Sohn. Theuderich sollte das erste Mal in seinem jungen Leben mit den Kriegern nächtigen.

Für den nächsten Morgen bestellte er uns jedoch in das steinerne Gebäude im Innern der Festung, wo er die Lagebesprechung angeordnet hatte.

Den aufgeregten Theuderich an der Seite, gesellten wir uns zu den Bucellariern und brieten an langen Spießen das Fleisch eines frisch geschlachteten Ochsen.

Bis spät in die Nacht saßen wir zusammen, tranken Bier und lauschten den Erzählungen graubärtiger Recken. Wir hörten von gewaltigen Helden, dem Ende des unglücklichen Syagrius und den Schlachten gegen die tapferen Goten.

Dann stimmten wir mit ein in die wilden Gesänge, die in den Sternen übersäten Himmel stiegen.

Schließlich weckten wir den eingeschlafenen Theuderich, suchten das Zelt auf und hüllten uns in die wollenen Decken unseres Nachtlagers.

Unsere Morgenwäsche verrichteten wir am Ufer der träge dahinfließenden Rur. Bis zu den Knien wateten wir in das kiesige Flussbett hinein, dessen Fluten viele mit Gebüsch bewachsene Inseln ausgespart hatten. Ein Schwarm von Enten und Blesshühnern stieg auf, als uns der jauchzende Theuderich im jugendlichen Übermut mit Wasser bespritzte.

Derart erfrischt, traten wir zur angegebenen Zeit den Weg ins Kastell an.

Über einen, weit in die sumpfige Flussniederung reichenden Damm erreichten wir den hölzernen Bohlenbelag der Brücke. Die Hölzer der auf vier steinernen Pfeilern ruhenden Fahrbahn waren an vielen Stellen ausgebessert und bedurften einer dringenden Erneuerung. Wulfram bezweifelte, ob das Bauwerk die Passage mehrerer tausend Kämpfer und der Wagen des Trosses unbeschadet überstehen würde. Am anderen Ufer schloss sich ein weiterer Damm an, der auf trockenes Gelände führte.

Von hier aus beschrieb die Straße einen leichten Bogen zur Festung.

Drei Tore und vierzehn, mit Ziegeln gedeckte Rundtürme verstärkten den annähernd kreisrunden Mauerring, in dessen Innern sich die hölzernen Bauten des Vicus Juliacum erhoben. Der vorgelagerte Graben war in Teilen verfüllt worden und ich sah einige Knechte, die mit Schaufeln und Hacken versuchten, den ursprünglichen Zustand wieder herzustellen. Die meisten Einwohner hatten sich in die Festung zurückgezogen, weil die sich im Osten anschließenden Wohnviertel längst aufgegeben worden waren. Nur vereinzelt hausten noch einige Familien in notdürftig wieder hergestellten Gebäuden aus römischen Zeiten. Sie betrieben hier ihre Brenn- und Schmelzöfen, deren Gebrauch man innerhalb der Mauern untersagt hatte.

Innerhalb des Berings erhob sich ein einziges steinernes Gebäude, das man im Wesentlichen aus wenig behauenen Bruchsteinen und den Überresten des sich östlich des Vicus anschließenden Gräberfeldes errichtet hatte. Wie vielerorts waren die Denkmäler abgebaut und Grabsteine entnommen worden, um als preiswertes Baumaterial einer zweiten Verwendung zu dienen. Ein klobiger Bau mit wenigen, das Tageslicht nur spärlich einlassenden Rundbogenfenstern.

Hier lebte seit zwei Generationen die Familie des Grafen Merobaudes. Sein Vater hatte bereits unter dem Magister Militum Aegidius das Amt des Festungskommandanten versehen. Als nach der Ermordung Valentinians III. die Soldzahlungen ausblieben, hatten er und seine Männer, in der Mehrheit brukterische Foederaten, eine Übereinkunft mit Sigiberts Vater getroffen und waren geblieben. Zum Grafen ernannt, repräsentierte der ehemalige römische Grenzoffizier von nun an die Interessen des in der Colonia regierenden Frankenkönigs.

Eine willkommene Unterbrechung des täglichen Einerleis stellten die besser gestellten Gäste dar, denen der Graf in seinem Haus Obdach bot, wenn sie auf dem Weg nach der Colonia in Juliacum die Nacht verbringen mussten.

Die vor dem Haus postierte Wache verwies uns zur hölzernen Festhalle, die Chlodwig zu seinem Versammlungsraum hatte umfunktionieren lassen. Die Räumlichkeiten seines Quartiers hätten einer größeren Anzahl an Menschen nicht genügend Platz geboten.

Der Merowinger begrüßte zuerst seinen Sohn und dann auch Wulfram und mich persönlich. Uns wies er Plätze im hinteren Bereich zu, während sich Theuderich neben ihm niederließ.

Außer uns, dem Bischof und Hortarius hatten sich die Führer der einzelnen Kontingente und Merobaudes eingefunden. In der Nähe des Königs hatte ein Meldereiter Sigiberts Platz genommen, dessen Bericht die Versammlung eröffnete.

Der Mann berichtete, dass sich die Heere seit Tagen bei Tolbiacum untätig gegenüberlagen. Während Sigiberts Verbände sich um die starke Festung gelagert hatten, verzichteten Vadomars Scharen darauf, die schützenden Wälder zu verlassen. In und um den verlassenen Vicus Belgica sollte sich die Hauptmacht des Feindes ballen. Offenbar warteten die Alamannen darauf, weiteren Zuzug von jenseits des Rheins zu erhalten.

Während Sigibert seinen Kriegern den Proviant kürzte, zogen die Streifscharen des Feindes durch das Land, drangsalierten die zurückgebliebene Bevölkerung und holten die Ernte von den Feldern und aus den Scheunen. Dabei kam es immer wieder zu Gefechten in denen mal die eine und mal die andere Seite im Vorteil war. Wegen der zahlenmäßigen Überlegenheit der Alamannen wogen Sigiberts Verluste aber schwerer.

Eine Situation, die nicht mehr lange andauern durfte, wollte man dem Feind nicht das Land überlassen und sich hinter den

Schutz der Festungen zurückziehen. Die Initiative zu übernehmen und den Alamannen die Schlacht anzubieten, dazu fühlte Sigibert sich nicht stark genug.

Der Mann gab die eigene Stärke mit etwas mehr als fünftausend Kriegern an, während Vadomar über neuntausend Krieger versammelt hätte.

„Der Alamannenkönig scheut sich, Sigiberts feste Stellung um Tolbiacum anzugreifen", dozierte Hortarius nüchtern. „Er wird es aber tun, wenn er von unserem Anmarsch unterrichtet ist."

„Also hat es keine Eile", entgegnete Chlodwig. „Er wird erst aufmarschieren, wenn wir Juliacum verlassen haben. Dass wir hier sind, dürfte ihm nicht entgangen sein."

„Worauf wartest du?", fragte Hortarius ungeduldig.

„Ich möchte nichts überstürzen", stellte der Merowinger sachlich fest. „Ein unbedachter Vormarsch kann alles zunichte machen."

„Ich stimme dem König zu", ergriff Remigius das Wort. „Es ist noch Zeit. Um eine gemeinsame Strategie abzustimmen, brauchen wir genaue Informationen über den Ort einer möglichen Schlacht. Die Lage ist zu ernst, als alles einem glücklichen Zufall unterzuordnen."

Während Remigius sprach, forschte Chlodwig in den Gesichtern seiner Kriegsführer nach Ablehnung oder Zustimmung. Das Ergebnis schien ihn zufrieden zu stellen.

„Wir brechen in drei Tagen auf", beschied der Merowinger dem Boten. „Richte deinem Herrn aus, dass wir täglich neue Botschaft erwarten."

Weil Klothilde darauf bestanden hatte, dass Theuderich das Abendmahl gemeinsam mit der Familie einnehmen sollte, brachen Wulfram und ich ohne unseren jungen Freund zum Kriegslager auf.

Auf der Brücke lehnten wir uns an das hölzerne Geländer und sahen einigen Jungkriegern zu, die bis zu den Knien im Wasser stehend und den flink herumflitzenden Forellen nachstellten. Mit den bloßen Händen besserten sie in erstaunlich kurzer Zeit ihre Essensrationen auf.

„Was glaubst du?", sprach ich Wulfram an, nachdem ich einige Zeit zugesehen hatte. „Warum lässt sich Chlodwig so viel Zeit?"

„Tja", sinnierte der Burgunde. „Ich denke, das ist Politik. Der Merowinger und sein Bischof haben ein Interesse daran, einem geschwächten Verbündeten gegen einen ermüdeten Gegner beizustehen. Das macht ihm die Sache leichter und vergrößert sein Ansehen im Falle des Sieges. Aber es ist ein riskantes Unterfangen, das auch mit einer Niederlage enden kann."

„Denkst du", gab ich meinen Befürchtungen Ausdruck, „dass Chlodwig zu viel will? Einen glänzenden Sieg gegen den Feind und eine Vorherrschaft über Sigiberts Reich?"

„Der Merowinger hat immer viel gewagt und alles bekommen", antwortete Wulfram. „Aber er ist kein Spieler. Ich glaube, dass er seinen Willen auch dieses Mal durchsetzt."

„Und dann?", fragte ich gespannt.

„Wähle, was dir lieber ist", lachte Wulfram auf, „die Westgoten, die Burgunden oder die konkurrierenden Kleinkönige in seiner Nachbarschaft. Wir werden es erleben."

„Gibt es einen, der den Merowinger aufhalten kann?"

„Vielleicht der Ostgote Theoderich", sinnierte der Burgunde. „Aber nur, wenn Chlodwig ihm zu nahe rückt. Von den Oströmern hat er wenig zu befürchten. Die haben zu sehr mit sich selber zu tun. Am ehesten sein eigener Machthunger, was aber Klothilde und der Bischof zu verhindern wissen.

Wir dienen einem großen Mann, Marcellus, vielleicht dem größten der in den letzten hundert Jahren gelebt hat. Und wir stehen am Beginn einer neuen Zeit, die den ganzen Westen verändern wird."

„Schön", murmelte ich „Dann kannst du später deinen Kindern erzählen, dass du dabei gewesen bist."

Lautes Rufen und das Trappeln von Pferdehufen lockten Bertha und ihren kleinen Bruder vor ihre Behausung. In den Schatten des Vordaches gedrückt, erkannte sie als ersten Quirinus, der neben Sebastianus an der Spitze eines Reiterzuges stadteinwärts ritt. Dann fiel ihr Blick auf Kloderich, aber der zum Gruß erhobene Arm sank herab, als sie hinter ihm den Wagen mit den Frauen entdeckte.

‚Das muss die schöne Burgundin sein', fuhr es ihr durch den Kopf und sie trat rasch noch einen Schritt zurück.

Kloderich hatte die Bewegung vor dem ihm bekannten Haus erkannt, schaute aber zur Seite, als Berthas Blick ihn traf.

‚Jetzt bin ich ihm nicht mehr gut genug', verstand die junge Frau. Sie nahm den kleinen Jungen bei der Hand und verschwand im Haus. Als sie ihre Tränen mit einem Lappen getrocknet hatte, fiel ihr ein, dass Marcellus, Pippin und Folmar nicht dabei gewesen waren. Sie fragte sich, ob ihnen etwas zugestoßen sei, verwarf den Gedanken jedoch wieder, weil es sie nichts anging.

In der Hoffnung, Sigibert seine schöne Braut vorzustellen, stürmte Kloderich den anderen voraus. Mehrere Stufen auf einmal nehmend, jagte er die Treppe zur Thronhalle hinauf und stieß die Türflügel nach innen.

Erstaunt blickte Ragnachar hoch, der mit einigen Hauptleuten an einem Holztisch stand. Vor ihnen, auf der eichenen Platte, hatte einer der Männer ein vergilbtes Pergament ausgebreitet. Die noch aus den Zeiten des Aegidius stammende Karte zeigte in groben Umrissen den südlichen Teil der ehemaligen ‚Germania Secunda'.

„Ragnachar, welch Freude!", begrüßte der Thronfolger den König von Cameracum ungewohnt freundlich. „Wo ist Sigibert?"

„Dein Vater ist bei seinen Kriegern", antwortete Ragnachar mit leichtem Vorwurf. „Ich erwarte nur noch die Verstärkungen vom anderen Ufer und werde mich dann ebenfalls nach Tolbiacum begeben.

Was hast du bei Chlodwig erreicht? Bringst du Hilfe?"

„Der Merowinger", antwortete Kloderich stolz, „ist einen Tag nach mir aufgebrochen. Er führt uns dreitausend seiner besten Kämpfer zu. Sie müssten schon in Juliacum sein."

„Das ist gut, ich…" Das Eintreffen Chararichs, Hagens und der beiden Frauen unterbrach den Hünen.

„Ich möchte dir meine Braut, Silinga, vorstellen." Kloderich trat zu der Burgundin und versuchte, seinen Arm um ihre Hüfte

zu legen. Silinga wehrte ihn mit einer Handbewegung ab und trat einen Schritt zur Seite.

„Chararich, Hagen", überspielte Ragnachar den ungeschickten Auftritt und reichte zuerst dem König von Bononia und dann dem finsteren Hagen die Hand.

„Wir müssen reden, sofort!", flüsterte Chararich. Er war nahe an Ragnachar herangetreten, der ihm den Kopf zugewandt hatte.

„Ja", raunte der König von Cameracum. Er kannte Chararich seit nunmehr zwanzig Jahren und wusste, dass dieser nicht ohne Grund auf einer sofortigen Aussprache bestand.

„Silinga", verbeugte er sich vor der Burgundin und reichte ihr die Hand. „Entschuldige, dass ich mich dir nicht gebührend widmen kann. Die Geschäfte des Krieges dulden keinen Aufschub.

Kloderich wird dir sicherlich eine gute Kammer herrichten lassen."

Zuerst schaute der Thronfolger verdutzt, dann fasste er sich und geleitete die Frauen hinaus. Hagen folgte ihnen mit einigem Abstand.

Ragnachar bedeutete Chararich mit einer Handbewegung zu bleiben und richtete das Wort an die anwesenden Stammesführer.

„Es ist alles gesagt. Zusammen mit euren Männern und Chlodwigs Kriegern können wir Vadomar die Stirn bieten. Ein Franke steht gegen einen Alamannen. Wir dürfen nicht länger warten, sondern müssen die Initiative ergreifen, ehe dem Alamannenkönig weitere Verstärkungen zugeführt werden. Am Morgen des dritten Tages werde ich mit den noch erwarteten Truppen nach Tolbiacum marschieren.

Kloderich wird morgen zu Sigibert aufbrechen und ihm die gute Nachricht überbringen. Lasst euren in der Divitia lagernden Kriegshaufen sagen, dass sie sich bereit machen sollen. Ihr werdet den Thronfolger begleiten."

Chararich blickte entsetzt auf, schlug aber die Augen sofort wieder zu Boden, als Ragnachar seinen Befehl gegeben hatte.

„Was hat dich erschreckt?", fragte Ragnachar, dem die Reaktion des anderen nicht entgangen war.

„Hör zu, was ich dir zu sagen habe", raunte Chararich. „Es

ist von solcher Wichtigkeit, dass du Kloderich nicht zu Sigibert schicken kannst. "

Beginnend mit seinem Ritt nach Traiectum und der darauf folgenden Inhaftierung, schilderte er Ragnachar die Vorkommnisse der letzten Tage. Als er auf das geplante Attentat zu sprechen kam, verfinsterte sich die Miene seines Zuhörers.

„Du bist von Sinnen", lautete Ragnachars erste Reaktion auf das Ansinnen, das ihm gerade vorgetragen wurde. „Ich verstehe deinen Hass und deine Wut. Aber es ist der denkbar schlechteste Augenblick, den Merowinger umzubringen. "

„Ist es nicht", widersprach Chararich heftig.

Je länger er in den nächsten Minuten auf den König von Cameracum einredete und seinen Plan in allen Einzelheiten erläuterte, desto aufmerksamer lauschte dieser seinen Worten.

„Es ist Wahnsinn", beharrte Ragnachar auf seinem Standpunkt. „Aber wir werden es eines Tages tun müssen, wenn wir nicht untergehen wollen. "

„Warum dann nicht jetzt?", drang Chararich in Ragnachar. „Eine bessere Gelegenheit wird es auf lange Zeit nicht geben. "

„Ich werde es überdenken, Chararich. "

„Dazu ist keine Zeit. Entweder handeln wir schnell oder wir lassen es. "

„Komme nach Einbruch der Dunkelheit wieder", entschied der König von Cameracum. „Dann werde ich dir meine Entscheidung mitteilen. "

„Und was ist mit Kloderich?", wandte sich Chararich beim Gehen noch einmal um. „Bleibst du dabei, ihn zu Sigibert zu schicken? "

„Ich wüsste nicht", entgegnete Ragnachar, „warum ich meine Meinung ändern sollte. "

Chararich war viel zu fahrig und angespannt, um sein Quartier aufzusuchen oder seinen hungrigen Magen zu beruhigen. Ziellos strich er durch die Gassen des Hafenviertels, bis er sich schließlich am Ufer des Stromes wiederfand. Aber selbst die ruhig vorbei strömenden Wasser vermochten es nicht, den Fluss seiner Gedanken zu beruhigen.

Endlich, es schien eine Ewigkeit vergangen zu sein, betrat er im letzten Licht des schwindenden Tages den Hof des Prätoriums. Jede Stufe, die er zum Thronsaal emporklomm, ließ ihn die Mattigkeit seiner Glieder spüren. Vor der Bohlentüre hielt er kurz inne, ehe er der Wache befahl, ihn einzulassen.

Dem Eintretenden den Rücken zukehrend lehnte der König von Cameracum an der Brüstung des geöffneten Fensters und schaute auf den Fluss hinaus. Wie flüssiges Gold tanzten die Lichter der soeben entzündeten Wachfeuer auf den Fluten und von der Divitia hallte der Ruf eines Signalhorns über den Fluss. Das allabendliche Zeichen für die Krieger, den Schutz der Mauern aufzusuchen.

„Ich bin dabei", klang es dumpf vom Fenster herüber. „Aber wir machen es zu meinen Bedingungen."

„Und die wären?", heischte der König von Bononia nach einer Antwort.

Statt einer Antwort wendete sich Ragnachar dem Ankömmling zu und deutete mit der Hand auf einen Sessel.

„Zum Ersten", begann er, „möchte ich Kloderich nicht dabei haben. Er ist undiszipliniert und im entscheidenden Moment auch zu feige für eine solche Tat. Wenn es gelingen soll, dürfen wir kein zusätzliches Risiko eingehen. Du weißt was mit uns geschieht, wenn es fehlschlägt?"

Chararich bestätigte mit einem Nicken.

„Zum Zweiten ist das ganze Unternehmen darauf ausgelegt, dass es bis unmittelbar vor dem Zuschlagen abgebrochen werden kann. Ich möchte nicht wegen einer Dummheit sterben."

„Und wie soll das vonstatten gehen?" Chararich beugte sich neugierig vor und blickte Ragnachar gespannt an.

„Der Fuchs wird durch einen Köder aus seinem Bau gelockt. Ich bitte den Merowinger zu mir zu kommen."

„Du willst selber zu Chlodwig gehen?", fragte Chararich ungläubig.

„Nein", lächelte der König von Cameracum. „Ein Bote wird ihm diese Nachricht überbringen." Er reichte Chararich ein Pergament, das dieser aufmerksam las.

„Das ist perfide, aber gut", lobte der König von Bononia den Inhalt. „Ich weiß auch schon, wer der Überbringer ist."

„Und?" Jetzt war es Ragnachar, der gespannt die Antwort seines Gesprächspartners erwartete.

„Hagen wird gehen. Ich habe ihn vor dir eingeweiht und er ist bereit, sich an dem Anschlag zu beteiligen. Sein Preis ist das Leben des Romanen Marcellus."

„Warum das?", staunte Ragnachar.

„Weil Marcellus seinen Bruder Hinkmar getötet hat."

„Hinkmar ist tot?"

„Davon später", tat Chararich die Frage ab.

„Chlodwig kennt Hagen als Kloderichs treuen Gefolgsmann und wird keinen Verdacht schöpfen. Es ist glaubwürdig, dass du ihm diese wichtige Mitteilung anvertraut hast. Er wird ihm, nein, er muss ihm folgen und in die Falle gehen."

„Und wenn ihm nicht geglaubt wird? Wenn sie Verdacht schöpfen, ihn foltern und die Wahrheit aus ihm herauspressen?", zweifelte der König von Cameracum.

„Dann nehmen wir es auf unseren Eid, dass er zu Vadomar übergelaufen ist. Beweise werden sich finden lassen. Das lass meine Sorge sein", bemühte sich Chararich, den Zweifel zu zerstreuen.

Chararich bedachte sich kurz, ehe er fortfuhr. „Wo willst du dem Merowinger auflauern, Ragnachar?"

„Etwa zehn Leugen von Juliacum in Richtung Tolbiacum", fuhr dieser fort, seinen Plan zu erläutern. „Einer meiner Männer sagte mir, dass es dort einen Hohlweg in einem dichten Waldstück gibt. Wie geschaffen für einen Hinterhalt."

„In dem Pergament steht geschrieben, dass Chlodwig nur wenige Männer begleiten sollen, um keinen Verdacht zu erregen. Was geschieht, wenn er sich nicht daran hält und mit einer großen Bewachung aufbricht?", fragte Chararich.

„Dann verschieben wir das Unternehmen, reiten ihm entgegen und teilen ihm mit, dass sein Gesprächspartner das Interesse an einer Unterredung verloren hat."

„Und was sagen wir, wenn wir vorzeitig entdeckt werden?"

„Wir erklären, dass wir eine alamannische Streifschar verfolgen, die ins Hinterland durchgebrochen ist."

„Auch gut", murmelte Chararich. „Wie viele Männer gedenkst du mitzunehmen?"

„Fünfzig ausgesuchte Kämpfer, die es mit zwanzig oder dreißig Bucellariern aufnehmen können", erläuterte Ragnachar. „Zwanzig von deinen und dreißig von meinen Männern.

Wir beide werden sie persönlich anführen. Es darf kein Fehler geschehen. Außerdem müssen wir sicher sein, dass der Merowinger tot ist, wenn wir die nächsten Schritte in Angriff zu nehmen."

„Und die wären?"

„Wie du bereits angemerkt hast, müssen wir die Tat den Alamannen unterschieben, den Rachedurst von Chlodwigs Kriegern herausfordern und sie gegen Vadomar führen."

„Wann brechen wir auf?" Beide Fäuste geballt, verzerrte ein bösartiges Grinsen die Gesichtszüge des Königs von Bononia.

„Morgen bei Sonnenuntergang", entschied Ragnachar mit fester Stimme. „Hagen wird uns zum Versteck begleiten und noch in der Nacht nach Juliacum weiterreiten. Der Merowinger wird den Vormittag nicht überleben. Dein Gott und meine Götter werden mit uns sein."

Hastig schlug Chararich das Zeichen des Kreuzes und küsste sein um den Hals getragenes Amulett.

„Wache", rief Ragnachar die vor der Tür postierten Krieger herein. „Bittet den Thronfolger zu mir. Es eilt."

Wenige Augenblicke später betrat Kloderich den Thronsaal und sah sich den beiden Mitverschwörern gegenüber. Kurz angebunden teilte Ragnachar ihm mit, dass seine Teilnahme nicht vonnöten sei.

„Es wäre der gemeinsamen Sache dienlicher", beschied Ragnachar, „Sigibert beim Hinhalten der Alamannen zu unterstützen."

Das nachmittägliche Willkommensbier, das der Thronfolger nach seiner Ankunft mit den Wachen getrunken hatte, half ihm über die erste Enttäuschung hinweg.

‚Sollen sie es doch ohne mich machen', griente er hämisch, als

Ragnachar ihn entlassen hatte.

Je länger er sich bedachte, gefiel es ihm allerdings immer mehr, die blutige Arbeit den anderen zu überlassen. Wenn die beiden ihre Tat ausführten, würde er auf dem Weg nach Tolbiacum sein und niemand würde ihn später der Teilnahme oder der Mitwisserschaft bezichtigen können.

‚Du musst Sebastianus und Quirinus mitnehmen. Wenn es mißlingt würden sie vor Sigibert und Chlodwig meine Unschuld bezeugen.'

Mit sich und der Welt zufrieden, durchstreifte er auf der Suche nach einer geöffneten Taverne die Gassen rund um das Prätorium. Angetrunken und nicht mehr ganz sicher auf den Beinen, kehrte er spät in der Nacht zurück.

Aber anstatt seine Kammer aufzusuchen, hatte er es sich in den Kopf gesetzt, seiner schönen Braut einen Besuch abzustatten.

Zum Entsetzen von Rotrudis polterte es wenige Stunden vor dem Morgengrauen gegen die Türe. Ehe sie sich ihren Mantel überwerfen konnte, barst das Holz und die Pforte krachte mit zerbrochenem Schloss auf den gestampften Lehmboden.

„Nein", gellte Rotrudis Stimme durch die leeren Flure. „Du kommst hier nicht rein!" Ihr wurde übel, als sie den nach schlechtem Wein dünstenden Atem des Thronfolgers wahrnahm.

Silinga hatte der Lärm ebenfalls aus dem Schlaf gerissen. Ungläubig starrte sie auf ihren betrunkenen Bräutigam, als der über die auf dem Boden liegenden Bretter hereintorkelte.

„Wie kannst du es wagen?" Rotrudis packte sich einen Schemel und schlug dem Thronfolger das Möbelstück vor den Kopf.

Kloderich strauchelte, rappelte sich auf und flüchtete aus dem Zimmer. Beide Hände gegen die blutende Stirn gepresst, rempelte er die Wache an, die zur Begutachtung der Störung herbeigeeilt kam.

„Weg", zischte er den Mann an und hastete die Treppe hinunter ins Freie.

Dort kühlte er seinen Kopf in der vom Fluss herwehenden Brise und schlug den Weg zu Bertha ein.

Auch hier verschaffte er sich gewaltsam Zutritt und stürzte sich *auf das überraschte Mädchen. Doch so sehr er sich auch mühte, brachte er es in dieser Nacht wegen des im Übermaß genossenen Weines nicht zustande. Schließlich schlug er Bertha voller Wut mit der flachen Hand ins Gesicht.*

„Du bist nicht bei der Sache", brüllte er sie an. „Bist mit deinen Gedanken wohl bei dem Romanen, oder?"

Tapfer unterdrückte Bertha die Tränen und machte sich von Kloderich frei.

„Wo ist Marcellus?", fragte sie weniger aus Interesse als vielmehr in dem Bestreben, den Thronfolger zu beschäftigen. „Er war nicht bei euch, als ihr in die Stadt rittet."

„Er hat es vorgezogen bei Chlodwig zu bleiben", lallte der Thronfolger. „Aber das wird ihm nichts nutzen. Wenn wir mit dem Merowinger fertig sind, wird auch seine letzte Stunde anbrechen. In zwei Tagen darf Hagen ihn genüsslich abschlachten."

Als Kloderich, Tunika und Umhang in der Hand, nur mit der Hose bekleidet die Straße herabwankte, hatte er seine leichtfertigen Worte längst vergessen. Am folgenden Mittag, nachdem er seinen Rausch ausgeschlafen hatte, erinnerte er sich an nichts mehr.

Den ganzen Tag über hatte Bertha gegrübelt.

War das nur eine leere Drohung gewesen, die Kloderich gegen Marcellus ausgestoßen hatte?

Am Nachmittag hatte sie dann beschlossen, es als leeres Geschwätz eines Betrunkenen abzutun. Wenn nicht die Drohung gegen Chlodwig gewesen wäre, hätte sie ihren Vorsatz auch beibehalten. Die Worte „...wenn wir mit dem Merowinger fertig sind...", ließen ihren Argwohn auflodern.

Am Abend wurde sie dann Zeuge, wie Hagen und die beiden Könige aufbrachen. Gefolgt von einer großen Schar Krieger waren sie nach Einbruch der Dunkelheit durch ihre Straße in Richtung Westen und Juliacum vorbeigezogen.

Sie wusste, dass der Feind im Süden und nicht im Westen stand. Also schien es wirklich Chlodwig und damit auch Marcellus zu gelten.

Aber was sollte sie jetzt tun? In das Prätorium eilen und Quirinus alarmieren, der bestimmt wusste, was zu tun war? Sie hätte sich auch gleich im Rhein ertränken können. Wenn sie etwas unternahm, durfte keiner wissen, dass der Hinweis von ihr kam.

Es war nach Mitternacht, als sie sich endlich zu einem Entschluss durchgerungen hatte.

Sie suchte lange, bis sie ein Holzbrettchen fand, das sie mit einer rußigen Nadel beschriften konnte. Dann setzte sie sich an den Tisch und begann ihre Botschaft in ungelenken Worten niederzuschreiben. Es zahlte sich jetzt aus, dass ihre Mutter den Priester einst gebeten hatte, das junge Mädchen im Gebrauch der Schrift zu unterweisen.

Mit Wohlgefallen betrachtete sie ihr Werk, weckte den kleinen Bruder und ging mit ihm zum Prätorium. An einer Straßenecke, hinter der sich der Vorplatz zum Palast öffnete, blieben sie stehen.

„Geh zur Wache", schärfte sie ihrem Brüderchen ein. „Geh zu dem Mann am Tor und zeige ihm das Brettchen. Er muss es sofort an Quirinus weiterleiten. Gib dem Mann das dafür."

Sie fingerte in ihrem Beutel nach der Münze, mit der das Essen für die nächsten Tage gekauft werden sollte.

‚Ist es das wert?', überlegte sie kurz, drückte dem Kleinen dann aber doch das Geldstück in die Hand.

Sie sah zu, wie der Wachsoldat das Brettchen in Empfang nahm, es von allen Seiten begutachtete und schließlich die Münze auf ihre Echtheit prüfte. Dann tätschelte der Mann dem Jungen die Wange und verschwand im Innern des Prätoriums.

Erleichtert schloss sie das zurückgekehrte Brüderchen in die Arme und eilte nach Hause. Dort wartete sie gespannt ab, was geschehen würde.

Die beiden Freunde hatten am Abend missmutig ihre Sachen gepackt, da sie am nächsten Morgen mit Kloderich nach Tolbiacum aufbrechen sollten. Lieber hätten sie sich irgendeinem Haufen rechtsrheinischer Bauernkrieger angeschlossen, als mit dem Thronfolger zu reiten. Aber der Befehl war eindeutig gewesen und hatte keinen Widerspruch geduldet.

Eine Zeit lagen sie noch wach und sprachen über Marcellus und Wulfram, die mittlerweile in Juliacum angekommen sein mussten. Dann hatte Quirinus seinem Freund eine gute Nacht gewünscht und sich zur Wand gedreht, um noch einmal die Vorzüge einer komfortablen Bettstatt zu genießen.

Das Klopfen der Wache riss die beiden Freunde aus dem Tiefschlag. Benommen richtete Sebastianus sich auf und schlurfte zur Türe, um nach dem späten Besucher zu sehen.

Er schob den hölzernen Riegel zurück und erkannte die Torwache, die ihm ein mit Schriftzeichen bedecktes Brettchen entgegenhielt.

„Das hat ein kleiner Junge für Quirinus abgegeben. Er sagte, es sei sehr wichtig."

Das vom Korridor hereinscheinende Licht einer trüben Öllampe reichte nicht aus, die leicht verwischten Worte zu entziffern.

„Hast du es gelesen?", fragte Sebastianus den Krieger und unterdrückte ein Gähnen.

„Wie sollte ich?", wand sich der Mann verlegen. „Wer soll einem rechtsrheinischen Waldbauern Lesen und Schreiben beibringen?

Wahrscheinlich bittet eines eurer Liebchen um ein letztes Treffen, bevor es in den Krieg geht."

„Schon gut", wiegelte Sebastianus ab und gab dem Mann eine kleine Münze. Der Wachsoldat dankte und kehrte rasch auf seinen Posten zurück.

„Wer war das?", fragte der inzwischen hellwache Quirinus.

„Die Wache hat etwas für dich abgegeben."

Gemeinsam suchten die Freunde nach Schlageisen und Zunderschwamm, mit denen Quirinus ein blakendes Öllicht entzündete.

„Zieh den Docht mehr ein", nörgelte Sebastianus. „Ich möchte nicht für den Rest der Nacht husten."

Gegen seine Gewohnheit unterblieb eine Entgegnung des Freundes, der wie gebannt auf das Geschreibsel starrte. Dann nahm er das Täfelchen und reichte es Sebastianus, der es ebenfalls Wort für Wort entzifferte.

„Die zwei Könige und Hagen sind mit vielen Kriegern nach Juliacum, um Chlodwig und Marcellus zu töten."

„Da erlaubt sich jemand einen Scherz?", mutmaßte Quirinus.

„Das glaube ich nicht", schüttelte Sebastianus den Kopf. „Wer kann wissen, dass Marcellus in Juliacum ist?"

„Kloderich?", gab sich Quirinus nicht geschlagen.

„Viel zu besoffen", wiegelte Sebastianus ab. „Und hast du ihn jemals schreiben sehen?"

„Zur Hölle mit Kloderich", fluchte Quirinus. „Das ist blutiger Ernst! Wir müssen sofort nach Juliacum! Ich hoffe, es ist nicht zu spät."

Sie rafften ihre am Vorabend gepackten Sachen zusammen und eilten zu den Pferden, wo die Stallwache sie aufhalten wollte.

Quirinus streckte den schmächtigen Mann mit einem gezielten Fausthieb zu Boden, während Sebastianus Zaumzeug und Sättel von den hölzernen Haken riss. In Windeseile sattelten sie ihre Gäule und galoppierten über den Hof auf die Straße hinaus.

Bertha seufzte erleichtert auf, als Quirinus und Sebastianus an der offenstehenden Tür ihrer Hütte vorbei galoppierten. Kaum waren die beiden vorüber, trat sie auf die Straße und schaute den auf das Westtor zuhaltenden Reitern nach.

Blutrausch

Während Chlodwig wartete, dass sich die Dinge zu seinem Vorteil entwickelten, mühte sich jeder Einzelne, der eigenen Tagesgestaltung einen Sinn zu geben.

Ich widmete mich zum wiederholten Male der Pflege von Rüstung und Waffen. Danach forderte mich Wulfram zum Übungskampf, dem sich andere Krieger und einige Bucellarier anschlossen. Später saßen wir beisammen und merzten die dabei entstandenen Scharten und Dellen wieder aus.

Am Nachmittag passte ich Hilka ab und unternahm mit ihr einen ausgedehnten Spaziergang am Ufer der Rur.

Wir waren beide nicht in Stimmung, weshalb sich unser Gespräch um Belanglosigkeiten und Lagerklatsch drehte. Schließlich schwiegen wir und schauten den in der Strömung treibenden Wasservögeln zu, die hin und wieder tauchten und mit einem silbernen Fischchen im Schnabel, wieder an die Oberfläche kamen.

Es tat gut, neben ihr zu sitzen und die Zeit vergehen zu lassen. Schließlich konnten nicht in jedem Augenblick große Geschichte geschrieben oder tiefe Gefühle beredet werden.

Am Abend kehrten wir zurück und trennten uns vor den ersten Zelten der Lagerstadt. Während sie ihrem Dienst bei Klothilde zustrebte, suchte ich meine Kameraden auf, die ich bei der Zubereitung des Abendessens antraf.

Unter den neidischen Blicken der einfachen Krieger war kurz vor meiner Ankunft ein Karren herangerollt, der die besten Stücke eines frisch geschlachteten Ochsen geladen hatte. Es gehörte zu einem der Privilegien von Chlodwigs Leibgarde, täglich mit Frischfleisch versorgt zu werden. Ich ergatterte ein schönes Lendenstück, dass ich auf dem in der Glut stehenden Rost meines Freundes briet.

Als die Dunkelheit angebrochen war, stieß Theuderich zu uns, der Merobaudes mehrere Weinkrüge abgeschwatzt hatte. In dem Bestreben, sich bei den Männern der Leibwache beliebt zu machen, eiferte unser junger Freund dem Vorbild seines Vaters nach.

„Wer mit seinem Leben für das der königlichen Familie einsteht", bedeutete er uns gewichtig, „darf auch ihren Wein trinken."

„Der Wein ist vorzüglich", lobte Wulfram das Erzeugnis meiner Heimat. „Aber das mit dem Leben muss ich mir noch überlegen."

Einige Stunden saßen wir noch in der lauen Sommernacht beisammen, bis wir müde genug waren, unser Zelt aufzusuchen. Trotz der Gabe des Festungskommandanten hatten wir uns an diesem Abend nicht betrunken. Man konnte nie sicher sein, woran man bei ihm war. Ein am Vorabend ausgegebener Befehl konnte schon am nächsten Morgen widerrufen werden.

Lautes Rufen, unterdrücktes Fluchen und Unruhe beendeten meine Nachtruhe mehrere Stunden vor dem Beginn der Dämmerung.

Ich war alleine im Zelt und als ich die den Eingang verhüllende Zeltbahn zurückschlug, blendete mich die Helle der neu entfachten Feuer.

„Was geht hier vor sich?", fragte ich Wulfram, der sich wenige Schritte von mir entfernt mit Florentinus, einem der Hauptleute der Bucellarier, unterhielt.

„Dein Freund Hagen ist vor wenig mehr als einer halben Stunde hier angekommen und hat verlangt, zu Chlodwig gebracht zu werden", informierte mich der Freund. „Es muss etwas geschehen sein. Theuderich wurde zu Chlodwig befohlen und ein großer Teil der Bucellarier packt seine Sachen zusammen.

Unser Freund hier", er wies auf den Unterführer, „scheint mehr zu wissen."

„Sigibert hat durch seinen Boten um ein sofortiges Treffen gebeten", wandte sich der Mann, ein gewisser Laurentius, mir zu. „Es ist durchgesickert", blickte er sich vorsichtig um, „dass Vadomar um Verhandlungen nachgesucht hat, bei denen Chlodwig nicht fehlen darf. Anscheinend hat unsere Ankunft den Alamannen in Angst und Schrecken versetzt."

Die letzten Sätze hatte der Unterführer im Flüsterton vorgebracht, weil mehrere Krieger neugierig herangekommen waren. Er scheuchte sie mit einer Handbewegung zurück, um wieder freier sprechen zu können.

„Dreißig Reiter sollen ihn begleiten, um nicht zuviel Aufsehen zu erregen. Die großen Herren wollen die Sache wohl in aller Heimlichkeit hinter sich bringen."

„Nur dreißig Mann?", erstaunte sich Wulfram. „Das ist sehr wenig für die Sicherheit eines Königs. Hier draußen", zeigte er in die Nacht, „kann es alamannische Streifscharen geben. Nicht auszudenken, wenn sie Chlodwig erwischen."

„Der Merowinger hat fünfzig Mann zu sich befohlen", grinste Florentinus. „So unvorsichtig ist Chlodwig nicht."

„Reiten wir auch?", wandte ich mich an Wulfram.

„Nein", antwortete der Unterführer an Stelle meines Freundes. „Eure Namen sind gefallen, aber Hagen hat darauf bestanden, euch hier zu lassen. Er scheint nicht gut auf euch zu sprechen zu sein."

„Was ich ihm nicht verdenken kann", grinste ich Florentinus an. „Wer begleitet den König sonst noch?"

„Der Bischof und Hortarius, die selbst hier waren, um die Männer auszusuchen."

„Und Theuderich?", ließ ich nicht locker.

„Begleitet seinen Vater ebenfalls", bestätigte der Unterführer.

„Hat denn keiner daran gedacht", fuhr ich ernst fort, „dass es eine Falle sein kann. Ich traue diesem Hagen und seinem Herrn, Kloderich, alles zu."

„Welchen Sinn soll es machen", entgegnete mir Wulfram, „Chlodwig eine Falle zu stellen? Gerade jetzt, wo Sigibert ihn am nötigsten braucht."

Ich zuckte mit den Achseln und schaute zuerst Florentinus und dann Wulfram nachdenklich in die Augen. „Es ist nur ein Gefühl. Vielleicht irre ich mich."

„Die Königin und einige andere Berater sind ebenfalls in großer Sorge", nickte mir Florentinus zu. „Aber Chlodwig hat keine Bedenken zugelassen."

„Es wäre auch zu verführerisch", sinnierte Wulfram, „den Krieg ohne Blutvergießen zu beenden."

„Als ob der Merowinger eine Schlacht fürchtet", winkte ich ab.

„Das nicht", belehrte mich Wulfram. „Aber Vadomar alleine durch die eigene Anwesenheit zur Aufgabe zu zwingen, würde Chlodwigs Ruhm ins Unermessliche steigern."

„Das mag sein", entgegnete ich wenig überzeugt. „Ich habe trotzdem ein ungutes Gefühl. Ich gehe zu Hilka, vielleicht weiß sie mehr."

„Ich komme mit", bot sich der Freund an.

In diesem Augenblick donnerten der Merowinger und seine engsten Begleiter über die Bohlen der Rurbrücke. Bevor sie herüber waren, sprangen die an unserem Ufer wartenden Bucellarier in die Sättel und folgten ihrem König.

Als der Trupp an uns vorbeigaloppierte, erkannte ich an der Spitze den finsteren Hagen, der mir einen Blick voller Hass zuwarf, als er mich erkannt hatte.

Direkt hinter ihm folgten Hortarius und zehn schwer gepanzerte Reiter der Leibwache. Den König, Theuderich und den Bischof hatten die Bucellarier in die Mitte genommen.

Unser junger Freund winkte uns begeistert zu, als der Zug an uns vorbeijagte.

Kaum hatte sich der Staub gelegt und die Umstehenden sich verlaufen, eilten wir der Brücke zu, um in die Festung zu gelangen. Florentinus war uns kurzentschlossen gefolgt. Auch ihn hatten meine Bedenken nachdenklich gemacht.

Wir hatten die Brücke noch nicht überschritten, als zwei Reiter im vollen Galopp auf uns zuhielten.

„Marcellus!", wurde ich vom ersten von ihnen angerufen und erkannte im Mondlicht Quirinus, der wild mit den Armen gestikulierte.

Er und Sebastianus waren von der Kastellwache ins Kriegslager verwiesen worden, nachdem sie sich nach Wulfram und mir erkundigt hatten.

„Gott im Himmel sei Dank", stammelte Sebastianus. „Hast du Hagen gesehen?"

„Ja", antwortete ich, „Er ist aber wieder weg. Er führt Chlodwig zu Sigibert. Es soll Verhandlungen mit den Alamannen geben."

„Das glaube ich nicht!", widersprach mir Quirinus heftig.

„Hier, lest."

Er hielt uns ein undeutlich bekritteltes Brettchen hin, das wir mühselig entzifferten.

„Das ist Hochverrat!", brüllte Florentinus auf. „Wir müssen sofort zu Klothilde."

„Wann ist Chlodwig aufgebrochen?", fragte Sebastianus.

„Ihr habt ihn nur um wenige Minuten verpasst", bedauerte ich.

„Wie viele Männer hat er bei sich?", drang Quirinus auf eine rasche Antwort.

„Fünfzig", antwortete Florentinus. „Hortarius, Theuderich und der Bischof begleiten ihn."

„Das sind zu wenig", keuchte Sebastianus entsetzt. „Chararich und Ragnachar werden mit mindestens der gleichen Anzahl einen Hinterhalt legen und alle auslöschen: den König, seinen obersten Berater, seinen besten Militär und den ältesten Thronfolger."

Auf dem Weg zum königlichen Quartier teilten die beiden Freunde uns mit, wie sie die Botschaft erhalten hatten und sofort aufgebrochen waren. Nur zwei Mal hatten sie gerastet, damit die Pferde sich etwas erholen konnten. Die Tiere mussten völlig erschöpft sein und hatten es nur mit letzter Kraft bis nach Juliacum geschafft.

Wulfram und Florentinus hämmerten mit ihren Fäusten gegen die Pforte des Steinhauses während ich laut nach Hilka schrie.

Nur wenige Augenblicke vergingen, bis die Türe sich öffnete und eine handvoll Leibgardisten mit gefällten Spießen ins Freie strömten. Ihnen folgte Hilka, die den Männern sofort Einhalt gebot, als sie mich erkannte.

„Hol Klothilde, schnell!", rief ich ihr zu. „Es geht um Chlodwigs Leben."

Ein Blick in mein Gesicht musste ihr verraten haben, wie ernst es mir war. Umgehend wirbelte sie herum und erschien wenig später mit der Königin, die sich einen blauen Mantel über ihre Leibtunika geworfen hatte.

„Kommt herein", forderte sie die Wachen auf, uns passieren zu lassen.

Wir eilten in den Empfangssaal, den einige schnell entzündete Fackeln notdürftig erleuchteten.

„Was ist so wichtig", richtete Klothilde ihr Wort an Wulfram und mich, „dass ihr mich zu dieser Stunde aus dem Bett holt? Ich hatte mich gerade zur Ruhe gebettet.

Und wer sind die beiden da?", deutete sie auf Sebastianus und Quirinus.

„Zwei Freunde, die deinem Mann vielleicht das Leben gerettet haben, wenn wir ihn noch erreichen", antwortete ich und reichte ihr das Brettchen mit der Nachricht.

Klothilde wurde aschgrau im Gesicht, als sie die Botschaft entziffert hatte.

„Rettet den König", stammelte sie.

Sie trat vor mich und krallte beide Hände in meine Tunika.

„Zur Hölle mit dieser verräterischen Brut. Reitet und holt sie ein, ehe es zu spät ist."

Hilkas sorgenvoller Blick folgte mir, als wir aus dem Haus und später über die Brücke ins Lager eilten.

Florentinus schrie laut nach unseren Pferden und nach Reitern, die sich uns anschließen sollten.

Kaum hatte man die Tiere herbeigeführt, schwangen wir uns in die Sättel und galoppierten, einen lockeren Schweif uns folgender Berittener hinter uns her ziehend, in die Richtung, die der König vor nicht ganz einer halben Stunde eingeschlagen hatte.

Zum Glück war es eine mondhelle Nacht, in der die Spuren der fünfzig Männer nicht zu verfehlen waren.

Trotzdem kamen wir nur im gemächlichen Tempo voran, weil wir unsere Blicke immer auf den Boden gerichtet hielten.

Schließlich setzte die Dämmerung ein, und wir konnten der weithin sichtbaren Fährte im scharfen Galopp folgen.

„Kannst du schon etwas erkennen?", rief Chararich dem Mann zu, der eine auf der Höhe der Böschung wurzelnde Eiche erklettert hatte.

„Nein", antwortete der Krieger. „Ich habe noch nichts entdeckt."

„Halte weiter Ausschau", stachelte ihn der König von Bononia an. „Einen Solidus, wenn du sie frühzeitig meldest."

Seit es hell genug war, kauerten die fünfzig Krieger hinter ihren Deckungen. An beiden Hängen des Hohlweges hatten die beiden Könige sie hinter Büschen und Bäumen in Stellung gehen lassen. Bogen und Wurfspeere lagen griffbereit neben ihnen.

Ragnachar hatte befohlen, Chlodwig und seine Männer so nahe herankommen zu lassen, dass die Schützen kaum fehlen konnten. Hatten sie die erste Salve abgefeuert, sollten sie sich mit gezückten Waffen auf die Überrumpelten stürzen und alles niedermachen, was sich noch regte.

„Was, wenn sie nicht kommen, Ragnachar?" Unruhig ging Chararich hin und her und schaute immer wieder auf die Eiche, ob der ersehnte Ruf nicht endlich ertönte.

„Wir warten noch eine Stunde", entschied sich der Angesprochene. „Wenn sie bis dahin nicht kommen, ist Hagen etwas zugestoßen oder der ganze Plan verraten. Dann reiten wir zu Sigibert und streiten später alles ab. Hagen ist dann der Verräter, der zu den Alamannen übergelaufen ist."

„Da kommen Reiter", rief der Späher in diesem Augenblick von seinem Ausguck herunter. „Sie kommen!"

Ich verspürte einen Schlag auf die Schulter und sah auf Quirinus, der an mich herangeritten war.

„Da sind sie", wies er nach vorne auf den Trupp, der eine halbe Leuge voraus auf Tolbiacum zuhielt.

Wir spornten unsere Tiere zu einer letzten Kraftanstrengung an und flogen unserem Ziel entgegen.

Als wir auf Rufweite herangekommen waren, schrien wir, bis die Hinteren sich im Sattel umdrehten und ihre Tiere herumrissen. Die Übrigen folgten dem Beispiel ihrer Kameraden und bildeten einen Ring um den König und seine Begleiter.

Nur ein Reiter, ein Hüne auf einem Rappen, trieb nach einem Blick in unsere Richtung sein Tier an und jagte davon.

„Das ist Hagen", rief ich den mir zunächst Reitenden zu. „Er haut ab!"

Mit gezogenen Waffen erwarteten Chlodwigs Bucellarier den heranfegenden Pulk, von dem sie nicht wussten, ob es Feind oder

Freund war. Nur wenige Augenblicke, dann hatten sie uns erkannt und öffneten eine Gasse, durch die wir auf den Merowinger zuhielten.

„Verrat!", brüllte Florentinus seinem König zu, der uns, Remigius und Hortarius an der Seite, mit grimmiger Miene erwartete.

Direkt vor dem Merowinger zügelte ich meinen Gaul, der sich aufbäumte und kaum zu beruhigen war.

„Hagen lockt euch in eine Falle", rief ich Chlodwig zu und hielt ihm das Täfelchen hin. Sofort riss Remigius es mir aus der Hand und überflog die bedeutungsschweren Worte.

„Holt mir Hagen!", brüllte Chlodwig, als Remigius ihm den Inhalt vorgetragen hatte.

„Zu spät", bemerkte Hortarius nüchtern. „Der Vorsprung ist zu groß, den holt keiner mehr ein." „Hinterher!", tobte der Merowinger außer sich. „Bringt mir den Kopf dieses elenden Verräters. Und die der Könige dazu."

Hortarius formierte aus den Reitern in aller Eile einen Angriffskeil, der auf die lang gestreckte Buschreihe zuhielt, die den oberen Saum eines Hohlwegs anzeigte.

„Viele Reiter", schrie der Mann auf seinem Baum, bevor er hastig seinen Posten aufgab und den Stamm herunterrutschte.

„Ein Einzelner reitet voraus", erstattete er, auf dem Boden angekommen, vor den beiden Königen seinen Rapport. „Es ist Hagen, und er flieht."

Ragnachar warf Chararich nur einen kurzen Blick zu, den dieser mit einem Nicken beantwortete.

Dann zeigte er auf eine Decke, die zusammengerollt neben einem heruntergebrannten Feuer lag. Einer der Männer öffnete das Bündel und verteilte den Inhalt an dem Platz, wo sich die meisten Männer bis zum Anbruch des Morgens gelagert hatten. Dann scheuchte er die meisten Krieger den Abhang hinauf, wo die Pferde angebunden warteten. Er warf noch einen Blick auf den galoppierenden Hagen und die Staubwolke, der ihm folgenden Bucellarier, ehe er das Zeichen zum Aufbruch gab.

Chararich hatte inzwischen zwei Krieger damit beauftragt, ihre

Pferde herbeizuschaffen. Der Rest erwartete mit gespannten Bögen den herannahenden Hagen.

Der Rappe bäumte sich auf, als ihm die Salve in die Brust fuhr. Hagen, ebenfalls in Hals und Brust getroffen, stürzte mit dem niederbrechenden Gaul zu Boden.

Verzweifelt riss der Todwunde die Arme hoch, um den Schlag des über ihm stehenden Chararich abzuwehren. Vergebens, die Schneide der Streitaxt spaltete seinen Schädel und beendete das Leben von Kloderichs treuestem Gefolgsmann.

Nur kurz vergewisserte sich der König von Bononia, ob der zuckende Kadaver tot sei, dann schwang er sich in den Sattel und jagte mit seinen Männern den Hohlweg entlang. An einer flachen Stelle trieben sie die Pferde auf die Anhöhe und folgten Ragnachar, der ihnen schon ein gutes Stück voraus war.

Wulfram und ich hatten uns bis zur Spitze der Bucellarier vorgekämpft, als es in den Hohlweg hineinging. Mit vorgehaltenen Schilden, Spatha oder Wurfbeil in den Händen, erwarteten wir den Angriff der im Hinterhalt liegenden Krieger.

Mein Pferd scheute vor einem sich am Boden wälzenden Rappen, der mit den Hufen um sich schlug. Daneben sah ich Hagen in seinem Blut liegen.

Während die Bucellarier an mir vorüberschossen, rutschte ich aus dem Sattel und sprang zu dem Mann, der meinen Kopf gefordert hatte.

Das Leben hatte ihn schon verlassen, als ich bei ihm niederkniete. Starr blickten seine Augen zum Himmel und der verzerrte Mund schien im Todesschrei erstarrt.

Neben mir wieherte der Rappe schrill auf, als Wulfram das Tier mit einem gezielten Stoß von seinen Qualen erlöste.

Dann wurde ich von Chlodwig zur Seite gestoßen, der einem Krieger das Schlachtbeil entrissen hatte. Mit einem einzigen Schlag trennte er Hagens Kopf vom Rumpf und versetzte dem Haupt einen Tritt, so dass es einige Schritte zur Seite rollte.

Wie damals auf dem Feld vor Tungrus, grauste mich vor dem König und ich wandte den Blick zur Seite. Auch Theuderich schluckte krampfhaft und schloss für einen Augenblick die Augen.

„Wo sind die anderen?", überschlug sich die Stimme des Merowingers. „Bringt mir die Könige."

„Es ist keiner mehr hier", schwang sich Hortarius aus dem Sattel. „Sie sind rechtzeitig geflohen.

Und den einzigen Zeugen haben sie beseitigt", wies er auf Hagens Leiche.

„Untersucht jeden Busch und Grashalm", brüllte Chlodwig. „Dreht jeden Stein um. Ich muss einen Beweis für die ruchlose Tat haben."

Während die Männer ausschwärmten richtete Chlodwig das Wort an mich.

„Ich danke dir, Romane. Hättest du uns nicht eingeholt, wäre ich vielleicht nicht mehr am Leben."

„Bedanke dich bei diesen beiden", wies ich auf Sebastianus und Quirinus, die zu mir getreten waren. „Sie haben die Warnung erhalten und sind sofort nach Juliacum aufgebrochen. Leider haben sie dich um wenige Augenblicke verpasst, so dass wir hinter dir her eilten."

„Von wem ist die Tafel?", wandte sich der Merowinger an meine Freunde.

„Wir wissen es nicht." Quirinus schüttelte bedauernd den Kopf. „Ein kleiner Junge hat die Botschaft der Palastwache zugesteckt, die sie an uns weitergegeben hat. Keiner weiß, wer den Knaben geschickt hat."

„Es war Gottes Fügung", vernahm ich den Bischof, dem sich die Gesichter aller Umstehenden zuwandten.

„Er hat den Knaben geschickt, das Verbrechen zu verhindern. Gepriesen sei der Herr im Himmel, der ein Wunder getan hat."

Mit erhobenen Armen hatte Remigius seine Stimme so laut erklingen lassen, dass jeder ihn verstehen konnte. Die meisten Christen unter den Anwesenden sanken in die Knie und bekreuzigten sich.

„Höre den Willen des Herrn, Merowinger", fuhr er fort. „Wenn es noch eines Beweises bedurfte, zum wahren Glauben zu finden, hast du ihn gerade erhalten."

Ein spöttisches Lächeln umspielte die Lippen des wilden Hortarius, während Chlodwig neben den Bischof trat.

„Ich danke deinem Gott für die Hilfe, die er mir zuteil werden ließ."

Wieder sanken die Umstehenden auf die Knie, und nur Wulfram und ich verstanden als Nächststehende, was Chlodwig dem Bischof zuraunte.

„Übertreibe es nicht, Remigius. Noch ist die Zeit nicht reif. Die Krieger wollen einen großen Sieg und keinen Akt der Barmherzigkeit."

Inzwischen waren die ausgeschwärmten Krieger zurückgekehrt und hatten ihre Funde vor Chlodwig niedergelegt: Fibeln, einen Mantel, Stofffetzen, ein Messer und einige zerbrochene Gefäße.

Sorgfältig untersuchten Hortarius und Florentinus die Stücke, ehe sie ihr Urteil abgaben.

„Allesamt alamannische Erzeugnisse", schüttelte der Führer der Bucellarier verwundert den Kopf. „Nicht Eines, das auf Sigibert, Chararich oder Ragnachar hinweist. Es macht den Anschein, als ob es Vadomars Männer waren, die hier im Hinterhalt lagen."

„Aber diese Tafel", hielt Chlodwig die Botschaft hoch, „sagt etwas anderes."

„Es tut mir leid", zuckte Hortarius mit den Achseln. „Selbst wenn ich es wollte, ist es nicht zu ändern."

Der Merowinger unterdrückte einen Fluch und richtete noch einmal das Wort an mich und meine Freunde.

„Ihr habt mir einen großen Dienst erwiesen, den ich euch nicht vergesse. Kommt zu mir, wann immer ihr euch in Not oder Gefahr befindet."

Bevor wir aufbrachen, erteilte der Merowinger noch den barbarischen Befehl, Hagens Leichnam zu zerhacken und an die über uns kreisenden Raben zu verfüttern. Dann saßen wir auf und ritten am Mittag in die Festung Juliacum ein.

Ein Bote war uns vorausgeeilt, so dass wir schon im Lager und an der Brücke von jubelnden Kriegern empfangen wurden, die laut Chlodwigs Namen riefen. Klothilde war mit Hilka vor das Kastelltor gekommen, um uns freudestrahlend in Empfang zu nehmen.

Warmherzig und voller Dankbarkeit drückte Klothilde jedem von uns die Hände.

Ich hatte aber nur Blicke für ein Paar leicht schräg gestellter, blauer Augen, die voller Bewunderung an mir hingen.

„Ich werde den Befehl zum Rückzug geben und nach Aquis zurückkehren." Mit wutverzerrtem Gesicht war Chlodwig aufgesprungen hatte seine Franziska bis zum Ansatz der Schneide in das zersplitternde Holz des Tisches getrieben.

Ohne sich vorher mit seinen engsten Beratern abzusprechen, hatte Chlodwig alle Truppenführer und Verdiente, darunter auch Wulfram, Sebastianus, Quirinus und mich, in die Halle geleiten lassen.

Nachdem er sich in aller Öffentlichkeit für unseren Einsatz bedankt hatte, brach er in wilde Hasstiraden gegen die Könige der fränkischen Teilreiche aus. Selbst Remigius vermochte nicht, seinen Zorn zu besänftigen. Klothilde sah ich an, dass sie es für das Beste hielt, den Merowinger sich austoben zu lassen.

So bezeichnete denn auch der Beilhieb den Höhepunkt des königlichen Ausbruchs. Ab diesem Augenblick war Chlodwig endlich wieder in der Verfassung, eine konstruktive Besprechung abzuhalten.

„Den Befehl zum Rückzug würde ich noch einmal überdenken." Klothilde hielt es nun für angebracht, mäßigend auf Chlodwig einzuwirken.

„Der Rückzug und ein daraus resultierender Sieg Vadomars kann unserer Sache nicht dienlich sein. Deine Feinde werden behaupten, dass dich ein missglückter Hinterhalt der Alamannen so verängstigt hat, dass du davongelaufen bist."

„Es waren nicht die Alamannen und geflohen bin ich auch nicht", brauste Chlodwig auf.

„Eine Urheberschaft der Teilkönige ist nicht zu beweisen", brachte sich Remigius ein. „Und ich glaube auch nicht, dass Sigibert zu den Verschwörern zählt. Die himmlische Botschaft auf der Tafel besitzt keine Beweiskraft. Jeder kann sie beschriftet haben. Und die Beweise, die vor Ort gefunden wurden, sprechen eine eindeutige Sprache.

Das Unternehmen trägt die Handschrift Chararichs und vielleicht Ragnachars. Kloderich ist nicht klug genug, ein solches Unternehmen zu planen."

„Und was ist mit Hagen?", fragte der Merowinger listig. „Seine Teilnahme ist nicht zu leugnen."

„Was glaubst du denn", ertönte Klothildes klare Stimme, „warum sie ihn umgebracht haben? Ich warte voller Spannung auf ihre Begründung und bin mir sicher, dass sie eine glaubhafte Lüge auftischen werden."

„Du meinst, ich soll sie ungeschoren lassen, Bischof?" Chlodwig wandte sich Remigius zu, nachdem er die Worte seiner Gemahlin sorgsam bedacht hatte.

„Vorerst, ja", bestätigte Remigius unter dem Murren der Versammlung. „Sie werden deiner Rache und ihrer gerechten Strafe nicht entgehen. Gottes Mühlen mahlen langsam, aber stetig. Vertraue auf den Herrn im Himmel und er wird dir deine Feinde im rechten Augenblick in die Hand geben."

„Der Bischof hat Recht", stellte sich nun auch Hortarius an die Seite des Kirchenmannes. „Lass uns gegen Vadomar marschieren und die Vergeltung auf einen späteren Zeitpunkt verschieben. Keiner darf dir nachsagen, dass du unsere Verwandten gegen Vadomar sich selbst überlassen hast. Die Römer, die Westgoten, die Burgunden und Theoderich würden mit den Fingern auf dich weisen und dich einen Feigling schimpfen."

Chlodwig verzichtete darauf, aufzubrausen und wandte sich stattdessen an Remigius. „Was sollen wir deiner Meinung nach tun?"

„Schicke Sigibert eine Botschaft, dass du mit Gottes Hilfe einen Anschlag der Alamannen auf dein und unser Leben verhindert hast.

Sichere Sigibert deine unumstößliche Unterstützung im Kampf gegen die Angreifer zu. Wir sollten schon morgen in Richtung Tolbiacum aufbrechen.

Lass deine Feinde im Ungewissen. Sollen sie doch glauben, dass ihre List mit den vorgetäuschten Beweisstücken gelungen ist. Sie werden sich in Sicherheit wiegen, weil ihnen nichts nachzuweisen ist.

Schlage dann zu, wenn sie am wenigsten damit rechnen."

„Ist das die Sprache eines Gottesmannes?" Um die Lippen des Merowingers zuckte erstmals ein flüchtiges Lächeln.

„Mein ist die Rache, spricht der Herr", antwortete Remigius im Tonfall tiefster Überzeugung.

„Heuchler", flüsterte Wulfram mir zu, ohne eine Miene zu verziehen.

„Gibt es Neuigkeiten von Sigibert?" Hortarius war bemüht, der Beredung eine ihm genehme Richtung zu geben. „Hat Kloderich nicht zugesagt, uns täglich zu informieren?"

„Ich glaube", erhob sich eine Stimme aus den hinteren Reihen, „dass er zur Zeit Wichtigeres zu tun hat."

„Du glaubst", übertönte ein bärbeißiger Krieger das aufkeimende Gelächter, „dass er genug damit zu tun hat, sich der beiden Burgundinnen zu erwehren?"

„Ruhe!", schnitt Chlodwigs Stimme durch den Raum. „Macht euch bereit, morgen in aller Frühe aufzubrechen. Es ist an der Zeit, den Alamannen ihre Grenzen aufzuzeigen."

Damit war die Versammlung aufgehoben und alle Anwesenden strömten bis auf Chlodwig und seinem engsten Kreis ins Freie.

„Marcellus", wurde ich von Klothilde zurückgerufen, als ich die Türschwelle schon erreicht hatte.

„Du solltest dich morgen, bevor es in die Schlacht geht, noch von Hilka verabschieden. Ich denke", fügte sie mit einem Lächeln hinzu, „dass sie mehr an dir hängt, als sie zugibt."

Überrascht, in dieser persönlichen Weise von der Königin angesprochen zu werden nickte ich nur mit dem Kopf.

„Mir wäre es lieber gewesen", entgegnete ihr Chlodwig, „wenn sich unser romanischer Freund mehr um Silinga bemüht hätte. Sigibert hätte zu meinem größten Bedauern auf seine burgundische Allianz verzichten müssen, wenn sie das Bett mit ihm geteilt hätte."

Aus den Augenwinkeln sah ich noch, wie Klothilde ihrem Gatten einen bösen Blick zuwarf, Hortarius sich mühsam das Lachen verkniff und Remigius die Hände rang. Dann hatte ich die Schwelle übertreten und atmete die frische Luft der Sommernacht.

„Was wollte die Königin von dir?", wurde ich von Wulfram empfangen, der mit den Freunden auf mich gewartet hatte.

„Nichts, was dich interessieren sollte", antwortete ich ungehalten und schritt auf das offen stehende Festungstor zu.

Den ganzen Rückweg machte ich mir Gedanken, ob Chlodwig mir in Aquis einen seiner Spürhunde nachgeschickt hatte, als ich zu meiner Verabredung mit der Burgundin aufgebrochen war. Mich befiel eine erste Ahnung, dass nichts und niemand vor dem Argwohn des Merowingers sicher sein konnte. Umso mehr wunderte es mich, dass er der List seiner Feinde beinahe erlegen wäre. Oder war der Vorteil, den er aus der Zusammenkunft mit Vadomar zu ziehen gehofft hatte, so verführerisch gewesen, dass er unvorsichtig handelte?

So sehr ich auch grübelte, fand ich keine Antwort und widmete mich stattdessen meinen Freunden. Seit ihrer Ankunft hatten wir, bedingt durch die Dramatik der Ereignisse, keine Zeit gefunden, miteinander zu reden.

Sebastianus und Quirinus hatten in der Eile ihres Aufbruches in der Colonia nicht daran gedacht, ihre Zeltbahnen mitzunehmen. Obwohl wir uns bemühten, Ersatz aufzutreiben, mussten wir unser Vorhaben schließlich aufgeben. Also rückten Wulfram und ich unsere Habseligkeiten zusammen, so dass sie in unserem Zelt unterkommen konnten. Zum Glück hatte Theuderich seine Sachen abholen lassen, da er die Nacht bei seiner Familie verbringen sollte.

„Habt ihr wirklich keinen Verdacht, wer die Botschaft verfasst haben könnte?", fragte ich die Freunde, als wir einige Augenblicke alleine waren.

Quirinus tauschte einen Blick mit Sebastianus aus, ehe er antwortete.

„Es muss in der Nacht unserer Ankunft eine Auseinadersetzung zwischen dem betrunkenen Kloderich und den beiden Frauen gegeben haben. Es hat jedenfalls tüchtig gekracht und der Thronfolger hielt sich die blutende Stirn, als er aus dem Prätorium ins Freie taumelte. Ein Wachsoldat hat es mir erzählt."

„Und du glaubst", folgte ich einer plötzlichen Eingebung, „dass er zu Bertha gegangen ist, um seinen Druck loszuwerden?"

„Ja", sinnierte Sebastianus. „Wo sollte er sonst hingehen?"

„Und du nimmst an", vermutete ich, „dass er zu mitteilsam war?"

Mein Freund nickte.

„Dann verstehe ich nicht, dass sie in der folgenden Nacht noch lebte und die Botschaft schreiben konnte."

„Du kennst doch Kloderich", fiel mir Quirinus ins Wort. „Wenn der Thronfolger richtig zugeschlagen hat, weiß er am nächsten Tag nicht mehr, was gewesen ist."

„Mag sein", murmelte ich wenig überzeugt. „Aber ich kann mir nicht vorstellen, dass Bertha schreiben kann."

„Kann sie wohl", trumpfte Sebastianus auf. „Sie hat mir vor mehr als einem Jahr in einer Taverne eine Botschaft an Pippin zugesteckt. Ich habe mit eigenen Augen gesehen, wie sie das Wachstäfelchen beschriftet hat."

„Dann hat sie viel riskiert, die tapfere, kleine Hure", stellte ich anerkennend fest. „Wenn das bekannt wird, treibt sie mit dem Gesicht nach unten im Rhein."

„Es bleibt unter uns!", beschwor mich Sebastianus. „Schließlich hat sie alles in ihrer Macht stehende versucht, nicht nur Chlodwig sondern auch dir das Leben zu retten. Wahrscheinlich warst du es, den sie schützen wollte. Das Schicksal des Merowingers kann ihr gleich sein."

Als wären Vadomars Scharen ihnen auf den Fersen, sprengten die beiden Könige an der Spitze ihrer Reiter in Sigiberts Feldlager.

Sie waren noch nicht ganz abgesessen, als Kloderich herbeieilte und Chararich zur Seite nahm.

„Und?", fragte er voller Ungeduld. „Ist der Merowinger tot?"

Zuerst schüttelte der König von Bononia den Kopf. Dann packte er den Thronfolger am Halsausschnitt seiner Tunika.

„Wir sind in der Nacht hier angekommen und haben am frühen

Morgen einen Erkundungsritt unternommen, um nach Hagen zu suchen. Sag jedem", beschwor er ihn, „dass dein Gefolgsmann wahrscheinlich zu Vadomar übergelaufen ist."

„Was ist mit Hagen?" Die dunkle Vorahnung stand Kloderich ins Gesicht geschrieben.

„Er hat die Nerven verloren und alles verdorben. Ich habe ihn vom Pferd schießen lassen, als er sich zu uns absetzen wollte."

„Du hast was getan?", fragte der Thronfolger entgeistert.

„Wir haben es so aussehen lassen, als wenn die Alamannen ihn umgebracht hätten."

„Warum hast du ihn getötet?", gab sich Kloderich nicht zufrieden.

„Weil er alles verraten hätte. Der Merowinger hätte unsere Köpfe gefordert."

„Eure", entgegnete Kloderich trocken. „Mich hätte Sigibert geschützt. Ich war die ganze Nacht hier."

Es blitzte in Chararichs Augen auf, als er den Thronfolger von sich stieß.

„Du bist tot, wenn du nur ein Wort zuviel sagst. Dafür wurde gesorgt."

Kloderich kniff die Augen zusammen und wich eingeschüchtert einige Schritte zurück. Dabei stieß er gegen Ragnachar, der hinzugekommen war und alles mit angehört hatte.

„Halte dich an das", dräute er, „was Chararich gesagt hat. Wir gehen jetzt zusammen zu Sigibert und teilen ihm mit, dass Hagen übergelaufen ist."

Als Kloderich und die beiden Könige bei Sigibert eintrafen, hatte der am Morgen entsandte Kundschafter gerade seinen Bericht beendet. Unmut und Sorgen umwölkten die Stirn des Herrschers, weil Vadomar sich offenbar entschlossen hatte, die Entscheidung zu suchen. Die Alamannen hatten begonnen, ihre Lager abzubauen und truppweise in Richtung Tolbiacum vorzugehen. In spätestens zwei Tagen würden ihre Scharen aus den Bergwäldern hervorströmen und den ungleichen Kampf beginnen.

Die Freude über den Zuzug der beiden Könige mit ihren fünfzig Männern verdarb jedoch die Nachricht, die Chararich ihm *offerierte.*

Es verbitterte ihn, dass ausgerechnet der treue Hagen die Seiten gewechselt und sein Heil bei den Feinden gesucht hatte. Eine Nachricht, die den Kampfgeist der Krieger lähmen musste, wenn sie bekannt würde.

Sigibert musste das Schlimmste befürchten, als ein Bote des Merowingers gemeldet wurde, der soeben eingetroffen war.

In bewegten Worten schilderte der vom Ritt ermüdete Krieger die glückliche Fügung, die seinen Herrn aus großer Gefahr errettet hatte. Darauf versicherte er dem gebannt lauschenden Sigibert die unbedingte Entschlossenheit seines Königs, die Alamannen für ihre Hinterlist büßen zu lassen.

„Morgen", beteuerte der Mann, „wird der Merowinger mit seinen dreitausend Kriegern aufbrechen, um seinem Vetter zur Seite zu stehen."

Wie ein Lauffeuer verbreitete sich die Kunde vom Anmarsch des Brudervolkes. Laut jubelten die Krieger auf, die lediglich der einmal geleistete Treueid zum Ausharren verpflichtet hatte. Siegeszuversicht machte sich breit und wilde Kriegsgesänge stiegen von den Feuern in den Nachthimmel.

„Ich hatte es gehofft", strahlte Chararich den König von Cameracum an, „aber nicht daran geglaubt, dass Chlodwig unserer Finte aufsitzen würde."

„Ich hoffe für uns, dass dich dein Gefühl nicht trügt", dämpfte Ragnachar die Zuversicht des Mitverschwörers. „Wir werden uns vorsehen müssen."

Bevor die Sonne ihre ersten Strahlen über das sanft gewellte Tal der Rur schickte, waren die einzelnen Kontingente getrennt nach Waffengattungen und Herkunftsort angetreten.

Angeführt von ihren Grafen hatten sich die Krieger aus Chlodwigs Stammlanden in Hundertschaften aufgeteilt. Zwanzig waffenstarrende Blöcke, die wie besessen mit ihren Spathen und Wurfbeilen auf die Rundschilde eintrommelten, als der König ihre Front abritt.

Dahinter waren, weniger Furcht einflößend, die Aufgebote

aus Aquis und Tungrus angetreten. In ihren Reihen standen viele Romanen, während sich die vor ihnen postierten Kader fast ausnahmslos aus Franken zusammensetzten.

Auf der rechten Seite hatten sich die berittenen Bucellarier gesammelt, die im Gegensatz zu den Fußkämpfern Bügelhelme und Schuppenpanzer trugen. Ihre Schilde trugen das aufgemalte Konterfei eines Büffelkopfes. Die Helme der Offiziere zierten rot gefärbte Rossschweife, die bis auf die Schultern ihrer Träger herab wallten.

Sie hielten, im Gegensatz zu den Fußtruppen, die dem Ango vertrauten, lange Stoßlanzen in den Händen. Eine unwiderstehliche Wand aus Eisen und Stahl, vor der selbst die tapferen Westgoten ausgerissen waren.

Alle Krieger, selbst die Bogenschützen, die den Kampf eröffneten, trugen die Spatha und den Sax im Gürtel. Nur die besten Kämpfer, die den alles entscheidenden Angriff anführten, waren zusätzlich mit der Franziska bewaffnet.

Ich hatte mich verspätet und reihte mich gerade noch zur rechten Zeit neben meinen Freunden in die Front der Bucellarier ein, bevor Chlodwig an uns vorbeidefilierte.

Den Rat Klothildes beherzigend war ich, als die Ersten bereits ihre Aufstellung einnahmen, über die Brücke bis vor das Festungstor geritten, wo Hilka mich erwartete. Sie gab alle Zurückhaltung auf und fiel mir um den Hals, kaum dass ich den Sattel verlassen und den Boden berührt hatte.

„Komm bloß gesund zurück", flehte sie mich an und drückte mir unter dem Beifall einiger die Festung verlassender Leibwachen ihre Lippen auf den Mund. Für einen Augenblick versank die Welt um mich herum und ich erwiderte ihren zärtlichen Kuss voller Leidenschaft.

„Dein Panzer sticht", stieß sie mich ein Stück weit von sich und fuhr mit beiden Händen durch mein Haar. „Verspäte dich nicht." Sie lächelte mir noch einmal zu und eilte dann durch das Tor zurück zu Klothilde, die ihr die wenigen Augenblicke des Abschieds gewährt hatte.

„Da bist du ja endlich", begrüßte mich Quirinus und stieß mir den Ellenbogen in die Seite. „War es schön?"

Ich kam nicht mehr dazu, ihm eine passende Antwort zu geben, weil Hornstöße das Erscheinen des Königs ankündigten. Ihm folgten Remigius, Hortarius, Theuderich und andere Edle.

Als der Merowinger das Ende der aufmarschierten Kader erreicht hatte, machte er kehrt und galoppierte die Hälfte der Strecke zurück. Dort parierte er das sich aufbäumende Tier durch und reckte die geballte Rechte in den Himmel.

Wildes Kriegsgeschrei brandete auf und rollte dumpf über das Feld. Die Antwort der Krieger auf den Gruß ihres Königs und Heilsträgers.

Dann gab Chlodwig den Hornbläsern das verabredete Zeichen, worauf diese mit aller Kraft in ihre Instrumente stießen.

Langsam, ein Haufen sich hinter dem anderen einreihend, setzte sich das Heer in Bewegung und wogte dem Ziel im Süden entgegen.

Da wir den größten Teil unserer Ausrüstung und den Tross zurückgelassen hatten, kamen wir schnell voran.

Den Proviant für drei Tage trugen wir in Beuteln oder Umhangtaschen am Körper. Sollten wir den Alamannen unterliegen, würden wir kein Essen mehr brauchen. Siegten wir, würden wir uns am Tross des Feindes oder den Vorräten unserer Waffenbrüder gütlich tun.

Es kam alles darauf an, schnell unser Ziel zu erreichen und Sigibert beizustehen. Noch in der Nacht war unser Bote aus Tolbiacum zurückgekehrt und hatte die Nachricht vom Aufmarsch der Alamannen überbracht.

Für einige von uns, Chlodwig eingeschlossen, war es ein bekannter Weg, den wir eingeschlagen hatten. Über dem Ort des vereitelten Hinterhaltes kreisten immer noch die Raben, die unser Erscheinen aufgestört hatte. Geduldig zogen sie in der Luft ihre Kreise, bis wir vorüber marschiert waren und sie sich wieder Hagens Überresten zuwenden konnten.

Am Mittag querten wir die an dieser Stelle sehr flache Rur und hielten auf die am Horizont sichtbaren Höhen der Silva Arduenna zu.

Neben den zerstörten Mauern einer einst prächtigen Landvilla legten wir eine längere Rast ein, um das langsamer vorankommende Fußvolk aufschließen zu lassen.

Die ermüdeten Krieger belegten uns mit wütenden Flüchen, als Hortarius befahl, wieder in die Sättel zu steigen.

Chlodwig beschwichtigte die erhitzten Gemüter, indem er eine einstündige Ruhe anordnete.

Je näher wir unserem Ziel kamen, desto mehr stieg das Gelände an und rückten die Ausläufer der Waldberge an uns heran. Besorgt musterten die Truppführer die Anhöhen zu unserer Rechten, auf der sich aber keine Feinde zeigten. Um eine etwaige Überraschung auszuschließen, ließ Hortarius einige Aufklärer ausschwärmen, die ebenfalls nichts zu vermelden hatten.

Einen dieser Reiter schickte Chlodwig nach seiner Rückkehr mit der Aufforderung zu mir, mich bei ihm einzufinden.

„Marcellus", begrüßte mich der Merowinger mit der Nennung meines Namens. „Erzähle mir von Kloderich. Du kennst ihn doch?"

„Er ist nicht mein Freund", antwortete ich wahrheitsgemäß. „Was möchtest du wissen?"

„Es interessiert mich wenig, ob du ihn magst", rügte mich der Merowinger. „Traust du ihm zu, einen Anschlag gegen mein Leben zu planen und durchzuführen?"

„Er ist nicht klug genug und feige", ließ ich mich nicht einschüchtern. „Wenn du nach einem Urheber suchst, würde ich bei Chararich beginnen."

„Interessant", murmelte Chlodwig. „Sag mir Romane", fuhr er fort, „wie kommt Sigibert zu solch einem Sohn?"

„Das fragen sich viele", erwiderte ich schmunzelnd. „Sigibert ist ein Mann mit Ehrgefühl und festen Grundsätzen."

„Deine erste Schlacht, in die du reitest?", wechselte der König abrupt das Thema.

„Ja", gab ich unumwunden zu. „Aber ich habe keine Angst. Gekämpft habe ich schon oft. Vor allem in den letzten Tagen."

„Du solltest aber Angst haben, Marcellus. Die Unvorsichtigen und die Überheblichen sind die Ersten, die es im Kampfgetümmel trifft. Ich habe Klothilde wegen Hilka versprechen müssen, auf dich zu achten. Enttäusche mich nicht."

Erst jetzt bemerkte ich, dass Chlodwig seinen Schlangenreif nicht angelegt hatte, den ich vor einigen Tagen noch an seinem Arm gesehen hatte.

„Auch so ein Einfall meiner Klothilde", schien der Merowinger meine Gedanken zu erraten. „Sie und der Bischof haben mich gedrängt, auf alle in ihren Augen heidnischen Symbole zu verzichten. Stattdessen hat sie mir das gegeben." Er hielt mir eines an einer silbernen Kette hängendes Goldkreuz entgegen, das ich mit Ehrfurcht betrachtete.

„Es kann nicht schaden, es zu tragen", antwortete ich in tiefster Überzeugung. Meine Belohnung bestand aus einem dankbaren Blick, mit dem der auf der anderen Seite des Königs reitende Bischof mich bedachte.

Chlodwig nickte mir darauf kurz zu, worauf ich mich zu meinen Freunden zurückziehen konnte.

„Was wollte der Merowinger von dir?", wurde ich von Quirinus empfangen.

„Meine Meinung zu Kloderich hören", erwiderte ich wahrheitsgemäß.

„Kein Glückstag für den Thronfolger", lachte Sebastianus laut auf.

Noch einmal rasteten wir für eine halbe Stunde, ehe sich auf einer Anhöhe die Türme und Mauern der Festung Tolbiacum im Abendrot abzeichneten.

Als eine Schar Reiter auf uns zuhielt, gab Chlodwig das Zeichen zum Sammeln, um Sigiberts Abgesandte zu empfangen.

Nur kurz beriet sich der Merowinger mit dem Anführer, einem Grafen namens Ludowech. Ich kannte und grüßte den Mann flüchtig, dem ich schon mehrmals in der Colonia begegnet war.

Kurze Zeit später kehrte einer der Männer mit der sehnlich erwarteten Nachricht zu Sigibert zurück, dass die versprochene Hilfe eingetroffen war.

Ludowech wies uns an, auf der nächsten Anhöhe zu lagern und auf Sigibert zu warten, der sich mit seinen Heerführern nach Einbruch der Dunkelheit einfinden würde. Seine Krieger hatten schon am Mittag den Schutz der Mauern verlassen, um sich eine günstige Ausgangsposition für die morgige Schlacht zu sichern.

Der Aufbau unseres Nachtlagers ging schnell vonstatten, da man uns angewiesen hatte, unter freiem Himmel zu übernachten. Nur für Chlodwig, den Bischof und Hortarius waren Zelte mitgeführt worden.

Selbst Theuderich fand sich missmutig bei uns ein und entrollte seine Decke neben den unsrigen. Sein Vater hatte ihn angewiesen, es den Kriegern und übrigen Edlen gleich zu tun.

Was uns noch härter traf, war das Gebot, nur wenige Feuer zu entfachen, um dem Gegner unsere Stärke zu verschleiern. Es war zwar mild, aber wegen der Jahreszeit und des feuchten Bodens mussten wir gegen Morgen mit Tau rechnen.

Murrend schlangen wir unsere kalten Rationen mit etwas Wein herunter, den der Merowinger hatte austeilen lassen. Der König wusste, wie man seine Krieger trotz widriger Umstände bei Laune hielt.

Wir hatten unser karges Mahl aus Getreidebrei mit Zwiebeln noch nicht beendet, als Florentinus zu uns kam. Wir sollten uns, sobald Sigibert und seine Hauptleute erschienen waren, in Chlodwigs Zelt einfinden.

Keiner von uns hatte die geringste Lust auf Chararich oder gar Kloderich zu treffen, was Wulfram aber nicht gelten ließ.

„Chlodwig muss Sigibert in aller Form um die Aufhebung des Treugelöbnisses bitten, wenn er sich nicht ins Unrecht setzen will. Klothilde wird ihn dazu gedrängt haben."

„So ist es", bestätigte Florentinus die Vermutung des Burgunden.

Lautes Rufen und aufbrausender Beifall kündigten die Ankunft unseres ehemaligen Gefolgsherrn an. In aller Eile richteten wir unsere Kleidung, vertrauten Theuderich die Waffen an und begaben uns in das weithin sichtbare Feldherrenzelt des Königs.

Sigibert hob bei unserem Eintreffen nur kurz den Kopf, um sich sogleich wieder Chlodwig zuzuwenden, der mit Nachdruck auf ihn einsprach. Ragnachar und Chararich würdigten uns keines Blickes, während Kloderich mich dreist angrinste.

„Da sind unsere vier Helden", wendete sich der Merowinger nach einer Weile uns zu. „Ich bin ihnen zu großen Dank verpflichtet und habe ihnen meinen Schutz zugesichert. Ich bitte dich, sie von dem Eid zu befreien, den sie dir einst geleistet haben."

„Warum sollte ich das tun?", brauste Sigibert auf. Zwischen den Augenbrauen hatte sich deutlich sichtbar eine Unmutsfalte gebildet.

„Zuerst hatte es Hinkmar auf Marcellus abgesehen und gestern bin ich nur mit Hilfe dieser Männer einem Anschlag entgangen, dessen Urheber dein Gefolgsmann Hagen war." Chlodwig wies dabei auf Quirinus und Sebastianus.

„Gibt es einen Beweis für Hagens Schuld?", begehrte Sigibert auf.

„Wenn du seine Leiche als Beweis akzeptierst? Außerdem erbrachte die Untersuchung des Tatorts eindeutige Hinweise auf die Anwesenheit alamannischer Krieger. Seine neuen Freunde hatten ihm den Fehlschlag wohl nicht verziehen."

„Ich zweifle deine Worte nicht an", gab der König der Colonia nach. „Hagen war mein Gefolgsmann. Forderst du Genugtuung?"

„Entbinde diese Männer von ihrem Eid", wies der Merowinger auf uns, „und ich verzichte auf Wiedergutmachung." Ich merkte Chlodwig an, dass es ihm leid tat, zu unseren Gunsten auf eine üppige Entschädigung zu verzichten.

Sigibert sah uns an, wobei seine bedauernden Blicke besonders intensiv auf mir ruhten.

„Gewährt", überwand er sich schließlich widerwillig.

„Bevor wir uns dem Feind zuwenden möchte ich dir noch einen Freundschaftsdienst erweisen", setzte Chlodwig nach. „Achte darauf, dass diese beiden", er wies dabei auf Chararich und Ragnachar, „und dein Sohn dir nicht mehr schaden als nutzen."

Remigius lächelte, als den Gemaßregelten vor Wut und Verbitterung schier die Augen aus den Höhlen traten. Ein unglaublicher Affront des Merowingers, den sie über sich ergehen lassen mussten.

„Ich danke dir für den Rat", beherrschte sich der König der Colonia. „Aber ich pflege Angelegenheiten, die die Familie betreffen, selber zu regeln."

Chlodwig lächelte und drückte mit einer entschuldigenden Geste sein Bedauern aus. Es war ihm nicht daran gelegen, Sigibert gegen sich aufzubringen. Es genügte ihm für den Augenblick, den Verschwörern die Masken ein Stück gelüftet und nicht heruntergerissen zu haben.

Da unsere Angelegenheit besprochen war, zogen wir uns in den hinteren Teil des Zeltes zurück. Chlodwig hatte uns nicht hinausgebeten, weshalb wir die Gelegenheit nutzten, den weiteren Verlauf der Zusammenkunft zu verfolgen.

„Gott der Herr hat unseren König aus großer Gefahr errettet", erhob Remigius jetzt seine Stimme. Er nutzte die eingetretene Stille, um in eigener Sache zu sprechen.

„Gestern ist mir im Traum ein Engel erschienen und hat uns den Sieg über Vadomar versprochen. Folgen wir dem Beispiel des großen Constantinus und kämpfen gemeinsam unter dem Zeichen des Kreuzes!"

„Meine Männer werden nicht unter dem Banner deines Gottes kämpfen", fuhr ihn Sigibert an. „Ich bete zu Thyr und Wodan und ich achte die Bischöfe und Priester meines Reiches, solange sie sich um ihre Belange kümmern."

Chlodwig deutete Remigius mit einem Schütteln des Kopfes an, zu weit gegangen zu sein, bevor er das Wort ergriff.

„Wenn Remigius' Gott uns hilft, die Schlacht zu gewinnen, wird die Versammlung der Krieger entscheiden, ob wir uns Jesus Christus zuwenden."

„Tue das", antwortete Sigibert, „was du in deinem Herrschaftsgebiet für das Richtige hältst. So wie ich es in meinem Reich mache."

Chlodwig nickte und wies darauf hin, sich dem eigentlichen Grund der Zusammenkunft zuzuwenden.

Es dauerte mehr als eine Stunde, bis sich die beteiligten Könige und Edlen auf ein gemeinsames Vorgehen geeinigt hatten.

Sigibert sollte am Morgen bis zum Rande der leichten Anhöhe vorgehen und seine Krieger zur Schlachtreihe formieren. Das hatte zum Vorteil, dass Vadomar unsere Reihen nicht vollständig überblicken konnte und über die genaue Anzahl der gegen ihn angetretenen Krieger im Unklaren gelassen wurde. Wir hingegen würden jede Bewegung des Feindes einsehen können, der eine flache Senke durchschreiten und bergan attackieren musste.

Chlodwig setzte sein Vorhaben durch, seine Krieger zu Beginn der Schlacht zurückzuhalten. Sigibert sollte den Angriff Vadomars zum Stehen bringen und der Merowinger darauf den alles entscheidenden Schlag in die Flanke des Gegners führen. Hortarius' Aufgabe war es mit der Hälfte der berittenen Bucellariern eine Lücke zu schaffen, in die Chlodwigs Kerntruppen hineinstoßen sollten.

Meine Freunde und ich wurden den übrigen Reitern zugeteilt, die sich mit den Aufgeboten aus Aquis und Tungrus zur Unterstützung von Sigiberts bedrängtem Zentrum zur Verfügung halten sollten.

Als die Versammlung sich aufgelöst hatte und Sigibert mit seinen Leuten bereits aufgebrochen war, rief Chlodwig uns noch einmal zu sich.

Mit Nachdruck schärfte er uns ein, Sigibert nicht zu früh zu Hilfe zu eilen. Ein voreiliges Vorrücken könnte die Alamannen dazu veranlassen, sich geordnet zurückzuziehen, was den gesamten Plan gefährden würde. Vadomars Scharen sollten sich im Gefühl des sicheren Sieges so weit verausgaben und aufreiben, dass sie der entscheidenden Attacke des Merowingers möglichst wenig entgegenzusetzen hätten.

Er bestimmte den Bucellarier Florentinus zum Befehlshaber unserer Abteilung, dessen Anordnungen unbedingt Folge zu leisten war.

„Eine gute Strategie", lobte Wulfram den Merowinger, nachdem wir zu unserem Lagerplatz zurückgekehrt waren.

Theuderich war hingegen enttäuscht, mit uns der Eingreifreserve zugeteilt zu sein. Viel lieber hätte er am entscheiden Stoß in die Flanke des Gegners teilgenommen. Bei einem günstigen Verlauf der Schlacht konnte es sein, dass wir gar nicht einzugreifen brauchten. Er nahm es seinem Vater übel, ihn an diesen, aller Voraussicht nach, wenig gefährdeten Platz gestellt zu haben.

„Der Bischof lässt keine Gelegenheit aus, einen Übertritt der Franken zu unserem Glauben zu propagieren", kam Quirinus auf Remigius zu sprechen. „Es hat mich gewundert, dass Chlodwig ihn nicht scharf zurechtgewiesen hat."

„Warum sollte er das tun?", entgegnete Wulfram. „Ich glaube, dass sich Chlodwig längst entschieden hat, das Christentum anzunehmen. Er möchte nur noch den geeigneten Moment abwarten."

„Du meinst unseren Sieg?", folgerte Sebastianus.

„Vielleicht", zuckte der Burgunde mit den Achseln.

„Dann haben sich der Bischof und Klothilde im Bemühen um das Seelenheil unseres Königs endlich durchgesetzt", bemerkte ich etwas spöttisch.

„Seelenheil?", verwunderte sich Wulfram. „Begeht nicht den Fehler, Chlodwig und vor allem den Bischof zu unterschätzen. Es geht um die Zukunft eines ganzen Volkes und nicht um das Heil eines Einzelnen.

Chlodwig versteht den katholischen Glauben der Romanen und vieler Franken als die alles umfassende Klammer eines geeinten Volkes.

Schaut doch auf die Goten und die anderen germanischen Reiche auf dem Boden des alten Imperiums. Überall wo man hinsieht eine strenge Trennung der unterschiedlichen Volksgruppen, was durch das jeweilige Glaubensbekenntnis zementiert wird.

Denkt nur an die Westgoten! Das Kriegshandwerk steht nur den Germanen offen, die in arianische Christen und Anhänger des Heidentums zerstritten sind. Die romanischen Eliten und das einfache Volk bekennen sich in der Mehrzahl zum katholischen Glauben. Ein kräftiger Anstoß von außen kann reichen, alles zum Einsturz zu bringen.

Glaubt ihr, dass die Romanen treu zu ihrem arianischen König stehen, wenn sie von ihren katholischen Glaubensbrüdern angegriffen werden?"

„Nein", schüttelte ich entschieden den Kopf. „Du hast mich

überzeugt. Chlodwig ist seiner Zeit weit voraus und wird die Franken von Sieg zu Sieg führen. Vielleicht schafft er es, die Völker des vergangenen Imperiums unter seiner Herrschaft zu einen."

„Dann muss er aber zuerst für Ruhe im eigenen Haus sorgen", gab Sebastianus zu bedenken.

„Worauf du dich verlassen kannst", versicherte Wulfram. „Ihr habt alle gesehen, wie er mit Chararich und Ragnachar umgesprungen ist. Er wird sie und auch Kloderich wie lästige Fliegen zerquetschen, wenn die Zeit gekommen ist. Das weiß auch Sigibert, sein einziger ernstzunehmender Gegner. Die anderen haben dem Merowinger durch ihre törichte Tat die Rechtfertigung geliefert, die ihm vielleicht noch gefehlt hat."

In der Folge kreisten unsere Gespräche um private Angelegenheiten, bis wir uns endlich in unsere Decken wickelten. Es war an der Zeit noch etwas Ruhe zu finden, ehe wir in die erste große Schlacht unseres Leben ziehen würden.

Angst oder Furcht verspürte ich keine, als ich mit meinen Gedanken alleine war. Eher brannte ich darauf, mich am nächsten Tag zu bewähren. Mein letzter Gedanke galt Hilka und ihrem Kuss, bevor ich Schlaf fand.

Die innere Ruhe der vergangenen Nacht war am Morgen verflogen. Als ich mich aus der klammen Decke schälte, spürte ich es flau vom Magen emporsteigen.

Ich schaute nach meinen Gefährten, die bis auf Theuderich, dem Unternehmungslust und Tatendrang im Gesicht standen, einen in sich gekehrten und bewusst unbeteiligten Eindruck machten.

Mit fahrigen Bewegungen schloss ich den Kinnriemen meines Spangenhelms und überprüfte den Sitz des Schuppenpanzers. Ich benötigte zwei Versuche, ehe die Wadenwickel fest genug saßen, um mir im Schritt die für den Kampf notwendige Bewegungsfreiheit zu verschaffen. Dann gürtete ich mich mit Sax und Spatha, bevor ich die am Vortag scharf geschliffene Franziska in den Gürtel steckte. Zum Schluss entfernte ich den ledernen Überzug des Schildes und wischte mit einem Lappen über die farbige Bemalung.

Leicht fröstelnd verzehrte ich, das Gesicht der frischen Morgenbrise zugewandt, mein Frühstück, das aus einem Becher mit Wasser und einem Kanten harten Dinkelbrots bestand.

„Herr, dein Pferd", wurde ich von einem Burschen angesprochen, der unsere Reittiere in die vorderste Linie gebracht hatte.

„Nehmt eure Sachen und zieht euch in den Schutz der Büsche zurück!" Harsch und energisch hatte Florentinus den ersten Befehl des Tages gegeben.

Wir gingen die wenigen Schritte bis zur ersten Buschreihe zurück und banden die Pferde an niedrige Äste und schlanke Stämme einiger junger Erlen.

Unsichtbar für den Gegner hatten wir uns in den Schatten des Waldes zurückgezogen. Selbst die Strahlen der schräg einfallenden Sonne konnten uns nicht erreichen, so dass auch kein metallisches Aufblitzen unseren Standort verraten konnte.

Gespannt ließen wir unsere Augen über die vor uns liegende Senke bis zum Beginn des Waldsaumes am dahinter ansteigenden Hang schweifen. So sehr wir uns auch mühten, konnten wir keinen Feind entdecken. Wie wir, hatte der Feind die Deckung des schützenden Grüns noch nicht verlassen.

Die Massen Sigiberts hingegen hatten sich in Bewegung gesetzt und gingen langsam bis zur Hälfte des leicht abfallenden Geländes vor.

Geführt von ihrem König und den Edlen zu Pferde, rückten sie Reihe für Reihe im kniehohen Gras vor, bis ihnen Einhalt geboten wurde. Bis auf eine Tiefe von vier Gliedern schlossen die Krieger auf und bildeten den undurchdringlichen Schildwall, den zu durchbrechen die Alamannen antreten mussten. Sigibert dachte der Absprache gemäß nicht daran, die Initiative zu übernehmen und den Feind zu attackieren.

Bis zu uns hinauf war das Knattern der im Morgenwind flatternden Banner und das Klirren der Waffen zu vernehmen.

Weitere Gruppen setzten sich nun in Bewegung und nahmen ihre Position im hinteren Raum des Schildwalls ein. Waren die

Männer der ersten Reihen ermüdet oder durch Tod und Verwundung ausgefallen, würden sie an ihre Stelle rücken und die entstandenen Lücken sofort schließen. Ihre wichtigste Aufgabe war es, einem möglichen Durchbruch die Stirn zu bieten und abzuriegeln.

Sollte dies geschehen wären dann immer noch unsere tausend Krieger zur Stelle, das Schlimmste zu verhindern, bis Chlodwig in die Schlacht eingreifen würde.

Ich überflog unsere Reihen und kam zu dem Schluss, dass es Vadomar schwer werden würde, Sigiberts sechstausend Männer in ihrer strategisch vorteilhaften Stellung niederzuwerfen.

Chlodwigs Verbände waren, wie wir, den Augen der Alamannen entzogen, so dass sie glauben mussten, die vereinten Aufgebote der Franken auf dem Hang vor sich zu sehen.

Der Merowinger hatte diese Annahme noch unterstützt, indem er einige Männer mit einem Teil seiner Banner und Feldzeichen zu Sigibert gesandt hatte. Der Stierkopf der Bucellarier flatterte mit den Bienenemblemen seiner Kerntruppen neben den Fahnen seines Waffenbruders.

„Der Herr sei uns gnädig", raunte Wulfram mir zu und wies auf den gegenüberliegenden Hang, wo die ersten Kriegshaufen Vadomars den Schutz des Waldes verließen.

Immer weitere Scharen fluteten hervor, schlossen sich zusammen und wälzten sich als schwarzer Strom die Hänge herab. Bald würden sie in der Senke unseren Blicken entzogen sein und dann wie eine Armee von Geistern auf unserer Seite des Hanges aus den Schleiern des Morgennebels emportauchen.

„Eine Stunde bis sie Sigibert erreicht haben", murmelte ich an meine Gefährten gewandt, nachdem ich ihr Vorankommen und die Entfernung abgeschätzt hatte.

„Eher weniger", dräute Wulfram. „Sie werden an Geschwindigkeit zulegen, wenn sie die Senke erreicht haben."

Bevor wir den Feind zu Gesicht bekamen, hörten wir ihn, weil der Wind sich gedreht hatte und uns jetzt aus Richtung Süden entgegenwehte.

Zuerst vernahmen wir nur vereinzeltes Grollen, das immer mehr anschwoll, bis es uns drohend und todbringend entgegenschlug. Der berüchtigte Schlachtgesang der Alamannen, der Barritus, vor dem schon die Legionen meiner Vorfahren erschauderten.

Ich nahm Unruhe in unserem Schildwall wahr, der wie ein Ährenfeld im Wind wankte, und im Schwanken einige Schritte zurückgenommen wurde. Noch enger und dichter schloss er sich dieses Mal zusammen, bis er wie eine eherne Wand den Anprall der Fluten erwartete.

Jetzt sah ich im gleißenden Morgenlicht die ersten Speerspitzen und Helme den Dunst durchbrechen, bis Reihe um Reihe den Nebel durchstieß und heranwogte.

Reiter preschten vor die sich entwickelnde Front der Alamannen und brüllten Befehle, worauf die Masse ein letztes Mal zum Stehen kam.

„Der Eberkopf", hauchte Quirinus. „Schaut, sie bilden den Eberkopf!"

Mit Grauen sahen wir zu, wie die Mitte einige Schritte vorging und die Seiten, sich nach vorne verjüngend, nach innen drängten. Schließlich zielte die abgeflachte Spitze eines mächtigen Dreiecks, das aus der Front des Feindes herausragte, genau auf Sigiberts Zentrum.

„Das sind die Besten der Besten", raunte Wulfram. „Die Schwertelite der Alamannen, allesamt mit Goldgriffspathen bewaffnet."

„Wo die hinhauen", übertrumpfte Sebastianus den Burgunden, „fallen die Männer wie reife Ähren."

„Gott sei ihnen gnädig", rief Quirinus aufgeregt, als Vadomars Keil Tritt fasste und sich unter stakkatoartigem Gebrüll in Bewegung setzte.

Immer schneller wogten sie voran, bis sie in den Laufschritt fielen und sie nur noch wenige Meter von Sigiberts Front trennte, die instinktiv einige Schritte zurückwich. Als wären ihre Götter mit dem Feind im Bunde, brach die Sonne durch eine Wolkenlücke und ließ Helme und Schwertgriffe der Stürmenden golden aufblitzen.

Die hinüber und herüber surrenden Pfeile und Speerwürfe prallten wirkungslos auf die Schilde und richteten nur wenig Schaden an. Jedenfalls reichten sie bei weitem nicht aus, den Sturm zu brechen.

Noch zwanzig Schritte, zehn, fünf, dann stockte mir der Atem, die Hände wurden feucht und ich schloss die Fäuste um die Haltestange des Schildes und den Griff meiner Spatha. Beruhigend fühlte ich den in den Knauf eingelassenen Ring, der meine Treue zu Sigibert symbolisieren sollte.

Als würde der Bug eines Schiffes an einem Felsen zerschellen, stieg ein Krachen und Bersten in den Himmel, als sich Vadomars entfesselte Berserker auf unsere Reihen stürzten.

Bis zu uns herauf prasselten und hallten die Hiebe, und dröhnten die Schilde unter Treffern. Darunter mischten sich Wutgebrüll, Todesschreie und das schrille Kreischen der Verwundeten. Dort unten, keine dreihundert Schritte vor uns, wurde jetzt gelitten und gestorben.

Gefährlich tief bog sich Sigiberts Schildwall nach innen und die ersten Krieger eilten hinzu, den drohenden Durchbruch zu verhindern. Immer lauter lärmte es zu uns, bis die Kriegsschreie der Angreifer einem Wutgeheul wichen.

Vadomars Attacke hatte sich festgefahren und Schritt für Schritt wich der Keil zurück, bis er sich ganz vom Gegner löste.

Als Antwort erklang jetzt das Siegesgeschrei unserer Männer, die den mitgenommenen Schildwall schlossen und sich wenige Meter voranschoben. Dann standen auch sie und ließen von dem sich geordnet zurückweichenden Gegner ab.

„Richtig", beurteilte Wulfram das disziplinierte Verhalten unserer Verbündeten. „Vadomar wartet nur auf ein voreiliges Nachsetzen, um unsere Angriffswelle zusammen zu schlagen."

Mehr als fünfzig Schritte zogen sich die Alamannen zurück. Von unserer erhöhten Warte aus gut zu sehen, gruppierten sie sich um, den Angriff an einer anderen Stelle zu wiederholen.

Beide Seiten nutzten die entstandene Pause, um die Toten und Verwundeten nach hinten zu schaffen und Verstärkungen an die betroffenen Stellen heranzuführen.

„Macht euch bereit", brüllte Florentinus, als er sah, wie sich der Gegner wieder vorschob. „Noch ein oder zwei Angriffe und die Alamannen brechen durch."

„Wenn sie wieder zurückweichen", drang Hortarius in Chlodwig, „müssen wir angreifen. Das hält Sigibert nicht mehr lange durch. Vadomar ist zu stark."

„Nein", presste der Merowinger mit zusammengekniffenen Lippen heraus. „Das wäre zu früh. Warte auf meinen Befehl. Ich weiß, wann der Zeitpunkt gekommen ist."

Während der Führer der Bucellarier sich wieder dem Geschehen auf dem Schlachtfeld widmete, rückte der Bischof an den König heran.

„Du spekulierst auf den Tod des Rheinfranken?"

„Sigibert wird wie immer an der Spitze seiner Männer kämpfen. Vor allem dann, wenn sie wanken."

„Das ist nicht Gott gefällig", tadelte Remigius.

„Aber dem von dir prophezeiten Wunder förderlich", ließ sich der Merowinger nicht beirren.

Sie sahen zu, wie sich die Alamannen zum zweiten Mal auf Sigiberts Reihen stürzten, den Schildwall eindrückten, aber im letzten Augenblick zum Stehen gebracht und zurückgetrieben wurden.

„Herr", bat Hortarius seinen König, „ein weiteres Mal werden sie nicht standhalten."

„Gibt es Nachricht von Sigibert?", empfing Chlodwig den Boten, der aus dem Schlachgetümmel kommend, seinen Gaul zu ihnen heraufgeprügelt hatte.

„Sigibert fordert dein Eingreifen, oder zumindest das Vorrücken der unter Florentinus wartenden Reserven."

„Richte deinem König aus", herrschte ihn Chlodwig an, „dass sie noch einmal standhalten müssen, wenn wir siegen wollen."

Der Bote schüttelte verzweifelt den Kopf und jagte auf seinem Pferd den Hang hinab.

Chlodwig winkte einen auf seinem Pferd wartenden Bucellarier herbei, der sofort heranpreschte.

„Reite zu Florentinus. Er darf erst eingreifen, wenn ich drei rote Banner schwenken lasse."

„Gott im Himmel", stöhnte Sebastianus auf, als die Alamannen zurückfluteten. „Warum rücken wir nicht vor?"

„Ein Bote des Merowingers", rief Quirinus, als wir den Reiter von Chlodwigs Standort auf uns zuhalten sahen.

„Aufsitzen", befahl Florentinus in Vorwegnahme des sicheren Befehls.

„Nein", schrie der Mann schon von weitem. „Wartet auf das Zeichen! Drei rote Banner, die geschwenkt werden." Er riss seinen Gaul herum und stob zurück.

„Ich kann das nicht tun", ballte der Bucellarier die Fäuste, als Wulfram und andere Edle auf ihn einsprachen.

„Das ist Sigiberts Ende", murmelte Theuderich mir zu, als die Alamannen erneut anrannten. „Warum tut Vater das nur?"

Zum dritten Mal schwoll das Kriegsgeschrei zum Orkan, als Vadomars Scharen sich auf Sigiberts zusammengeschmolzenen Schildwall stürzten.

,Jetzt brechen sie durch', dröhnte es in meinem Kopf. Ich sah, wie einige Reiter die bedrängte Front im Stich ließen und zu uns heraufgaloppierten. Als auch die ersten Fußkämpfer aus den hinteren Reihen ihre Stellung aufgaben, war es um meine Fassung geschehen.

„Mir nach", brüllte ich wie von Sinnen und schwang mich auf den Rücken meines Pferdes.

Ich zog die Spatha und wich Florentinus aus, der mir den Weg verstellen wollte. Immer mehr Reiter schlossen sich mir und meinen Gefährten an, die ebenfalls ihre Gäule bestiegen hatten.

Ich blickte zurück und stieß einen Schrei aus, als drei rote Banner vor Chlodwigs Front geschwenkt wurden.

„Zurück!", rief ich die mir entgegenkommenden Reiter an, als ich die Hälfte des Weges zurückgelegt hatte.

„Es ist vorbei", schrie mir der Vorderste zu und preschte an mir vorüber.

Es war Kloderich, den ich an seiner stutzerhaften Silberrüstung erkannte. Mit vor Angst geweiteten Augen wich er meinem Blick aus und trieb sein Pferd zu größerer Eile an. Hinter ihm er-

kannte ich Chararich und andere Edle, die Sigiberts Sache eben-
falls aufgegeben hatten.

„Feiglinge!", schrie ich ihnen nach und setzte meinen Weg
fort.

Die uns jetzt entgegenkommenden Fußkämpfer zeigten mehr
Mut als ihre Führer. Sie machten kehrt und schlossen sich uns an.

„Was machen diese Schwachköpfe da?", schrie Chlodwig außer
sich, als die ersten Reiter die Stellung verließen und auf Sigibert
zuhielten. „Ich habe befohlen auf mein Signal zu warten! Wer ist
das?"

„Marcellus, Wulfram, ihre Freunde und andere Reiter", stöhnte
der Bischof. „Gib endlich das Zeichen, sonst ernten sie den Ruhm
des Tages."

„Schwenken!", brüllte Chlodwig die Bannerträger an, die au-
genblicklich aus der Deckung sprangen und ihre an langen Ste-
cken befestigten Tücher entfalteten.

Kaum dass sie begonnen hatten, setzte sich der Hang in Bewe-
gung und strömten die Krieger den Verwegenen nach.

„Das werden sie bereuen", ballte Chlodwig die Fäuste. „Was
fällt ihnen ein, meine Befehle zu missachten?"

„Es sind junge Männer", beschwichtigte Hortarius den Kö-
nig, „die der Übereifer fortgerissen hat."

„Aus ihrer Sicht haben sie Recht gehandelt", pflichtete ihm der
Bischof bei. „Gott hat sie erleuchtet und weist ihnen den Weg."

„Lass mich mit deinem Gott in Frieden!", herrschte Chlodwig
den Bischof an und starrte ergrimmt auf die Staubwolke, in der
sich Vadomars Schicksal erfüllte.

Dann hob der Merowinger die Hand, auf deren Sinken hin sich
seine Kerntruppen auf den Feind stürzen würden.

Wir waren keinen Augenblick zu früh gekommen.

Die Alamannen hatten den Schildwall durchstoßen, die Ein-
bruchstelle verbreitert und die dahinter postierte Sicherung im
Handgemenge zurückgedrängt. Ungehindert strömten ihre Krieger durch die Lücke und verbreiterten den Durchbruch nach allen

Seiten.

Rücken an Rücken um ihre Leben fechtend, versuchte eine umzingelte Kriegergruppe verzweifelt den Anschluss herzustellen. Einer nach dem anderen fiel und es war nur noch eine Frage von Augenblicken, bis alle niedergemacht würden.

Durch den Schleier des Gemetzels erkannte ich inmitten der Eingeschlossenen den König, der von seinen Leibwachen heldenhaft verteidigt wurde.

„Wir holen Sigibert raus!", trieb ich die Gefährten an und hielt auf das Knäuel der Kämpfenden zu.

Vom Rücken unserer Pferde aus schlugen wir auf die Alamannen ein oder ritten sie einfach nieder. Schon hoffte ich, bis zum König durchzubrechen, als ein Ango meinem Pferd in die Brust fuhr. Das Tier wieherte schrill auf und ging, Freund und Feind unter sich begrabend, zu Boden.

Geistesgegenwärtig gelang es mir, aus dem Sattel zu springen und den ersten Feind mit dem Schild wegzustoßen. Der Zweite versetzte meinem Schild einen so gewaltigen Schlag mit der Streitaxt, dass ich mehrere Schritte zurücktaumelte. Mit letzter Kraft riss ich den Schild wieder hoch. Ein mir geltender Schwerthieb wurde dadurch vom Rand der Schutzwaffe aufgefangen, weshalb nur die flache Klinge gegen meinen Helm krachte. Trotzdem ging ich in die Knie und hatte Glück, dass Wulfram, den zweiten Schlag des Alamannen zur Seite ablenkte.

Dann waren die Freunde und andere Bucellarier heran. In aller Hast formierten wir, den protestierenden Theuderich in die Mitte nehmend, einen Keil. Wulfram und Quirinus an der Spitze, stürmten wir brüllend gegen den Feind, den unser entschlossener Gegenstoß überraschte.

Gegen die Innenseite unserer Schilde gedrückt, schoben wir die Alamannen zurück und stachen aus der sicheren Deckung gegen alles, was sich uns in den Weg stellte. Mehrmals prallte meine Waffe an einem Schild oder Panzer ab, bis ich sie einem Krieger zur Hälfte in den Bauch trieb.

Bevor der Mann mit einem grässlichen Schrei zusammenbrach, hatte ich die Waffe wieder herausgerissen und knallte die bluttriefende Klinge einem Mann gegen den Helm. Wie vom Blitz getroffen sackte der Krieger auf die Knie und wurde im gleichen Augenblick von Sebastianus mit dem Ango an den Boden genagelt. Ein weiterer Krieger rannte in Wulframs Sax und ging röchelnd zu Boden.

Dadurch bekamen wir etwas Luft, so dass wir bis auf wenige Schritte an Sigibert herankamen, der rücklings auf dem Boden lag. Es gelang ihm, einen gegen sein Haupt geführten Schlag abzulenken. Vom eigenen Schwung mitgerissen, taumelte der Alamanne gegen Quirinus, der ihm den Sax in den ungeschützten Bauch rammte.

Gestützt von einem Leibwächter, versuchte Sigibert mit Schmerz verzerrtem Gesicht auf die Beine zu kommen, was ihm aber nicht gelang. Er blutete stark aus einer klaffenden Kniewunde, die von einem Lanzenstich herrührte.

Ich riss die Franziska aus dem Leibgurt und schleuderte sie gegen den nächsten Mann, der die Axt gegen den König erhob. Die Verzweiflung verlieh meinem Wurf eine solche Wucht, dass sie den Stirnreif des vergoldeten Helmes durchschlug und die Stirn spaltete. Mit beiden Händen fuhr sich der Alamanne ins Gesicht und stolperte schreiend zurück.

Dann war ich beim König und fing den nächsten Schwerthieb mit meinem Schild auf.

„Vadomar ist gefallen!", brüllten die Alamannen auf, als der Mann mit meiner Franziska in der Stirn zusammenbrach.

Alle Bucellarier und Franken, die das Ende des Alamannenkönigs mit angesehen hatten, bildeten sofort einen Schutzwall um den am Boden kauernden Sigibert und stemmten sich gegen den Hagel von Pfeilen und Wurfspeeren, der auf uns niederprasselte.

Dann sprangen wir auf, schlugen die im Holz steckenden Wurfgeschosse und Pfeile mit der Spatha herunter und drangen schreiend auf den weichenden Feind ein. Sigibert überließen wir der Obhut anderer.

Trotz des Tobens der Schlacht wendete ich meinen Kopf dem Tosen zu, das von der Seite zu uns herüberdrang.

Der ganze Hang schien in Bewegung, als Chlodwigs Scharen

herabstießen und gegen die ungeschützte Flanke der Alamannen stürmten.

Es war, als durchliefe ein Zittern das Heer der Alamannen, das sich noch einmal kurz aufbäumte.

Dann löste sich alles auf. Ohne Ordnung und in wilder Flucht stoben die Angreifer davon. Jeder versuchte das vermeintlich sichere Lager zu erreichen, das sie gestern jenseits der Senke im bewaldeten Teil der Anhöhe errichtet hatten.

Es war das erste Mal, dass ich das dem eigentlichen Kampf folgende Schlachten erlebte.

Hatte der ehrliche Kampf Mann gegen Mann verhältnismäßig geringe Opfer gekostet, begann jetzt das eigentliche Sterben.

Die im Blut- und Siegesrausch vorwärts stürmenden Männer hieben und stachen alles nieder, was ihnen vor die Klingen und Speere kam. Die gepanzerten Bucellarier pflügten durch die Massen der fliehenden Feinde und erschlugen hunderte vom Rücken ihrer Tiere herab.

Als unsere Krieger das Lager stürmten und den Tross plünderten, ebbte das Töten ab. Die Beutegier ließ ganze Gruppen den Schutz der Wälder erreichen, wo sie tagelang umherirrten, bis sie sich endlich zum Rhein durchgekämpft hatten.

Versprengt und dezimiert sollte es nur Resten von Vadomars einst stolzer Armee gelingen, an das andere Ufer zu kommen.

Keiner unserer Krieger konnte sich erinnern, jemals einen solchen Sieg errungen zu haben.

Ich beteiligte mich nicht am Beute machen, sondern blieb mit den Freunden auf dem Schlachtfeld, um nach Sigibert zu sehen. Wir kamen aber zu spät, weil Ragnachar und Merobaudes, die tapfer bei ihm ausgeharrt hatten, den auf eine Bahre gebetteten König bereits nach Tolbiacum schafften.

Dafür wurde ich Zeuge, wie Remigius von Remis, gefolgt von einer Kavalkade aus Priestern und Höflingen, über das von Leichen übersäte Feld ritt. Sie hielten roh gezimmerte Holzkreuze in den Händen, die sie wild herumschwenkten.

Laut erschallte die Stimme des Bischofs, die jedem verkündete, dass es Gott der Herr war, der die Alamannen zum Weichen gebracht und Chlodwig den Sieg geschenkt hatte.

Voller Demut knieten die Christen nieder, während die Heiden dem Schauspiel ergriffen zusahen.

Dann sah ich Chlodwig mit versteinertem Gesicht auf mich zuhalten.

„Wie konntest du es wagen, meinen Befehl zu missachten?", brüllte mich der Merowinger an.

„Er war es", stand Theuderich mir bei, „der Vadomar fällte."

„Es ist wahr", pflichtete Florentinus ihm bei. „Ich habe es mit eigenen Augen gesehen."

„Wir sprechen uns noch, Romane", drohte mir der König. Dann wendete er sein Pferd und sprengte davon.

„Geh ihm in den nächsten Tagen aus dem Weg", riet mir Hortarius, ehe er seinem Herrn nachsetzte. „Sigiberts Tod hätte den Sieg des Merowingers vollkommen gemacht."

Exil

Die eigentliche Schlacht hatte nicht mehr als zwei Stunden gedauert. Die Verfolgung der fliehenden Feinde, die Plünderung von Lager und Tross sowie die Bergung der Toten und Verwundeten nahm dagegen den ganzen Tag in Anspruch.

Dem Herrn im Himmel sei Dank waren meine Freunde und ich bis auf einige kleine Blessuren glimpflich davongekommen.

Chlodwigs Krieger und auch unsere Eingreifreserve beklagten nur wenige Verluste, weil Sigiberts Verbände die Hauptlast des Kampfes getragen hatten. Mehr als sechshundert Männer waren auf der Walstatt geblieben.

Die Zahl der Verwundeten überstieg die Tausend, von denen noch viele ihren Verletzungen erliegen würden. Trotz des unermüdlichen Einsatzes von Medici und Heilkundigen würden hunderte die nächsten Tage nicht überleben. Nur jeder Zweite hatte eine Chance, das Wundfieber und die darauf folgenden Infektionen zu überstehen. Die besten Aussichten hatten die, denen das verletzte Körperteil möglichst schnell abgenommen wurde.

Als Bettler oder von ihren Familien versorgte Bedürftige waren sie dazu verurteilt, ein Leben in Armut und Mittellosigkeit zu führen. Daran änderten auch die königlichen Almosen nur wenig, die bei besonderen Anlässen verteilt wurden. Besonders hart traf es die kinderreichen Familien der Landbevölkerung, die den Verlust des Ernährers ausgleichen mussten.

Ich machte mir große Sorgen um Sigibert, dessen Wunde zumindest eine Versteifung des Beines nach sich ziehen musste.

Als wir am späten Nachmittag in das nahe Tolbiacum aufbrachen, hatten Chlodwig und seine näheres Umfeld das Schlachtfeld längst verlassen.

„Chlodwig wird dir nicht ewig zürnen", versuchte Wulfram mich aufzurichten, als wir uns dem Festungstor näherten.

„Was kann er mir vorwerfen?", mäkelte ich.

„Es ist so, wie Hortarius gesagt hat", antwortete der Burgunde. „Der Merowinger hat darauf spekuliert, nach dem Tod seines größten Konkurrenten Sigibert die Herrschaft über die Colonia an sich zu reißen. An unserem Freund Kloderich hätte er sich nicht lange aufgehalten, zumal alles dafür spricht, dass der Thronfolger in den Anschlag verwickelt ist."

„Dann habe ich deiner Meinung nach seine Pläne durchkreuzt?", fragte ich ahnungsvoll.

„Unbedingt", lächelte der Burgunde. „Aber er kann und wird dir nichts anhaben. Erstens ist Klothilde dir nicht nur wegen Hilka gewogen, Hortarius und der Bischof mögen dich ebenfalls. Und schließlich bist du ein Held. Du warst es, der Vadomar erschlagen hat."

„Ich habe lediglich mit meiner Franziska nach einem Krieger geworfen, der mir gefährlich nahe gekommen war", antwortete ich abwehrend.

„Den Wurf muss dir erst einer nachmachen", grinste Wulfram anerkennend. „Einem Mann auf mehr als zehn Schritte den Helm und die Stirn spalten. Ich kenne keinen, der so gut mit dem Wurfbeil umgehen kann."

„Es war Glück", beharrte ich auf meinem Standpunkt.

„Ein Glück, das du dir über Jahre angeeignet hast", widersprach der Burgunde. „Pippin hat mir einmal erzählt, dass du ein wahrer Meister im Gebrauch der Franziska bist. War es auch der Zufall, der dir vor nicht einmal zwei Wochen in der Silva Arduenna die Hand geführt hat?"

Die vor dem Festungstor postierten Wachen beendeten unseren Dialog. Mit dem Spieß in der Hand verstellte uns einer der Krieger den Weg und wies mit der freien Hand auf die Zelte des nahen Kriegslagers.

„Ich darf nur die Edlen und verdiente Krieger einlassen", verwehrte er uns barsch den Zugang.

„Das ist der", wies einer seiner Kameraden auf mich, „der Vadomar getötet hat. Ich glaube, wir dürfen ihn und seine Freunde durchlassen."

„Wenn du meinst?", musterte mich der Mann mit dem Spieß und trat schließlich zur Seite.

Ich war noch nie in Tolbiacum gewesen, konnte aber deutlich erkennen, dass die Festungsanlagen in den letzten Wochen gründlich in Stand gesetzt worden waren. Der mit Mauern und Türmen bewehrte Hügel sollte auf des Königs Geheiß hin im Fall einer Niederlage als festes Refugium dienen.

Ein Sturm auf die zwanzig Fuß hohen, von mächtigen Türmen und Toranlagen verstärkten Mauern, die von tausenden Kriegern verteidigt worden wären, hätten Vadomars Scharen einen gewaltigen Blutzoll abverlangt.

Die zum Teil verfüllten Gräben waren wieder ausgehoben und die schadhaften Mauerstellen erneuert worden. Die Gebäude des ehemaligen Bades, die als Lagerhalle und Produktionsstätten dienten, waren zum vorläufigen Königssitz umgestaltet worden. Die Bewohner, Knochenschnitzer und andere Handwerker, hatte man auf die umliegenden Gebäude verteilt. Das dafür benötigte Material war den unbewohnten Ruinen des ehemaligen Vicus entnommen worden.

Die nötigen Männer standen in den letzten Wochen in ausreichender Zahl zur Verfügung, als die Alamannen und Sigiberts Truppen sich untätig belauerten.

Unsere Ankunft sprach sich schnell herum. Vor allem mir galt die Aufmerksamkeit der sich in der Festung aufhaltenden Krieger. Von allen Seiten kamen sie herbei gelaufen, um einen Blick auf den Bezwinger Vadomars zu werfen.

Meine neu gewonnene Popularität endete jedoch an der Pforte des Königssitzes. Wulfram hatte Quirinus vorgeschickt, der um einen Empfang bei Chlodwig nachsuchen und sich nach Sigiberts Zustand erkundigen sollte.

Freundlich, aber bestimmt war er von Florinus abgewiesen und auf den nächsten Tag vertröstet worden.

Auf der Straße begegneten wir dann zu allem Überfluss dem Thronfolger und Chararich, die vor mir ausspien, bevor sie uns demonstrativ nötigten, ihnen auszuweichen.

Einfacher gestaltete sich die Suche nach einem Quartier, weil sich jeder Haus- oder Tavernenbesitzer Tolbiacums einen Vorteil davon versprach, eine Berühmtheit wie mich unter seinem Dach zu wissen. Wir entschieden uns für einen in der Nähe des Königssitzes gelegenen Holzbau, dessen Bewohner einen ehrbaren Eindruck machten.

Lange saßen wir am Abend beisammen und beredeten die Ereignisse des Tages. Das Erlebnis der Schlacht stand dabei nicht im Mittelpunkt unserer Erörterungen. Jeder von uns verarbeitete das erlebte Grauen vorerst auf seine persönliche Weise.

Es war eher die Frage nach unserer Zukunft, um die sich unsere Überlegungen drehten, wobei sich mein Anteil daran als der schwierigste Part darstellte.

Ich hatte es mir gründlich mit Vielen verdorben.

Den beiden Königen und vor allem Kloderich musste ich ein Dorn im Auge sein, weil ich ihre Pläne wiederholt durchkreuzt hatte. Es begann mit dem Tod Hinkmars, setzte sich fort in der Demütigung, die der Thronfolger und Chararich wegen mir durch Chlodwig erfahren hatten und endete mit der Begegnung auf dem Schlachtfeld. Ich gehörte zu denen, die Zeuge seiner Feigheit geworden waren. Dass wir es waren, die Sigibert retteten, mussten Kloderichs Argwohn und Missgunst noch steigern. Bis an das Ende seiner Tage würde ihm sein Vater mein Beispiel vor Augen führen.

Mit Silinga, der Braut des Thronfolgers, hatte ich es mir ebenso verscherzt. Wie ich die Burgundin kannte, würde sie keine Gelegenheit auslassen, mir die erlittene Zurückweisung zu vergelten.

Wie sich das Verhältnis zu Chlodwig, meinem neuen Gefolgsherrn gestalten würde, war nicht vorherzusagen. Trotz der Gunst des Bischofs und des Führers der Bucellarier schien er sich wegen meiner Eigenmächtigkeit von mir abgewendet zu haben.

Und zu Sigibert konnte ich auch nicht zurückkehren. Er hatte mich und die Freunde losgesprochen, was er nicht rückgängig machen konnte, ohne den Merowinger zu brüskieren.

Die Einzigen, von denen ich neben meinen Freunden hoffte, dass sie zu mir hielten, waren Hilka, Theuderich und Klothilde.

Sebastianus und Quirinus hatte es auch nicht besser getroffen. Sie waren mir in der Schlacht gefolgt und hatten dem Merowinger die Warnung vor dem Hinterhalt überbracht. Sollten sie sich jemals in Kloderichs oder Chararichs Machtbereich begeben, würden sie ihres Lebens nicht sicher sein.

Nur Wulfram stand die Möglichkeit offen, zu Gundobad in seine Heimat zurückzukehren, was dieser jedoch mit einem Hinweis auf Silingas Einfluss auf ihren Oheim abtat.

Schließlich kamen wir überein, den morgigen Empfang bei Chlodwig abzuwarten, ehe wir uns weitere Gedanken machten.

Unser Gespräch wendete sich Folmar zu, von dem wir hofften, dass er unter Ursulas Pflege vollständig gesunden würde. Quirinus bot sich an, ihn später aufzusuchen und ihm alles Wissenswerte mitzuteilen, bevor er sich zu Sigibert zurückbegeben musste.

Es war schon spät in der Nacht, als unser Gastgeber an die Türe klopfte und Theuderich anmeldete, der ihn kurzerhand beiseite schob und ins Zimmer eilte.

Er brachte uns Grüße von Klothilde, die mit ihrem Gefolge vor einer Stunde angelangt war und mich für den nächsten Vormittag zu sich bestellt hatte.

„Ein gutes Zeichen", mutmaßte Wulfram. „Sicherlich hat Chlodwig mit ihr gesprochen. Eine bessere Fürsprecherin kannst du nicht haben. Sie wird dir und damit auch uns raten, wie wir uns in nächster Zeit verhalten sollen."

„Wenn du meinst", antwortete ich skeptisch.

„Sie würde dich nicht kommen lassen, wenn sich Chlodwig unversöhnlich geben würde", munterte Sebastianus mich auf. „Wenn dem so wäre", fuhr er fort, „hätte sie uns den Wink gegeben, sofort zu verschwinden."

„Das sehe ich auch so", pflichtete Theuderich ihm bei. „Vater ist zwar immer noch ungehalten wegen unseres Vorpreschens, hat aber mehrfach betont, dass du ein heldenhafter Streiter bist."

„Wir werden den Ärger des Merowingers aussitzen", bestimmte Wulfram. „Er wird nach uns rufen, wenn er uns braucht und das wird schon bald sein. Es gilt, den Sieg über die Alamannen auszunutzen. Und mit den Verschwörern ist er längst noch nicht fertig. Es wird viel Arbeit geben."

„Marcellus", wandte sich Theuderich mir zu und zog mich aus

dem Raum. Als wir alleine waren, öffnete er den Bügel seiner Gürteltasche und hielt mir einen in Stoff gehüllten Gegenstand hin.

„Das ist von Hilka", lächelte er und zwinkerte mir zu.

Ich schlug das Tuch auseinander und blickte auf eine kostbar gearbeitete, mit Almadinen ausgelegte Goldfibel in deren Mitte ein Kreuz eingelassen war.

„Du sollst das Schmuckstück tragen, hat sie mir gesagt. Es wird dich beschützen."

Gerührt steckte ich das kostbare Geschenk ein und dankte Theuderich.

„Richte Hilka aus, dass ich an sie denken werde, wenn ich es trage."

„Sag es ihr selber", wehrte der junge Freund mein Ansinnen ab. „Ihr werdet euch bestimmt noch sehen."

Am nächsten Morgen konnte ich es kaum erwarten, bis die Stunde anbrach, an der ich Klothilde aufsuchen konnte.

Vorher unterzog ich mich einer sorgfältigen Wäsche, kämmte das Haupthaar und legte meine beste Tunika an, bevor ich das Haus unseres Gastgebers verließ. An den Mantel steckte ich die Fibel, die rotgolden aufblitzte, als die Strahlen der Sonne sie trafen.

Meine Waffen legte ich nicht an, da ich sie ohnehin bei der Wache hätte abliefern müssen. Es waren keine hundert Schritte, bis ich vor dem mächtigen Gebäude des ehemaligen Bades anlangte, den offenen Hof querte und an der Pforte um Einlass begehrte.

„Die Königin erwartet dich", begrüßte mich Florentinus, der mich persönlich über die Schwelle in die Halle geleitete. „Folge mir, Marcellus. Sie empfängt dich in ihrem Privatgemach."

Das Morgenlicht fiel schräg durch die hoch liegenden Fenster und leuchtete die Basilika bis in den letzten Winkel aus. Die noch aus römischer Zeit stammende Verglasung tauchte den Boden und die spärliche Möblierung in ein geheimnisvoll schimmerndes Grün.

Über einen Tisch gebeugt erkannte ich Chlodwig und den Bischof, die sich zu mir umdrehten. Zumindest Remigius grüßte mich mit einem aufmunternden Lächeln, während der Merowinger mir nur kurz zunickte und sich wieder den Papieren widmete, die auf der Tischplatte ausgebreitet lagen. Es ging wohl um die Verteilung der Beute und den Landgewinn, der den Siegern nach der Schlacht zugefallen war.

Florentinus führte mich bis zur rechten Stirnseite der Halle, die man durch eingezogene Trennwände in mehrere Zimmer unterteilt hatte. Er klopfte an die angelehnte Türe des mittleren Raumes, worauf uns eine Frauenstimme zum Eintreten aufforderte.

Ich überschritt die Schwelle und stand vor Hilka und Klothilde, die sich von ihren gedrechselten Holzschemeln erhoben hatten.

„Begrüße Hilka", lächelte die Königin mir zu, „und setze dich dann zu mir." Sie nahm wieder Platz und wies auf den verwaisten Schemel an ihrer Seite.

„Schön, dass du die Fibel angelegt hast", sprach mich Hilka an und berührte leicht meinen Arm. „Ich warte auf dich bei dem großen Stein, der vor dem Tor an der nach Bonna führenden Straße liegt." Sie nickte Klothilde zu und verließ den Raum.

Als Hilka die Türe von außen geschlossen hatte, verbeugte ich mich vor der Königin und nahm neben ihr Platz.

„Der König und ich danken dir und deinen Freunden, dass Theuderich in der Schlacht nichts geschehen ist", begann sie das Gespräch.

„Ich dachte, Chlodwig zürnt mir", antwortete ich erstaunt.

„Das tut er auch", entgegnete sie. „Und wenn du auf eine Zukunft an der Seite des Merowingers hoffst, solltest du seine Anordnungen in Zukunft befolgen."

„Hab ich denn eine Zukunft?"

„Chlodwig hat wegen dir auf Chararichs Auslösung verzichtet. Er hätte es nicht getan, wenn er nicht viel von dir halten würde", antwortete Klothilde geduldig. „Er zeigte mir gegenüber sogar Verständnis für dein Vorpreschen in der Schlacht. Du hast Tapferkeit und Mut bewiesen und du bist ein gebildeter Romane. Solche Männer braucht der König. Aber", erhob sie ihre Stimme, „er kann es nicht hinnehmen, dass seine Anordnungen in aller Öffentlichkeit missachtet werden."

„Aber er hat doch die Fahnen schwenken lassen, als ich losritt", erwiderte ich.

„Unmittelbar nachdem du vorangeprescht bist. Er musste sofort das Zeichen geben, um sein Gesicht zu wahren", begründete Klothilde ihren Einspruch.

„Worin besteht seine Strafe?", fragte ich resignierend.

„Er kann und will dich nicht bestrafen", zerstreute Klothilde meine Befürchtungen. „Du bist ein Held, zu dem vor allem die jungen Krieger aufschauen. Es ist für alle das Beste, wenn du dem Hof für eine Zeit lang fern bleibst."

„Also werde ich verbannt?", äußerte ich mein Missfallen.

„Nenn es wie du willst", entgegnete Klothilde scharf. „Ich habe viel Zeit darauf verwendet, ihm dieses Zugeständnis abzuringen. Wenn es nach dem Willen des Königs gegangen wäre, hätte er dich vor dem Heer prügeln lassen."

„Ich danke dir", verbiss ich mir eine Entgegnung.

„Nimm deine Freunde", fuhr Klothilde unbeirrt fort, „und geh nach Hause. Der König wird euch rufen, wenn ihr gebraucht werdet."

„Wir sollen nach Arduena an die Mosel gehen?", fragte ich erstaunt. „Die Mosel untersteht Sigiberts Herrschaft. Kloderich und die Könige werden das nicht dulden!"

„Fünf Krieger werden zu eurem Schutz mitkommen", ließ die Königin meinen Einwand nicht gelten. „Außerdem habe ich mit Sigibert gesprochen. Er wird das Nötige veranlassen, damit man euch in Frieden lässt. Der König der Colonia steht in deiner Schuld, weil er dir sein Leben verdankt."

„Sigibert?", rief ich aus. „Wie steht es um ihn?"

„Er wird es überleben, sagt der Medicus. Aber sein Bein wird steif bleiben."

„Kann ich zu ihm?", fragte ich entschlossen. „Ich möchte mich von ihm persönlich verabschieden."

„Warum nicht?", entschied Klothilde. „Es wird ihm gut tun, dich noch einmal zu sehen. Wenn du die Halle durch die andere Türe verlässt, gelangst du in die Raumflucht, in der sich einst die Badebecken befanden. Du findest ihn im letzten Raum, dem ehemaligen Caldarium."

„Wann sollen wir Tolbiacum verlassen?"

„Noch heute, Marcellus, nachdem du von Sigibert und Hilka Abschied genommen hast. Deine Freunde wissen Bescheid. Nachdem Florentinus dich zu mir brachte, hat er sie aufgesucht."

„Ich danke dir", erhob ich mich.

„Marcellus", hielt Klothilde mich zurück. „Ich habe noch etwas für dich." Sie wies auf ein an die Wand gerücktes Tischchen, auf dessen Platte ich ein hölzernes Kästchen entdeckte.

„Es ist von Chlodwig, der dafür keine Verwendung mehr hat. Ein ferner Vorfahre trug es bei sich, als er vor vielen, vielen Jahren seine Heimat verließ und zu den Franken kam."

Ich trat an das zierliche Möbelstück mit den kunstvoll gedrechselten Beinen und öffnete den Verschluss des Kästchens.

Es blitzte mir grün und golden entgegen, weil im selben Augenblick ein Sonnenstrahl den Weg durch das Fenster fand. Behutsam griff ich hinein und hielt voller Scheu den Schlangenreif in den Händen, den der Merowinger noch vor wenigen Tagen getragen hatte.

„Sieh es als Zeichen seiner Gunst, dass er dir das Geschmeide anvertraut. Es soll dich daran gemahnen, bereit zu sein, wann immer der Merowinger dich ruft."

Ich nickte und verbarg das Kleinod sorgsam in meiner Gürteltasche. Dann reichte ich Klothilde die Hand, die sie mit ihren feingliedrigen Fingern umfasste.

„Auf ein baldiges Wiedersehen, Romane. Ich wünsche dir alles Gute."

Zurück im Empfangsraum traf ich erneut auf Chlodwig und den Bischof, die immer noch mit den Pergamenten und Papieren beschäftigt schienen.

Ohne ein Wort zu verlieren winkte der Merowinger kurz mit der Rechten und wandte sich wieder Remigius zu.

Dann öffnete ich die Türe, die in den Gebäudetrakt des alten Bades führte. Sofort schlug mir die Wärme der in Betrieb genommenen Fußbodenheizung entgegen. Chlodwig hatte angeordnet, alles Erdenkliche zu tun, es Sigibert so komfortabel wie möglich zu machen.

Vorbei an den Soldaten, die den Vorraum zu Sigiberts Krankenzimmer bewachten, betrat ich das Gemach, in dem es stickig nach gewechselten Verbänden und verspritzten Duftölen roch.

Der König der Rheinfranken lag auf einer Bettstatt und blickte auf, als ich zu ihm trat.

Schweiß perlte von seiner Stirn und es bereitete ihm Mühe, mir die rechte Hand entgegenzustrecken.

Trotz der Wärme und der verschwitzten Stirn schien Sigibert zu frieren, denn er hatte die Felldecken bis zum Kinn hochgezogen. Es war das Wundfieber, das, dem Herrn im Himmel sei Dank, seit einigen Stunden zurückging. Ein Verdienst des Medicus', der sich am Fußende des Bettes auf einem Schemel niedergelassen hatte.

Ein weiterer Besucher erhob sich von seiner Sitzgelegenheit, als ich den Raum betrat. Es war der Thronfolger, der sich, mir einen bösartigen Blick zuwerfend, wortlos der Türe zuwandte und das Krankenzimmer verließ.

„Fass dich kurz", ermahnte mich der Medicus und fühlte Sigibert den Puls. „Die Wunde ist schwer und der König bedarf der Ruhe."

„Marcellus", begrüßte mich der Rheinfranke mit leiser Stimme, so dass ich mich zu ihm herabbeugen musste. Der Druck seiner Hand war so schwach, dass ich ihn nur vorsichtig erwiderte.

„Ich werde es überleben", flüsterte Sigibert und lächelte gequält. „Aber mein rechtes Bein werde ich kaum noch gebrauchen können. Der Medicus hat gesagt, dass es steif bleiben wird. Trotzdem danke ich dir, dass du mir in der Schlacht das Leben gerettet hast."

„Meine Freunde und ich", erwiderte ich. „Ohne ihren Beistand wäre es nicht gelungen, zu dir durchzubrechen."

„Ich weiß, Romane." Ächzend stützte sich Sigibert auf die Ellbogen, was den Medicus besorgt aufblicken ließ. „Desto mehr tut es mir leid", fuhr der König fort, „dass ich euch gehen lassen musste. Hagens Schuld war zu groß, als dass ich dem Merowinger sein

Begehren verweigern durfte."

„Glaube nicht", nahm ich allen Mut zusammen, „dass es Hagen alleine war, der Chlodwig nach dem Leben trachtete."

„Es war auch nicht Hagen", fuhr Sigibert meinen Einwand ignorierend fort, „der dich von meiner Seite getrieben hat. Es ist Kloderich, der dir ein Verweilen in der Colonia unmöglich macht."

Ich nickte zur Bestätigung.

„Du bist der Sohn, den ich mir immer gewünscht habe. Deshalb verfolgt dich der Thronfolger mit seinem Hass."

Bis auf das Brummen einer Fliege, die einen Ausweg durch das geschlossene Fenster suchte, war es ruhig in dem Raum.

„Ich wünsche dir und deinen Freunden viel Glück", brach Sigibert schließlich das Schweigen. „Mögen die Nornen es nicht zulassen, dass wir jemals die Waffen gegeneinander führen müssen."

„Achte auf Kloderich und die Könige." Ich hatte mich herabgebeugt und dem Kranken die letzten Worte zugeflüstert, so dass der Medicus sie nicht verstehen konnte.

„Solange ich lebe", antwortete Sigibert, „wirst du vor ihren Nachstellungen sicher sein. Ich gelobe es dir!"

Wir drückten uns noch einmal die Hände, ehe ich mich erhob und das Krankenzimmer verließ.

Vor der Türe stieß ich beinahe mit Kloderich zusammen, der offenbar gelauscht hatte.

„Ich bedaure es", blitzte mich der Thronfolger tückisch an, „dass du nicht in die Colonia zurückkehrst."

„Gib den Weg frei, feiger Hund", fauchte ich ihn an, so dass die Wachen es verstehen mussten.

„Das wirst du bereuen", zischte Kloderich zurück, wich aber meinem Blick aus und trat einen Schritt zur Seite.

Ohne den Thronfolger weiter zu beachten, nickte ich den Soldaten zu und öffnete die Türe. Durch die nun leere Basilika strebte ich dem Ausgang zu und sog erleichtert die frische Luft ein, als ich den Vorplatz betreten hatte.

Als ich zu meinen Freunden zurückkehrte, hatten diese bereits ihre Sachen gepackt. Sie mussten schon seit einiger Zeit neben ihren Pferden auf mich gewartet haben. Auch mein Reittier war gesattelt worden und begrüßte mich mit einem Wiehern.

„Lasst mich noch von Hilka Abschied nehmen", wandte ich mich an Florentinus, der neben Wulfram stand und unseren Aufbruch überwachen sollte. Unsere Begleitung, die von Klothilde zugesagten Krieger, waren ebenfalls schon eingetroffen.

Der Bucellarier nickte und ich schritt dem Südtor zu, hinter dem Hilka mich bei dem Findling erwarten wollte.

Als ich die Pforte passiert hatte und sie am verabredeten Ort auf dem Stein sitzen sah, kamen mir wieder die Lebensbeschreibungen meines Vorfahren in den Sinn. Es musste die gleiche Stelle sein, an der meine alamannische Ururgroßmutter Bissula jenen Marcus erwartet hatte.

„Da bist du ja", sprang sie auf und umarmte mich liebevoll, ehe wir uns niedersetzten. Sie nahm meine Hand in die ihre und schaute mir lange in die Augen.

„Wir werden uns eine lange Zeit nicht sehen", begann sie stockend. „Du gehst zurück in deine Heimat und ich werde Klothilde folgen."

„Vielleicht trägt ja der Findling die Schuld", scherzte ich und drückte sie an mich. Dann erzählte ich ihr von meinem Vorfahren.

„Und sie haben sich hier einander versprochen?", schaute Hilka mich fragend an.

„Nein", antwortete ich mit dem Kopf schüttelnd. „So weit waren sie damals noch nicht."

„Das sind wir auch nicht", antwortete sie bedrückt. „Aber wir werden uns wieder sehen."

„Das werden wir." Ich nahm sie erneut in die Arme und gab ihr einen Kuss, den sie zärtlich erwiderte.

Zurück bei meinen Freunden durchtrennte ich dann das letzte Band, das mich noch an Sigibert knüpfte.

Ich zog meine Spatha und betrachtete ein letztes Mal den im Griff eingelassenen Ring. Dann reichte ich Florentinus die Waffe und bat ihn, sie an Sigibert zu übergeben. Sebastianus und Quirinus taten es mir gleich, so dass wir nur mit dem Sax im Gürtel, den Weg in eine ungewisse Zukunft antraten.

Wir schonten unsere Pferde nicht und gelangten am Abend nach Marcomagus, wo wir die Nacht verbrachten.

Der unter der Pflege Ursulas beinahe genesene Folmar war glücklich, uns zu sehen. Gespannt folgten die beiden der Schilderung unserer Erlebnisse. Mein Freund bedauerte aufrichtig, uns nicht begleiten zu können. Zum einen war er noch nicht völlig transportfähig, zum anderen hinderte ihn aber auch der Sigibert geleistete Treueid, mir zu folgen.

Wir verabredeten, Kontakt zu halten und dem jeweils anderen regelmäßige Nachrichten zukommen zu lassen.

„Grämt euch nicht", versuchte uns Folmar über den Trennungsschmerz hinwegzuhelfen. „Meine Anwesenheit in der Colonia gewährt euch eine gewisse Sicherheit. Sollte mir zu Ohren kommen, dass Kloderich oder die Könige etwas gegen euch im Schilde führen, seid ihr die Ersten, die davon erfahren. Außerdem", fuhr er fort, „werde ich nicht ewig in der Colonia bleiben. Ursula und ich sind uns näher gekommen und haben uns zu einem gemeinsamen Leben entschlossen, und das möchten wir nicht in der Colonia verbringen. Ihr werdet von uns hören."

Wir redeten noch lange und es wurde bereits hell, als wir endlich in unsere Decken fanden.

Drei Tage später zügelten wir im Angesicht meines Vaterhauses unsere Pferde.

Meine Mutter Faustina war überglücklich, den lang entbehrten Sohn endlich wieder in die Arme zu schließen. Mein Vater hingegen betrachtete mürrisch den Zuwachs von neun erwachsenen Männern, die auf Dauer ihren Wohnsitz bei ihm nehmen würden. Seine Miene hellte sich jedoch auf, als er begriff, dass meine Freunde und die Krieger durchaus gewillt waren, bei der täglichen Arbeit auf dem Hof und in den Weinbergen mit Hand anzulegen.

Die Weinlese stand kurz bevor und es dauerte nicht lange, bis wir in mühseliger Arbeit die Trauben einholten. Mit den bloßen

Füssen stampften wir das Lesegut in den hauseigenen Bottichen und fingen den aus dem Spundloch rinnenden Rebensaft in hölzernen Eimern. Die noch festen Bestandteile gaben wir unter die Presse, um auch noch den letzten Tropfen zu gewinnen. Es war ein guter Jahrgang, der schließlich in den Fässern heranreifte.

Die Kelter am jenseitigen Ufer hatte schon mein Großvater aufgegeben, da eine Renovierung und Erneuerung der brüchigen Becken zu kostspielig gewesen wäre.

Der Bäcker von Arduena hatte uns die Ruine kurzerhand abgekauft und aus den Ziegeln des halb eingestürzten Daches einen Backofen errichtet.

Die Einwohner der hauptsächlich in Holz und Fachwerk erbauten Ansiedlung waren froh, das feuergefährliche Handwerk auf die andere Flussseite ausgelagert zu wissen. Bald hatten sich auch die Frauen daran gewöhnt, das frische Backwerk am Schiffsanleger des Ortes in Empfang zu nehmen.

Nach getaner Arbeit hockten wir des Abends in den Gewölben der inmitten der Ansiedlung gelegenen Taverne. Eines der wenigen Steingebäude, die noch zu römischer Zeit errichtet wurden.

Während ich mein altes Zimmer im elterlichen Hof bezog, waren die Freunde in einem komfortablen Nebengebäude untergebracht. Die Krieger zimmerten sich aus den Balken einer verfallenen Landvilla einen Unterstand, dessen Wände aus aufgeschichteten Schieferplatten gefügt waren. Später, als die Männer wieder abgezogen waren, diente der Raum dem Vieh als wetterfester Stall.

In den Stunden, die nicht dem Anbau und der Pflege der Reben gewidmet waren, schmiedeten wir unter der Anleitung des Burgunden neue Schwerter. Wulfram hatte dieses Handwerk einst bei einem Vetter seines Vaters erlernt.

In schweißtreibender Arbeit hämmerten wir die rot glühenden Barren unter Zugabe von Kohlenstoff zu stählernen Stangen, die ineinander verdreht, zu Klingenrohlingen geformt wurden. Immer wieder falteten wir das glühende Eisen und trieben es unter wuchtigen Hammerschlägen in die beabsichtigte Form, bis wir endlich biegsame Klingen in den Händen hielten.

Voller Ehrfurcht vor der eigenen Arbeit bewunderten wir die

schlierenförmige Maserung, die dem bläulich schimmernden Stahl nach dem Schleifen sein damasziertes Gesicht gab.

Zum Schluss fertigten wir noch die mit Hornplatten versehenen Griffschalen. Meine Waffe, der ich den Namen ‚Blitz' verliehen hatte, sang pfeifend durch die Luft, wenn ich sie mit beiden Händen über dem Kopf haltend, umherschwang.

An einem der ersten kühlen Abende zeigte ich Wulfram den Schlangenreif, den mir Klothilde in Chlodwigs Namen anvertraut hatte.

Zuerst bewunderte der Freund das kostbare Kleinod bis er es aus der Hand legte. Wie gebannt hing er nun an meinen Lippen, als ich ihm vom Armreif meines Ahnen erzählte.

Kaum hatte ich geendet, drängte er mich, die Pergamente jenes Marcus zu suchen und ihm die betreffenden Stellen vorzulesen.

Mehrere Wochen widmeten wir uns nun der Lektüre der brüchigen und fleckigen Seiten. Voller Spannung verfolgten wir die Ereignisse längst vergangener Tage und reisten in Gedanken an die Orte, die wir selbst vor Monaten aufgesucht hatten. Vieles erkannten wir wieder und bestaunten anderen Orts die Veränderungen, die hundertfünfzig Jahre hinterlassen hatten.

Als wir schließlich zu der Stelle kamen, an der der Ziehsohn des Marcus, ein gewisser Clodius, mit dem Schlangenreif zu den Franken ging, fiel es uns wie Schuppen von den Augen.

„Wenn aus Clodius", folgerte der Burgunde, „Chlodio wurde, der Stammvater der Merowinger, dann bist auch du ein Merowinger, verwandt mit Chlodwig, dem König der Franken."

„Bist du überzeugt", äußerte ich meine Zweifel, „dass dieser Armreif der gleiche ist, den mein Vorfahre besessen hat?"

Wulfram zuckte mit den Achseln, bevor er fortfuhr.

„Es darf niemand erfahren, dass du und der Merowinger eines Blutes seid. Du wärst deines Lebens nicht mehr sicher. Chlodwig würde alles daran setzen, dich aus dem Weg zu schaffen, um etwaige Ansprüche auszuschließen."

Ich wusste, dass mein Freund Recht hatte und verbarg den Armreif an einem geheimen Ort. Nur manchmal holte ich das Schmuckstück hervor und ließ es versonnen durch meine Finger gleiten.

Der Herbst und der Winter gingen ins Land, bis die Frühlingssonne das erste Laub der Weinstöcke sprießen ließ.

Es war ein warmer Abend im April, als wir müde aus den Weinbergen des jenseitigen Ufers zurückkehrten.

Ich war es selber, der die Reitergruppe bemerkte, die im schnellen Galopp auf unseren Hof zuhielt.

Sofort alarmierte ich meine Gefährten, die sich mit gezogenen Waffen bei mir einfanden, um einen etwaigen Überfall abzuwehren.

‚Hat Kloderich die Häscher ausgesandt, seine Drohung wahr zu machen?'

Einige Schritte vor uns zügelten die Bewaffneten ihre Pferde und der die Spitze bildende Reiter schwang sich aus dem Sattel.

Bis er dicht vor mir stand konnte ich das unter seinem wallenden Mantel und der herabgezogenen Kapuze verborgene Gesicht nicht erkennen.

Dann schaute ich in ein paar leicht schräg stehende Augen und schloss Hilka voller Glück in die Arme.

Merowinger

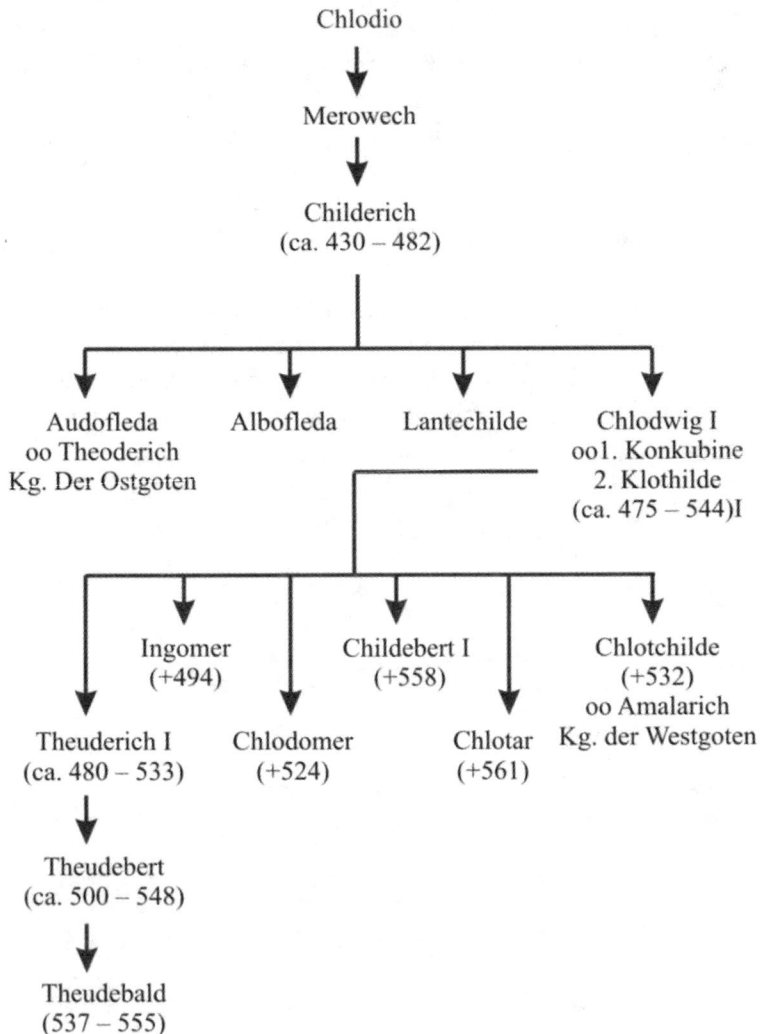

Chlodio

↓

Merowech

↓

Childerich
(ca. 430 – 482)

Audofleda
oo Theoderich
Kg. Der Ostgoten

Albofleda

Lantechilde

Chlodwig I
oo1. Konkubine
2. Klothilde
(ca. 475 – 544)I

Ingomer
(+494)

Childebert I
(+558)

Chlotchilde
(+532)
oo Amalarich
Kg. der Westgoten

Theuderich I
(ca. 480 – 533)

Chlodomer
(+524)

Chlotar
(+561)

↓

Theudebert
(ca. 500 – 548)

↓

Theudebald
(537 – 555)

Rheinfranken

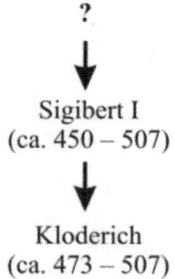

?

↓

Sigibert I
(ca. 450 – 507)

↓

Kloderich
(ca. 473 – 507)

Burgunder

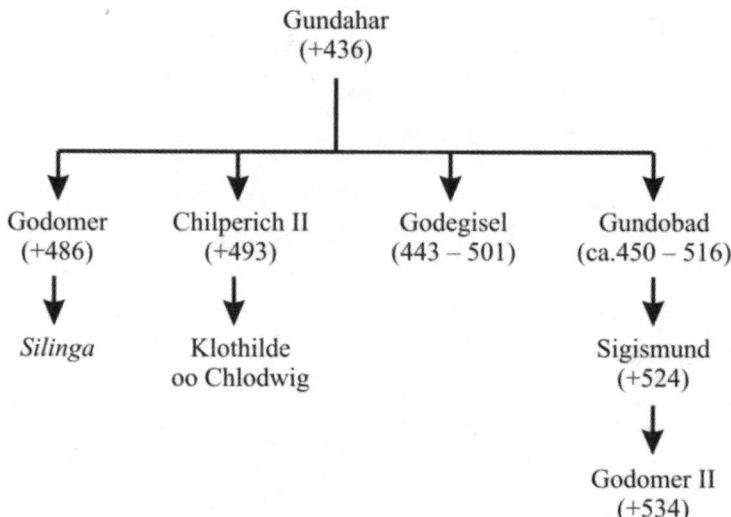

Gundahar
(+436)

Godomer
(+486)

↓

Silinga

Chilperich II
(+493)

↓

Klothilde
oo Chlodwig

Godegisel
(443 – 501)

Gundobad
(ca.450 – 516)

↓

Sigismund
(+524)

↓

Godomer II
(+534)

Spurensuche

Das späte 5. und
frühe 6. Jahrhundert

Anders als in der Trilogie über den römischen Offizier Marcus Junius Maximus, die im 4. Jahrhundert n. Chr. spielt, gestaltete sich die Spurensuche dieses Mal ungleich schwieriger.

Nicht, dass es diese Zeugnisse der Vergangenheit nicht geben würde. Gerade in den letzten Jahren ist es der Archäologie gelungen, viele Geheimnisse des frühen Mittelalters aufzudecken. Leider handelt es sich aber in der Mehrzahl um Funde, die wegen ihrer Beschaffenheit kaum geeignet sind, sie an Ort und Stelle dem interessierten Publikum zu präsentieren.

Ausgeräumte Gräber, Gruben und Pfostenlöcher sind keine festen Befunde aus Mauerwerk oder Zement. Es sind die Vitrinen der Museen oder die Publikationen der Fachwelt, die uns die Welt der Merowinger erschließen.

Natürlich nutzten die Könige und Fürsten des frühen Mittelalters die steinernen Hinterlassenschaften der Römer, aber sie schufen nur wenig Neues. So sind es die Repräsentationsbauten und Festungsanlagen vergangener Jahrhunderte, in denen die neuen Herren ihre Präsenz zeigten.

Deshalb habe ich mich auch entschlossen, die römischen Bauten in die Spurensuche aufzunehmen, deren Weiternutzung gesichert ist. Ergänzt werden sie durch Rekonstruktionen und Zeichnungen zeitgenössischer Überbleibsel.

Trotzdem glaube ich, dem Leser in der Spurensuche einen anschaulichen Einblick vom Leben unserer Vorfahren zu vermitteln.

Westeuropa im Jahre 486 n. Chr.

Übersichtskarte: Die Stationen

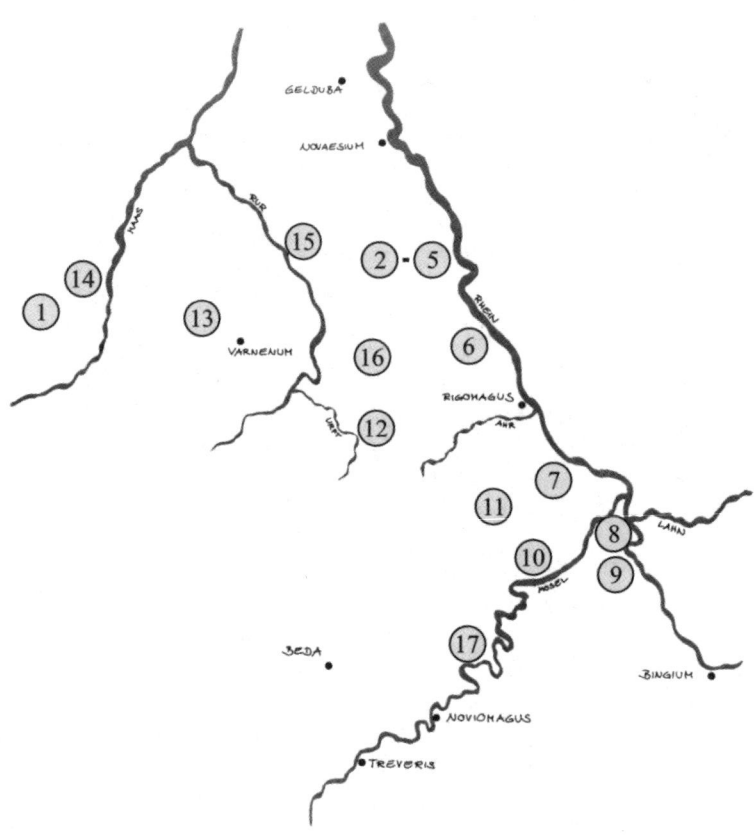

Karte: Wegstationen des MARCELLUS

1	Tongeren	11	Mayen
2 - 5	Köln	12	Nettersheim
6	Bonn	13	Trier
7	Andernach	14	Aachen
8	Koblenz	15	Jülich
9	Boppard	16	Zülpich
10	Karden	17	Erden

1 Tungrus (Tongeren / Belgien)

Foto: Stadtmauer

Der kurz vor der Zeitenwende und am Kreuzungspunkt mehrerer Fernstraßen gelegene Vicus wuchs im Lauf der Jahrhunderte zu einem stadtähnlichen Gebilde (Municipium) mit privaten und öffentlichen Gebäuden heran.

Archäologisch nachgewiesen sind Teile des schachbrettartig angelegten Straßennetzes, Tempel, Speichergebäude, Gräberfelder und mit Mosaiken ausgeschmückte Wohnhäuser. Der Verwaltungssitz der „Civitas Tungrorum" wurde, wie Köln und Trier, im 2. Jh. n. Chr. von einer 4500 m langen steinernen Mauer umgeben. Im 4. Jh. n. Chr. wurde diese nach den Frankeneinfällen durch eine wesentlich kürzere Umwallung (2700 m) ersetzt. Große Teile der Stadtmauern sind noch heute auf einer Länge von 1700 m im Stadtbild zu sehen.

Tongeren entwickelte sich im 4. Jh. n. Chr. zu einem Zentrum des aufstrebenden Christentums. Als Bischöfe sind Maternus und Servatius überliefert.

Funde aus der Merowingerzeit 5. - 7. Jh. n. Chr. belegen die Siedlungskontinuität des Ortes. In der Karolingerzeit blühte die Stadt wieder auf, was ihren Ausdruck im Bau eines neuen Kirchengebäudes an der Stelle der heutigen Liebfrauenbasilika fand.

Lohnenswert ist ein Besuch des Gallo – Römischen Museums in unmittelbarer Nähe der Liebfrauenbasilika.

Gallo – Romeins Museum
www.galloromeinsmuseum.be/

Foto: Römische Befestigung des 4. Jh. n. Chr.

Zeichnung: Franken des späten 5. und frühen 6. Jh. n. Chr.

2 – 5 Colonia (Köln)

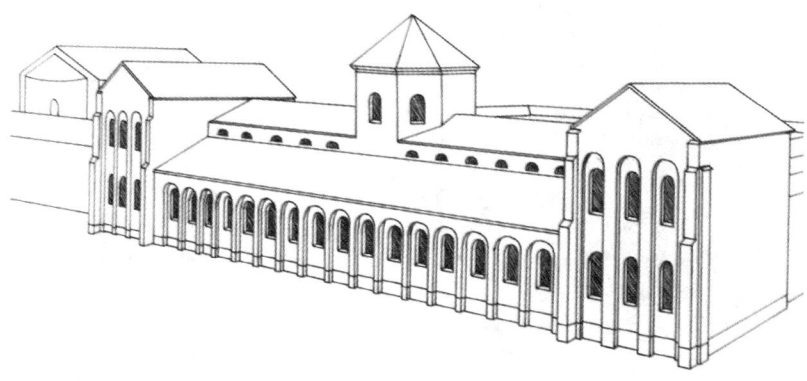

Zeichnung: Das Prätorium im 5. Jh. n. Chr.

Die Hauptstadt der Provinz Niedergermanien, die Colonia Claudia Ara Agrippinensium, lag direkt am Rhein, der Grenze zum freien Germanien. Es gab einen zivilen Hafen und zudem einen militärischen Flottenstützpunkt im heutigen Stadtteil Alteburg. Eine Brücke führte zum Kastell Divitia (Deutz) hinüber, einer in der Zeit Kaiser Konstantins (um 310 n. Chr.) errichteten Festung.

Die Stadt durchzog ein rechtwinkliges Straßenraster, das sich in Teilen erhalten hat. Die Nord-Süd Achse, der „Cardo Maximus", entspricht zum Beispiel der heutigen Hohe Straße. Die Colonia wurde von einer etwa 4 km langen Stadtmauer umgeben, von der sich einige Teilstücke und Türme erhalten haben.

Die Stadt gliederte sich in Repräsentations-, Wohn- und Handwerkerviertel der verschiedenen Bevölkerungsteile. Im Bereich des heutigen Doms konnten bei Ausgrabungen Villenbauten der wohlhabenden Bevölkerungsschichten entdeckt werden (Dionysosmosail im römisch – germanischen Museum).

Es gab einen zentralen Platz, das Forum, auf dem sich das öffentliche und politische Leben abspielte. Hier standen Gebäude, die der Verwaltung dienten und vermutlich ein Heiligtum, die Ara Ubiorum. Ein weiterer Verwaltungsbau war der am Rhein gelegene Palast des Statthalters, das Prätorium.

Zusätzlich sind mehrere Tempelbauten und Thermenanlagen nachgewiesen. Sicherlich gab es auch Theater, Amphitheater und einen Zirkus für Wagenrennen.

Zur Wasserversorgung wurden die Quellen des Vorgebirges und der Eifel erschlossen. Die Eifelwasserleitung gilt als eines der größten Technikdenkmäler nördlich der Alpen.

Die römische Epoche endete mit der Übernahme durch die Franken im 5. Jh. n. Chr. In merowingischer Zeit wurde die Stadt dann zum fränkischen Königssitz. Allgemein wird angenommen, dass die Bevölkerungszahl im 5. Jh. n. Chr. stark abgenommen hatte.

Im 6. Jh. n. Chr. entwickelte sich Köln zu einem Zentrum von Handel und Handwerk, wobei die Grundlagen dafür sicherlich aus römischer Zeit stammten. Es wird deutlich, dass die Bevölkerung noch lange an den römischen Traditionen festhielt. Dies ist u. a. an lateinischen Grabinschriften zu erkennen, die bis ins 7. Jh. n. Chr. verwendet wurden.

Die römische Bausubstanz wurde weiterhin genutzt, wenn auch vieles nicht instand gehalten werden konnte und verfiel. Insbesondere komplexe technische Anlagen, wie die Thermen oder die Wasserleitungen, verfielen aufgrund mangelnder Wartung und fehlenden Wissens. Die massiven Stadtmauern boten ihren Schutz bis in das Hochmittelalter, während die Festung Divitia als Königsburg diente.

Römisch-Germanisches Museum
Öffnungszeiten:
Dienstag - Sonntag   10.00 - 17.00 Uhr

2 Prätorium

1953 wurden beim Neubau des Rathauses die Reste des römischen Prätoriums freigelegt. Dies liegt, für den Besucher zugänglich gemacht, unter dem Spanischen Bau des Rathauses und kann dort besichtigt werden.

An zentraler Stelle der antiken Stadt, zwischen Stadtmauer und Cardo Maximus gelegen, nahm der weitläufige Baukomplex die Fläche von vier Insulae (Wohnviertel) ein. Die Deutung der Anlage als Praetorium stützt sich unter anderem auf eine literarische Überlieferung (Sueton, Vitellius 8). Der Palast diente als Amtssitz der Oberbefehlshaber der niedergermanischen Truppen und der späteren Statthalter.

Die imposanten Mauerreste und ein Teilstück des römischen Abwasserkanals unter der Budengasse können heute unterhalb des Rathauses besichtigt werden.

Der große Baukomplex wurde in römischer Zeit immer wieder umgestaltet und erweitert. Es lassen sich insgesamt vier Bauphasen unterscheiden. Nach der Zerstörung während des Frankeneinfalls im Jahre 355 n. Chr. wurde das Gebäude im Stil eines spätantiken Palastes wieder aufgebaut. Es besaß eine durch Pilaster gegliederte Ostseite, eine Basilika, im Norden und Süden einen Saal mit Apside und mittig einen oktogonalen Raum.

In fränkischer Zeit wird das Prätorium als Königssitz der Rheinfranken weiter genutzt worden sein.

Archäologische Zone der Stadt Köln
Öffnungszeiten:
Dienstag - Sonntag 10.00 - 17.00 Uhr
Kostenlose Führungen jeden Freitag um 14.00 Uhr
www.museenkoeln.de/archaeologische-zone

Foto: Die rheinseitige Fassade des Prätoriums
(mit freundlicher Genehmigung der Archäologischen Zone Köln)

3 Stadtmauer

Das römische Köln wurde durch eine massive Stadtmauer geschützt, deren Errichtung als die größte Baumaßnahme der Stadt gilt. Die Arbeiten begannen im 1. Jh. n. Chr. an der Rheinseite und fanden nach ca. zweihundert Jahren ihren Abschluss. Umbauten und Erweiterungen des in vielen Teilen erhaltenen Bauwerks, wie die Fortführung der Mauern über das verfüllte Hafengelände, wurden bis ins 3. Jh. n. Chr. durchgeführt.

Die Länge der Mauer betrug 3,9 km und umschloss ein Gebiet von gut 97 ha. Neunzehn in der Hauptsache Rundtürme an den Landseiten und das sogenannte Ubiermonument, ein quadratisches Festungswerk an der Ecke zur rheinseitigen Befestigung, verstärkten den steinernen Wall. Gut erhalten ist der Römerturm in der Magnusstraße, das Ubiermonument an der Malzmühle und Mauerstücke, zum Beispiel in der Komödienstraße, der Zeughausstraße und in der Tiefgarage unter dem Dom.

Neun Torbauten in unterschiedlicher Ausgestaltung, von denen die größten an den jeweiligen Ausfallstraßen im Norden, Süden und Westen der Stadt standen, verbanden das innerstädtische Straßennetz um Cardo Maximus und Decumanus mit den Fernstraßen nach Bonn, Xanten, Trier und Reims. Der Bogen des Nordtores mit dem Schriftzug CCAA ist im römisch-germanischen Museum ausgestellt, eine Seitenpforte steht in Rekonstruktion auf dem Domvorplatz.

4 Kapitolstempel (St. Maria im Kapitol)

Bei der heutigen Kirche St. Maria im Kapitol befand sich der Tempel der kapitolinischen Trias. In ihm wurden der höchste Gott Jupiter, seine Gattin Juno und seine Tochter Minerva verehrt.

Die Fundamente des Heiligtums konnten bei Ausgrabungen im Bereich der Kirche entdeckt werden. Über das Aussehen des Gebäudes kann aber nur spekuliert werden. Wie auch sein Vorbild, der Tempel gleicher Widmung in Rom, wird er eine dreigeteilte Cella, d.h. eine Kammer für jede Gottheit, besessen haben.

Davor lag eine mit Säulen ausgestattete Vorhalle, die über eine repräsentative Freitreppe zu erreichen war.

In merowingischer Zeit gründete Plektrudis, die Gemahlin des Hausmeiers Pippin von Heristal, um 690 n. Chr. ein Frauenkonvent mit Kirche. Aufgrund nachrömischer Mauerergänzungen wird angenommen, dass die Ruinen der mittleren Cella und der Vorhalle zum Bau einer einschiffigen Kirche gedient haben.

Ein Modell des Tempels ist, neben anderen Rekonstruktionen des römischen Kölns, im Ausstellungsraum des Prätoriums zu sehen.

www.museenkoeln.de/archaeologische-zone
www.maria-im-kapitol.de

5 St. Severin

An einigen, meist sakralen Gebäuden, lassen sich Umbauten aus fränkischer Zeit erkennen.

So wurde St. Severin, ein kleiner Saalbau mit Apsis des 4. Jh. n. Chr., inmitten eines römischen Gräberfeldes gelegen, im 5. und 6. Jh. n. Chr. vergrößert.

Bis ins 5. Jh. hinein hatte die römische Sitte Bestand, die Toten außerhalb der Stadtmauer zu beerdigen. Erst mit der einsetzenden Christianisierung der Franken, die nach der Bekehrung Chlodwigs im Jahre 497 n. Chr. einsetzte, begann man die Verstorbenen in oder unmittelbar neben den Kirchen zu bestatten.

St. Severin wurden Seitenschiffe, eine Vorhalle und später ein weiterer Anbau oder Hof hinzugefügt. In der Kirche, die zunächst als Pfarrkirche, später als Begräbniskirche diente, wurden mehrere beigabenreiche, fränkische Plattengräber gefunden.

Katholische Kirchengemeinde St. Severin Köln
Öffnungszeiten:
Mo.-Sa.: 09.00 - 18.00 Uhr
Sonntag: 09.00 - 12.00 Uhr und 15.00 - 17.30 Uhr
Führungen nach Absprache mit dem Pfarramt
www.romanische-kirchen-koeln.de/severin

Foto: Rundsaal im Oktogon des Prätoriums
(mit freundlicher Genehmigung der Archäologischen Zone Köln)

Foto: Römische Stadtmauer am Mühlenbach

Zeichnung: St. Severin im 5. Jh. n. Chr.

Zeichnung: Kapitolstempel

6 Bonna (Bonn)

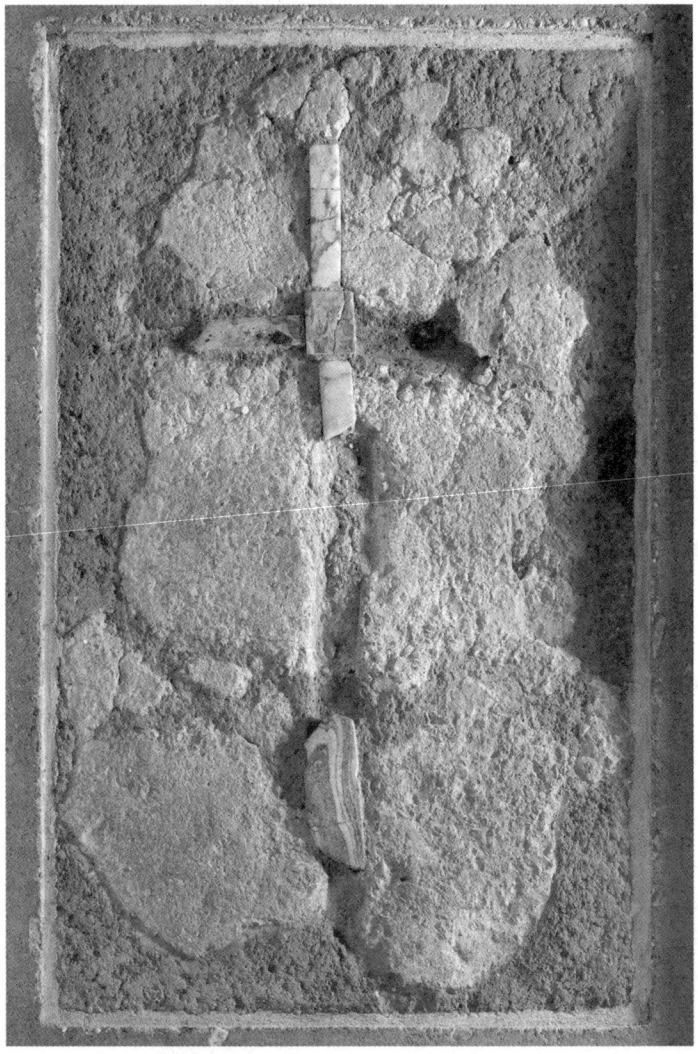

Foto: Kreuz im Estrich (6. Jh. n. Chr.),
(mit freundlicher Genehmigung des Landesmuseums Bonn)

Durch das römische Bonna, strategisch günstig am Rhein gelegen, der die Reichsgrenze zum freien Germanien bildete, führte die wichtige Limesstraße von Köln nach Mainz. Der Stützpunkt wurde im frühen 1. Jh. n. Chr. zum Legionslager ausgebaut, vor dessen Toren sich eine Lagervorstadt entwickelte.

Etwa zwei Kilometer Richtung Süden entstand eine reine Zivilsiedlung, in der sich Handwerker und Kaufleute niederließen. Vom späten 1. bis ins 3. Jh. n. Chr. erlebte dieser Vicus seine Blütezeit. Bei Ausgrabungen konnten Wohnhäuser, Tempel, ein Monument und Thermenanlagen entdeckt werden.

Gräberfelder fanden sich an der Limesstraße nach Süden im Bereich der heutigen Adenauerallee, im westlichen Lagervorfeld sowie im Bereich des Münsterplatzes.

Nach dem ersten Frankeneinfall des Jahres 274 n. Chr. scheint sich die Bevölkerung in den Bereich des Lagers zurückgezogen zu haben, in dem eine Kleinfestung errichtet wurde. Während des zweiten Frankeneinfalls in der Mitte des 4. Jh. n. Chr. wurde Bonn erstürmt, aber von Kaiser Julian nach spätantikem Schema mit Mauern und Türmen als Festung wieder aufgebaut.

Die römische Verwaltung endete mit der fränkischen Übernahme im 5. Jh. n. Chr.. Die neuen Machthaber nutzten wie andernorts die römischen Gebäude und speziell die Festungsanlage. Im Mittelalter verlagerte sich schließlich das Zentrum der Stadt in den südlich gelegenen Bereich um Markt und Münster.

Aus der merowingischen Epoche sind neben einigen wenigen Funden, die auf das alltägliche Leben in der Siedlung und das Töpferhandwerk hinweisen, einige Gräber entdeckt worden, die im Bereich des heutigen Münsters lagen.

An der Stelle eines römischen Tempels entstand im 4. Jh. n. Chr. eine den Märtyrern Cassius und Florentius gewidmete Cella Memoria. Im 6. Jh. n. Chr. wurde an gleicher Stelle eine Saalkirche erbaut, deren Estrich ein aus Marmorplättchen gefügtes Kreuz aufwies. Dieses frühe Zeugnis sakralen Lebens, das die Stelle eines Grabes markierte, befindet sich heute im Rheinischen Landesmuseum. Auch unter der Dietkirche im ehemaligen Lagerbereich werden spätrömische und merowingerzeitliche Vor-

gängerbauten vermutet. Hier konnte ein beigabenreiches Frauen-
grab des 6. Jh. n. Chr. dokumentiert werden.

Rheinisches Landesmuseum Bonn
Öffnungszeiten:
Di., Do. - So.:   10.00 - 18.00 Uhr
Mittwoch: 10.00 - 21.00 Uhr
www.rheinisches-landesmuseum-bonn.lvr.de

Zeichnung: Der Grabstein von Niederdollendorf

7 Antunacum (Andernach)

Foto: Fund eines fränkischen Kammfragments bei Ausgrabungen an der Malzmühle in Andernach

Andernach gilt als eine der ältesten römischen Siedlungen Deutschlands. Um 20 n. Chr. wurde dort, in tiberischer Zeit, am Kreuzungspunkt wichtiger Fernstraßen ein Holz-Erde-Kastell errichtet. Davor erstreckte sich der Lagervicus der im Westen vermutlich an den römischen Hafen stieß, einem heute verlandeten Rheinarm.

Es entwickelte sich in den nächsten Jahrhunderten eine offene Siedlung mit einem bedeutenden Hafen. In Antunacum wurden die Mühl- und Tuffsteine verladen, die in den Steinbrüchen Mayens und der übrigen Pellenz abgebaut wurden.

Als die rechtsrheinischen Gebiete nach der Aufgabe des Limes preisgegeben wurden, erhielt Andernach eine mächtige Umwehrung und wurde zur Festung ausgebaut. Die mit vier Toren und vierzehn Rundtürmen verstärkten Mauern, die heute noch bis zu einer Höhe von 4 – 5 m erhalten sind, umschlossen eine Fläche von 5,4 ha.

Von dem Germaneneinfall in der Mitte des 4. Jh. n. Chr. in Mitleidenschaft gezogen, wurde Andernach unter Julian wieder instand gesetzt.

Neue Grabungen auf dem Areal einer ehemaligen Malzfabrik legten Wohnviertel und ein ca. 70 m langes Stück der rheinseitigen Stadtmauer frei. Entlang der kiesgeschotterten Straßen konnte eine dichte Wohnbebauung mit gewerblichen Einrichtungen festgestellt werden. Zusätzlich wurden die Reste einer mehrere Becken umfassenden Thermenanlage aufgedeckt.

In der Mitte des 4. Jh. n. Chr. wurden die zivilen Häuser im Hafenbereich abgebrochen. Sie mussten einem mächtigen Speicherbau weichen, von dem sich die Fundamentblöcke der Stützpfeiler erhalten haben.

Nach dem Abzug von Militär und Verwaltung (nach 406 n. Chr.) wurde die Stadt von den Franken übernommen. Wie in den anderen römischen Festungen am Rhein lässt sich auch für Andernach eine Besiedlungskontinuität nachweisen. Es ist anzunehmen, dass auch hier das Leben unter den neuen Herren weiter ging. Dem „Kosmograph von Ravenna" zufolge, gehörte die Stadt nun zur „Francia Rhinensis".

Venantius Fortunatus erwähnt im Jahre 565 n. Chr. ausdrücklich die starke Befestigung des Kastells.

Gestützt werden diese Angaben durch Siedlungsfunde (Grubenhäuser), die bei neueren Grabungen gemacht wurden.

Stadtmuseum Andernach
Öffnungszeiten:
Di – Fr   10.00 - 12.00 Uhr und 13.00 - 17.00 Uhr
Sa / So   14.00 - 17.00 Uhr
www.andernach.de

Foto: Grabungsfoto eines merowingischen Grubenhauses

Zeichnung: Fränkisches Dorf

343

8 Confluentes (Koblenz)

Zeichnung: Rekonstruktion des Umgangstempels unter St. Kastor
(mit freundlicher Genehmigung des GDKE, Direktion Landesarchäologie
Koblenz / Meinen)

Im Stadtgebiet selbst reichen die ersten Siedlungsspuren bis in das
1. Jh. v. Chr. zurück. Zur Zeit des Augustus wurde ein erstes Kastell zur Sicherung der Rheinstraße am Zusammenfluss von Rhein
und Mosel errichtet. Confluentes, die römische Bezeichnung für
das Zusammentreffen zweier Flüsse, gab der zur Mosel ausgerich-
teten Ansiedlung, dem heutigen Koblenz, ihren Namen. Sie zählt
somit zu den ältesten deutschen Städten.

Im Verlauf des späten 1. Jh. n. Chr. wurden Brücken über den
Rhein und die Mosel errichtet. Die erste Brücke verband die Stadt
mit dem heutigen Ehrenbreitstein, während die Brücke über die
Mosel neben der heutigen Balduinbrücke den Fluss überspannte.

Unter dem Chor der heutigen St. Kastor Kirche entstand im 1.

Jh. n. Chr. ein kleiner Umgangstempel, der bis in das 5. Jh. n. Chr. genutzt wurde. Seine Lage am Zusammenfluss der beiden Ströme lässt an das heutige „Deutsche Eck" denken.

Nach der Aufgabe des Limes in der zweiten Hälfte des 3. Jh. n. Chr. entstand die mächtige Stadtmauer, die das Areal der Ansiedlung (5,8 ha) in einem halbkreisförmigen Bogen mit der Basis zur Mosel umgab. Den neunzehn Türmen und drei bis vier Toren war wahrscheinlich ein Wassergraben vorgelagert. Die bis zu 2,5 m starke Mauer hatte eine Höhe von ca. 6 m.

Für das 4. Jh. n. Chr. ist eine Wachtstation auf dem rechten Rheinufer nachgewiesen (Ehrenbreitstein).

Im 5. Jh. n. Chr. wurde die Festung von den Franken übernommen, die in unmittelbarer Nähe des Umgangstempels einen Königshof einrichteten. Hier und am ehemaligen Dominikanerkloster in der Weißergasse entstanden neue, außerhalb der Festung gelegene, frühmittelalterliche Siedlungszentren. Nach den Karolingern entstand ab dem 10. Jh. n. Chr. innerhalb der Mauern das mittelalterliche Koblenz. Die römischen Festungswerke wurden bis in das Mittelalter hinein genutzt, ehe sie durch eine erweiterte Stadtmauer im 13. Jh. ersetzt wurden.

Überreste aus römischer Zeit sind in der Innenstadt nur an wenigen Stellen zu sehen (u.a. Tiefgarage Kornpfortenstraße / Tiefgarage am Moselufer).

Landesmuseum Koblenz auf der Festung Ehrenbreitstein
Öffnungszeiten:
März – November   tägl. 9.30 - 17.00 Uhr
www.archaeologie-koblenz.de

9 Bodobrica (Boppard)

Foto: Ambo oder Bema der frühmittelalterlichen Kirche
(Mit freundlicher Genehmigung des Katholischen Pfarramts St. Severus,
Boppard)

Die Stadt Boppard verfügt über die bedeutendsten Überreste römischer Kastellmauern nördlich der Alpen. Die spätantiken Befestigungen, noch heute bis zu einer Höhe von 9 m erhalten, dienten der Stadt im Mittelalter als Stadtmauern.

Wahrscheinlich in konstantinischer Zeit erbaut, wurde die Festungsanlage nach 406 n. Chr. von ihrer Besatzung, den „Milites Balistarii", aufgegeben. Erwähnung findet die Einheit in der „Notitia Dignitatum", einem Verzeichnis aus der Spätantike.

An der größten Rheinschleife gelegen, die einen weiten Überblick über das Rheintal bot, sperrte das Kastell die Straße, die über den Hunsrück bis nach Trier führte. Die spätrömische Festung lag parallel zum Rhein und bildete ein Rechteck von ungefähr 308 m x 154 m. Landseitig war das damalige Kastell von einer bis zu 3 m dicken Mauer und einem Graben gesichert. Rundtürme wurden an den Ecken und im weiteren Verlauf des Mauergevierts in einem Abstand von 25 – 30 m (Pfeilschussweite) errichtet und verstärkten die Festung.

Nach dem Abzug der Truppen siedelte sich die Zivilbevölkerung im Areal des Kastells an und nutzte die bestehenden Gebäude für ihre Zwecke.

Keimzelle der St. Severus Kirche am Marktplatz ist das in der Mitte des 4. Jh. n. Chr. errichtete Kastellbad (50 m x 35 m). Grabungen legten unter anderem die Grundmauern der Thermen und den Ambo des ersten Kirchenbaus frei. Im Westen der Kirche fand sich ein abgetrennter Raum, in dessen Mitte sich ein Taufbecken erhalten hat.

Die Frühchristliche Kirche gilt als eines der wenigen Beispiele eines spätantik - frühmittelalterlichen Sakralbaus, der sich kontinuierlich zur heutigen St. Servatiuskirche entwickelt hat.

www.museum-boppard.de
www.strasse-der-roemer.de

Foto: Das Taufbecken unter St. Servatius

10 Cardena (Treis – Karden)

Foto: : Ortsansicht Karden
(mit freundlicher Genehmigung von Dr. Lutz Grunwald, Mayen)

Der Straßenvicus Cardena wurde im frühen 1 Jh. n. Chr. gegründet. Der oberhalb des Ortes gelegene Martberg war bereits zur Latènezeit besiedelt. In römischer Zeit entstand hier der Tempelbezirk des Lenus Mars, dem der Ort an der Mosel seinen wirtschaftlichen Aufschwung verdankt.

Durch den Vicus führte eine wichtige Straße, welche die Eifelhochfläche mit dem Hunsrück verband. Die Siedlungsfläche erstreckte sich längs der Mosel bis zur Einmündung des Brohlbaches. Der Vicus gliederte sich in zwei Teile, dem eigentlichen Wohnort und dem westlich anschließenden Industriegebiet mit Töpfereien. Hier wurden neben dem Alltagsgeschirr auch die tönernen Opfergaben und Gefäße produziert, die bei den Kulthandlungen auf dem nahe gelegenen Lenus-Mars-Heiligtum und dem kleinen Tempel an der heutigen Straße „Unter den Weinbergen" benötigt wurden.

Zeichnung: Rekonstruktion des Vicus Cardena

Im 4. und 5. Jh. n. Chr. entstanden entlang der Straße zum Martberg und am Nordwestrand des Ortes zwei Gräberfelder, die im frühen Mittelalter weiter genutzt worden.

Erste eindeutige Hinweise auf eine germanische Besiedlung Cardenas gibt es ab dem ersten Drittel des 6. Jh. n. Chr. Diese Franken scheinen mit der romanisch geprägten Bevölkerung friedlich zusammengelebt zu haben, denn es gibt keine Hinweise auf etwaige kriegerische Ereignisse (z.B. Brandhorizonte). Ob sich die fränkischen Neusiedler in den noch nutzbaren römischen Gebäuden ansiedelten oder etwas außerhalb nahe der Mündung des Brohlbachs im Bereich des 1562 errichteten Burghauses des kurtrierischen Schultheisses siedelten, ist archäologisch nicht nachgewiesen. Es ist aber davon auszugehen, dass das Töpferhandwerk auch in dieser Zeit immer noch einen wichtigen Wirtschaftszweig darstellte.

Bei Ausgrabungen im Bereich der Liebfrauenkirche konnten römische sowie fränkische Gräber des 7. Jh. n. Chr. entdeckt werden. Zudem konnte ein Gebäude aus der 2. Hälfte des 6. Jh. n. Chr. nachgewiesen werden, das aufgrund schriftlicher Überlieferungen ein Vorgängerbau der Kirche sein könnte. Es wird von einer dem heiligen Martin geweihten Kirche berichtet, dessen Verehrung als „fränkischer Nationalheiliger" in der zweiten Hälfte des 6. und in der ersten Hälfte des 7. Jh. n. Chr. seine größte Verbreitung erfuhr.

Auch im Bereich der romanischen St. Kastor Kirche konnten etwa zweihundert römische und frühmittelalterliche Bestattungen sowie die Fundamente eines Vorgängerbaus des 8. Jh. n. Chr. freigelegt werden.

Keltische, römische und mittelalterliche Funde und Dokumente zur Geschichte Kardens können im Stiftsmuseum besichtigt werden.

Stiftsmuseum Treis-Karden
Öffnungszeiten (Ostern, Mai – Oktober):
Freitag 14.00 - 17.00 Uhr
Samstag, Sonntag und Feiertage
10.00 - 12.00 und 14.00 - 17.00 Uhr
www.treis-karden-mosel.de
www.strasse-der-roemer.de

11 Megina (Mayen)

Foto: Spätrömische Festung auf dem Katzenberg

Zahlreiche Funde belegen für das Stadtgebiet von Mayen einen römischen Vicus, wobei das Zentrum der Ansiedlung auf dem nördlichen Ufer zu sehen ist. Wirtschaftliche Faktoren, wie eine gute Anbindung an das Verkehrsnetz und der schon in vorrömischer Zeit betriebene Basaltabbau, begünstigten die Entwicklung des Ortes.

Seit dem Neolithikum wurde am Bellerberg im heutigen Grubenfeld Basalt zur Herstellung von Reibsteinen abgebaut. In römischer Zeit wurden mit der Keilspalttechnik große, plattenförmige Steinbrocken gewonnen, aus denen Mühlsteine gefertigt wurden. Die fertigen Produkte brachte man über die Nette oder auf Straßen nach Andernach, wo sie im Rheinhafen verladen wurden. Von hier aus gelangten sie an den Oberrhein, an die Donau, nach Niedergermanien und sogar nach Britannien. Beliebte Erzeugnisse waren Mühlsteine in allen Größen, aber auch mächtige Bauquader, Altäre und Denkmäler.

Neben der Steingewinnung und dem Export von Dachschiefer war es in der Spätantike vor allem das Töpferhandwerk, das Wohlstand und Wachstum brachte. Seit dem 4. Jh. n. Chr. wurde die in Mayen hergestellte, qualitativ hochwertige, hart gebrannte Ware weit über die Region hinaus verhandelt.

Vom schweren Germaneneinfall in der Mitte des 4. Jh. n. Chr. blieb auch Mayen nicht verschont. Zum Schutz der Zivilbevölkerung war schon zu Beginn des 4. Jh. n. Chr. auf dem nahe gelegenen Katzenberg (ca. 2 km) eine Festungsanlage errichtet worden. Ein zinnenbewehrtes Mauerstück von 70 m und zwei Türme wurden originalgetreu wieder aufgebaut.

Mit einer Fläche von 1,2 ha ist der Katzenberg die bisher größte bekannte Bergfestung im Hunsrück und in der Eifel. Sie konnte im Notfall die Bewohner des Vicus nebst ihrem Vieh und der beweglichen Habe in ihren Mauern aufnehmen.

Das Erlöschen der römischen Verwaltung im 5. Jh. n. Chr. bedeutete jedoch nicht das Ende des Ortes. Anhand der in Mayen hergestellten Waren kann eine ununterbrochene Siedlungskontinuität nachgewiesen werden.

Die Töpfereien verlagerten sich im späten 5. und im frühen 6. Jh. n. Chr. von der linken auf die rechte Seite der Nette (Bereich der heutigen Genovevaburg). Eine mögliche Ursache wird die Erschließung neuer Tonvorkommen sein.

Frühmittelalterliche Gräberfelder fanden sich in der Gemarkung „Auf der alten Eich" und im Altstadtbereich rechts der Nette.

Frühmittelalterliche Siedlungsstellen (Grubenhäuser, Abfallgruben, Streufunde) fanden sich im Bereich des Töpferbezirks und auf dem Gebiet des früheren römischen Vicus. Möglicherweise deuten sich zwei Siedlungszentren an. Ein Bereich befand sich auf dem Areal des alten Vicus, an den sich im Südwesten ein Gewerbegebiet (Töpfereien) anschloss.

Funde zur Geschichte von Vicus und Festung sind im Eifelmuseum auf der Genovevaburg ausgestellt.

Eifelmuseum
Öffnungszeiten:
Dinstag – Freitag   10.00 - 19.00 Uhr
Samstag / Sonntag   10.00 - 18.00 Uhr
www.mayenzeit.de
www.strasse-der-roemer.de

Zeichnung: Grab mit Grabbeigaben

Zeichnung: Glaskeramik des 5./6. Jh. n. Chr.

Zeichnung: Keramik des 5./6. Jh. n. Chr.

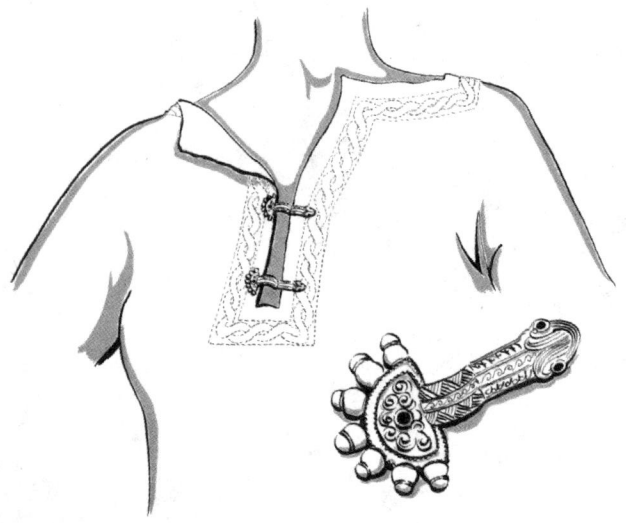

Zeichnung: Fibel des 5./6. Jh. n. Chr.

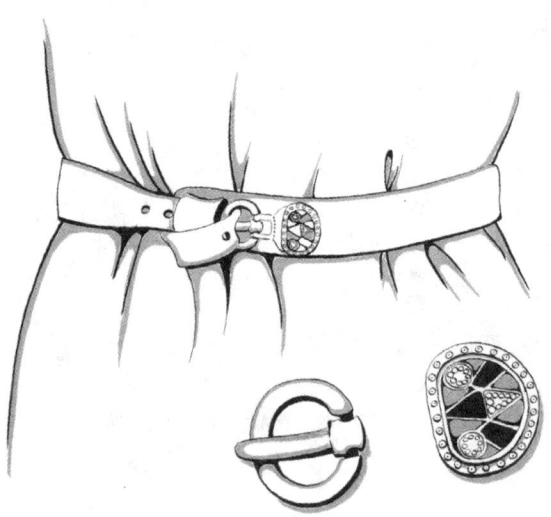

Zeichnung: Gürtelschnalle des 5./6. Jh. n. Chr.

12 Marcomagus (Nettersheim)

Foto: Kastellmauer im Grabungsbefund

Nettersheim blickt auf eine reiche römische Vergangenheit zurück.

Ganz in der Nähe entsprang, von zwei Gorgonenhäuptern bewacht, mit dem „Grünen Pütz" die südlichste Quelle der Eifelwasserleitung, und auch die Trasse der wichtigen Fernverbindung von Köln nach Trier verlief ganz in der Nähe des heutigen Ortes.

Ackerterrassen an den umliegenden Berghängen, im Volksmund Wellenberge genannt, sind stumme Zeugen einer ehemals intensiven landwirtschaftlichen Nutzung.

Reste römischer Pingen und Stollen, die zur Gewinnung von Bodenschätzen in die erzführenden Hänge getrieben wurden, sind Überbleibsel von Metallgewinnung und -verarbeitung.

Mindestens zwei Matronenheiligtümer befanden sich in unmittelbarer Nähe der antiken Siedlung, wobei die Weihesteine eines dieser Heiligtümer die Existenz eines Benefiziarierpostens beweisen, dessen Standort nicht bekannt ist.

Die „Görresburg" ist eine Bergzunge, die sich von Südwesten an den Ort heran schiebt und auf dessen schmalem Hochplateau weithin sichtbar das Heiligtum der Aufanischen Matronen über der Landschaft thront. Im Ortsteil Zingsheim wurden die Fundamente eines weiteren gallorömischen Umgangstempels aufgefunden.

Münz- und Keramikfunde vom Ende des 2. bis zum Beginn des 5. Jh. n. Chr. belegen eine Nutzung der Anlage über mehr als 400 Jahre. Abgüsse von drei aufgefundenen Weihesteinen, die alle die für Niedergermanien typische Dreiheit der Matronen zeigen, sind vor dem Haupttempel aufgestellt. An manchen Tagen sind im Kultbezirk die Matronensteine mit Feldblumen und Ackerfrüchten geschmückt, was den Anschein erweckt, als ob die alten niedergermanischen Gottheiten in aller Stille weiterverehrt würden.

Unterhalb der „Görresburg" werden zur Zeit die Überreste des römischen Vicus Marcomagus untersucht, die sich zu beiden Seiten der Römerstraße von Köln nach Trier erstrecken. Das regionale Zentrum, das seine Blüte im 2. und 3. Jh. n. Chr. erlebte, wurde während des ersten Frankeneinfalls zerstört und im 4. Jh. n. Chr. im südlichen Teil wieder aufgebaut. Zur Sicherung von Ansiedlung und Straße wurden ein Burgus und ein Kleinkastell errichtet, von denen bedeutende Überreste ergraben wurden.

Es ist unklar, warum der Vicus im 5. Jh. n. Chr. aufgegeben wurde. Es gilt aber als sicher, dass der Ort auf das Gebiet des nur wenige Kilometer entfernten, heutigen Marmagen verlegt wurde.

Die fränkischen Neusiedler, die zu Beginn des 6. Jh. n. Chr. in die neugewonnenen Gebiete strömten, werden ihre Siedlung im Ortskern des heutigen Nettersheim angelegt haben. Dafür sprechen ein Gräberfeld des 6. – 8. Jh. n. Chr. und die dem heiligen Martin, dem Schutzpatron und Nationalheiligen der Franken, geweihte Dorfkirche.

Über die römische und fränkische Geschichte des Ortes informiert eine archäologische Ausstellung im Naturzentrum Nettersheim.

Infos zum Ort und seiner Geschichte:
www.nettersheim.de
www.strasse-der-roemer.de

Foto: Schotterung der Römerstraße durch das Kastell

Foto: Draufsicht: Luftbild des Kastellsüdtores
(Lenkdrachenbild mit freundlicher Genehmigung von Dr. Christian
Credner)

13 Traiectum (Masstricht / NL)

Foto: Spätrömische Kastellmauer unter dem Hotel Derlon

Bereits in keltischer Zeit gab es im heutigen Stadtgebiet eine Ansiedlung an einer leicht zu querenden Stelle der Maas.

Unter Augustus wurde um die Zeitenwende die auf sechs bis sieben steinernen Pfeilern ruhende Brücke über die Maas erbaut, an deren linken Ufer sich eine Handelsniederlassung entwickelte.

Im 3. Jh. n. Chr. wurde der Ort zur Sicherung des Flussübergangs zu einem Kastell ausgebaut. Neben einem Kastellbad und einem Speichergebäude im Innern der turmbewehrten Mauern konnten auch Belege für eine Wohnbebauung rund um die Festung beobachtet werden. Gräberfelder fanden sich an der Richtung Westen führenden Fernstraße. Ob es am rechten Ufer der Maas eine Befestigung (Burgus) gab, die den Übergang zusätzlich sicherte, kann nur vermutet werden.

Die Sicherheit des befestigten Siedlungsplatzes wird Servatius, der Bischof von Tongeren, in der 2. Hälfte des 4. Jh. n. Chr. dazu bewogen haben, seinen Amtssitz hierhin zu verlegen. Der Heilige ist bis heute der Schutzpatron der überwiegend katholischen Stadt, die ihre Diözese im 8. Jh. n. Chr. an die Stadt Lüttich verlor.

Die Festung und das Grab des Sevatius trugen dazu bei, dass der Ort im 6. und 7. Jh. n. Chr. einen Höhepunkt seiner städtischen Entwicklung erreichte und somit eine Siedlungskontinuität von der Römerzeit zum Mittelalter sicherte.

Überall im Bereich der heutigen Altstadt sind Spuren frühmittelalterischer Besiedlung gefunden worden. Neben Töpfereien gibt es Belege für die Produktion von Glaswaren, Bronzeerzeugnissen, Schmuckherstellung und Hornschnitzereien. Tonvorkommen auf dem rechten Ufer der Maas führten auch hier zur Ansiedlung von Töpfereien.

Funde und Überreste aus römischer Zeit sind vor allem in einem der Öffentlichkeit zugänglichen Schauraum unter dem Hotel Derlon zu besichtigen.

www.livius.org/maa-mam/maastricht

Foto: Im Straßenpflaster kenntlich gemachter Standort der Thermen

Foto: Reste der römischen Wohnbebauung unter dem Hotel Derlon

14 Aquis (Aachen)

Foto: Römischer Porticus im Hof

Viele Spuren weisen in Aachen auf die römische und die karolingische Vergangenheit der Stadt hin. Es gibt jedoch nur wenige Belege für eine Besiedlungskontinuität in merowingischer Zeit. Neuere Ausgrabungen konnten hier ein wenig Licht in die dunklen Jahrhunderte des frühen Mittelalters bringen.

So wurden unter der karolingischen Marienkirche die vor- bzw. frühkarolingischen Mauerreste einer frühchristlichen Kirche entdeckt. Dazu gehörte auch ein merowingerzeitlicher Friedhof, von dem bereits 1911 drei Gräber aufgefunden wurden. Leider sind die Funde im 2. Weltkrieg verloren gegangen.

Grabungen der letzten Jahre förderten Beigaben aus älteren Gräbern zu Tage, die beim Bau der Pfalzkapelle zerstört wurden. Dazu zählen spätmerowingerzeitliche Schmuckstücke wie Ohrringe und eine Bügelfibel. Zudem konnte ein auf dem Domhof gefundener Baumsarg in die Jahre um 734 n. Chr. datiert werden. Mehrere Grabsteinfragmente können mit diesem Friedhof in Verbindung gebracht werden. Die Funde datieren in das 7. und in der 1. Hälfte des 8. Jh. n. Chr.

Es fanden sich auch Belege für eine Besiedlung Aachens im 5. und 6. Jh. n. Chr. in Form von Keramikscherben und Münzen. Weitere Siedlungsspuren dieser Zeit konzentrieren sich im Bereich von Elisengarten, Domkloster und Markt.

Die besiedelte Fläche hatte sich im Gegensatz zur römischen Zeit verringert. Das spätrömische Gräberfeld im Bereich der Alexander- und der Peterstraße ist offensichtlich bis ins 5. Jh. n. Chr. belegt worden. Daran schließen zeitlich die Gräber vom Königshügel an.

Die spätmerowingerzeitlichen Fundstellen umfassen wieder ein größeres Areal und belegen eine Ausdehnung der Siedlung. Sie reichen bis in die Pontstraße und den Templergraben. Für das Aussehen der Ansiedlung gibt es aber nur wenige Hinweise, denn Baubefunde sind selten. Es gibt aber Hinweise darauf, dass die römischen Steingebäude und Straßen weiter genutzt wurden.

Nicht nur die Thermalquellen und die karolingische Rückbesinnung auf die römische Antike, die in der Stadt überall greifbar war, sondern auch die bestehenden Strukturen eines Gemeinwe-

sens gaben wohl den Ausschlag für den Ausbau Aachens unter
Karl dem Großen.

Foto: Detail des römischen Badebeckens in den Büchel-Thermen

Foto: „Römische Spolien" – Mauerquader in Zweitverwendung

15 Juliacum (Jülich)

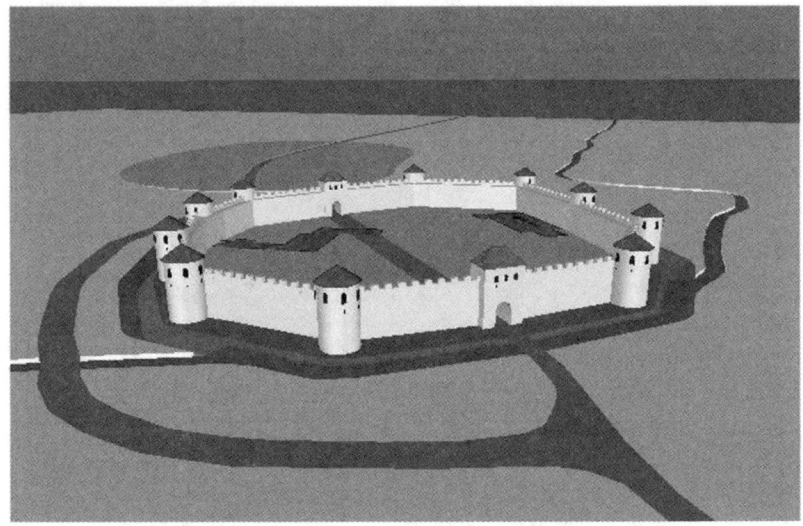

Grafik: Digitale Rekonstruktion des Kastells Juliacum.
(mit freundlicher Genehmigung durch das Projekt „Julian virtuell")

Der an der „Via Belgica" liegende Vicus Juliacum wurde um Christi
Geburt gegründet. Die Bebauung des Vicus bestand aus schmalen
Streifenhäusern von etwa 9 x 27 m, die sich beiderseits der Straße erstreckten. Diese dienten sowohl Wohn- als auch Gewerbe-
zwecken. Die Gräberfelder markierten die äußeren Grenzen der
Bebauung. Im weiteren Straßenverlauf Richtung Westen wird es
zudem eine Brücke über die Rur gegeben haben.

Erst in der Spätantike wurde dieses für Straßensiedlungen typische Baumuster aufgegeben und im Zentrum des Ortes ein Kastell
errichtet. Dieses hatte einen ovalen bzw. polygonalen Grundriss
mit vermutlich vierzehn in die Mauer eingebauten Rundtürmen.
Die verkleinerte Siedlung erstreckte sich außerhalb der Mauern
entlang der Durchgangsstraße.

Im frühen Mittelalter wird die Ansiedlung weiterhin als „Kastell" bezeichnet. Somit ist anzunehmen, dass die Mauern der Anlage noch bestanden und auch weiterhin genutzt wurden. Historische Quellen weisen darauf hin, dass das Kastell, oder zumindest Teile davon, in der Merowingerzeit als Gaugrafenburg dienten. Ein in alten Aufzeichnungen erwähntes Gebäude nordwestlich des heutigen Marktplatzes wird dieser Burganlage zugewiesen.

Bis auf wenige auf dem Kirchplatz gefundene Keramikscherben fehlen jedoch eindeutige Siedlungsspuren. Es ist aber davon auszugehen, dass die Menschen die römischen Bausubstanzen weiterhin genutzt haben.

Eine ergiebigere Quelle für diese Zeit sind die Gräberfelder. Der Friedhof bei der heutigen Kirche St. Mariä Himmelfahrt gehörte vermutlich zur Eigenkirche des hier ansässigen fränkischen Adligen. So werden die Reste des merowingischen Baues unterhalb des heutigen Kirchengebäudes vermutet.

Obwohl die Besiedlung Jülichs im Vergleich zur römischen Zeit deutlich zurückgegangen war, wird der Ort als Adelssitz eine besondere Stellung eingenommen haben.

Funde aus römischer und merowingischer Zeit können im Zitadellenmuseum besichtigt werden, das in Kürze wieder eröffnet wird.

www.juelich.de/virtuell

Foto: Fragment eines Grabdenkmals am Turm der Kirche St. Mariä Himmelfahrt

Foto: Im Belag angedeutete Kastellmauer in der Großen Rurstraße

16 Tolbiacum (Zülpich)

Foto: Chlodwig-Stele des Künstlers Ulrich Rückriem am vermutlichen
Standort der Alamannenschlacht bei Zülpich-Langendorf

An dem wichtigen Kreuzungspunkt der Fernstraßen Köln-Trier
und Reims-Bonn entstand im 1. Jh. n. Chr. der römische Vicus
Tolbiacum. Das antike Ortszentrum lag auf der höchsten Erhe-
bung des heutigen Stadtgebietes in der Nähe von Kirche und Burg.
Als einziger römischer Gebäudekomplex sind die Reste des
ehemaligen Bades erhalten, die in den dreißiger Jahren des 20.

Jh. auf dem Mühlenberg ausgegraben wurden. Die im Rheinland einzigartig erhaltene Anlage dokumentiert anschaulich die in besonders gutem Zustand erhaltenen Wand- und Bodenheizungen (Hypokausten), das System der römischen Badekultur. Von der ursprünglichen Anlage, die wie in Heerlen als „Reihentyp" konzipiert war, konnten Heizraum, Umkleideraum, Kaltbad, Laubad und Warmbad ergraben und gesichert werden. In einer späteren Ausbauphase wurden die Thermen um ein angebautes Schwitzbad, ein Becken und eine Basilika erweitert.

Über den Resten des Badegebäudes und Teilen der spätrömischen Befestigungsanlagen wurde das Museum der Badekultur errichtet, in dem der Besucher die einzigartigen Zeugnisse römischer Hygiene und Geselligkeit erkunden kann.

Wie die meisten städtischen Siedlungen in der Region wurde auch Zülpich in der spätrömischen Zeit mit einer Befestigung versehen, von der sich Reste von Mauern und Rundtürmen in unmittelbarer Nähe des Thermenkomplexes erhalten haben.

Nach dem Ende der Römerzeit siedelten sich Germanen in Tolbiacum an, was mit einer Verkleinerung der Siedlungsfläche einherging. Grabinschriften belegen aber, dass die romanischen Einwohner im Ort verblieben und im frühen Mittelalter in der fränkischen Bevölkerung aufgingen. Wie anderenorts brachten die Provinzialen ihre Fähigkeiten in Handel, Handwerk und Landwirtschaft in die frühen germanischen Staatsgründungen ein.

In der Stadt finden sich einige Spuren aus merowingischer Zeit. Die römische Thermenanlage wurde zwar nicht mehr zum Baden genutzt aber, wie eine Planierschicht und neu aufgetragene Estrich- und Lehmfußböden erkennen lassen, anderweitig genutzt. Standspuren von Holzpfosten belegen, dass innerhalb der zerstörten Basilika ein neues Holzgebäude errichtet wurde. Viele Funde von zersägten Geweihstücken deuten darauf hin, dass hier vielleicht ein Beinschnitzer tätig war, der unter anderem Stempel zur Verzierung der damals typischen merowingischen Knickwandtöpfe hergestellt haben könnte. Zudem fanden sich im Thermenbereich die Mauerreste eines Rundbaus aus dem 9. Jh. n. Chr. Vermutlich handelt es sich um die Überreste einer kleinen Kapelle, einer so genannten

„Cella Memoria".

Historisch belegt ist auch die Weiternutzung der römischen Befestigungsanlagen bis in das Mittelalter hinein.

Im Jahre 496 n. Chr. soll, nach Gregor von Tours, der Frankenkönig Chlodwig die um die Vorherrschaft konkurrierenden Alemannen vor den Mauern von Zülpich besiegt haben. Eine aus Granitblöcken gefügte Stele des Künstlers Ulrich Rückriem markiert an der Straße von Langendorf nach Wollersheim den vermutlichen Standort der Schlacht.

Römerthermen Zülpich
Museum der Badekultur
Öffnungszeiten:
Dienstag - Freitag   10.00 - 17.00
Sa. / So. und Feiertage   11.00 - 18.00 Uhr
www.roemerthermen-zuelpich.de
www.strasse-der-roemer.de

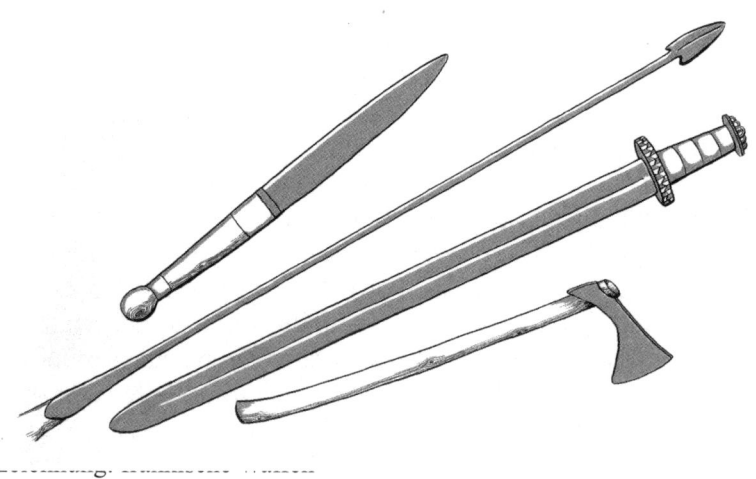

374

Kastellmauer mit Turmanschluss

Foto: Römisches Warmbad im Thermenmuseum

17 Arduena (Erden)

Foto: Backofen aus dem 5. Jh. n. Chr. in der römischen Weinkelter

Im Jahre 1993 wurde gegenüber des Weinortes Erden auf der anderen Moselseite ein römisches Kelterhaus ausgegraben.

Die besterhaltene Anlage ihrer Art (38 x 16 m) stammt aus der Mitte des 3. Jhs. Bis zur Originalhöhe von 3 m hat sich das in Fischgrätetechnik geschichtete Mauerwerk an einigen Stellen erhalten. In den beiden Haupträumen belegen Mauervorsprünge und Balkenlager den zweigeschossigen Ausbau der Kelter. War der untere Bereich der Verarbeitung des Lesegutes vorbehalten, befanden sich im Obergeschoss Wohn-, Lager- und Arbeitsräume.

Im späten 3. Jh. erfuhr die Anlage durch den Anbau eines weiteren Raumes (14 x 8,70 m) eine bauliche Erweiterung Richtung

Osten. Leider waren die zur Moselseite gelegenen Becken im Bestand so gestört, dass eine genaue Unterteilung nicht mehr möglich ist. In der Rekonstruktion entschied man sich für zwei Becken gleicher Größe, in denen die Trauben gemaischt und gepresst wurden. Eine hölzerne Presse wurde nach der Rekonstruktion des Befundes in einem der Becken installiert. Drei kleinere Ablauf- oder Mostbecken dienten dem Auffangen des Rebensaftes.

Im 4. Jh. wurden im Westen der Anlage vier kleinere Räume angebaut, von denen einer der Räucherung des Weines diente.

Im 5. Jh. wurden bauliche Veränderungen, wie die Anlage eines Backofens, vorgenommen. Nach ihrer Zerstörung diente die Kelter im 7. Jh. als Umfriedung einer Grablege.

Neben der Aufnahme und Sicherung des baulichen Befundes erbrachte die Grabung auch wichtige Erkenntnisse von Leben und Arbeitsweise in römischer Zeit. Fässer mit Löschkalk belegen, dass man zur Säureminderung Kalk einsetzte.

Der durch Dächer und Überbauten gesicherte Befund kann an Sonntagen und nach Absprache besichtigt werden. Der über dem östlichen Teil der Anlage errichtete Gastraum dient der Gemeinde und dem Förderverein Römerkelter Erden e.V. als Veranstaltungs- und Präsentationsstätte.

Bei der Anlage eines Parkplatzes wurden 40 m neben der Anlage eine zweite, 100 Jahre ältere Weinkelter gefunden. Zum Erhalt des Befundes wurde ein Konzept entwickelt, dass eine private Finanzierung durch Sponsoren vorsieht.

Informationen zur Römerkelter
www.roemerkelter-erden.de
www.strasse-der-roemer.de

Foto: römisches Kelterhaus

Zeichnung: fränkischer Reiter

Glossar

Alamannen: ein nach Südwestdeutschland eingewanderter Germanenstamm elbgermanischer Herkunft. Im 3. und 4. Jh. n. Chr. stellten sie gemeinsam mit den weiter nördlich siedelnden Franken die größte Gefahr für die römischen Provinzen dar. Nach der Aufgabe des Limes besiedelten sie das Dekumatenland westlich des Rheins und nördlich der Donau. Die alamannische Expansion zum Ende des 5. Jh. n. Chr. führte zum Konflikt mit den Franken. Sie unterlagen Chlodwig und den mit ihm verbündeten Rheinfranken bei Zülpich (496 n. Chr.) und wurden 506 n. Chr. endgültig geschlagen. Der Volksstamm ging anschließend im Frankenreich auf.

Almadin: roter Halbedelstein aus der Familie der Granate.

Ango: ein vor allem bei den Franken beliebter, dem römischen Pilum ähnlicher Stoß- und Wurfspeer. Die an einer Eisenstange sitzende Spitze war oft mit Widerhaken versehen, um den Schild des Feindes nach einem Treffer unbrauchbar zu machen..

Antunacum: die Stadt Andernach im Landkreis Mayen-Koblenz.

Aquis: Kurzform für Aquae Granni, dem heutigen Aachen. In römischer Zeit ein bedeutender Kurort wurde Aachen für kurze Zeit unter Karl dem Großen zum Zentrum Europas. Bis in das 16. Jh. hinein wurden in der Stadt die meisten deutschen Könige gekrönt.

Ara Ubiorum: ein der Göttin Roma und den römischen Kaisern geweihtes Heiligtum im heutigen Köln. Sein Standort wird inmitten des ehemaligen Forums vermutet.

Arduena: Ort an der Mosel, das heutige Erden. Marcellus' Heimatort.

Arianer: eine christliche Glaubenslehre, die der Trinitätslehre des Katholizismus entgegen stand. Vor allem in der Spätantike und im frühem Mittelalter häufig anzutreffende Glaubenslehre, der vor allem die im Imperium siedelnden Germanenstämme anhingen (Goten, Vandalen). Vom Katholizismus bekämpft, hielt sie sich in einigen Regionen bis in das 7. Jh. n. Chr., ehe er vollständig verdrängt war.

Aula Regia: nach dem Vorbild der spätantiken Konstantinsbasilika in Trier errichtete Repräsentationshalle frühmittellalterlicher Herrscher. Nachgewiesen u. a. in den Pfalzen von Aachen und Ingelheim.

Ballistarii: Spezialtruppe zur Bedienung von Belagerungs- und Pfeilgeschützen. Bis in das 5. Jh. n. Chr. als Besatzung für das Kastell in Boppard nachgewiesen.

Barritus: germanischer Schlachtgesang.

Beda: römischer Vicus im Bereich der Eifelstadt Bitburg.

Bering: Ausdruck für eine Ringmauer bei Befestigungsanlagen.

Blutrache: legitimierte Bestrafung durch die Familie eines Opfers infolge einer Tötung oder eines anderen schwerwiegenden Verbrechens.

Bodobriga: Name des einstigen Kastells im Innenstadtbereich des heutigen Boppard in Rheinland-Pfalz.

Bonna: Siedlung und ehemaliges Legionslager (Festung) am Rhein, das heutige Bonn.

Bononia: das heutige Boulogne-sur-Mer am Pas de Calais. Wichtiger Endpunkt bedeutender Fernstraßen und Hafen zu den britischen Inseln.

Brisigaver: ein alamannischer Stamm aus dem heutigen Breisgau.

Bucellarier: hauptsächlich berittene Haus- und Elitetruppe spätantiker Herrscher (Syagrius). Oft als Leibwache verwendet.

Bukinobanten: alamannischer Stamm aus dem Mainmündungsgebiet bei Mainz.

Burgunden: ostgermanischer Volksstamm. Im 5. Jh. n. Chr. siedelten sie sich westlich des Rheins bei Worms an. Ihr Reich wurde von hunnischen Hilfstruppen des Magister Militum Aetius zerschlagen. Neuansiedlung in der Sapaudia (Savoyen) am Genfer See und Errichtung eines neuen Königtums, das im 6. Jh. n. Chr. im fränkischen Reich aufging.

Burgus: Bezeichnung für kleinere Kastelle und Festungsanlagen.

Caldarium: beheizter Teil einer Thermenanlage (Warm / Heißbad).

Cameracum: Cambrai, Stadt in Nordfrankreich.

Cardena: das heutige Treis - Karden an der Mosel.

Cella: ummauerter Innenraum eines Tempels.

Cervisia: lateinische Bezeichnung für Bier.

Colonia: Kurzform für Colonia Claudia Ara Agrippinensium, das heutige Köln. Im 5. und zu Beginn des 6. Jh. n. Chr. Königssitz des rheinfränkischen Teilreiches.

Comes: hoher militärischer Titel in der Spätantike und nur dem Magister Militum untergeordnet. Ein Comes leitete einen wichtigen Abschnitt der Grenzverteidigung.

Confluentes: die am Zusammenfluss von Rhein und Mosel gelegene Stadt Koblenz.

Contrua: das heutige Kobern - Gondorf an der Mosel.

Damaszieren: seit der Antike bekannte Art der Klingenveredelung mittels Säuren (Harn) und spezieller Schmiedetechniken, bei der durch die vielfältige Faltung des Stahls ein schlangenartiges Muster entsteht. Damaszierte Klingen zeichnet eine hohe Elastizität und Schärfe aus.

Divodurum: die Stadt Metz in Lothringen, Frankreich.

Eberkopf: eine auf Schwung und Durchschlagskraft ausgelegte, keilförmige Angriffsformation, die von den germanischen Heeren im Laufe der Spätantike und des frühen Mittelalters angewendet wurde. Der „Eberkopf" zielte auf einen raschen Durchbruch, wurde aber zum Problem, wenn der Angriff fehlschlug.

Fiskalgüter: landwirtschaftliche Großbetriebe, deren Einkünfte den staatlichen Behörden zugute kamen.

Foederaten: Gruppe von Nichtrömern, zu denen ein Vertragsverhältnis bestand. Mitunter ganze Volksgruppen, die für ihren Dienst im spätantik-römischen Heer mit ganzen Landstrichen innerhalb des Imperium belohnt wurden.

Franken: die Freien, Zusammenschluss rechtsrheinischer germanischer Stämme (Brukterer, Salier, Sugambrer, Chattuarier) im 3. Jh. n. Chr.
Die „salischen Franken" bekamen unter dem Kaiser Julian in der Mitte des 4. Jh. n. Chr. Wohngebiete in Toxandrien, den heutigen südlichen Niederlanden zugewiesen. Im 5. Jahrhundert weiteten sie unter Childerich und seinen Vorgängern ihre Macht nach Süden aus, bis sie unter Chlodwig zum bestimmenden politischen Faktor Westeuropas wurden.

Die rechtsrheinischen „Rheinfranken" übernahmen um die Mitte des 5. Jh. n. Chr. die Macht in den linksrheinischen Gebieten und errichteten das Kölner Königtum, das von Chlodwig im Jahre 507 n. Chr. beseitigt wurde.
Den Höhepunkt ihrer Machtentfaltung erreichten die Franken unter den Karolingern im 8. und 9. Jh. n. Chr.
Karl der Große wurde im Jahre 800 n. Chr. in Rom zum Kaiser gekrönt und gilt heute als der erste Einiger Europas.
Aus dem Reich der Karolinger entstanden das heutige Frankreich und Deutschland.

Franziska: ein bei den fränkischen Kriegern weit verbreitetes Wurfbeil, das sekundär auch im Nahkampf verwendet wurde.

Freie: Bevölkerungsgruppe, die in keinem direkten Abhängigkeitsverhältnis zu einem Grundherrn standen. In der Mehrzahl Bauern germanischer Herkunft, die das Rückgrat des fränkischen Heeres bildeten. Ihnen stand ein höheres Wergeld als den Halbfreien zu.

Gorgone: eine der griechischen Mythologie entnommene Schreckensgestalt, deren Anblick den Betrachter zu Stein erstarren ließ.

Halbfreie: auch Unfreie. Kriegsgefangene, Sklaven, in Abhängigkeit geratene und ein Teil der romanischen Landbevölkerung, die einem Grundherrn direkt unterstanden. Diese Bevölkerungsgruppen wurden nicht zum Kriegsdienst herangezogen.

Heruler: ostgermanischer Stamm, der sich unter anderem auch am Schwarzen Meer angesiedelt hatte.

Horreum: ein- oder zweigeschossiges Lagerhaus.

Icorigium: Jünkerath in der Eifel. Der Vicus wurde in der Spätantike zu einem Kastell ausgebaut.

Juliacum: das heutige Jülich im Rheinland. Der bedeutende Vicus am Übergang über die Rur lag verkehrsgünstig an der sogenannten Agrippastraße von Köln nach Bavai. Die Siedlung erhielt im 4. Jh. n. Chr. ein Kastell.

Kalenden: erster Tag eines Monats.

Katalaunische Felder: Ort in Frankreich (Champagne). Hier besiegte ein römisch - westgotisch - fränkisches Heer unter dem Feldherrn Aetius im Jahre 451 n. Chr. die Hunnen Attilas und die mit ihm verbündeten Germanenstämme (u. a die Ostgoten).

Knickwandtöpfe: typisch merowingische Keramik des 5. und 6. Jh. n. Chr. mit ausgestellter Wandung.

Lentienser: alamannischer Stamm aus der Gegend zwischen Donau, Iller und Bodensee.

Leugen: in Spätantike und Frühmittelalter gebräuchliche Entfernungseinheit von ca. 2,2 km.

Lugdunum: Königsresidenz der Burgunden, das heutige Lyon in Ostfrankreich.

Magister Militum: höchster militärischer Rang in der Spätantike. Der Magister war nur dem Kaiser unterstellt und führte in der Regel das Feldheer an.

Marcomagus: Vicus zwischen den Eifelorten Marmagen und Nettersheim. Die Siedlung wurde im 5. Jh. n. Chr. aufgegeben und an die Stelle des heutigen Marmagen verlegt.

Mars Lenus: keltischer Heils- und Kriegsgott.

Matronen: weit verbreiteter Kult (zumeist drei Muttergottheiten) keltisch - germanischen Ursprungs im Rheinland und in der Eifel.

Megina: das heutige Mayen in Rheinland-Pfalz. Bekannt für Töpferhandwerk, Mühlsteingewinnung und Schieferabbau.

Merkur: römischer Gott der Händler (Götterbote).

Merowinger: salfränkisches Königsgeschlecht, das zum mächtigsten Haus des Frühmittelalters aufstieg, ehe es von den Karolingern im 8. Jh. n. Chr. verdrängt wurde.

Mithras: römischer Soldatenkult (Erlösungsreligion) mit persischen Wurzeln.

Mogontia: übliche Kurzform für Mogontiacum, das heutige Mainz. Hauptstadt der römischen Provinz Germania Prima.

Moretum: Würzpaste aus Schafs- oder Ziegenkäse, Kräutern, Knoblauch und Olivenöl, die auf Brotfladen gestrichen wurde.

Noviomagus: das heutige Neumagen-Drohn in Rheinland-Pfalz.

Ostgoten: die aus Südschweden stammenden Ostgoten zogen wie die stammesverwandten Westgoten die Weichsel abwärts bis in den südosteuropäischen Raum. Ein Zweig von ihnen gelangte sogar bis zur Krim, wo er sich dauerhaft niederließ. Im 4. Jh. n. Chr. überschritten sie die Grenzen des Imperiums, dem sie zeitweise als Foederaten dienten. Von den Hunnen unterworfen, nahmen sie auf Seiten Attilas an seinem Zug gegen den Westen teil.
  Theoderich der Große beseitigte Ende des 5. Jh. n. Chr. die Herrschaft des Odoakers in Italien und schuf ein von Ravenna aus regiertes Königreich der Ostgoten. Nach dem Tode Theoderichs wurde das Reich von den Oströmern in einem fast 20-jährigem, verlustreichen Krieg (535 - 552 / 62 n. Chr.) niedergerungen.

Pagane Kulte: zusammenfassender Begriff für alle heidnischen Kulte, Götterdienste und Verehrungen nach dem Aufstieg des Christentums.

Prahm: fährartiges Schiff, das zum Übersetzen von Menschen, Tieren und Ladung eingesetzt wurde.

Prätorium: während der Spätantike errichteter und zu Zeiten Chlodwigs als Königshalle benutzter Prachtbau, nahe des heutigen Rathauses der Stadt Köln.

Principia: Stabsgebäude eines römischen Militärlagers / Festung. Das Wort wird nur in der Mehrzahl verwendet.

Raetovarier: alamannischer Stamm, der vermutlich in der heutigen Schwäbischen und Fränkischen Alb beheimatet war.

Remis: Reims, Stadt in Nordfrankreich. Bischofssitz und vermutlicher Ort, an dem Chlodwig durch Remigius getauft wurde (497 n. Chr.).

Rex Romanorum: König der Römer. Inoffizieller Titel des Syagrius, des letzten römischen Herrschers auf gallischem Boden. Wurde von Chlodwig in der Schlacht bei Soisson (486 n. Chr.) besiegt und nach seiner Auslieferung umgebracht.

Rheinfranken: am Mittelrhein zwischen Köln und Speyer ansässiges, mächtiges Frankengeschlecht.

Rigomagus: das heutige Remagen am Rhein, Kastell und Vicus in römischer Zeit. Auf der anderen Rheinseite begann bei Rheinbrohl der niedergermanische Limes.

Saturnalien: im ganzen Imperium gefeierte Festtage zur Wintersonnenwende, die ausgelassen begangen wurden. Gelten als einer der Vorläufer des rheinischen Karnevals.

Sax: einschneidiges Kurzschwert germanischen Ursprungs. Aufgrund der relativ kurzen Klingenlänge vorwiegend im Nahkampf benutzt.

Schildwall: im Frühmittelalter gebräuchliche Gefechtsaufstellung, bei der mehrere Reihen Bewaffneter hintereinander standen und die erste mit sich überlappenden Schilden ein nur schwer zu durchbrechendes Hindernis bildete.

Siliqua: römische Silbermünze der Spätantike, die unter den Merowingern als Zahlungsmittel Bestand hatte.

Silva Arduenna: lateinischer Name für ein Waldgebirge, das heute die Ardennen und Teile der Eifel umfasst.

Skiren: von den Hunnen unterworfener ostgermanischer Stamm.

Solidus: unter Kaiser Konstantin eingeführte römische Goldmünze, die bis zum Ende des Mittelalters als Leitwährung im Mittelmeerraum galt (ital. Soldi = Geld).

Spatha: zweischneidiges, knapp ein Meter langes Schwert, das von der Antike bis ins frühe Mittelalter hinein benutzt wurde. Die Waffe war weniger zum Fechten als mehr für das Austeilen kräftiger Hiebe geeignet und wird als Vorläufer des klassischen, mittelalterlichen Schwertes angesehen. Die Spatha galt neben der Franziska und dem Ango als die Standardbewaffnung des fränkischen Heeres.

Stilus: antikes Schreibgerät zum Beschriften von Wachstafeln.

Suessonis: Soisson, Stadt in Nordfrankreich, Königssitz Chlodwigs nach dem Sieg über die Westgoten (506 n. Chr.), bis es von Paris als Residenz abgelöst wurde.

Thebäische Legion: wissenschaftlich nicht eindeutig nachweisbare Legion, die am Ende des 3. Jh. n. Chr. den Märtyrertod gestorben sein soll. Eine erste Verehrung setzte schon im 4. Jh. n. Chr. ein (St. Victor in Xanten, St. Gereon in Köln und die Heiligen Cassius und Florentius in Bonn).

Thyr: germanischer Kriegsgott (Thor).

Tribun: Offizier der Spätantike, der größere Einheiten befehligte (Kohorten, Legionen).

Triens: spätrömische Bronzemünze, die als Zahlungsmittel unter den Merowingern Bestand hatte.

Tolbiacum: das heutige Zülpich in Nordrhein-Westfalen. Der an einer wichtigen Verkehrsstraße gelegene Vicus erhielt in der Spätantike eine Befestigung.

Traiectum: Mastricht in den Niederlanden.

Treveris: Kurzform für Augusta Treverorum. Ehemalige Provinzhauptstadt und Kaiserresidenz der Spätantike, aus der das heutige Trier hervorging.

Tungrus: Tongeren, Stadt in Belgien, die in römischer Zeit einem Verwaltungsbezirk (Civitas) vorstand.

Tunika: hemdartiges Kleidungsstück sowohl für Männer als auch für Frauen, das von der Antike bis weit ins Mittelalter getragen wurde. Im Laufe der Zeit variierten Länge, Schnitt und Ausschmückung.

Turnacum: Tournai, Stadt in Belgien. Königsitz der salischen Franken unter Chilperich und Chlodwig bis zum Sieg über Syagrius (486 n. Chr).

Vasiliacum: Wesseling, Stadt bei Köln.

Vicus: Sammelbegriff für römische Siedlungen. Die Größe der Orte konnte dabei von einfachen Straßensiedlungen bis hin zu kleineren Städten reichen.

Wergeld: im germanischen Recht vom Totschläger an die Hinterbliebenen des Opfers zu zahlende Entschädigung. Konnte oder wollte das Wergeld nicht bezahlt werden, mündete dies oft in der Blutrache. Eine bis weit in das Hochmittelalter hinein geläufige Art der Rechtspraxis.

Westgoten: aus Südschweden kommend, wanderten die Westgoten in zweihundert Jahren bis zur Donau, wo sie im 4. Jahrhundert in das Imperium eindrangen. Sie besiegten und töteten den Kaiser Valens in der Schlacht bei Adrianopel (376 n. Chr.) und siedelten sich in der Osthälfte des Imperiums an. Von dort drangen sie in wiederholten Kriegszügen nach Westen vor, bis sie unter ihrem König Alarich Rom plünderten (410 n. Chr.). Im 5. Jh. n. Chr. kämpften und siegten sie unter Aetius gegen die Hunnen und ließen sich als Foederaten in Aquitanien nieder. Von Chlodwig besiegt, wichen sie nach Spanien aus und errichteten dort ein Königreich, das im frühen 8. Jh. n. Chr. dem Ansturm der Araber erlag.

Wodan: germanischer Hauptgott, der auch unter dem Namen Odin in der nordischen Mythologie bekannt ist.

Zwiebelknopffibel: eine meist auf der rechten Schulter getragene, den Mantel zusammenhaltende Gewandnadel. Standes- und militärisches Rangabzeichen des spätantiken Staates.

Zeittafel

nach Christus

406   Verlegung der gallischen Präfektur von Trier nach Arles

428   Sieg des Aetius über die niederrheinischen Franken

435   Vierte Eroberung Triers durch die Franken

446   Die Salfranken unter König Chlodio stoßen bis nach Artois vor, werden aber zurückgeschlagen. Chlodio gelingt es allerdings in Folge Cambrais einzunehmen und sein Herrschaftsgebiet bis zur Somme auszuweiten

451   Schlacht auf den Katalaunischen Feldern. Die Hunnen unter Attila verlieren den Kampf gegen die römischen Truppen des Aetius. Fränkische Verbände nehmen auf beiden Seiten am Kampf teil

455   Ermoderung Kaisers Valentinian III. und Aetius'. Neuerliche Angriffe der Franken auf Gallien
Köln fällt nach langer Belagerung in die Hände der Rheinfranken, die ihren Königssitz dorthin verlegen. Beginn der Frankenherrschaft im Rheinland

463   Childerich, König der Salfranken, kämpft und siegt unter dem Oberbefehl des gallischen Heermeisters Aegidius bei Orléans gegen die Westgoten

464   Syagrius folgt seinem Vaters Aegidius als Herrscher („Rex Romanorum") in Soisson

MARCUS - Soldat Roms

Michael Kuhn
Band I
Historischer Roman
incl. Reiseführer

ISBN 978-3-9812285-0-2

Preis: 19,90 €

Wir schreiben das Jahr 355 nach Christus. Wo die „Pax Romana" Jahrhunderte lang Sicherheit und Wohlstand garantiert hatte, herrschen Chaos und Auflösung.

Seit Jahren setzen fränkische und alemannische Scharen über den Rhein und legen die römischen Provinzen Germaniens und Ostgalliens in Schutt und Asche. Um der Lage Herr zu werden, ernennt der Imperator Constantius II. seinen Vetter Julian zum Stellvertreter und Caesar des Westens. Der „Ungeliebte" soll das Unmögliche vollbringen und zieht von Mailand mit wenigen Getreuen nach Gallien, um ein schlagkräftiges Heer zu sammeln.

Marcus Junius Maximus, ein langgedienter Offizier, erlebt in diesen Tagen das Abenteuer seines Lebens. Beim Fall der Grenzfestung Gelduba wird er schwer verwundet, und nur die Kunst der Ärzte und sein Überlebenswille retten sein Leben. Dunkle Schicksals-mächte treiben ihn durch die Provinzen an Rhein und Mosel, und große Geschichte wird in seinem Beisein geschrieben, als Caesar Julian zu seinem Siegeszug antritt und die Grenze am Rhein ein letztes Mal für das Imperium zurückgewinnt.

MARCUS - Tribun Roms

Michael Kuhn
Band II
Historischer Roman
incl. Reiseführer

ISBN 978-3-9812285-1-9

Preis: 19,90 €

Wir schreiben das Jahr 356 nach Christus. Wo die „Pax Romana" Jahrhunderte lang Sicherheit und Wohlstand garantiert hatte, herrschen Chaos und Auflösung.

Seit vier Jahren setzen fränkische und alemannische Scharen über den Rhein, haben die Grenzarmeen zerschlagen und Köln, die Kapitale am Rhein, erobert. Um der Lage Herr zu werden, hat der Imperator Constantius II. seinen Vetter Julian als Stellvertreter und Caesar des Westens an den Brennpunkt des Geschehens entsandt.

Marcus Junius Maximus, jüngst zum Tribun ernannt, steht vor der Bewährungsprobe seines Lebens. Dunkle Schicksalsmächte und ein erbarmungsloser Feind treiben ihn durch die Provinzen an Rhein und Mosel. Angegriffen von fränkischen Plünderern führt er seine Truppen durch den Hunsrück an den Rhein. Dort muss sich seine Liebe zur schönen Alemannin Bissula gegen alle Widerstände beweisen, und er sieht sich unversehens in den großen politischen Skandal jener Tage, der Usurpation des Silvanus, verwickelt. Große Geschichte wird in seinem Beisein geschrieben, als Caesar Julian zu seinem Siegeszug antritt und die Grenze am Rhein ein letztes Mal für das Imperium zurückgewinnt.

MARCUS - Maximus Alamannicus

Michael Kuhn
Band III
Historischer Roman
incl. Reiseführer

ISBN 978-3-9812285-2-6

Preis: 19,90 €

Wir schreiben das Jahr 357 nach Christus. Wo die „Pax Romana" Jahrhunderte lang Sicherheit und Wohlstand garantiert hatte, herrschen Chaos und Auflösung.

Es ist der Spätherbst der römischen Antike. Innere und äußere Krisen weisen den Weg in die Zeitenwende und den Untergang des Imperiums, an dessen Grenzen die Nachbarvölker rütteln. Der Glaube an die alten Götter hat im Christentum seinen Bezwinger gefunden, und zunehmend verwischen im Nordwesten die Grenzen zwischen römischen und germanischen Vorstellungen und Idealen. Die Neuordnung Europas und der Übergang ins Mittelalter haben begonnen.

Vor diesem Hintergrund schildert Michael Kuhn packend und unterhaltsam das Schicksal des Tribuns Marcus Junius Maximus Geleitet von Treue, Tapferkeit und frommer Hingabe zu den Göttern, den verlöschenden Idealen Roms, zwingen ihn ein mysteriöses Schicksal und ein gnadenloser Krieg in einen aussichtslos erscheinenden Kampf um Bestimmung, Liebe und Rettung der Heimat.

MARCELLUS – Graf von Arduena

Michael Kuhn
Band II

ISBN: 978-3-9812285-6-4

Gebundene Ausgabe: 368 Seiten
Preis: 19,90 €

Der Westen Europas im Jahre 506 n. Chr. Nach der Auflösung des Imperiums haben die Franken das römische Erbe in weiten Teilen Galliens und Germaniens angetreten. Nichts scheint den Siegeszug Chlodwigs aufhalten zu können. In einer letzten Anstrengung versuchen Alamannen, Westgoten und Burgunden, sich der Vorherrschaft der Franken zu widersetzen.

Zehn Jahre sind vergangen, seit der ungestüme Marcellus seinem König die Schlacht von Zülpich gewann. Vom undankbaren Chlodwig ins Exil geschickt, verbringt er die folgenden Jahre in der beschaulichen Ruhe und Abgeschiedenheit seiner moselländischen Heimat. Seine Feinde und Widersacher haben ihn jedoch nicht vergessen.

MARCELLUS – Blutgericht

Mit dem Sieg über die Alamannen und die Westgoten ist der Kampf um die Vorherrschaft im Nordwesten Europas entschieden. Jetzt bietet sich Chlodwig die Gelegenheit mit seinen Feinden abzurechnen. Die Gelegenheit für Marcellus, endlich Rache zu nehmen.

Unerreichte historische Authentizität trifft auf eine packende Geschichte über Treue und Rache – Realgeschichte pur! Mit BLUTGERICHT schließt Kuhn die Marcellus-Trilogie voraussichtlich im Herbst 2013 ab.

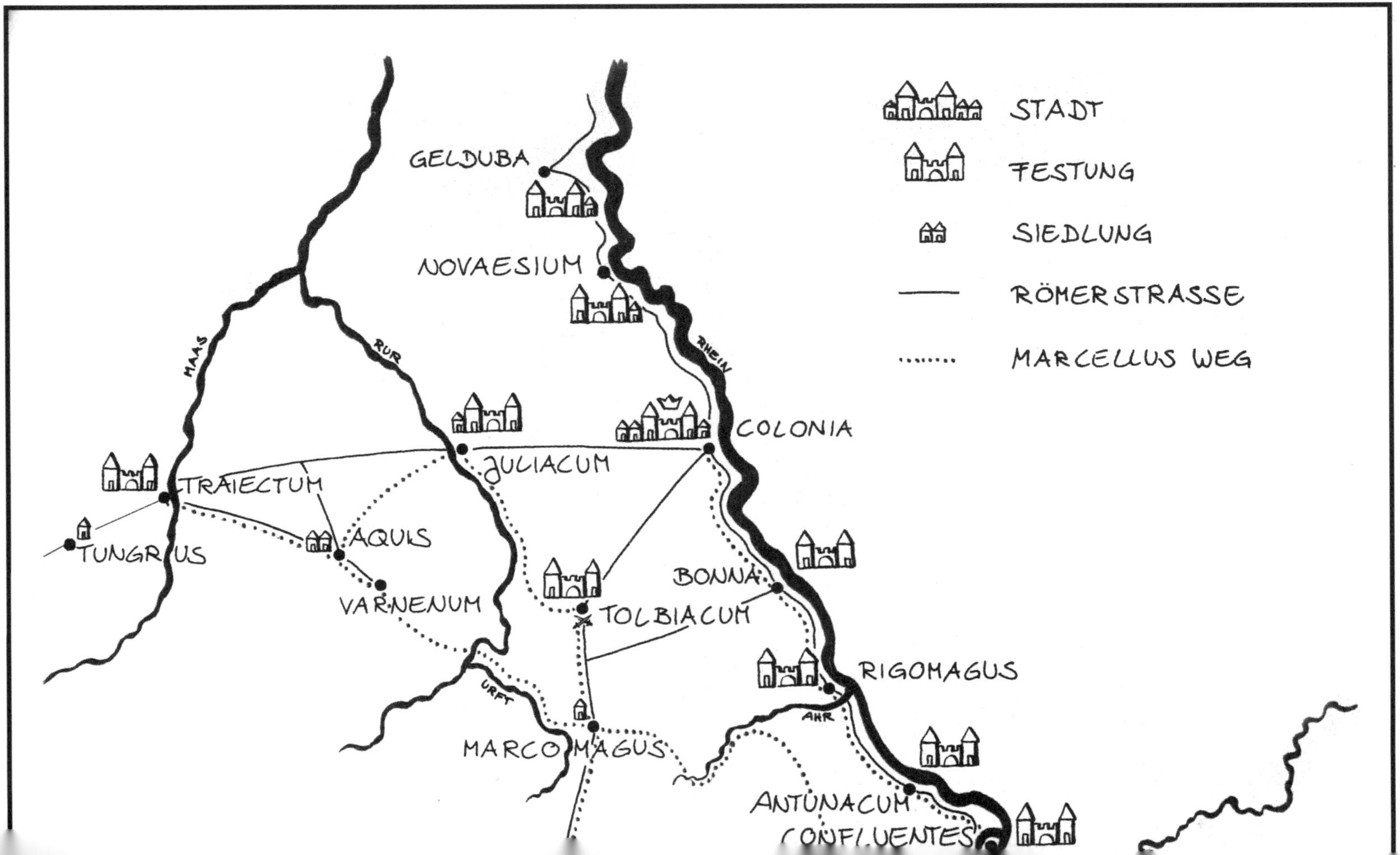
STADT
FESTUNG
SIEDLUNG
RÖMERSTRASSE
MARCELLUS WEG
GELDUBA
NOVAESIUM
RHEIN
MAAS
RUR
COLONIA
JULIACUM
TRAIECTUM
AQUIS
TUNGRUS
VARNENUM
TOLBIACUM
BONNA
RIGOMAGUS
AHR
URFT
MARCOMAGUS
ANTUNACUM
CONFLUENTES